Estrella Oscura

RBA MOLINO

Estrella Oscura

DANIELLE ROLLINS

Traducción de Ana Mata Buil

RBA

Título original inglés: *Stolen Time.*

© Danielle Rollins, 2019.

Publicado por acuerdo con HarperCollins Children's Books,
un sello de HarperCollins.

© de la traducción: Ana Mata Buil, 2019.
© de la ilustración de la cubierta: Vault49, 2019.
Adaptación de la cubierta: Lookatcia.com.
© de esta edición: RBA Libros, S.A., 2019.
Avda. Diagonal, 189 - 08018 Barcelona.
rbalibros.com

Primera edición: mayo de 2019.

RBA MOLINO
REF.: MONL451
ISBN: 978-84-272-1351-7
DEPÓSITO LEGAL: B.9.707-2019

COMPOSICIÓN • EL TALLER DEL LLIBRE, S.L.

Impreso en España • *Printed in Spain*

PARA TODOS LOS
CIENTÍFICOS DE
MI VIDA,
PERO EN ESPECIAL
PARA BILL
ROLLINS,
THOMAS VAN DE
CASTLE Y RON
WILLIAMS,
POR AYUDARME A
QUE PAREZCA QUE
SÉ DE QUÉ HABLO.

Parte 1

El teletransporte instantáneo o, dicho de otro modo,
los viajes en el tiempo no pueden descartarse según nuestro
conocimiento actual. Dichos viajes causarían enormes problemas
lógicos, así que confiemos en que exista una Ley de Protección
Cronológica, para evitar que la gente regrese al pasado y mate
a nuestros padres.

STEPHEN HAWKING

1

Dorothy

7 de junio de 1913, afueras de Seattle

El cepillo resplandecía a la luz matutina. Era precioso. Hecho de caparazón de tortuga, con incrustaciones de nácar y cerdas que brillaban tanto como el oro auténtico. Muy superior al resto de baratijas desperdigadas por la mesa del tocador.

Dorothy fingió entretenerse con un hilo suelto de la manga, para que la peluquera no la mirase. Tal vez sacara cincuenta si lograba encontrar al comprador adecuado.

Se removió, se le acababa la paciencia. Mejor dicho, si tenía tiempo de encontrar al comprador adecuado. Ya pasaban de las nueve. Hoy parecía que el reloj no estaba de su parte.

Desplazó la mirada del cepillo al espejo de cuerpo entero que había apoyado contra la pared, delante de ella. Unos haces de luz se colaban por la ventana de la capilla, rebotaban en el espejo y transformaban el ambiente del vestidor en algo brillante y polvoriento. Había vestidos de seda y delicados encajes que ondeaban en las perchas. Un trueno resonó a lo lejos, algo muy extraño. Casi nunca había tormentas en aquella parte del país.

Era una de las cosas que más aborrecía Dorothy de la Costa Oeste. Siempre estaba gris, pero nunca llegaba a descargar la lluvia.

La peluquera dudó, y miró a los ojos de Dorothy reflejados en el espejo.

—¿Le gusta, señora?

Dorothy inclinó la cabeza. Habían constreñido sus rizos castaños y los habían apresado en un moño muy femenino en la nuca. Parecía domada. Cosa que, supuso, era el propósito de todo aquello.

—Fabuloso —mintió.

La mujer mayor esbozó una sonrisa y su rostro desapareció en una maraña de arrugas y marcas de la edad. Dorothy no esperaba que se pusiera tan contenta. No pudo evitar sentirse culpable.

Fingió toser.

—¿Le importaría ir a buscarme agua?

—En absoluto, querida, ahora mismo.

La peluquera dejó el cepillo en la mesa y se retiró arrastrando los pies hasta el fondo de la sala, donde había una mesita con una jarra de cristal.

En cuanto la mujer le dio la espalda, Dorothy se metió el cepillo por la manga. El movimiento fue tan rápido y natural que cualquier persona que la hubiera mirado en ese momento se habría distraído con la hilera de delicados botones de perla que remataban la veta de raso de la muñeca de Dorothy y no se habría percatado.

Dorothy dejó caer el brazo a un lado con una sonrisa furtiva en el rostro, ya se había olvidado de los remordimientos. Era indecoroso sentirse tan orgullosa de sí misma, pero no podía evitarlo. El giro de la mano había sido perfecto. Como tenía que ser. Había practicado de sobra.

Un tablón del suelo crujió a su espalda y una voz dijo:

—Por favor, déjenos un momento a solas, Marie.

La sonrisa de Dorothy se esfumó y todos los músculos de su cuerpo se tensaron, como si estuvieran unidos a unos tornillos que alguien fuera apretando poco a poco. La peluquera (Marie) se sobresaltó y se le cayó un hilillo de agua fuera del vaso.

—¡Ay! Señora Loretta. Perdóneme, no la he visto entrar.

Marie sonrió y asintió mientras otra mujer menuda, de mayor edad y vestida de un modo impecable, entraba en el vestidor. Dorothy apretó los dientes con tanta fuerza que empezó a dolerle la mandíbula. De pronto, le pareció que el cepillo sobresalía por debajo de la manga.

Loretta lucía un vestido negro recubierto con un delicado tul de encaje dorado. El cuello alto y las mangas largas le daban el aspecto de una araña muy elegante. Era un atuendo más propio de un funeral que de una boda.

Loretta mantuvo una expresión educada, pero el aire pareció espesarse a su alrededor, como si poseyera una gravedad propia. Marie dejó el vaso de agua en la mesa y se escabulló al pasillo. Aterrada, sin duda. Casi todas las personas se sentían aterradas ante la madre de Dorothy.

La muchacha estudió la mano tullida de su madre con el rabillo del ojo, intentando que no se notara. Esa mano era mucho más pequeña de lo que debería ser, con unos dedos estropeados, marchitos, que se retorcían unos sobre otros igual que garras. Loretta se dejaba crecer demasiado las uñas y no le importaba que las puntas amarillearan. Es más, era como si quisiera potenciar la sensación de decadencia. Como si quisiera que la gente apartase la vista de su deformidad. Incluso a Dorothy le costaba mirar esa mano pequeña y tullida, y eso que Loretta era su madre. A esas alturas, ya debería estar acostumbrada.

Dorothy inclinó la cabeza y bajó las pestañas. Los nervios le recorrían la piel, por debajo de todo el raso y los volantes del vestido. Apretó los labios para dibujar una tímida sonrisa, sin hacer caso de esos nervios. Tenía mucha práctica en el arte de desoír sus sentimientos, llevaba sus dieciséis años de vida haciéndolo. Casi se había olvidado de para qué servían.

«La belleza desarma», pensó. Había sido la primera lección de su madre. La había pinchado y martirizado desde que tenía nueve años, le había apretado cada vez más el corsé, le había pellizcado las mejillas sin piedad hasta que adquirían un tono rosado.

—Madre —dijo en un arrullo mientras se acariciaba los rizos—. ¿A que me han dejado el pelo divino?

Loretta miró a su hija con frialdad y Dorothy sintió que le temblaba la sonrisa. Era una ingenua por intentar esos trucos con su madre, pero quería evitar una pelea a toda costa. Hoy ya iba a ser un día bastante difícil.

—Creía que tenías sed.

Loretta cogió el vaso de agua con la mano sana, le temblaban los dedos ajados por la edad. Otra persona podría pensar que le fallaban los músculos. Podría ofrecerse a ayudarla.

Dorothy sabía que no era así. Alargó el brazo para coger el vaso sin dudarlo. Irguió la columna. Esperaba ese momento, pero a pesar de todo no notó los dedos como garras de ave de la mano tullida de su madre cuando se deslizaron por la manga y sacaron el lujoso cepillo de su escondite.

Esa mano era el arma secreta de Loretta, tan grotesca que las personas evitaban mirarla directamente, tan pequeña y rápida que nadie notaba cómo se le acercaba a la chaqueta o se le metía en la cartera. Esa fue la segunda lección que enseñó Loretta a su hija. «La debilidad puede ser poderosa». La gente subestimaba las cosas dañadas.

Loretta soltó el cepillo encima de la mesa, con una ceja fina arqueada en medio de la frente. Dorothy modificó la expresión para que denotara una tremenda sorpresa.

—Pero ¿cómo puede haber llegado eso ahí? —preguntó, y tomó un sorbo de agua.

—¿Hace falta que registre el resto de tu cuerpo para asegurarme de que no se te ha colado ninguna otra cosa debajo del vestido sin darte cuenta?

Lo dijo con una voz apática que provocó un desagradable escalofrío en la columna de Dorothy. En esos momentos, llevaba un juego de ganzúas muy caras escondidas debajo del fajín de seda que le cubría la cintura, las había hurtado del cajón de la ropa interior de su madre antes de dirigirse a la iglesia. Dorothy podía permitirse perder el cepillo, pero necesitaba esas ganzúas.

Por suerte, Loretta no cumplió su amenaza. Levantó el velo de Dorothy del soporte en el que estaba, junto al espejo. Era largo y semitransparente, con una diminuta hilera de flores de seda cosidas alrededor de la corona. Dorothy se había pasado buena parte de la mañana fingiendo que ese velo no existía.

13

—¿En qué pensabas? —Loretta habló en la voz baja y comedida que solo empleaba cuando estaba furiosa de verdad—. ¿Cómo se te ocurre robar una cosa así, y unos minutos antes de tu boda? Ponte de pie, por favor.

Dorothy obedeció. Los faldones cayeron con elegancia sobre los tobillos y se arremolinaron junto a sus pies. Todavía no se había puesto los zapatos y, sin ellos, se sentía como una niña que se hubiera disfrazado con el vestido de novia de su madre. Lo cual era una sandez. Su madre nunca la había dejado jugar.

—¿Qué habríamos hecho si te hubieran descubierto? —continuó Loretta, mientras bajaba el velo para ponérselo en la cabeza a su hija y ajustaba las horquillas donde correspondía.

—No me ha visto nadie —dijo Dorothy. El afilado metal le acribilló el cuero cabelludo, pero no se quejó—. Nunca me ve nadie.

—Yo sí te he visto.

Dorothy apretó los labios para no discutir. Era imposible que su madre la hubiese visto robar el cepillo. Tal vez se lo hubiera imaginado, pero no había visto nada, imposible.

—Has puesto en peligro todo lo que hemos logrado gracias a tanto esfuerzo. Y todo por una tonta bagatela.

Loretta apretó aún más el fajín de la cintura de Dorothy. Esta notó que las ganzúas se movían dentro de su escondite.

Con esa «bagatela» habría pagado el billete de tren para salir de la ciudad. Habría podido estar bien lejos de aquel odioso lugar antes de que la ceremonia empezase siquiera.

Dorothy tragó saliva y apartó su decepción. Ya habría otras bagatelas. Otras oportunidades.

—Esto es horroroso —murmuró mientras señalaba una flor de seda del velo—. ¿Por qué se casa la gente con estas cosas?

—Este velo era de la madre de Charles.

Loretta deslizó otra horquilla puntiaguda en el pelo de su hija para ajustarle el velo con firmeza. Se refería al doctor Charles Avery. El prometido de Dorothy. La palabra todavía le provocaba náuseas. Las chicas como ella no estaban hechas para casarse.

Dorothy y su madre eran unas estafadoras natas. El año anterior por esas fechas se dedicaban a engañar a hombres fingiendo que querían contraer matrimonio. Era fácil ganarse la vida así. Loretta se limitaba a poner un anuncio por palabras en el periódico local, en el que decía que era una joven solitaria que buscaba mantener correspondencia con un hombre soltero, con vistas a contraer matrimonio. Luego, cuando las cartas empezaban a calar, enviaban al pobre incauto una fotografía de Dorothy, y este quedaba atrapado como un gusano en el anzuelo.

Al cabo de unos cuantos meses de cartas cada vez más tórridas y de promesas de amor verdadero, lo atraían con su red y le pedían dinero para comprar medicamentos contra el resfriado o para ir al médico por una torcedura en el tobillo. Después era un cheque para el ama de llaves, o unos cientos de centavos para un billete de tren con la esperanza de poder verse al fin.

Siempre tendían la trampa a varios hombres a la vez y se aseguraban de cortar el sedal a tiempo para soltarlos antes de que empezasen a sospechar. Entonces, Avery empezó a escribir y todo cambió.

Avery era rico, el nuevo cirujano en jefe asignado en el Centro Médico Providence de Seattle. Y le había propuesto matrimonio en cuanto había visto la fotografía de Dorothy: es probable que buscara una mujer de trofeo acorde con su flamante título nuevo. Loretta dijo que sería el golpe del siglo para ellas. Una boda. ¡Un matrimonio! Dijo que les cambiaría la vida. Podrían tener todo lo que habían deseado.

Dorothy dio vueltas al anillo de compromiso que llevaba en el dedo. Había dedicado su vida entera a aprender el arte de la estafa. No consistía únicamente en sonreír ante el espejo e inclinar la cabeza. Había practicado el juego de dedos hasta que le habían dado calambres en las manos, y había aprendido por sí misma a abrir un cerrojo con unos cuantos giros de la muñeca y cualquier cosa que encontrase por ahí para hurgar. Era capaz de detectar una mentira por la curva de la boca de una persona. Podía quitarle la alianza de bodas a un hombre mientras él le servía una bebida. Y ahora iban a venderla a alguien que se pasaría el resto de su vida diciéndole lo que tenía que hacer y adónde podía ir. Igual que había hecho siempre su madre. Era como si hubiesen compinchado los dos para asegurarse de que Dorothy no tomaría jamás una decisión por sí misma.

—Estás preciosa —dijo Loretta, y escudriñó a Dorothy entrecerrando los ojos. Ajustó el velo para que las flores de seda enmarcaran el rostro de su hija—. La novia perfecta.

Dorothy se irguió todavía más y las ganzúas cambiaron de posición, de modo que formaron un bulto en la parte posterior del vestido. No tenía intención alguna de casarse, por muy perfecta que pareciese su encarnación de la novia devota. Si su madre pensaba que iba a seguir con esa farsa, era una ingenua.

—Aún te falta una cosa.

Loretta sacó un objeto pequeño del bolsillo. Relució como el oro con la luz tenue del vestidor.

—El medallón de la abuela —murmuró Dorothy mientras Loretta le abrochaba la fina cadena alrededor del cuello.

Por un momento, se le olvidaron sus planes de fuga. El medallón era algo maravilloso, como salido de un cuento de hadas. Loretta se lo había arrancado del cuello a su madre justo antes de que la cruel mujer la echara de casa y permitiera que la joven vagase por las calles, embarazada y sin blanca. Por mucha hambre que hubiera pasado Loretta, nunca lo había empeñado.

Dorothy tocó el medallón con delicadeza con las yemas de los dedos. El oro era pálido y muy antiguo. En origen tenía una estampa grabada en la parte frontal, pero hacía tiempo que se había desgastado.

—¿Por qué me lo da justo ahora, madre?

—Para que te acuerdes.

Loretta le apretó los hombros a su hija. Sus ojos oscuros se habían estrechado.

A Dorothy no le hacía falta preguntar qué se suponía que debía recordar. El medallón era un recordatorio infalible. De cómo las madres eran crueles a veces. De por qué no se podía confiar en el amor. De por qué una chica solo podía contar con las cosas que era capaz de robar.

«Pero tal vez no sea así —le susurró una voz interior—. Tal vez haya algo más».

Sus dedos inmóviles sujetaron el frío metal. Nunca había sido capaz de dar nombre a esa sensación, pero en ocasiones la inquietaba y la dejaba extrañamente vacía. Ni siquiera estaba segura de qué era lo que quería en concreto. ¡Solo más!

Más que hombres y vestidos y dinero. Más que la vida de su madre. Más que eso.

En realidad, era una tontería. Un deseo vergonzoso. ¿Quién era ella para pensar que había algo más que aquello?

—Casi es la hora. —Loretta estiró de nuevo el fajín del vestido de Dorothy. Unió los dos extremos con una lazada—. Será mejor que vaya a tomar asiento.

A Dorothy habían empezado a sudarle las manos.

—La próxima vez que hablemos, seré una mujer casada —dijo confiando con cada respiración que eso no fuera cierto.

Loretta se alejó por el pasillo sin decir ni una palabra más, y cerró la puerta al salir. El cerrojo se colocó en su sitio con un rotundo ruido e hizo saltar a Dorothy. Durante un rato, se quedó allí plantada.

No le pilló desprevenida que su madre la encerrase. Loretta Densmore no era la clase de mujer que corría riesgos, y mucho menos cuando se trataba de sus posesiones más valiosas. Tenía sentido que mantuviera a su hija (su posesión más valiosa, claro) cerrada con siete llaves hasta que el resto del cortejo nupcial fuera a recogerla. Loretta era pragmática. No iba a dejar algo tan importante en manos del azar.

Dorothy se removió en busca de las ganzúas que tenía escondidas debajo del fajín, pero sus dedos no encontraron más que encaje y seda, y el borde de tejido rígido del corsé.

—No —dijo buscando de forma cada vez más frenética—. No, no, no...

Hundió las uñas en el encaje hasta que oyó que algo se rasgaba. Pero si estaban ahí... Repasó los últimos momentos con su madre. Cómo había sonreído Loretta hacia el espejo. Cómo le había recolocado el fajín del vestido de novia.

Los dedos de Dorothy se quedaron petrificados. Seguro que su madre había deslizado esa terrorífica mano tullida por debajo del fajín y le había robado su plan de fuga. Inspiró, y el aire que inhaló fue como una cuchilla que se le clavara en el esternón. No podía ir a ninguna parte.

Dorothy vio su reflejo en el espejo: los ojos y los labios maquillados y los rizos recogidos en el moño. Le habían hecho el vestido a medida; el encaje estaba bordado a mano por metros y era tan delicado como una tela de araña, con pedrería y perlas de agua dulce incrustadas que captaban la luz cada vez que se movía. Se había pasado la vida entera aprendiendo a moldear la verdad y a estirar las mentiras. Pero su propia belleza era la mayor mentira de todas. Nunca la había pedido. Nunca la había querido. No tenía nada que ver con la mujer que anhelaba ser. De momento, lo único que le había proporcionado había sido dolor.

La repugnancia torció la boca de Dorothy y transformó su cara en algo que resultaba ligeramente feo. Se arrancó el velo del pelo. Algunas horquillas se le enredaron en los rizos y otras cayeron al suelo. El pelo se desparramó sobre su frente, encrespado y despeinado.

Dorothy sonrió. Por primera vez en toda la mañana, sintió que su aspecto exterior encajaba con el interior. Entonces, dirigió la mirada hacia las horquillas en el suelo y se quedó petrificada.

«Horquillas».

Se arrodilló y recogió una, la puso a la luz. Era larga, delgada y puntiaguda. Intentó doblarla entre los dedos. También era fuerte. Probablemente de plata auténtica.

Torció los labios. Le irían de maravilla.

2

14 de octubre de 2077, Nueva Seattle

*F**laps* de las alas levantados. Carburador en la posición de arranque en frío. Regulador del combustible abierto por completo.

Ash presionó el calibrador de ME y la aguja giró antes de quedar fijada en la marca de medio depósito.

—Maldita sea —murmuró, y se recostó en el asiento del piloto.

Sus nervios se intensificaron un grado más. Medio depósito significaba que no había suficiente ME (materia exótica) para volar con seguridad. La nave en la que estaba sentado podía explotar en el mismo instante en que la elevara por el cielo. Aumentó el indicador de velocidad aerodinámica a 75 nudos, sin hacer caso de la sangre que le latía en las palmas de las manos.

Solían decirle que podía ser muy testarudo. Cuando estaba en el ejército, su comandante le dijo una vez: «Hijo, haces que las mulas parezcan flexibles». Su profesora de catequesis le había comentado: «La persistencia no siempre es una virtud».

Pero Zora, que lo conocía mejor que nadie, había dado en el clavo cuando había dicho: «¿Es que no piensas rendirte? Si sigues así, te vas a morir». Y luego murmuraba cosas en voz baja cada vez que él pasaba por delante: «Peligroso. Idiota. Misión suicida».

No era una misión suicida. Ash ya había visto cómo iba a morir, y no era de esa forma. Aunque era posible que Zora tuviera razón en lo demás. Los viajes eran demasiado peligrosos, y Ash suponía que podían considerarlo idiota por intentar realizarlos. Pero la alternativa era todavía peor. Pensó en el agua negra y en el pelo blanco y sacudió con violencia la cabeza.

Era un perturbador efecto secundario derivado de saber con exactitud cómo y más o menos cuándo iba a morir. Las visiones lo atormentaban.

Además, había cosas peores por las que destacar que el hecho de ser testarudo. Podía destacar por su traición, como Roman. O por su crueldad, como la Reina de los Zorros. Si le daban a elegir, prefería la idiotez suicida.

—La Segunda Estrella se coloca en posición de despegue.

Lo dijo en voz alta, una costumbre que le quedaba de la época en la que había aprendido a pilotar aviones de combate durante la Segunda Guerra Mundial. No había nadie que pudiera oírle, pero le parecía que no estaba bien prepararse para el despegue sin anunciarlo. Era tentar al destino más de lo que ya lo había tentado. Aceleró, con los ojos fijos en el parabrisas y el corazón latiendo desbocado. La nave empezó a planear.

—Despacio, monada —murmuró Ash.

Utilizó el tono de voz que la mayor parte de la gente reservaba para los cachorros y los gatitos. El sudor se había acumulado entre la palanca de mandos y sus dedos. Se limpió las manos en los vaqueros y se repitió que había conseguido realizar cientos de despegues más complicados que ese. Miles, tal vez.

«No vas a morir hoy —pensó—. Puedes acabar lisiado. Ciego. Los brazos y las piernas podrían desprenderse de tu cuerpo. Pero no morirás». El pensamiento no resultó tan reconfortante como esperaba que fuera.

Ash se santiguó, una costumbre heredada de los cientos de domingos pasados en la iglesia del Sagrado Corazón en su adormilado pueblo natal del Medio Oeste. Pisó a fondo el acelerador. El humo llenó el ambiente cuando su máquina del tiempo salió disparada por el cielo.

3

Dorothy

7 de junio de 1913, afueras de Seattle

Las horquillas habían funcionado a la perfección: mejor que las ganzúas auténticas. Dorothy llevaba abrojos enganchados en el vestido bordado a mano y el barro se le colaba entre los dedos de los pies. Llevaba unos dolorosos zapatos de tacón en la mano, aunque dudaba de que fuese a sentirse lo bastante desesperada para decidir ponérselos. Prefería notar el barro bajo los pies. Además, la estación de tren estaba a un kilómetro y medio de distancia.

Empezó a practicar la excusa de la dama desvalida mientras caminaba. «Por favor, caballero, hoy era el día de mi boda, pero me secuestraron de camino a la iglesia y por fin he logrado escaparme. ¿Podría ayudarme a comprar un billete de tren?».

¿O era demasiado dramático?

Los truenos resonaron ante ella. Un relámpago relumbró entre las nubes.

Dorothy inclinó la cabeza hacia el cielo. Siempre le habían encantado las tormentas. Su madre y ella habían pasado unos meses en Nebraska cuando era pequeña y allí las tormentas de truenos eran cosas muy peculiares, monstruosas. Dorothy solía tumbarse bocarriba en la hierba y contaba los latidos de silencio entre el centelleo del relámpago y el romper del trueno para averiguar cuánto tardaría la tormenta en llegar hasta ella.

Esta tormenta era distinta. Las agitadas nubes que tenía delante eran casi negras. Pero cuando Dorothy miró hacia un lado vio los rayos de sol sobre una arboleda que había más allá del camposanto de la iglesia, el cielo azul e infinito encima. La tormenta (o lo que fuese) parecía confinada a la zona que había sobre el bosque, y dejaba el resto de las cosas intactas.

Más luz relampagueó por detrás de las nubes y entonces apareció un objeto, liso y metálico, contra el borrón negro.

A Dorothy le dio un vuelco el corazón. ¿Acaso era... podía ser un avión?

Observó el objeto metálico surcando las nubes, estupefacta. En realidad, nunca había visto un avión en directo, pero los bocetos que había ojeado mostraban estructuras pequeñas de aspecto torpe con propulsores de chispa y alas tan enclenques que parecía que una ráfaga de viento fuerte pudiera partirlas por la mitad.

Esto era diferente. Grande. Elegante. No tenía alas ni propulsor, sino dos artilugios circulares que rugían desde la parte posterior de la nave, de rojo incandescente contra todo el negro y el gris circundante. El morro de la nave apuntaba hacia el suelo y Dorothy suspiró, a la vez que daba un rápido paso hacia atrás.

¡Iba a estrellarse!

La extraña nave cayó zumbando hacia la tierra y desapareció junto a la linde del bosque. Segundos después, el humo ascendió en espiral por encima de las ramas nervudas, a pocos metros de donde se encontraba Dorothy.

Se le encogió el corazón. Se apresuró a adentrarse entre los árboles, como si estuviera en trance, sin dar importancia a las ramas que se le clavaban en las plantas de los pies desnudas. El humo olía raro, no era terroso y familiar, como el humo de campamento. Era acre. Le quemó la piel interior de los orificios nasales y dejó el aire seco y caliente, como si todo corriera el peligro de explotar en llamas.

Una voz reverberó entre los árboles, soltando una maldición.

La voz tuvo el mismo efecto que un chasquear de dedos, pues rompió el trance de Dorothy. Dejó de moverse, el miedo le recorrió la columna. ¿Qué estaba haciendo? Tenía que llegar a la ciudad. La carretera estaba muy cerca y desde allí no tardaría mucho en llegar a la estación.

Dorothy empezó a darse la vuelta, pero entonces una pieza de metal captó el sol y resplandeció.

«Al cuerno con todo», pensó. ¿Cuándo iba a tener otra oportunidad de ver un avión de verdad? Solo quería echar un vistazo, ver cómo era. Con cautela, saltó por encima de los arbustos y salió al claro en el que había chocado el avión.

Un hombre salió a cuatro patas de la cabina, con la cara arrugada por la frustración. No la vio, pues parecía perdido en sus pensamientos mientras se inclinaba sobre su aeronave.

Dorothy se mantuvo escondida, repasando con la mirada sus fuertes y musculosos brazos, el pelo rubio que le caía por la frente, la piel enrojecida del cuello. Pasó un latido y el piloto continuó sin moverse. Parecía tan distinto de cualquier persona que ella hubiera conocido, robusto y desaliñado por el viento, como si una corriente de aire acabara de traerlo de otro mundo. Era atractivo, desde luego, pero eso no importaba demasiado a Dorothy. Había conocido a muchos hombres atractivos. Por norma general, su aspecto físico era la única cosa interesante que tenían.

Pero el piloto era... curioso. Fascinante. Sus manos ásperas apuntaban a días realizando tareas duras, y su piel curtida le indicaba a Dorothy que había pasado mucho tiempo al sol. Se preguntó qué clase de vida debía de llevar, para estar tanto al aire libre. Su madre siempre la había conducido hacia tipos delgados con modales de caballero y ropa elegante, con la clase de manos suaves que nunca habían realizado una tarea más ardua que levantar una pluma para firmar un cheque. Se estremeció al recordar el tacto de la palma suave y eternamente húmeda de Avery sobre la suya. No compartía los gustos de su madre en cuestión de hombres.

El piloto juró y perjuró, en voz alta y con total libertad, y Dorothy se estremeció al oírlo. Sacudió el cuerpo y dirigió la mirada al avión, con los ojos como platos. Era inmenso (el doble de grande que cualquier dibujo que hubiera atisbado en un libro) y el recubrimiento de aluminio relucía a pesar de las capas de suciedad; las palabras «Segunda Estrella» resplandecían bajo la mugre. El morro del aparato terminaba en una elegante punta y alguien le había pintado una cara encima: una sonrisa con dientes y unos ojos negros rasgados.

La cara hizo sonreír a Dorothy y sin querer, se le fueron los ojos de nuevo al piloto, y se preguntó si habría sido él quien había pintado la cara. Sin tenerlo planeado, salió de su escondite. Al verla, el piloto se incorporó a toda prisa y se golpeó la cabeza contra el lateral del avión.

—¡Santo Dios! ¿Qué hace aquí? —preguntó mientras se frotaba la coronilla.

Era más alto de lo que parecía cuando lo había visto acuclillado, y tenía los ojos de un bonito tono avellana claro.

Dorothy volvió a quedarse embobada. Quería preguntarle por su avión y su ropa tan extraña y por la divertida cara pintada, pero en lugar de eso, dijo tartamudeando:

—Eh, voy, voy a, a casarme.

Se arrepintió de esas palabras en cuanto salieron por su boca. El propósito de la fuga era precisamente no tener que casarse y, por algún motivo, no quería que aquel hombre pensara que sí iba a hacerlo. Levantó la barbilla mientras el piloto la miraba de arriba abajo, con la esperanza de no haberse ruborizado.

—¿Va a casarse? —preguntó el piloto. Dorothy estaba acostumbrada a cómo la miraban los hombres, cómo se la comían con los ojos, como si ella fuese algo que podían poseer, en lugar de una persona con opiniones y pensamientos propios. Sin embargo, el piloto se limitó a fruncir el entrecejo con la vista puesta en su vestido de novia, que estaba roto y mugriento después de correr por el bosque—. ¿Hoy?

Era una sensación muy extraña la de sentirse halagada porque un hombre no la hubiera admirado, pero a pesar de todo, Dorothy lo agradeció. Sin querer, empezó a hablar muy deprisa, y algo extraño en ella, sintió que le faltaba el aliento.

—Eh, me refiero a, bueno, hoy iba a casarme, pero ahora ya no. En realidad, me marcho. Como puede ver. La, eh, la estación de tren está ahí mismo.

El piloto parpadeó.

—Bueno, pues buena suerte —contestó, y entonces movió levemente la cabeza, casi como si hiciera una discreta reverencia, o saludara como un soldado, o hiciera un gesto propio de un caballero.

Si hubiera sido alguien similar a Avery, tal vez Dorothy hubiera soltado una risita y hubiera hecho aletear las pestañas, pero ese hombre no era como Avery, así que cerró las manos en un puño dentro de las mangas del vestido.

¿Cómo se suponía que tenía que hablar con un hombre si no intentaba engatusarlo? Se dio cuenta de que no tenía la menor idea.

El piloto volvió a agacharse junto a su avión, y murmuró otro colorido improperio.

Dorothy observó en silencio cómo trabajaba durante un instante antes de preguntar:

—¿Es suyo?

—Pues sí.

El piloto recolocó una pieza de la maquinaria para que volviese a encajar en su sitio, tenía las manos negras de grasa del motor. Parecía que se le daba bastante bien... lo que fuese que estaba haciendo. Desde luego, era impresionante. Avery no era capaz ni de preparar un cóctel sin tirárselo todo por encima. Era asombroso que le dejasen abrir a la gente en canal.

—Nunca había visto un avión en directo. —Dorothy oteó por encima del hombro del piloto—. ¿Todavía vuela?

—Claro que vuela. —El piloto se pasó una mano por la cara y, de pronto, pareció agotado—. Escuche, señorita, no quiero ser maleducado, pero esto no va a arreglarse solo. Y, bueno, parece que usted tiene otro sitio al que ir.

Dorothy sabía captar cuando la echaban de un sitio, pero no tenía intención de apartarse. Había oído historias de hombres que iban a los territorios de Alaska en busca de oro y se preguntó si de allí era de donde venía aquel piloto, si habría intentado que su aparato sobrevolase el océano Pacífico.

Justo cuando ese pensamiento se le coló en la mente, las campanas de la iglesia empezaron a tocar, el tañido era una ominosa advertencia que se hacía eco por los árboles. Un escalofrío recorrió la columna de Dorothy. Empezaba la ceremonia.

Se mordió el labio y miró hacia el bosque, más allá de la cabeza del piloto. La estación de tren estaba justo por detrás de aquellos árboles. Podría robar alguna cartera, comprar el billete y poner rumbo a...

¿Dónde? ¿Otra polvorienta ciudad del Lejano Oeste? El pensamiento le había parecido emocionante esa misma mañana mientras planeaba su fuga, pero ahora no podía creer que hubiera estado dispuesta a conformarse con tan poco. Había vivido toda su vida en ciudades como esa, y siempre había dado por sentado que también moriría en una de ellas. Había algo en ese avión que la había hecho soñar con algo más.

Las campanas de la iglesia cesaron de forma abrupta. El silencio reinó en el ambiente mientras Dorothy obligaba a su boca a esbozar una sonrisa postiza.

—En realidad, confiaba en que usted pudiera ayudarme —dijo, inclinando la cabeza—. Creo que me he perdido.

—Disculpe que se lo diga así, señorita, pero me da la impresión de que se ha perdido a propósito. —En cuanto el piloto dijo esas palabras, se le enrojecieron las orejas—. Lo siento —musitó, y sacudió la cabeza—. Ha sido de mala educación.

Dorothy ahogó una sonrisa. Las orejas sonrojadas tenían su encanto. No pegaban con esa imagen de piloto curtido y desaliñado. Entonces pensó que podía ser divertido coquetear con él, solo para conseguir que se ruborizara.

Se lo quedó mirando durante más tiempo del habitual y el piloto levantó la vista para mirarla a los ojos. Juntó las cejas, como si se preguntase algo.

«Concéntrate», se dijo Dorothy. Con orejas bonitas o sin ellas, no tenía tiempo para coqueteos. Tenía que salir de allí cuanto antes.

—Debe de dar mucho miedo volar por el cielo en solitario —dijo, y tembló de un modo que confió que la hiciera parecer pequeña y desvalida—. Debería plantearse llevar a alguien para que le hiciera compañía.

—¿Compañía? —El hombre se frotó el puente de la nariz con dos dedos y se manchó de grasa la cara—. ¿Y por qué iba a necesitar compañía?

—¿No se siente nunca solo?

Dorothy lo dijo en voz baja y seductora, y cualquier otro hombre sobre la faz de la tierra habría advertido que estaba flirteando, pero el piloto se limitó a parpadear un par de veces.

—¿Solo? ¿En el cielo?

—O... ¿en otros lugares?

El piloto frunció el entrecejo, como si el concepto de la soledad no se le hubiera ocurrido nunca hasta ese momento.

—Supongo que no.

—Vaya.

Dorothy apretó los labios. La cosa no iba bien. Miró hacia el interior de la cabina a través del parabrisas. Unos papelillos brillantes y de muchos colores alfombraban el suelo, y parecía haber medio bocadillo en el asiento del copiloto. Parecía una pocilga. Pero había sitio para dos.

—¿A qué velocidad va este aparato? —preguntó entonces.

—¿Qué? Eh, no... A ver, por favor, no toque eso.

El piloto trató de interponerse entre el avión y Dorothy, pero ella se escabulló antes de que pudiera tocarla y deslizó una mano en el bolsillo de su chaqueta mientras el aviador estaba distraído. No estaba segura de qué andaba buscando (una cartera, tal vez, o algo que vender), pero sus dedos apresaron lo que parecía un reloj de bolsillo. Se lo metió por la manga con dos dedos. Luego, avanzó un poco más hacia la cabina del avión y, de espaldas, intentó abrir la manecilla de la puerta. Cerrada.

El piloto ya no parecía de buen humor. Recorrió en solo dos pasos el espacio que había entre ellos y Dorothy se apoyó en la parte exterior de la cabina de mando, con el cuerpo aplastado contra el metal caliente.

—Voy a tener que pedirle que se aparte de mi nave, señorita —dijo con voz más ronca.

Se había inclinado sobre ella, lo bastante cerca para que Dorothy percibiera el olor seco y ahumado de su piel. De cerca parecía un poco bruto. De huesos prominentes, como una bestia de un cuento de hadas. Solo sus ojos seguían siendo cálidos y dorados.

Dorothy sintió una extraña sensación de familiaridad cuando se perdió en aquellos ojos. En ese momento estaban cansados y frustrados, pero se los podía imaginar iluminados por la risa con la misma claridad que si los hubiera visto antes...

Entonces el piloto desvió la mirada y negó con la cabeza.

—¿Qué quiere?

A Dorothy se le secó la boca de repente. Quería huir de ese lugar. Quería que la llevase a algún destino que no hubiera visto nunca. Esa extraña sensación de vacío se abrió otra vez en su interior.

«Más. Quiero más», pensó.

A pesar de todo su entrenamiento en las artes del engaño, no pudo evitar decirle la verdad.

—Por favor. Solo necesito que me lleve donde sea. No puedo quedarme aquí.

El piloto se la quedó mirando un buen rato. Se le tensó la mandíbula y Dorothy sintió un arrebato de satisfacción, mezclado con algo similar a la decepción. Conocía esa mirada. La había visto en la cara de docenas de hombres, segundos antes de que le entregaran lo que fuera que les había pedido.

Lo había cazado. Y en realidad, era una pena. Parecía tan distinto. Parecía mejor. Pero, en el fondo, era igual que todos los demás.

Y entonces el piloto dijo:

—No.

Y Dorothy se dio cuenta de que se había llevado una impresión totalmente equivocada.

El hombre miró el avión y abrió la puerta delantera. Dorothy trató de recordar la última vez que un hombre le había dicho que no, y tardó unos instantes en reaccionar.

De todos modos, atrapó el extremo de la puerta antes de que él pudiera cerrarla de nuevo.

—¿Por qué no? —La desesperación de su propia voz le provocó escalofríos—. Abulto poco. No le molestaré.

El piloto suspiró.

—Créame, el lugar al que voy no le gustará.

—¿Cómo sabe lo que me gusta y lo que no?

—No lo sé. —Él tiró de la puerta. Dorothy la agarró con ambas manos para mantenerla abierta—. Pero a nadie le gusta —gruñó.

—Yo podría sorprenderle.

El piloto dejó de forcejear con la puerta el tiempo suficiente para mirarla a los ojos con severidad.

—En el lugar al que voy, hay ciudades enteras escondidas bajo el agua y bandas callejeras que secuestran a las ancianas cuando van a comprar al mercado y una chica que se alimenta de carne humana.

Dorothy abrió la boca y la cerró de nuevo. Los ojos del piloto centellearon victoriosos. La chica se percató de que él tenía intención de aterrorizarla, y creía que lo había conseguido.

Sin embargo, Dorothy no se sentía aterrada. Se sentía maravillada. El lugar que acababa de describir aquel hombre parecía extraído de un relato.

—¿Hay caníbales donde usted vive?

—Solo una —contestó él, y cerró la puerta antes de que Dorothy pudiera recuperarse de la sorpresa.

Dorothy maldijo e intentó abrir a la fuerza la manija, pero un discreto clic le indicó que estaba cerrada con pestillo. El hombre se llevó dos dedos a la frente en una especie de burla de un saludo militar.

«Hasta la vista», dijo con los labios.

Un zumbido sordo llenó los oídos de Dorothy. El bosque que la rodeaba se llenó de humo y calor. Empezó a toser. Así que ahí acababa todo. Sin duda, alguien la encontraría y la arrastraría de vuelta a la iglesia, la devolvería a su madre y a Avery. Daría igual que se le hubiera estropeado el vestido o que tuviera los pies embarrados. La harían desfilar por ese pasillo, con su madre pegada a los talones para asegurarse de que decía «Sí, quiero».

Dorothy se alejó trastabillando del avión. La vida como esposa de un médico estaba ante ella. Cenas soporíferas y veladas solitarias y mujeres aburridas sin nada más útil que hacer que hablar de actos de beneficencia y de dónde pensaban pasar el otoño. Su madre se sentaría a su lado y le pellizcaría el brazo para asegurarse de que se reía en el momento oportuno.

El aire se volvió espeso, el corsé le apretaba demasiado. Dorothy deslizó los dedos por el cuello del vestido y tiró del encaje para separárselo de la garganta. No podía respirar.

Nunca se le había ocurrido que cupiera la posibilidad de tener que casarse de verdad con Avery. Siempre había dado por supuesto que se libraría de un modo u otro. Pero ahora las campanas de boda tocaban por segunda vez y el avión estaba a punto de despegar y...

Dorothy parpadeó y frunció el entrecejo. Espera un momento. ¿Era eso...?

Allí, en la parte posterior del avión, había una puerta.

Dorothy echó un vistazo a la cabina de mandos para asegurarse de que el piloto estaba distraído. Lo vio inclinado sobre un mar de interruptores y botones, las arrugas le surcaban la frente. Se escabulló hasta la puerta posterior del aparato y probó la manija como si nada.

Cerrada. Por supuesto.

Dorothy se sacó una horquilla de los rizos.

4

Ash

7 de junio de 1913, el anillo
del estrecho de Puget

Ash se pasó la mano por el pelo y notó que se le mojaban los dedos. Se los quedó mirando y le entraron ganas de reír. ¿De verdad estaba sudando? ¡¿Sudando?! Y ¿por una chica?

«Es el sentimiento de culpa», se dijo. Y era cierto que se sentía culpable, no por negarse a llevar a la novia como le había pedido (una chica como ella no duraría ni un día en el lugar al que se dirigía), sino por atormentarla con historias sobre la Reina de los Zorros. Se rumoreaba que la asesina del Circo Negro comía carne humana y torturaba a hombres adultos sin piedad y, en opinión de Ash, cuanto menos se hablara de ella, mejor. Ya circulaban suficientes historias y patrañas sobre la Reina de los Zorros en su propia época. No le parecía bien permitir que contaminara también otras épocas de la historia.

Se obligó a dejar de pensar en la Reina de los Zorros y, en

cuanto apartó ese pensamiento, la chica del bosque volvió a colarse en su mente. Se la imaginaba inclinando la cabeza y preguntándole: «¿No se siente solo?» y notaba cómo el calor le subía de nuevo a las orejas.

—Qué bobo —murmuró en voz baja. Dio gracias en silencio por que Zora no hubiera presenciado esa particular conversación.

«¿Ya has encontrado mujercita?», se imaginaba que le habría preguntado su mejor amiga en ese tono condescendiente que reservaba solo para él. Y lo más probable era que hubiese acompañado el comentario con unos besos al aire.

Por norma general, él no flirteaba, así que por lo menos eso explicaba por qué se le daba tan mal. Sabía cómo flirtear (al fin y al cabo, vivía con tres personas bastante atractivas), pero había perdido las ganas, igual que hay quien pierde las ganas de comer ternera después de estar a punto de morir atragantándose con un pedazo de carne. Era difícil disfrutar de algo cuando sabía que lo mataría.

«Agua negra —pensó recordando la visión—. Árboles muertos...».

Ash comprobó dos veces los parámetros de ME para mantener la mente ocupada y no pensar en la chica ni en la misión ni en el hecho de que el sudor empezaba a bajarle por la nuca. La aguja de la ME había bajado al cuarenta y cinco por ciento después del choque, lo que..., en fin, no era fantástico. Todavía no era un suicidio, pero desde luego entraba en un territorio pantanoso.

Su destino era el año 1908, cuando pretendía ver cómo construían un absurdo reloj antiguo en la calle, colgado junto a la puerta de una joyería. El reloj en cuestión (el reloj de

Hoeslich) no parecía nada del otro mundo, pero una vez el Profesor había dicho que era fabuloso que la gente soliera fabricar relojes en lugares públicos y destacó ese reloj en concreto, y aquel comentario fue el único aliciente que necesitó Ash para ponerse en camino. Había pasado el último año siguiendo toda clase de pistas, por nimias que fueran, para localizar a su maestro, pero como ya había agotado los lugares más evidentes a los que podía haber ido el Profesor, empezaba a desesperarse.

Por desgracia, había aterrizado de forma atropellada unos cuantos años tarde. La ME era demasiado volátil para tratar de hacer otro viaje ahora, así que su única opción era regresar al taller y confiar en que las cosas se estabilizaran lo suficiente para poder ir a ver la fabricación del reloj a la mañana siguiente.

Eso suponía perder otro de sus escasos días de vida, que veía menguar a toda velocidad.

Ash tensó los hombros y luego volvió a relajarlos poco a poco, imaginando que cada uno de los músculos se aflojaba. La cazadora de cuero se desplazó y volvió a su lugar con ese movimiento tan familiar, igual que una doble piel. Era un truco para liberar el estrés que había aprendido durante la primera semana en la academia de vuelo, en aquel pasado remoto en el que los otros tipos se burlaban de que trataba los aviones de combate como si mordieran. Apretó los puños y después soltó los dedos uno por uno, intentando prepararse para otro viaje inestable.

—Hoy no te toca morir —dijo en voz alta, y las palabras lo tranquilizaron, al menos en parte.

Lo único bueno acerca de saber cómo y cuándo iba a morir era que lo liberaba para hacer lo que quisiera en el tiempo restante, pues sabía que en realidad no podía matarlo. Era una línea de salvamento bastante enclenque, lo sabía. Pero algo es algo.

Ash apretó el acelerador a 2.000 r.p.m. La Segunda Estrella se sacudió... El motor emitió un silbido. Ash contuvo la respiración, preparándose para presenciar alguna explosión.

Tras un tenso momento, se oyó el zumbido de la nave y esta despegó hacia el cielo.

El borde superior del anillo del estrecho de Puget se curvaba por encima del mar como el perfil de una inmensa burbuja reflectante. Parecía un rayo de luz que bailara sobre las olas, un reflejo del sol o un truco visual. Solo cuando uno estaba justo delante del anillo, veía que era un túnel.

«No, no es exactamente un túnel», pensó Ash. Un abismo. La nada. Era imposible mirar directamente el anillo sin que la mente empezase a divagar e intentase dar sentido a una cosa que sin duda carecía de él. Algunas veces parecía un agitado remolino de niebla y humo. En ocasiones parecía una plancha de hielo sólido. Y, otras, parecía justo lo que era: una brecha en el tiempo.

Apuntó con el morro de la nave hacia el anillo. Todo lo que había en la cabina de mandos empezó a sacudirse. El bocadillo abandonado de Ash tembló tanto que acabó por caer del asiento y aterrizó en el suelo, donde se desparramó la lechuga con mayonesa. Los envoltorios de caramelo giraron a su alrededor movidos por un viento invisible. Los papelillos impactaron contra el parabrisas de la nave y luego se disolvieron en una neblina turbulenta.

Entonces, la Segunda Estrella alcanzó la velocidad de la luz y lo propulsó al futuro.

Antes de que empezara a viajar por el tiempo, lo más cerca que había estado Ash de experimentar el choque de un tornado con un huracán mientras una tormenta de piedra y nieve caía del cielo había sido la vez que intentó maniobrar un F6F Hellcat por una zona caliente. Corría el año 1945, era su primera misión de combate, y las nubes eran densas como una crema. En algún punto giró donde no tocaba y, de repente, el cielo se llenó de proyectiles. Había pasado veinte aterradores minutos esquivando el fuego enemigo, con las manos tan aferradas a la palanca de mandos que pensó que no sería capaz de separarlas nunca más. El rato que tardó en volver a una zona segura duró una eternidad para él.

Entrar en un anillo hacía que ese día pareciese pan comido.

Los relámpagos resplandecían en los bordes curvados del túnel y los vientos huracanados aullaban junto a las finas paredes de la nave. Ash se esforzaba por mantener la palanca quieta. Cuando se hizo piloto, todos sus instructores le advirtieron que no debía volar con vientos de más de 47 nudos. Las corrientes de aire del anillo a menudo superaban los 100 nudos, pero cuando funcionaba en condiciones, la ME formaba una especie de burbuja protectora alrededor de la nave y sus ocupantes, que impedía que la inclemente climatología despedazara sus frágiles cuerpos humanos.

La aguja del indicador de ME empezó a girar.

—Aguanta, Estrella —murmuró.

No se atrevía a quitar las manos de la palanca de mandos. Los truenos retumbaban a su espalda y el granizo rodeaba la membrana de la burbuja de seguridad proporcionada por la

ME. Un relámpago cruzó por delante del cristal parabrisas... mucho más cerca de lo que habría sido posible de haber tenido lleno el depósito de ME. Ash acercó la nave todavía más a los nublados y tormentosos laterales del túnel, donde había poca visibilidad, pero donde por lo menos los vientos no eran tan fuertes.

Los prerrecuerdos llegaron como fogonazos a su mente. Igual que siempre, aparecían de forma tan repentina que no tenía tiempo de prepararse para lo que veía.

«Una barca de remos rodeada de agua negra... Árboles fantasmas que desprenden un brillo blanco en la oscuridad... Una mujer con la cabeza cubierta por una capucha... La melena blanca ondeando al viento... Un beso... Un cuchillo...».

Se le cerraron los párpados, pero Ash se obligó a abrirlos, jadeando. Prerrecordó la sensación del frío acero entre las costillas, seguida de un dolor incomparable a cualquier otro que hubiera sentido antes. El sudor le perlaba la frente. Se llevó la mano al punto en el que notaba que el cuchillo se hendía en su cuerpo, pero los dedos solo hallaron tela y piel dura y cálida. Ni rastro de herida. Ni rastro de sangre. Nada de todo aquello había sucedido.

Todavía.

Ash dobló el cuerpo hacia delante, con el estómago encogido. El dolor se disipó, pero los prerrecuerdos permanecieron; se repetían en un bucle interminable en un rincón de su cabeza. Un barco meciéndose en el agua y una chica con el pelo blanco que lo besaba y luego lo mataba. Siempre eran iguales. Siempre terribles.

El Profesor le había explicado en qué consistían los prerrecuerdos de la mejor manera posible.

«En un anillo, todo el tiempo existe a la vez —le había dicho con su voz lenta y tranquila tan característica—. Eso confunde a nuestro frágil cerebro humano y crea senderos en nuestros recuerdos donde todavía no deberían existir. En consecuencia, uno se encuentra con que recuerda cosas del futuro, que ocurrirán días (algunas veces incluso un año) más tarde, con la misma facilidad que recuerda lo que ha comido para desayunar».

«Incluso un año». Ash había empezado a prerrecordar a la chica de pelo blanco con el puñal once meses antes, y los prerrecuerdos se habían intensificado durante las últimas semanas. El Profesor dijo que podía ocurrir conforme un hecho prerrecordado se acercaba. Si eso era cierto, significaba que Ash tenía menos de cuatro semanas de vida por delante.

Parpadeó varias veces y se concentró en lo que sucedía delante del parabrisas. El granizo se había convertido en una lluvia fuerte y el viento se había calmado un poco, lo que permitió que Ash recondujera la Segunda Estrella hacia el centro del túnel. El tiempo tenía sus puntos de referencia, como cualquier otra cosa, y Ash reconoció el familiar patrón del torbellino que señalaba el año 2077. Su salida.

Se aferró con más fuerza a la palanca de mandos y mantuvo recta la nave, pilotando hacia un nebuloso remolino un poco más ligero que las nubladas paredes que lo rodeaban. Era similar a conducir de noche con niebla. Ash no siempre lograba encontrar la hora y el minuto exactos que andaba buscando, pero tenía un sexto sentido para acertar con los meses y los días.

Los relámpagos relumbraron por detrás y el aire alrededor de la nave se volvió más denso, más húmedo, hasta que la Segunda Estrella quedó sumergida por completo en el agua.

«Por fin en casa». Ash se frotó los párpados con dos dedos, sin sorprenderse al ver que le temblaban las manos. Los prerrecuerdos lo habían trastocado mucho esta vez, más que de costumbre. Todavía notaba el dolor fantasma del puñal. La advertencia de lo que se cernía sobre él.

Había visto su propia muerte una docena de veces. Tal vez más. A esas alturas, ya debería estar acostumbrado.

—Mantenga la compostura, soldado —murmuró.

Hacía casi dos años que no era soldado, pero la palabra todavía se le escapaba de los labios con más frecuencia que su propio nombre.

Encendió los faros y dos haces de luz gemelos se abrieron paso en la oscuridad del agua. Apuntó con el morro de la nave hacia arriba y la Segunda Estrella salió a la superficie. Miró hacia abajo y aguzó la vista en busca de sombras que surcaran el agua.

Las olas no se movían. Pero eso no significaba que estuviera solo.

14 DE OCTUBRE DE 2077, NUEVA SEATTLE

El taller del Profesor era mitad garaje, mitad caseta para botes.

La estructura, que tenía una forma extrañísima, se elevaba directamente desde el agua, las paredes estaban hechas de planchas de hojalata y plásticos encontrados por ahí, el tejado se había improvisado con neumáticos viejos y restos de madera contrachapada... El taller todavía tenía ventanas de auténtico cristal y una puerta que funcionaba por control remoto, un lujo que Ash y Zora (la única hija del Profesor) se permitían, aunque la electricidad para alimentarla costaba una pequeña fortuna. Ash accionó el mando a distancia y la puerta se separó con un zumbido de la pared, haciendo que el agua se ondulara. Había espacio suficiente para aparcar dos o tres navíos por lo menos del tamaño de la Segunda Estrella, pero el único otro vehículo que había dentro era la lancha motora de Ash. Pilotó la Segunda Estrella hasta dejarla junto a la lancha y apretó de nuevo el control remoto para cerrar la puerta.

Los faros de la máquina del tiempo iluminaron las paredes cubiertas de ganchos de los que colgaban herramientas sucias, partes sueltas y docenas (tal vez centenas) de diseños, esquemas y mapas del mundo en diversos puntos de la historia. Los mapas ya no resultaban legibles. La humedad del ambiente había combado el papel y había corrido la tinta, pero Ash no quería tirarlos. Había estado en algunos de aquellos lugares: el vestíbulo del hotel Fairmont para ver cómo llegaba el hombre a la Luna en 1969; el partido con el que los Chicago Cubs ganaron el Mundial de Béisbol en 1908; el jardín de la Casa Blanca para la investidura de la primera mujer que presidió el país en 2021. Zora decía que los mapas hacían daño a la vista, pero a Ash le gustaba recordar lo vivido.

Empezó con las comprobaciones rutinarias posteriores a un vuelo, apretó interruptores y giró tuercas hasta que la Segunda Estrella descendió sobre el agua y el motor se apagó con un chisporroteo. La luz verde de seguridad se encendió y le indicó a Ash que podía salir. Se desabrochó el cinturón de seguridad y empujó la puerta; empezaba a notar el dolor de cabeza martilleándole las sienes.

—Buenas tardes.

La voz procedía del fondo del muelle en penumbra, un lugar que los faros de la Segunda Estrella no alcanzaban. Ash movió la mano de forma instintiva, como si quisiera coger la chata pistola Smith & Wesson de la marina que ya no llevaba consigo. Pero entonces sus ojos se acostumbraron a la oscuridad y advirtió la silueta de una chica altísima sentada en una silla de jardín de plástico, con las piernas largas cruzadas delante del cuerpo. Estaba puliendo una pieza de motor grasienta con un trapo viejo.

Ash se relajó y bajó hasta el muelle, dejando abierta la puerta de la cabina.

—¿Qué haces aquí, Zora?

—Quería ver si conseguías volver con vida.

Lo dijo sin emoción alguna en la voz, como si la hubiera decepcionado al conseguir la hazaña.

—Pues aquí estoy. Vivo y coleando. Y tan atractivo como siempre.

Ash intentó sonreír. Por muchas pruebas que demostraran lo contrario, le gustaba pensar que era una sonrisa propia de un triunfador. Zora no levantó la vista de la pieza que estaba limpiando.

Ash dejó de sonreír.

—¿Estás mosca?

Zora escupió en el trapo y lo introdujo aún más por las hendiduras de la pieza. Nunca gritaba. No le hacía falta. Durante los dos últimos años, sus silencios habían pasado de ser irritantes a ser brutales. Ocupaban espacio y energía. Hacían que Ash pensara en un inmenso animal sentado en el rincón de una habitación, y se suponía que él no tenía que mirarlo ni percatarse siquiera de su presencia.

—Venga, vamos —la instó Ash—. Usa las palabras.

Zora apoyó la pieza de motor en el regazo e irguió la espalda. Por fin se dignó mirar a Ash a los ojos.

—Nunca escuchas mis palabras.

—Eso no es verdad.

—Como cuando dije: «Ash, por favor, deja de volar con ese trasto viejo».

—Es mi trasto viejo...

—Y «Ash, no volveré a dirigirte la palabra si sigues arriesgando la vida en esa nave».

—Ahora sí que te has soltado...

—Y «Ash, te lo juro, si mueres tú también...».

Zora dejó la frase a medias. Se quedó un momento callada y luego cogió la pieza del motor y la lanzó: no a Ash, pero tampoco lejos de él precisamente.

La pieza resbaló por el muelle y se metió en el agua con una suave salpicadura, dejando tras de sí un rastro de grasa.

Ash estaba a punto de recordarle otra vez que ese trasto viejo era suyo, y que podía morir en él si quería, pero esa palabra lo detuvo.

«También», había dicho Zora. Si mueres tú «también».

Ash cerró la boca. Zora maldijo para sus adentros y bajó la cabeza para apoyarla en las manos.

A Zora le gustaba fingir que no sentía emociones. Si por ella hubiera sido, su interior habría ronroneado igual que los motores que tanto le gustaba desmontar y volver a montar. Por eso nunca hablaban de los verdaderos motivos por los que no quería que Ash hiciera viajes al pasado. Ya había perdido a demasiada gente.

Zora se incorporó y levantó la tapa de la Segunda Estrella. Se inclinó sobre el motor.

—Has vuelto a inundarlo.

Ash conocía a Zora desde hacía tanto tiempo que sabía lo

que le estaba diciendo en realidad: «Podemos hablar sobre tus malditos sentimientos siempre que lo hagamos mientras arreglamos este motor».

A Ash no se le daba especialmente bien arreglar cosas, pero sabía cómo ser útil. Descolgó una llave inglesa de un gancho de la pared del taller y se acuclilló por debajo de la tapa del motor, junto a Zora.

—No es culpa mía. El acelerador no para de atascarse.

—Si no lo marearas tanto, no se atascaría.

Zora le quitó la llave inglesa de las manos y trabajó en silencio unos minutos, mientras Ash miraba por encima de su hombro. Con la mente perdida, se tocó el punto por debajo de las costillas en el que el puñal le había perforado la piel. Ya no le dolía, pero aún sentía un cosquilleo en los nervios a causa del dolor prerrecordado.

—¿Es ahí donde te apuñala? —preguntó Zora mientras giraba la llave inglesa hacia la izquierda.

Ash asintió con la cabeza. Le había contado a Zora todo lo que podía prerrecordar, desde la chica con el pelo blanco en la barca que se mecía hasta el propio apuñalamiento, pero ella tenía tan pocos recursos como él para evitar que su muerte ocurriera una y otra vez. Ash se dio unos golpecitos en el costado.

—Sí, justo aquí.

—¿Tan mal besas?

—¿Quieres averiguarlo?

—Ja, ja —dijo Zora sin pizca de humor. Levantó los ojos sin mover la cabeza—. ¿Alguna novedad?

Ash abrió la boca y luego la cerró. No había ninguna novedad, pero sí había cosas que no le había contado. Rollos emocionales. Como, por ejemplo, que cuando había visto esta vez a la chica de la melena blanca, se había puesto contento. La había echado de menos. Y cómo, cuando le había amenazado con el puñal, no solo se había asustado. También había sentido que se le rompía el corazón. Como si se hubiera apagado el sol. Ese era el sentimiento que lo atormentaba, más que la herida del puñal. No solo iba a besar a esa chica. Iba a enamorarse de ella. Y ella iba a traicionarlo.

Por eso mismo evitaba toda clase de flirteo y las chicas en general. Sabía que iba a enamorarse, que la chica de la que se quedara prendado iba a matarlo y que ambas cosas sucederían en un plazo de cuatro semanas. Eso hacía que quedar con alguien se pareciera mucho a jugar a la ruleta rusa.

Carraspeó.

—Nada nuevo. Pero los prerrecuerdos son cada vez más fuertes.

Zora limpió la grasa de un tornillo. Ash advirtió que se esforzaba por mantener una expresión tranquila, como si realmente solo se dedicaran a arreglar el motor. Pero la chica tuvo que intentarlo tres veces hasta conseguir enroscar el tornillo de nuevo y, cuando se limpió las manos en la parte trasera de los vaqueros, le temblaban.

—¿Podemos registrar su despacho una vez más? —Evitó mirar a los ojos a Ash mientras lo decía, probablemente porque ya sabía que era en balde—. Mi padre era un desastre con el orden. Tal vez haya algo en sus notas, algo que se nos ha pasado por alto...

—¿Que se nos ha pasado por alto...? —Ash enarcó una ceja.

Zora casi se había instalado en ese despacho desde que había desaparecido su padre. Si había algo que pudieran encontrar, ya lo habría encontrado.

—¡Tiene más sentido que volar en esa máquina del tiempo destartalada hasta el año 1908 porque, una vez, mi padre mencionó un reloj que le parecía bonito!

Por supuesto, tenía razón. El Profesor no había dejado ninguna pista de dónde podía estar. Se había marchado sin más.

Doce meses antes, había llenado de ropa una bolsa de lona en plena noche y había desaparecido en su otra máquina del tiempo, la Estrella Oscura, junto con un segundo depósito de ME: en ese caso, lleno. Ash esperó unos cuantos meses a que regresara por propia iniciativa, y luego, pensando que era una idea muy astuta, se teletransportó con la Segunda Estrella a la mañana en la que el Profesor se había marchado de la ciudad, suponiendo que podría pillar al hombre antes de que se marchara y advertirle de que algo se iba a torcer para evitar todo aquel desaguisado antes de que empezara.

Técnicamente, se suponía que no podían viajar al pasado para cambiar las cosas. Pero los prerrecuerdos habían comenzado en aquella época, y Ash estaba desesperado. No estaba preparado para morir.

De todos modos, había dado igual. La nave de Ash se había estropeado en el agua cuando iba al taller. Cuando logró que su pájaro de acero alzara el vuelo y se puso en marcha, hacía rato que el Profesor se había ido. Lo intentó de nuevo al día siguiente y ocurrió lo mismo. Una y otra vez. Y otra vez.

Ash sintió vergüenza al comprobar cuánto había tardado en asimilar que nunca iba a conseguir llegar al Profesor antes de que este se marchara, porque, si el Profesor no se hubiera ido, Ash no habría tenido motivos para regresar al pasado a impedírselo.

Era una paradoja: un bucle causal. Una persona no podía

volver al pasado para cambiar algo que le impidiera ir al pasado. Por ejemplo, si regresaba al pasado para evitar que otra persona se marchara (y lo conseguía), sería lógico pensar que esa persona, en realidad, no se marcharía. Así que entonces la primera persona nunca tendría motivos para volver al pasado para impedir que el otro se marchara. Paradoja.

Pensar en la lógica del asunto hacía que a Ash le doliera la cabeza, era como un enigma que comprendía en teoría pero que no podía explicar a nadie más. Y para colmo, Ash ni siquiera confiaba del todo en encontrar al Profesor por su cuenta; era solo que tenía que hacer algo. No hacer nada implicaba obsesionarse con la inminencia de su muerte.

«Agua negra y pelo blanco y un puñal clavado en el esternón».

Se rascó la barbilla con la mano; de repente estaba agotado. Ni siquiera sabía si era posible detener un prerrecuerdo: al final y al cabo, era un recuerdo, lo que significaba que ya había sucedido, aunque Ash no lo hubiera vivido todavía. Pero sabía que, si alguien era capaz de detenerlo, sería el Profesor. Si el hombre se había esfumado para siempre, también lo habían hecho las posibilidades de Ash de sobrevivir a los dieciocho.

—Tengo otro plan para evitar que el prerrecuerdo se haga realidad —dijo Ash, y cerró de portazo la cabina de mandos—. Por desgracia, implica que seamos amantes.

Zora no levantó la mirada del motor.

—¿Vas a romper tu regla de no salir con nadie?

—Solo contigo. Es un plan perfecto, ¿sabes? Tú no tienes el pelo blanco, eso para empezar. Y nunca me apuñalarías.

—Y pensar en besarte me da náuseas.

—El nuestro será un amor casto.

—De todas formas, te equivocas —dijo Zora—. Se me ocurren por lo menos tres motivos para apuñalarte. Cuatro, si cuentas el hecho de que dejaste los platos sin fregar esta mañana.

—Qué agresiva eres siempre —contratacó Ash.

Zora se puso de pie y se limpió las manos grasientas en el pantalón. Se parecía muchísimo a su padre: hombros anchos, piel marrón oscura y una tupida mata de pelo negro que se recogía en un moño trenzado en la nuca. Tenían la misma nariz ancha y la misma mandíbula, los mismos ojos negros, la misma forma de torcer a medias la boca cuando alguien hacía bobadas. Ash tenía que recordarse de vez en cuando que no eran la misma persona. Zora tampoco sabía el paradero de su padre.

«Te lo juro. Si mueres tú también...».

Ash sacudió la cabeza con determinación. Seguro que no lo había dicho con esa intención, intentó convencerse. El Profesor no estaba muerto. Solo había desaparecido.

Soltó el pestillo de la puerta de la bodega de carga y la abrió con un gruñido.

—En la guerra, teníamos una palabra para...

El resto de la frase se le atragantó en la garganta.

Allí, acurrucada en la bodega de la Segunda Estrella, estaba la chica de 1913, con el vestido de novia arrugado y embarrado.

La chica se apartó de la cara el pelo sudoroso.

—Creo que voy a devolver —dijo.

Y entonces vomitó encima de las botas de Ash.

Entrada del cuaderno de bitácora
10 de octubre de 2073
22:47 horas
el taller

Lo he hecho. Yo, el profesor Zacharias Walker, estoy a punto de conseguir lo que con toda probabilidad será el mayor logro científico de mi generación. No estoy seguro de cómo transmitir en condiciones mi emoción en estas páginas... Me encantan la pluma y el papel, tan pasados de moda, pero tan fantásticos, sí, me gustan tanto como al mega friqui más obsesionado con la historia que existe, pero si hubiera grabado en vídeo o en holograma los avances de mi investigación, podría incluir aquí un clip malísimo de mí mismo saltando sin parar con los puños levantados en señal de victoria.

Pero como no tengo esos medios, no hay manera de describir como es debido las maravillas de este descubrimiento. De todos modos, lo intentaré.

Ahí va el notición: he fabricado una máquina del tiempo.

Escribir estas palabras basta para que se me ponga la piel de gallina.

¡He fabricado una máquina del tiempo!

Desde hace un año, todos y cada uno de los físicos y matemáticos teóricos, así como todos los ingenieros del planeta Tierra lo han intentado. A diario han circulado historias sobre sus fracasos, su falta de financiación, su bochorno.

Pero yo lo he conseguido de verdad.

Creo que... creo que voy a pasar a la historia.

Mi esposa, Natasha, dice que probablemente este diario se publique algún día para la posteridad, así que debería ser un poco más cuidadoso con lo que escribo de ahora en adelante. De hecho, me parece que me voy a decidir a arrancar todas las páginas anteriores para convertir esta entrada en la primera. A nadie le hace falta saber que no me acordaba de los cálculos exactos para el flujo de canal (una pequeña broma científica para que los lectores se diviertan).

En cualquier caso, vamos a quitarnos de encima los aspectos aburridos cuanto antes: me llamo profesor Zacharias Walker. Tengo treinta y ocho años y soy profesor adjunto de matemáticas en la Academia de Tecnología Avanzada de la Costa Oeste (ATACO).

Llevo unos cuantos años investigando las propiedades de la materia exótica. Para quienes no sigan los cotilleos científicos (aunque, en serio, ¿cómo puede alguien no hacerlo?), el estudio de la materia exótica se puso de moda en los círculos científicos hace unos diez años, cuando una misión de la NASA llamada SIRIUS 5 logró obtener una pequeña muestra de la sustancia del borde exterior del agujero negro MWG2055, el primer agujero negro descubierto en nuestra galaxia. Como sabrán, la materia exótica es materia que se desvía de la materia normal y tiene propiedades «exóticas» o, en otras palabras, propiedades que violan las leyes conocidas de la ciencia.

El interés sobre este material se apagó por una sencilla razón; muchos científicos, una cantidad minúscula de materia exótica. Bueno, no debería decir que «se apagó». Todavía existe cierta curiosidad por la materia exótica, pero la siguiente misión a MWG2055 no está programada hasta 2080 y, mientras tanto, mi propuesta de investigación es la única cuya financiación ha sido aprobada.

Tuve suerte, o mucho más que eso. En la actualidad, la muestra de ME se conserva en la ATACO y resulta que como en la misma sandwichería que la mitad de los miembros del consejo de administradores... Pero bueno, que me desvío del tema. Lo importante es que he dedicado el último año a investigar las propiedades de la ME y he descubierto que la materia exótica ¡estabiliza un anillo!

Todos sabrán qué son los anillos, por supuesto. El descubrimiento del anillo del estrecho de Puget el 10 de junio de 2066 se comparó con la llegada del hombre a la Luna. Siempre se ha creído que los agujeros espacio-temporales son unas grietas requetediminutas en el espacio-tiempo, del tamaño de un agujero de gusano, pero en realidad el anillo del estrecho de Puget (una especie de agujero espacio-temporal) es inmenso. Es tan grande que los seres humanos pueden viajar a través de él.

Mientras escribo esto, el anillo del estrecho de Puget es el único anillo cuya existencia se haya constatado, y por suerte para nosotros, está ubicado junto a la costa de Seattle.

Desde su descubrimiento, todos los científicos y científicas teóricos que merezcan recibir ese nombre han intentado dar con un plan factible para utilizar el anillo con el fin de viajar en el espacio-tiempo.

Por desgracia, el anillo es volátil. Los vientos en el anillo son tan fuertes que hacen que un huracán parezca una suave brisa. Hasta la fecha, solo dos hombres han entrado en el anillo del estrecho de Puget. El primero murió al instante. El segundo está en cuidados intensivos. Creo que los médicos todavía buscan la manera de readherirle la piel al cuerpo.

Sin embargo, la materia exótica evita que esas inoportunas paredes te rompan en pedazos.

Por supuesto, en realidad es bastante más complicado. Se necesita una nave y la materia exótica tiene que incorporarse con suma precisión en la estructura de esa nave, o de lo contrario no extiende sus propiedades exóticas a la materia normal que protege. (Hablar de «materia normal» es la forma científica de decir todo lo que no es materia exótica. Por ejemplo, una persona.)

Me he pasado los últimos doce meses restaurando un viejo avión de ataque A-10 Warthog y creo que he dado con una manera de fundir la materia exótica con la nave sin estropear la integridad general de la materia. Si mi teoría es correcta, la ME debería transmitirme sus propiedades exóticas cuando entre en el anillo. Lo cual no es más que una forma elegante de decir que evitará que me despelleje vivo.

Se supone que el anillo es un túnel con el que se viaja hacia atrás. Así pues, si estoy en lo cierto, debería ser capaz de volar con mi caza modificado ¡hacia el pasado!

No puedo creer que haya escrito estas palabras.

Debo detenerme un segundo aquí. Aún tengo que asimilarlo. Técnicamente, la ME es propiedad de la facultad. Solo puede utilizarse «con fines investigadores». Es decir, si quiero probar mi máquina del tiempo, tendré que robar la ME.

No estoy seguro de las consecuencias del robo de propiedad de la universidad. ¿Una multa impresionante? ¿La cárcel? ¿Morir con mil latigazos?

Eso suponiendo que de verdad sobreviva al viaje a través del anillo. Hasta ahora, nadie lo ha hecho. Además de esposa, tengo una hija de trece años, Zora. Ella es la que llamó mi máquina del tiempo SEGUNDA ESTRELLA, igual que en la frase de *Peter Pan* que te dice cómo llegar al País de Nunca Jamás siguiendo las estrellas: «Segunda estrella a la derecha y todo recto hasta el amanecer». En cualquier caso, no quiero morir antes de tener la oportunidad de verla crecer. De modo que no estaría de más que tuviera todo eso en cuenta.

Y, por supuesto, habrá que pensar en los terremotos.

Sé que todos confiábamos en que no fueran más que una extraña anomalía, un efecto raro del cambio climático, pero desde hace un tiempo ocurren con mucha mayor frecuencia de la que cualquiera de nosotros hubiera imaginado. El último sucedió hace apenas dos años, y alcanzó un 4,7 en la escala de Richter. No fue excesivamente fuerte, de acuerdo, pero si resulta que me encuentro en el estrecho cuando azote un terremoto, tendré que lidiar con olas muy grandes. Impresionantes.

Podría morir en el impacto. No, moriría en el impacto.

En serio, esta aventura solo vale la pena si sé que voy a triunfar. Si tengo garantías.

Tendré que pensarlo un poco.

Tengo una idea. Es un poco peregrina, pero ¡qué más da! Al fin y al cabo, se trata de viajar en el tiempo.

La cosa es que quiero una señal.

Y creo que sé cómo conseguirla.

Voy a llamar a esta misión Kronos 1, en honor del dios griego del tiempo.

Objetivo: mañana, 11 de octubre, a las 8:00 horas, pilotaré la Segunda Estrella hacia el anillo del estrecho de Puget. Si la materia exótica mantiene el anillo estabilizado, como dicta mi teoría, viajaré en el tiempo hasta el 10 de octubre a las 23:13 horas, y me colocaré en la acera, justo delante de mi taller. Desde allí saludaré con la mano.

Por supuesto, ahora mismo estoy en el taller. Y resulta que es el 10 de octubre a las 23:13 horas.

Lo que significa que debería haber un futuro yo plantado en la acera. Sacudiendo los brazos como un loco.

Tengo que ir a mirar.

Creo que voy a viajar al pasado.

5

Dorothy

14 de octubre de 2077, Nueva Seattle

L as imágenes que pululaban en la mente de Dorothy eran demasiado vívidas para ser recuerdos, demasiado precisas para ser sueños. Era como si viera una película muda en la que se plasmaran todos los momentos extraños y hermosos de su vida hasta el momento.

Tenía cinco años y corría descalza por un campo crecido detrás de su modesta casa de Nebraska. El cielo era de un azul cegador y monstruoso sobre ella. Le entraron ganas de seguir corriendo eternamente...

Y entonces tenía doce años y estaba en la calle, pasando frío, enfrente de una taberna de Salt Lake City. Su madre le había pellizcado las mejillas para darles color y todavía estaban sonrosadas...

Tenía dieciséis años y estaba apoyada en el borde de una butaca en el salón de Avery. Un joven con rizos relucientes y una sonrisa maliciosa estaba sentado junto a ella. El joven le cogió la mano...

Y entonces estaba arrodillada en un claro del bosque, cerca de la iglesia en la que iba a casarse. Estaba cubierta de sangre, gritaba...

«No —dijo con firmeza una voz en el interior de su mente—. Eso todavía no ha sucedido».

Las imágenes empezaron a precipitarse, un remolino de colores y formas que Dorothy ya no era capaz de distinguir. La cabeza le daba vueltas. Se le encogió el estómago.

«Así debe de sentirse alguien al morir», pensó.

Y entonces se despertó.

Había una chica de piel morena y pelo negro que le caía sobre los hombros inclinada sobre ella. Le había puesto un paño húmedo en la frente.

—Te has despertado —dijo la chica. Arrugó el entrecejo mientras se ajustaba unas gruesas gafas negras—. Gracias a Dios. No te ofendas, pero no me apetecía tener que pasarme la noche entera secándote el sudor de la frente. Zora pensó que estarías varias horas mareada, pero le dije que eso era una locura y, bueno, es igual, se pone bastante insistente cuando no controla todos y cada uno de los aspectos de una situación, ¿sabes? Oye, ¿de verdad te colaste de polizón en la Segunda Estrella? Porque es un marrón considerable... ¡Si Ash ni siquiera me deja tocar la nave!

Lo dijo todo muy deprisa, con un leve acento que Dorothy no supo reconocer.

Dorothy se incorporó con el corazón desbocado mientras miraba alrededor. Estaba en un tosco colchón, dentro de una habitación pequeña con el techo bajo y sin ventanas. A lo lejos, oyó un murmullo de voces.

—¿Dónde estoy? —dijo con voz ronca, le picaba la garganta—. ¿Quién... quién eres?

La chica metió el paño en un maletín negro que se parecía muchísimo al maletín de cirujano de Avery, solo que tenía los laterales de piel rígida en lugar de suave y arrugada, y los cierres eran de una plata más brillante.

—Me llamo Chandra. —La chica se subió el puente de las gafas con un dedo—. Has venido en la nave con mi amigo Ash. Te acuerdas de Ash, ¿verdad? ¿Mal genio? ¿Ojos bonitos pero un poco maloliente? ¿Como si alguien intentase camuflar de vez en cuando con colonia la peste a grasa de motor?

—Ah.

Dorothy notó que se le subían los colores a las mejillas al recordar al piloto de los ojos color avellana. «Ash». Pensó en el olor seco y ahumado que desprendía su piel.

Su intención era saltar del avión antes de que él se diese cuenta de que Dorothy había viajado de polizón, pero el viaje en sí había sido una experiencia difusa. Recordaba a la perfección estar acuclillada en aquel espacio reducido y oscuro, el vuelco que le había dado el estómago cuando el avión despegó del suelo...

Y después no había nada salvo esos recuerdos que la atormentaban y unos sueños que casi parecían reales.

Dorothy se llevó una mano a la cabeza y sintió un escalofrío de vergüenza.

—¿Dón... dónde estamos?

Chandra parecía evitar mirarla. Sacó un montón de ropa de su maletín y la dejó encima de la cama.

—Es horrorosa, pero está claro que no puedes pasearte por ahí con ese vestido. Te irá grande, pero con tan poco tiempo, no hemos podido encontrar nada mejor. —Cerró el maletín y se dirigió a la puerta—. Te dejo para que te cambies...

—¡Espera! —Dorothy bajó una pierna de la cama—. No me has...

Pero Chandra ya había salido de la habitación y la puerta se había cerrado.

Dorothy miró la ropa que le había dejado. No le gustaba aceptar caridad. En su experiencia, la gente no daba nada gratis, así como así; siempre tenía un precio en mente, aunque no dijera cuál. Dorothy prefería mil veces robar sin más. Por lo menos, eso era honesto... a su manera.

Sin embargo, Chandra tenía razón: no podía pasearse por ahí con un vestido de novia hecho jirones.

Se quitó el vestido y desplegó la ropa. Descubrió unos pantalones y una camisa blanca fina.

Se puso la camisa por encima del corsé y, a continuación, se dispuso a enfundarse los pantalones. Frunció el entrecejo. Nunca en su vida había llevado pantalones. Pasó las piernas por las perneras y se subió la cintura, luego abrochó con torpeza los enormes botones. Los pantalones le iban gigantes, incluso después de doblarse tres veces la cintura y subirse los bajos. Una vez de pie, extendió los brazos a los lados del cuerpo y dio unos cuantos pasos para practicar por la reducida habitación en la que estaba.

Para su asombro, los pantalones eran comodísimos. Era un pecado que nadie le había contado. Sin faldones que le abultaran alrededor de las piernas y le hicieran tropezar. Recorrió el tejido con las manos y los dedos rozaron una costura más gruesa. ¡Bolsillos! Igual que los pantalones de los hombres. Saltó unas cuantas veces para asegurarse de que no se le caían de las caderas y comprobó que se mantenían en su sitio.

Había un espejo apoyado contra la pared. Dorothy se puso delante y examinó su nueva apariencia. Parecía desaliñada, masculina y tosca, todo lo contrario de la novia hermosa y radiante que había sido por la mañana.

Una sonrisa se dibujó en sus labios. Perfecto.

Se acercó a la puerta y luego dudó un momento, sintió un cosquilleo en los dedos. Chandra no le había dicho dónde estaban. Le inquietaba pensar que podía abrir la puerta de esa habitación y encontrarse con... bueno, cualquier cosa. No sabía absolutamente nada de aviones. No sabía lo rápido que volaban, ni hasta dónde podían llegar, y no tenía la menor idea de cuánto tiempo había pasado acuclillada en la bodega del avión. Podría estar en cualquier parte del mundo.

Un escalofrío la recorrió, delicioso y aterrador al mismo tiempo. Podría estar en algún lugar... peligroso.

Pero, vamos a ver, ¿no era ese el motivo por el que se había colado en el avión? ¿Para ir a un lugar nuevo? Hasta ahora, su vida había sido una sucesión de ciudades polvorientas, una fila interminable de hombres con buenos modales, ropa cara y ojos hambrientos. El avión había sido una señal. Había algo más. ¡Tenía que haberlo!

Con cuidado, Dorothy abrió la puerta y se encontró con un pasillo ancho igual de oscuro y tenebroso, vacío salvo por el piloto, que estaba sentado en una silla metálica a unos pasos de distancia.

La joven arrugó la frente.

No parecía que la hubiera oído abrir la puerta. Estaba inclinado hacia delante, tallando algo, con la frente surcada de arrugas mientras maniobraba con el cuchillo alrededor de una madera sin forma. Se había quedado en camiseta interior, y su chaqueta colgaba del respaldo de la silla. Todavía olía a avión y, cuando Dorothy inspiró, el olor le hizo cosquillas en la nariz.

Chandra se equivocaba; no olía mal, todo lo contrario. Comparado con la asfixiante colonia que llevaba siempre Avery, en realidad el olor de Ash era bastante agradable. Hacía que Dorothy pensase en aventuras y lugares remotos.

Pero el hombre en sí... Dorothy inclinó la cabeza y se deleitó mirando a conciencia los músculos que se flexionaban por su espalda y sus hombros. Una vez más, pensó qué distinto era de los hombres con los que solía relacionarse. Al principio, lo había tomado como un buen presagio, pero ahora empezaba a pensar que podía haber una razón por la cual su madre siempre elegía caballeros. A este hombre no le había importado un comino dejarla sola en el bosque después de que ella le pidiera (no, le suplicara) ayuda. Carecía de modales. Era un bruto. Tal vez Avery se excediera con la colonia, pero nunca habría dejado a una chica sola en el bosque.

«Pero Avery habría esperado algo a cambio», dijo la voz de la conciencia de Dorothy. Se sacudió ese pensamiento. Todo el mundo esperaba algo a cambio. La ayuda nunca era gratuita.

Metió una mano en el bolsillo y apretó los dedos sobre el frío metal del reloj que le había robado al piloto. Por desgracia, parecía una baratija.

«Más problemas que beneficios», habría dicho su madre. Dorothy aborrecía reconocer que tenía razón. Aun así, no había forma de pasar por delante sin que Ash se diera cuenta, así que Dorothy carraspeó.

—Ostras —murmuró Ash. Se estremeció—. ¿Es que tengo que ponerte un cascabel? Por poco me rebano un dedo. —Al cambiar de escenario, había empezado a tutearla.

Acto seguido sacudió el dedo delante de Dorothy. Esta arrugó la frente.

—¿Adónde me has traído? —preguntó ella también con confianza, mientras se adentraba en el pasillo.

El piloto descolgó la chaqueta que había en el respaldo de la silla y se la puso.

—¿Que adónde te he...? —Negó con la cabeza—. ¿Qué tal un gracias por limpiar mi vómito y sacarme del taller después de que me desmayara?

Dorothy hizo una mueca. No recordaba haber vomitado ni haberse desmayado, y saber que había hecho ambas cosas hizo que se sonrojara.

Paseó la mirada por el oscuro pasillo. Tampoco tenía ventanas, pero allí las voces se oían más altas. Unas manchas de grasa salpicaban las paredes y percibió un fuerte olor a pescado frito y cerveza.

Arrugó la nariz.

—¿Estamos en un bar?

—¿No está a tu altura? —preguntó Ash como si nada, pero sonrió de oreja a oreja—. Un amigo nuestro alquila las habitaciones libres, y no hace muchas preguntas. Mi casa está en la otra punta de la ciudad, así que pensamos que sería mejor traerte aquí.

—No hace muchas preguntas —repitió Dorothy con amargura. Había conocido infinidad de hombres así, aunque desde luego, no alardearía de asociarse con ellos. Su opinión sobre Ash empeoraba por momentos—. Entonces ¿entiendo que tienes la costumbre de arrastrar a personas inconscientes por los bares?

—Tú eres la primera, preciosa.

—No me llames preciosa —dijo Dorothy frunciendo los labios. Odiaba los apelativos cariñosos. «Preciosa» y «cariño» y «princesa». Solían utilizarlos los hombres cuando querían recordarle que ellos estaban al mando y ella no era más que una cara bonita—. Me llamo Dorothy, aunque no te hayas molestado en preguntármelo.

—Igual te parezco un loco, pero no suelo preocuparme por saber el nombre de los polizones que se cuelan en mi nave. —Se pasó la mano por el pelo con los dedos separados y dijo, en voz tan baja que podría haber estado hablando consigo mismo—: Esa parte de la Segunda Estrella ni siquiera está presurizada. Has tenido suerte de que el viaje no te haya matado.

Dorothy empezaba a cansarse de aquella conversación. Se subió un par de dedos más los pantalones exageradamente grandes y notó cómo cambiaba de sitio el reloj de bolsillo que tenía escondido. Era posible que no valiera mucho, pero, en su opinión, el hecho de habérselo arrebatado a esa persona tan desagradable ya era suficiente recompensa. Torció la comisura del labio al pensarlo.

—Pues sí, no me ha matado. ¿Me convierte en alguien especial?

Los ojos de Ash se concentraron en los labios torcidos de su polizón, y Dorothy supo que se estaría preguntando qué le resultaba tan divertido. Le entraron ganas de sacudir el reloj delante de sus narices y decirle: «Mira lo que tengo».

—Has tenido suerte de que yo no te haya matado —añadió Ash ceñudo.

Bueno, por fin se animaba la conversación.

—¿Por qué no lo has hecho? Me refiero a matarme. Soy un polizón, como tan amablemente has apuntado. ¿Por qué me has traído aquí? —Recordó a Chandra limpiándole la frente, ofreciéndole ropa—. ¿Por qué me habéis ayudado?

Ash vaciló y sopesó sus palabras.

—La respuesta corta es que Zora quería que te llevase a un lugar seguro. Supongo que no quería mancharse las manos con tu sangre.

«Seguro». La palabra quedó suspendida en el aire.

Dorothy sabía que habían aterrizado en algún lugar peligroso.

Se tragó los nervios y preguntó:

—¿Y la respuesta larga?

Ash se rascó la mandíbula.

—¿Quieres que sea sincero? Me apetecía ver tu cara cuando te dieras cuenta de dónde has aterrizado.

—¿Te refieres a lo de las ciudades sumergidas y las ancianas que desaparecen y las chicas caníbales?

Se esforzó al máximo por parecer despreocupada, como si ella también entrara en la broma.

Ash le devolvió la sonrisa (una sonrisa auténtica, no la sonrisa exagerada y falsa que le había dedicado un rato antes). Luego se dio la vuelta y empezó a caminar por el serpenteante pasillo, chasqueando la lengua.

Lo había dicho en broma, pensó Dorothy, aunque su confianza empezaba a hacer aguas. ¿O no?

Apretando los dientes, lo siguió.

El pasillo los condujo a una taberna bulliciosa y repleta de gente, amueblada con montones de mesas y sillas desparejadas; la luz de las velas formaba sombras extrañas en la multitud, que se reía. A Dorothy empezó a picarle la curiosidad. Saltaba a la vista que era un bar, pero no se parecía a ninguno de los que había frecuentado hasta entonces. Vio unas cuantas mesas y sillas fabricadas solo con metal y, desperdigados entre ellas, un puñado de sillones acolchados más propios del salón de una casa. No había muchas ventanas, pero una gran variedad de objetos extraños cubría las paredes: tapacubos y pinturas al óleo y muñecas antiguas.

Y había mujeres. Dorothy y su madre solían ser las únicas féminas del bar, pero este local estaba repleto de mujeres: bebían como hombres y se vestían como hombres, con pantalones y chaquetas, y muchas llevaban el pelo recogido en una despeinada coleta. Dorothy había dado por supuesto que estaría fuera de lugar con aquella ropa tan desaliñada y el pelo hecho una maraña, pero encajaba a la perfección. Qué raro.

¿Habría llegado a algún destino en el que estuviera prohibido beber? Había oído hablar de locales en los que no estaba permitido vender alcohol, pero su madre y ella tendían a evitar esos tugurios. Era más difícil embaucar a los hombres cuando estaban sobrios.

Echó un vistazo por la sala, en busca de una salida. No tenía intención de quedarse mucho tiempo con ese piloto. Ahora que ya la había catalogado de polizón, era poco probable que mantuviera la guardia baja y el bolsillo abierto, y ella necesitaba dinero. Dinero de verdad, no la birria que podría sacar de vender el reloj barato que le había robado. Necesitaba dar un golpe de los grandes si quería sobrevivir allí... fuera donde fuese este «allí».

Por suerte, el bar estaba hasta la bandera, la gente se apiñaba alrededor de las mesas. Sería fácil hurtar un reloj de alguna muñeca, o quitar una cartera de algún bolsillo. A Dorothy le picaban las yemas de los dedos.

Pero entonces notó la mano de Ash en su espalda y notó

que interponía su cuerpo entre ella y la multitud. Hizo un gesto con la barbilla y dijo:

—El resto del equipo está por allá.

—¿Equipo?

Dorothy sintió un cosquilleo en la piel.

El piloto tenía intención de impedir que ella se marchara, pero todavía no había recurrido al uso de la fuerza. Es más, sus dedos apenas le habían rozado la espalda, como si le diera miedo tocarla.

—¿El equipo de qué?

Él la guio como un pastor entre la multitud, apartando con los hombros a la gente que tenían más cerca. Dorothy podría haberlo pisado para salir corriendo, pero el bar estaba a rebosar y no había encontrado ninguna salida. Además, estaba el pequeño detalle de haber cometido el delito de colarse de polizón en su nave. Ash no había mencionado que fuera a involucrar a la policía, pero Dorothy no quería darle motivos para cambiar de opinión. Al fin y al cabo, seguía siendo menor de edad. Podían llamar a su madre.

Se mordió la parte interior del carrillo y dejó que él la condujera hasta una mesa cerca del fondo del bar. Chandra ya estaba allí, sentada junto a un chico alto con la piel todavía más oscura, el pelo negro recogido en trencitas muy apretadas y una expresión seria en la cara.

Dorothy lo miró con más detenimiento. No era un chico... ¡era una chica!

—¿Lo veis? ¿Qué os había dicho? ¿No os parece guapísima? —Chandra se apartó hacia un lado, para dejarle sitio a Dorothy en el banco, justo enfrente de la chica que parecía un muchacho—. Ash, ¿por qué no nos dijiste que era tan guapa?

—Vosotras dos, no empecéis a hacer amigas... —gruñó Ash, mientras sacaba una silla que había al final de la mesa. Dorothy se fijó en que primero la miraba un instante a la cara y luego apartaba la vista, como si quisiera comprobar si Chandra tenía razón—. No vamos a quedarnos con ella.

—No es un gato callejero, Ash —dijo la chica que parecía un chico—. Tú no puedes decidir qué hacer con ella. —Se volvió hacia Dorothy y añadió—: Soy Zora. Encantada de conocerte.

Extendió el brazo para darle un apretón de manos a Dorothy, como si fueran un par de caballeros. Dorothy aceptó el gesto y la recorrió un escalofrío de emoción. Zora también se sentaba como un hombre. Con las rodillas separadas, los brazos cruzados con despreocupación por delante del pecho. Loretta habría dicho que era impropio de una dama, pero Dorothy no pudo evitar sentir admiración al ver lo cómoda que parecía la otra chica. No era precisamente que quisiera ser un hombre, sino más bien que no le importaba lo que los hombres pensaran de ella.

«Tal vez sea una sufragista», pensó, y se deslizó en el banco, junto a Chandra.

Hasta que no se sentó, no se percató de que había una cuarta persona en la mesa con ellos. Era un mastodonte (sin duda, el hombre más grandullón que Dorothy había visto jamás) pero, no sabía cómo, se camuflaba entre las sombras, su piel y su pelo palidecían bajo la ropa negra. Los huesos de su rostro eran marcadamente angulosos, así que la piel de los pómulos y la barbilla se notaba demasiado tensa.

—Me llamo Willis —dijo el hombretón, e inclinó la cabeza hacia Dorothy. Su voz era suave como el terciopelo, igual que la voz de los cantantes de jazz—. Un placer.

—Yo soy Dorothy —dijo ella cada vez más alerta.

Ellos eran cuatro, ella era una. No era una proporción demasiado halagüeña, si se paraba a pensarlo.

Entonces, cayó en la cuenta de algo. ¡Estaba sola! Por primera vez en su vida, estaba auténtica y genuinamente sola. Su madre no la esperaba en la habitación contigua, con la pistola de empuñadura nacarada escondida en los pliegues de la falda. Esas personas podían hacer cualquier cosa con ella.

Sin embargo, Zora deslizó un vaso de algo claro por la mesa.

—Este es el aguardiente de Dante. Lo destila él y sabe a..., bueno, sabe a gasolina, pero creo que lo vas a necesitar.

Dorothy miró el vaso, pero no lo cogió. Una vez, su madre había metido ipecacuana en la bebida de un hombre cuando él no miraba. Este se había pasado los siguientes veinte minutos vomitando en el suelo mientras ella le enjugaba la cara con un pañuelo con la mano buena para distraerlo de la otra mano, que había deslizado en su bolsillo. Después de ese episodio, Dorothy había dejado de aceptar tragos de desconocidos.

—Gracias —murmuró disimulando.

Apretó los dedos alrededor del vaso y esperó a ver qué ocurría a continuación.

El silencio se apoderó de la mesa, interrumpido por el tintineo de los vasos y una risa amortiguada en otra zona del bar. Todos la miraban a la cara.

Al comprobar que nadie hablaba, Dorothy carraspeó.

—¿Alguien piensa decirme dónde estamos?

Chandra soltó una risa nerviosa. En un susurro, dijo:

—Esto se pone divertido.

—Chist —murmuró Willis—. Necesita saberlo.

—Por favor, vosotros dos, callaos para que pueda pensar. —Zora se pasó la mano por la cara. De pronto, parecía agotada—. No estoy del todo segura de cómo... Mi padre siempre se encargaba de esta parte.

—Por el amor de Dios —masculló Ash. Se dirigió a Dorothy y dijo sin más preámbulos—: La cuestión no es dónde estás, sino cuándo. Estás en el futuro. El año 2077, para ser exactos.

Fuera lo que fuese lo que esperaba oír Dorothy, no era aquello. Una risa sorprendida le salió del alma.

—¿Perdona?

—No es una broma, preciosa —respondió Ash—. Te montaste en una máquina del tiempo, no en un avión. Continuamos en Seattle, pero hemos viajado casi doscientos años hacia el futuro. Ahora la gente la llama Nueva Seattle.

Dorothy tragó saliva.

—Entonces, cuando dijiste que erais un equipo, te referías a un equipo de...

La recién llegada sacudió la cabeza. No se atrevía a pronunciarlo siquiera.

Ash la miró con atención.

—Viajeros en el tiempo. Alucinante, ¿verdad?

—Ash —dijo Zora con los dientes apretados—. Así no ayudas mucho, ¿eh?

—¿Ayudar a qué? ¡Es un polizón! —Apartó la mirada y se reclinó en el asiento, con los brazos cruzados delante del pecho—. No veo por qué le debemos una explicación. —Apuntó con el dedo a Dorothy—. Así aprenderá a no montarse en naves extrañas.

Willis frunció el entrecejo, las puntas de su bigote apuntaron hacia abajo.

—No seas duro, capitán. Acaba de llegar.

—Sí, bueno, cuando yo llegué, pensaba que esas lanchas motoras de ahí fuera eran *rakshasas*. —Chandra miró a Dorothy—. Los *rakshasas* son como... esos demonios que comen carne humana. Zora tuvo que quedarse conmigo toda la noche, mientras me daba la mano y me prometía una y otra vez que los barcos no iban a devorarme.

—Carne humana —se hizo eco Dorothy.

No se dio cuenta de que se había llevado el vaso a los labios hasta que ya tenía el aguardiente casi en la boca. Lo dejó a toda prisa, pero movió el vaso con tanta brusquedad que unas gotas de licor salpicaron el lateral del cristal. No estaba segura de si podría contenerse antes de bebérselas.

—Sé que es demasiado para asimilarlo de golpe —dijo Zora—, pero estoy dispuesta a contestar a todas las preguntas que puedas tener. Y Ash...

—¿Preguntas? —preguntó Dorothy al exhalar, su voz sonó áspera e incrédula—. ¿Sobre qué? ¡¡Los viajes en el tiempo!?

No podía creer que esas palabras hubieran salido de su boca. Había oído historias muy rocambolescas en su vida, pero esa...

En fin. Era insultante. Se apartó de la mesa y, como nadie se movió para impedírselo, dijo:

—Creo que ya he oído suficiente, gracias.

Chandra se entristeció.

—¿Te marchas?

Dorothy miró a los ojos a Willis unos segundos.

—Si me lo permitís.

—Nadie te retiene aquí —dijo Ash, pero le tembló la comisura de la boca, como si estuviera decepcionado, y cuando Dorothy dio un paso atrás para alejarse de la mesa, la agarró por la muñeca—. Solo prométeme una cosa, preciosa.

Un escalofrío le subió por el brazo en cuanto él la tocó.

—Te dije que no me llamaras así.

Se zafó de su mano y, para sorpresa de Dorothy, Ash la soltó de inmediato, cosa que le hizo perder el equilibrio.

—Pues Dorothy —dijo Ash.

Era la primera vez que utilizaba su nombre, y ella sintió una emoción extraña. Como si tuviera mariposas en el estómago, pero menos agradable. Polillas, tal vez.

A Dorothy le preocupaba que aquel joven pudiera provocar alguna reacción en ella, ya fuera agradable o no.

Algo se suavizó en la mirada de Ash. Movió la cabeza en dirección al fondo de la sala y dijo:

—Hay una ventana en el cuarto de baño, por allí. Prométeme que echarás un vistazo fuera.

Dorothy levantó la barbilla, deseando con todas sus fuerzas que las polillas de su estómago dejasen de aletear.

—¿Por qué?

La mirada fija de Ash hizo que se sintiera incómoda. El piloto dio un sorbo a la bebida abandonada de Dorothy.

—Tú confía en mí. —Y luego, como si se lo pensara mejor, añadió—: Si eres capaz de confiar en alguien.

Entrada del cuaderno de bitácora
11 de octubre de 2073
17:01 horas
el taller

Kronos 1 no salió precisamente como estaba planeada. La cosa es que nadie ha explorado jamás el interior de un anillo. Como es natural, no podíamos hacerlo, porque no sabíamos cómo estabilizarlo. Yo tenía teorías acerca de qué iba a encontrar, pero nada concreto.

La ME sí funcionó justo como estaba previsto. Una vez que conseguimos incorporarla a la estructura de la Segunda Estrella, creó una especie de burbuja protectora alrededor de la nave y sus ocupantes (o, en este caso, su ocupante). El calibrador que instalé en la Segunda Estrella mostró que la ME se mantenía estable en el noventa y cinco por ciento durante todo el trayecto.

De ese modo, me convertí en el primer ser humano que ha volado con éxito dentro del anillo sin que los vientos rompan en pedazos su nave.

(Y no llevé cámara. Además, no estoy seguro de si una cámara podría funcionar dentro de una grieta en el tiempo y el espacio.)

En lugar de una fotografía, aquí va una descripción de lo que vi:

El anillo tiene un diámetro de casi veinte metros, con paredes hechas de lo que parece una especie de espiral de humo, o de nubes. El color de las paredes cambia conforme te desplazas por el tiempo y pasa de gris oscuro a azul celeste y de ahí a casi negro. De vez en cuando, vi algún rayo que centelleaba detrás de las nubes, y en otros momentos capté el resplandor de lo que me parecieron unas estrellas lejanas.

Todo iba bien hasta que llegó el momento de salir el anillo. Como los lectores recordarán, mi misión era retroceder en el tiempo un día, plantarme delante de la ventana de mi despacho y saludar con la mano. Suena fácil, ¿verdad?

Por desgracia, igual que la mayor parte de los avances científicos más importantes, en realidad no fue tan fácil.

El primer problema fue intentar averiguar cómo retroceder un único día. El túnel se bifurca cuando entras en él, cosa que tiene sentido. Una dirección conduce al pasado y la otra al futuro. Elegí la opción más lógica, basada en cómo entendemos los occidentales los conceptos de hacia atrás y hacia delante. Es decir, tomé el camino de la izquierda.

¡Buena elección! Me refiero a que, sí, tenía un cincuenta por ciento de probabilidades de acertar, pero aun con todo, me subió la autoestima. ¡Mi intuición científica me estaba ayudando!

Bueno, pues a continuación, mi intuición científica me jugó una mala pasada impresionante. Tomé otra decisión «intuitiva» para calibrar cuánto tiempo tenía que estar en el túnel con el fin de retroceder un día. Supuse que tenía que viajar una hora.

Admito que llegué a la conclusión de «una hora» de forma arbitraria. Me pareció una cantidad de tiempo bonita, redonda. Un buen punto de partida. Acabé aterrizando en la década de 1880. La falta de luz eléctrica en la costa me llevó a suponer que me había equivocado en mi predicción. Seattle era una pequeña ciudad portuaria en la década de 1880, y lo único que pude atisbar desde el estrecho fueron unas pequeñas casas de madera y un muelle abarrotado de barcos de vela. Me habría encantado bajar a explorar cómo era Seattle hace casi doscientos años, pero llevaba vaqueros y una camiseta, y me preocupaba un poco que alguien viera mi máquina del tiempo y empezase a idolatrarme como a un Dios. (Es broma..., más o menos.) En cualquier caso, por lo menos el error me proporcionó una vara de medir. Una hora en el anillo = aproximadamente doscientos años. A partir de esa tabla de conversión, fui capaz de calcular un momento más apropiado en el que salir del anillo.

Y, aun así, me equivoqué por tres semanas.

Sin embargo, también entonces tuve suerte. Llegué tres semanas antes, y no tres semanas después, así que decidí deambular por Seattle con una gorra de béisbol, intentando recordar dónde en concreto había ido mi «yo presente» y confiando en no reconocerme si me veía pululando junto a la verdulería.

Ya sé lo que estarán pensando los lectores. ¿Tres semanas no son mucho tiempo para pasárselo merodeando por una ciudad, procurando que no te vea tu mujer ni tu hija ni tu yo presente? Y la respuesta es sí, claro que sí. Pero, por lo menos, no era un fracaso rotundo. Alquilé una habitación en el motel más barato que encontré y empleé el tiempo extra en armar una teoría más firme para mi técnica de estabilización del anillo, que convertí en una propuesta para una serie de «misiones de exploración por el espacio-tiempo».

Por muy monumental que pueda ser este descubrimiento, mis hallazgos todavía se encuentran en estadios preliminares. Hay tantas cosas que desconocemos acerca de los anillos, de los viajes en el tiempo, de la física espaciotemporal... Esas tres semanas adicionales fueron cruciales, pues me permitieron repasar mi investigación sin preocuparme de que otro físico u otro matemático pudiera tomarme la delantera.

Justo hoy por la mañana, la ATACO ha aprobado mi solicitud de financiación. Me permitirán contratar a un pequeño equipo para la siguiente fase de la investigación. Ahora mismo tengo una pila inmensa de currículos encima del escritorio.

Primer paso: encontrar un ayudante.

Necesito un ayudante con urgencia.

6

14 de octubre de 2077, Nueva Seattle

Ash observó cómo se alejaba Dorothy entre la multitud, mientras los sentimientos de culpa lo envolvían como una niebla espesa. Sabía por propia experiencia que la conversación sobre los viajes en el tiempo tardaba un minuto en asimilarse. No tenía por qué ser tan capullo con ella. Un auténtico caballero habría...

Su mente cortó de cuajo esa línea de pensamiento. No le debía nada a aquella chica. Solo se sentía mal porque era guapa.

Pero no, no era solo eso. Ash conocía a bastantes chicas guapas. El año anterior había rechazado a un buen montón de ellas, dado que había decidido que no iba a salir con nadie hasta asegurarse de que el prerrecuerdo no iba a cumplirse. Había algo más, algo entre Dorothy y él. Algo que percibía de un modo casi físico.

«Familiaridad», se percató. A pesar de que solo hacía unas horas que se habían topado junto al bosque, ya tenía la impresión de conocerla bien.

Aunque seguro que eso era parte de la maniobra de manipulación que estaba realizando ella, ¿no? Cuando estaban en el camposanto, Ash ya se había percatado del modo en que movía las pestañas e inclinaba la cabeza, intentando engatusarlo para que pensara que era su amiga, alguien en quien podía confiar.

Y, entonces, en cuanto le había dado la espalda...

Negó con la cabeza, sintió desprecio por sí mismo. No volvería a bajar la guardia así. Si había algún tipo de chica que trajera problemas, era la que se colaba a bordo de una máquina del tiempo ataviada con un vestido de novia.

Maldita sea, si se había metido en semejante lío era por culpa de la propia chica.

No parecía que Zora compartiera esa opinión. Se volvió hacia él y le espetó:

—¿¡Pero a ti qué te pasa!?

Ash apartó la mirada de Dorothy, fingiendo estudiar lo que quedaba de su bebida, o, mejor dicho, la de su polizón.

—Es un polizón. ¿Me he perdido la parte en la que le debemos algo?

—Está sola...

—Y explícame por qué tiene que importarnos eso.

No le gustaban los derroteros que había tomado la conversación. ¿Por qué se preocupaba tanto Zora por esa chica? ¿Por qué molestarse cuando ya tenían tantos otros quebraderos de cabeza?

—Yo no la invité a bordo, Zora.

Zora se frotó los ojos.

—Necesito un trago.

Ash levantó el aguardiente abandonado.

—Estás en el lugar idóneo.

Zora se puso de pie y lo miro echando chispas por los ojos.

—Lárgate antes de que regrese. Creo que no tendrías que volver a abrir la boca.

—¡Oye! —exclamó Ash, pero Zora ya había empezado a abrirse paso entre la multitud, y no se volvió para mirar atrás.

Un desagradable escalofrío recorrió la nuca de Ash cuando volvió a mirar el vaso. Dorothy lo había sacado de quicio, y no era solo porque la hubiera robado del pasado sin querer. Ash apenas había charlado con ninguna chica aparte de Zora y Chandra desde que habían empezado los prerrecuerdos. Ni siquiera era capaz de mirar a una mujer sin pensar en la barca que se mecía en el agua y en un beso que terminaba con un puñal clavado en el cuerpo. Había pensado que evitar a las chicas impediría que el prerrecuerdo sucediera, que la mujer que él amase no lo mataría si nunca llegaba a enamorarse de ella. Y entonces, una novia de principios del siglo XX se había colado en su nave y se había introducido en su vida sin pedirle permiso.

Y ahora no podía dejar de pensar en ella.

Se pasó la mano por el pelo, tratando de no prestar atención a la sangre que le palpitaba en los oídos. Quería que la chica desapareciera. Pero eso significaba otro viaje al pasado, otro día desperdiciado. Ya quedaba poca arena por bajar en su reloj.

Cuando Ash alzó la vista otra vez, descubrió que Willis lo miraba a la cara; le temblaban las puntas del bigote.

A Ash le dio un desagradable vuelco el estómago.

—¿Te estás riendo?

—Lo siento, capitán. Nunca pensé que fueras de los que se buscan una novia con vestido y todo. —Willis se atusó las puntas del bigote con dos dedos—. *Mazal tov*, por cierto. Enhorabuena.

Chandra resopló tan fuerte que metió el codo en el vaso y se tiró encima lo que quedaba de su cóctel. Willis le ofreció una servilleta.

—Muy gracioso —murmuró Ash con el ceño fruncido.

—No seas así —dijo Chandra—. Solo ha hecho un comentario.

—Pues que hable de otra cosa.

—Vale. —Chandra se inclinó de repente sobre la mesa y bajó la voz, como si conspirase—. ¿Os habéis enterado de que la Reina de los Zorros se lima los colmillos en punta?

Entonces, Ash apretó los dientes.

—No la menciones.

Chandra cerró la boca, irritada.

—Bueno ¿qué? ¿Se supone que debemos quedarnos todos aquí en silencio?

—¿Qué tiene de malo el silencio? —preguntó Ash frotándose los ojos.

—Háblale de tu nuevo flechazo, Chandie —dijo Willis mientras le dedicaba una mirada hastiada a Ash—. Eso era de lo que estábamos hablando antes de que llegarais.

Chandra suspiró con aire teatral y miró hacia otro lado. Ash bebió un trago más mientras seguía con la mirada la de su amiga hasta el camarero bajito que secaba vasos detrás de la barra.

Se le atascó el trago.

—¿¿Levi?? —preguntó tosiendo, y se golpeó el pecho con un puño. El licor ardiente le hizo un boquete en la garganta—. ¿Crees que Levi es guapo?

Todos conocían a Levi desde hacía siglos. Su padre era el dueño del bar.

—Ya le dije a Chandra que era una mala idea —dijo Willis mientras escudriñaba una mota de suciedad en la uña del pulgar—. Vas a arruinar el bar, Chandie.

—¡No es verdad! —se defendió Chandra.

Se desplomó en el banco, haciendo un mohín. Era la menor del grupo por menos de un año, y parecía que, en su opinión, eso le daba derecho a salirse con la suya y obtener todo lo que quisiera solo con hacer temblar el labio inferior.

—¿No podríamos volver a una época del pasado en la que salir con alguien no fuese tan complicadísimo? —preguntó—. ¿Sabíais que, en la década de 1990, las mujeres iban solas a los bares con vestidos bonitos y ligaban con los hombres?

—Ha encontrado no sé qué serie antigua de televisión —aclaró Willis, y utilizó la punta de una servilleta de cóctel para limpiarse el bigote.

Chandra estaba obsesionada con la cultura pop. Procedía de la antigua India y el Profesor solía hacerle ver programas televisivos para ayudarla a aprender el idioma. Había funcionado casi demasiado bien. Ahora veía la tele de forma compulsiva y, cada pocos días, se obsesionaba con una década diferente. La semana anterior había sido una serie *anime* de los años 2040. Ahora, al parecer, la volvía loca la década de 1990.

—De ahí es de donde ha sacado esto —añadió Willis, y dio un golpecito al borde de la copa de cóctel. El líquido que había dentro era de un rosa chillón.

—Se llama Cosmopolitan —dijo Chandra, y cogió el tallo de su copa con la yema de los dedos—. ¿A que es bonito?

Ash frunció el entrecejo. Nunca había visto que Dante tuviera licor rosado.

—Solo tienes diecisiete —le recriminó—. No pienso soltarte ochenta años atrás para que puedas beber y flirtear con chicos.

Chandra inclinó la cabeza y lo escudriñó a través de las gafas. Llevaba unos cristales de culo de vaso, que hacían que sus ojos parecieran diminutos.

—¿Así que tú eres el único que puede aprovechar los viajes en el tiempo para ligar?

Willis movió el bigote. Chandra se ruborizó.

—Zora tiene razón —murmuró Ash. Y se levantó—: Será mejor que me largue antes de que regrese vuestra nueva amiga.

Chandra empezó a objetar, pero Ash ya se había alejado del asiento y avanzaba a grandes zancadas entre la multitud. Apuraba el trago mientras caminaba.

Sabía que estaba siendo un capullo, pero no podía evitarlo. No tenía ganas de seguir con aquel tema de conversación en ese momento. Willis y Chandra sabían que no le gustaba hablar de su vida amorosa, pero Ash no les había contado lo del prerrecuerdo, de modo que supusieron que solo se había picado porque habían entrado en terreno personal.

Una vez, Zora le preguntó por qué mantenía en la ignorancia a sus mejores amigos.

«No solo son tus amigos —había puntualizado—. Son tus compañeros de equipo. Papá os trajo a todos del pasado para que trabajarais juntos. Merecen saber qué te ocurre».

Por supuesto, tenía razón, pero Ash se había limitado a farfullar algo referente a no querer preocuparlos y había cambiado de tema. Era cierto, más o menos, pero había otra razón más egoísta. Ash no quería pasar las últimas semanas sobre la faz de la tierra soportando miradas compasivas, preocupándose de si la gente estaba hablando de él cada vez que entraba en una sala y la conversación se cortaba de cuajo. Si el prerrecuerdo era verídico y apenas le quedaban unas semanas de vida, quería disfrutar de todos y cada uno de esos malditos días.

Ash se acabó la bebida y dejó el vaso vacío en la barra. Llamó a Levi con un gesto de la cabeza.

Para su irritación, no pudo evitar que sus pensamientos regresaran a la chica del vestido de novia. ¿La habría encontrado Zora y la habría instado a volver a la mesa? ¿Creería ahora por fin lo que le habían dicho sobre los viajes en el tiempo? Mientras esperaba a que Levi se aproximara al lado de la barra en el que estaba él, Ash no pudo resistir la tentación de mirar hacia la puerta del baño y se la imaginó echándose agua a la cara, contemplándose en el espejo.

¿Habría mirado ya por la ventana?

7

Dorothy

Dorothy encontró el aseo y se coló dentro. Cerró la puerta de golpe. El ruido de la taberna quedó amortiguado al instante. Soltó el aire, abrió el grifo y recogió agua entre las manos para mojarse la cara. Desde que había llegado allí, se notaba mugrienta. Todo lo que había tocado parecía tener una capa de humedad y moho.

El agua le resbaló por la cara al incorporarse y su mirada se fijó en la ventana que había junto al lavabo. Las cortinas estaban bien cerradas.

«Echa un vistazo fuera —recordó—. Tú confía en mí».

Se enfureció al pensar en cómo había fruncido los labios Ash cuando le había tomado el pelo. Habría sido un gesto atractivo si el piloto no hubiera sido una rata. Las polillas volvieron a alzar el vuelo en su estómago. «Ridículas polillas».

Se secó la cara con la parte inferior de la camisa. ¿Acaso pensaba Ash que ella no lo haría? ¿Que estaría tan aterrada después de oír todas sus patrañas que se pondría a temblar solo de pensar en mirar por una ventana?

Miró hacia la puerta del baño y se imaginó a Ash en la mesa con sus amigos, riéndose de lo ingenua que era la novata. ¡Viajar en el tiempo! Venga ya...

Dorothy se armó de valor y descorrió de golpe las cortinas.

El suelo pareció temblar bajo sus pies. Tuvo que agarrarse del lavabo para evitar que le fallaran las piernas.

Soltó el aire y dijo casi en un suspiro:

—Uau.

Vio luz.

No era la clase de luz a la que estaba acostumbrada. Era más fuerte, más brillante, y tardó un momento en darse cuenta de que era porque el sol del atardecer se reflejaba en los rascacielos de cristal y en otros edificios monstruosos con cientos de ventanas... Todos medio sumergidos en agua de color gris metal.

Con dedos temblorosos, se llevó una mano a la boca. Daba la sensación de que la ciudad crecía (como los juncos) directamente del agua misma. Nunca había visto nada semejante. Se acercó más a la ventana y empañó el cristal con el aliento.

Algo debía de haber ocurrido, algún desastre terrible, para dejar la ciudad entera sumergida bajo el agua.

Sin embargo, tal como lo pensaba, se dio cuenta de que la ciudad que tenía delante estaba mucho más avanzada que la que acababa de dejar atrás. Los edificios estaban mucho más apiñados y subían como torres por encima de su cabeza, parecían extenderse hasta rozar las nubes. ¡Y había muchísimos! Más edificios de los que Dorothy hubiera visto nunca juntos en el mismo lugar.

Parecía que hubieran convertido la ciudad en algo extraordinario. Y luego esa maravilla hubiera quedado destruida.

Bueno, no del todo. Unos puentes de aspecto complicado surcaban el agua formando una elaborada red. Había escaleras de mano que se extendían ante ella y, cuando las siguió hacia arriba con la mirada, vio que conectaban con un segundo nivel de desvencijados pasadizos de madera justo por encima de su cabeza.

Mientras los observaba con atención, un hombre salió a gatas por una ventana del edificio de enfrente, se apresuró a cruzar el puente y desapareció por una esquina. Dorothy estiró el cuello para ver adónde se dirigía, pero ya se había ido.

Soltó una risita ahogada. ¿Qué había ocurrido? ¿Por qué había salido el hombre por la ventana en lugar de salir por la puerta principal como hace todo el mundo? Volvió a mirar el agua que salpicaba contra las paredes mientras se le ocurría algo: ¿acaso las plantas inferiores del edificio seguían bajo el agua? Le parecía imposible, pero ¿por qué otra razón iban a necesitar las personas que vivían allí todos esos puentes y muelles y escaleras?

Se llevó una mano al pecho. De pronto, se notó el corazón agitado, etéreo. «Esto es lo que debe de sentir la gente cuando tiene una experiencia próxima a la muerte», pensó mareada. El tiempo se ralentizó lo suficiente para que se percatara de unos detalles en apariencia insignificantes. Un envoltorio de colores brillantes flotó ante ella. Un pino fantasmal crecía desde el agua. Su corteza parecía cubierta por una capa de tiza.

Dorothy forcejeó con el pestillo de la ventana. Una parte de ella sabía que debía volver de inmediato a la mesa y suplicarles a Zora y a Ash que le contaran qué ocurría.

Pero la otra parte ya estaba abriendo la ventana.

8

Ash

—¿Otra ronda? —Levi sacó una botella de líquido casi transparente de detrás de uno de los tapacubos que servían de barra antes de que Ash pudiera responder, y le rellenó el vaso. Ash se dispuso a sacar la cartera, pero el camarero arrugó la nariz—. Será mejor que metas la mano para sacar una pistola, amigo. Ya sabes que mi padre no acepta tu dinero.

Ash dejó caer la mano a un lado. En el extremo más alejado de la barra, una versión de Levi pasado el tiempo lo miró a los ojos y levantó una mano arrugada para saludarlo. Dante no le había dejado pagar ni una sola copa a Ash desde el día en que le había regalado al viejo una televisión de tubo que ahora estaba colgada en la pared, por encima de la barra, y daba las noticias vespertinas en silencio. Ash había hurtado el televisor la última vez que había viajado a finales del siglo XX. Desde el mega terremoto, la tecnología de buena calidad era casi imposible de conseguir.

Levi deslizó la bebida por la barra y sin querer vertió el líquido claro. Ash le dio las gracias moviendo la cabeza.

—¿Algún ruido esta noche?

—Hace un rato he oído unas cuantas botas. No se acercaron, pero todavía es pronto. Ya sabes que el Circo Negro no empieza la fiesta hasta bien entrada la noche.

El Circo Negro era la banda callejera de la ciudad. Según a quién preguntaras, podían ser la esperanza del mundo nuevo o unos monstruos terroristas. Ash tendía a apostar por la segunda opción.

El piloto frunció el entrecejo y se llevó el vaso pegajoso a los labios.

—¿Unas cuantas?

Bastaba oír la pisada de una bota para preocuparse.

Levi se encogió de hombros y sacó un trapo sucio del delantal para secar el licor derramado.

—Y eso no es lo peor. ¿Adivinas a quién vio mi padre esta tarde cerca del Fairmont?

Ash contuvo un suspiro. Parecía que esa noche no iba a poder evitar el dichoso tema de conversación.

—A la Reina de los Zorros —respondió Ash.

El nombre le dejaba un regusto amargo en la lengua. Lo palió con un trago. El aguardiente de Dante le abrasó toda la garganta al bajar y le sentó como un tiro cuando le llegó al estómago, pero Ash se esforzó por no poner ninguna mueca. Levi era famoso por haber echado del local a un cliente que se había quejado del sabor terrible del licor de su padre.

—A plena luz del día y tal —dijo Levi, y silbó entre dientes—. ¿Te has enterado de que la semana pasada mató a un hombre con una cuchara? ¡Una cuchara! Se limitó a...

Levi imitó a alguien sacándole un ojo a otro con una cucharilla e hizo un desagradable ruido de succión. Ash levantó las cejas e hizo de tripas corazón para no poner cara de asco. No sabía decir exactamente por qué le molestaba tanto que le hablaran de la Reina de los Zorros. Conocía a gente que la encontraba intrigante, que cotilleaba y elucubraba por qué no se quitaba nunca la capucha que le cubría la cara (¿tendría una cicatriz que la desfiguraba? ¿Los labios manchados de sangre?) y cómo había ascendido tan rápido de rango dentro del Circo Negro. Ash sabía que lo que más le gustaba a la gente era recrearse en contar la última atrocidad que hubiera cometido la Reina de los Zorros, a pesar de que resultara repulsiva para muchos. Sabía que era la forma que tenían esas personas de lidiar con la realidad, pero él no podía unirse al grupo.

Para Ash, la Reina de los Zorros era sobre todo inquietante. Un símbolo de hasta qué cotas tan bajas había caído su ciudad.

—Ya sabes con quién dicen que se ha juntado, ¿verdad? —preguntó Levi mientras miraba a Ash con el rabillo del ojo.

El piloto levantó la cabeza para decir que sí. Lo sabía.

De pronto, Dante levantó una mano e indicó a los parroquianos que se callaran. El viejo estaba viendo la televisión que había detrás de la barra. La imagen de la pantalla se emborronó, después se congeló... y luego desapareció por completo.

En su lugar surgieron dos figuras en penumbra. Llevaban capuchas que les cubrían la cara y estaban de pie ante una bandera de Estados Unidos hecha jirones. Uno de ellos llevaba un cuervo esquemático pintado en la pechera del abrigo. El otro encapuchado llevaba un zorro.

—Hablando del diablo... —murmuró Ash.

Levi enarcó las cejas.

—¿Es ella?

—Sí, es ella —contestó Ash.

El terror se le acumuló en el estómago. El comunicado vespertino del Circo Negro se había hecho famoso, pero él nunca estaba preparado para ver a esos monstruos de feria vestidos de negro en la pantalla del televisor.

—¿Tenemos que ver esta bazofia?

—¿Me tomas el pelo? —preguntó Levi.

Incluso las personas que rechazaban por completo las ideas del Circo consideraban que su comunicado vespertino, aunque macabro, era formidable. Subió el volumen.

«Amigos», dijo la Reina de los Zorros en la pantalla. Como siempre, su voz sonaba muy distorsionada, más máquina que ser humano. «No intentéis sintonizar la televisión. Nuestro comunicado pirata ha ocupado todos los canales. Es imposible seguirnos la pista».

«Os hablo en un momento de crisis. Hace más de dos años desde que el mega terremoto de la falla de Cascadia devastó nuestra ciudad, en otro tiempo grandiosa. Desde ese momento, casi treinta y cinco mil personas han muerto, nuestro gobierno nos ha dado la espalda, y la violencia y el caos reinan sobre nuestras aguas», continuó.

—Sí, vuestra violencia —murmuró Levi.

Alargó el brazo por debajo de la barra y Ash vio que sus dedos aferraban con fuerza el bate de béisbol que guardaba allí escondido. El comunicado vespertino estaba grabado. Lo más probable era que el Circo Negro ya estuviera merodeando por la ciudad, buscando nuevos reclutas: así era como llamaban a las personas que secuestraban y obligaban a unirse a su banda callejera. Todavía no habían irrumpido nunca en la Taberna de Dante, pero solo era cuestión de tiempo.

Ash se miró los nudillos. Intentó olvidarse del Circo, pero la voz de la Reina de los Zorros se colaba en sus pensamientos.

«Esas muertes podrían haberse evitado —dijo la Reina de los Zorros en la televisión—. Es más, todavía pueden evitarse».

El silencio se apoderó del bar cuando todos volvieron la cara hacia la pantalla del televisor. Todo el mundo recordaba el terremoto. No había ni un solo hombre ni una sola mujer que no hubiese perdido a alguien durante el desastre.

Una fotografía del rostro del Profesor apareció en la pantalla. Ash captó las puntas del pelo entrecano y la sonrisa sumisa de su mentor con el rabillo del ojo. Era la única fotografía de él que había mostrado el Circo Negro desde hacía un año.

«Este hombre ha descubierto los secretos de los viajes en el tiempo —dijo la voz artificial de la Reina de los Zorros—. Es capaz de volver al pasado y revertir nuestro destino. Él podría regresar a una época previa al momento en el que el terremoto destruyó nuestra ciudad. Podría salvar miles de vidas. Pero se niega».

«El Circo Negro no considera justo que un hombre decida el destino de todos nosotros. Creemos que todas las personas deberían tener la oportunidad de cambiar su pasado. Uníos al Circo Negro y utilizaremos los viajes en el tiempo para construir un presente mejor, un futuro mejor. Uníos al Circo Negro y crearemos un mundo mejor».

A Ash se le tensó la columna al oír esas palabras. Durante unos años, la gente se había quedado tan impactada por los métodos violentos del Circo que no había tomado en serio su mensaje, pero ahora empezaban a ganar adeptos. Ash había captado al vuelo más de una conversación en la que alguien se planteaba que tal vez el Circo Negro tuviera razón: tal vez convendría encontrar al Profesor y obligarlo a arreglar su mundo.

Sin embargo, esas personas no sabían lo peligrosos que podían ser los viajes en el tiempo, qué volátiles. Cualquier cambio, por pequeño que fuera, podía propagarse a través de la historia y dejar aún más devastación a su paso.

La fotografía del Profesor desapareció y la imagen de la pantalla se quedó congelada. Las dos figuras en penumbra miraron a la cara a los telespectadores. Con odio e insistencia.

—Con que es ese, ¿no? —preguntó Levi mirando con los ojos entrecerrados al chico que había a la derecha de la Reina de los Zorros—. Es...

—Sí, es él.

Ash se mordió la parte interior del carrillo mientras escudriñaba al chico delgado y moreno con el cuervo pintado en el pecho. Daba igual que llevase una capucha que le tapase la cabeza, o que el ángulo de las luces dejase su rostro en sombras. Ash siempre reconocería a Roman.

Por un momento, se vio transportado a otro taburete de otro bar. Se había reído con tantas ganas de una historia que había contado Roman que había escupido la cerveza por la mesa. Había fingido no ver que Roman pasaba un dedo por la palma de la mano de Zora, prolongando el gesto más de lo necesario.

Incluso entonces, ya era el Cuervo. Lo vigilaba todo. Coleccionaba secretos como si fueran pedazos de papel de colores. Antes de unirse al Circo Negro había sido su amigo. Su aliado.

Y después, los había traicionado a todos.

Entrada del cuaderno de bitácora
3 de diciembre de 2073
11:50 horas
Dependencias de la facultad
Academia de Tecnología Avanzada de la Costa Oeste

La buena noticia es que todos estamos bien. Zora y Natasha todavía están un poco aturdidas, pero nadie ha resultado herido. Dicen que el terremoto de la semana pasada alcanzó un 6,9 en la escala de Richter. Es el más fuerte que hemos visto en Seattle en los últimos cincuenta años, por lo menos.

Esta mañana logré abrirme paso hasta el taller y parece que la Segunda Estrella sigue intacta. Había algunas estanterías volcadas, herramientas desperdigadas por doquier, pero ningún daño importante.

De momento, no han hablado de bajas humanas. Aunque la ciudad ha quedado bastante destrozada. Muchos árboles y postes eléctricos se han derrumbado, y un puñado de casas están en ruinas. La ATACO y el resto del Distrito Universitario todavía tienen electricidad, pero somos afortunados. Bajé al centro a donar sangre y todos los edificios estaban a oscuras. Era escalofriante.

No estaba seguro de si tenía sentido continuar con mi investigación en medio de todo esto, pero mantuve una conferencia telefónica con el doctor Helm (el presidente de la ATACO) ayer mismo, y parece que opina que deberíamos seguir. ¡El mundo necesita esperanza! ¡La ciencia es nuestro futuro! Etcétera. El doctor Helm se ha puesto en contacto con la nasa y da la impresión de que a partir de ahora serán ellos quienes controlen el desarrollo de mis misiones día tras día. El doctor Helm opina que este proyecto ha crecido demasiado para que la facultad pueda gestionarlo por su cuenta.

«Trabajar con la NASA implica financiación a lo grande —me dijo—. Será usted capaz de diseñar un programa entero para viajar en el espacio-tiempo con las mentes más destacadas de nuestra generación».

Por supuesto, tiene razón, y admito que me alegro de que no hayan cancelado el proyecto. Pero creo que me sentiré más cómodo con todo esto si contrato a alguien de la Ciudad Campamento.

Debería explicar qué es la Ciudad Campamento. La universidad levantó las tiendas de campaña la semana pasada. Hubo miles de personas que perdieron su hogar después del terremoto. Los refugios se llenaron enseguida, pero no tenían capacidad suficiente para albergar a todos los desplazados, así que la universidad montó unas tiendas de emergencia de color morado en el campus. Ahora ya se cuentan por docenas. Cuando miro por la ventana del despacho, lo único que veo es morado.

El otro día, caminaba por la Ciudad Campamento para llegar a una reunión en el edificio principal y vi a un muchacho sentado delante de una de las tiendas de campaña, curioseando en el ordenador. Dudo que tuviera más de catorce o quince años, pero vi que ya hacía reconocimiento de patrones de los movimientos de las placas tectónicas.

Le pregunté si se había planteado utilizar una red neutral para evaluar los datos y me miró como si yo tuviera diez mil años. «Ya lo hc hecho —contestó—. Y ahora estoy utilizando Python acelerado por GPU para que vaya más rápido, pero mi programa no puede superar los diez *petaflops* sin un *hardware* mejor».

Me paré a hablar con él un rato sobre su programa, incluso me planteé intentar ayudarlo a agilizar sus cómputos, pero el chaval está a años luz de mí. Está intentando averiguar la forma de predecir la actividad de las fallas antes de que aparezca en el sismómetro. Es un tema fascinante. Le dije que la ATACO tiene un departamento completo dedicado a la sismología y que debería plantearse trabajar allí cuando terminara los estudios.

Sin embargo, me miró como si estuviera loco y dijo: «Después de esto no voy a acabar los estudios».

Creo que fue en ese momento cuando de verdad tomé conciencia de hasta qué punto han destrozado la vida de la gente estos terremotos. ¿Cómo se supone que vamos a dedicarnos a jugar con el pasado cuando el presente está hecho trizas?

No sé cómo responder a esa pregunta. Pero creo que he encontrado a un ayudante. Soy consciente de que puede que la NASA no esté entusiasmada con el hecho de que haya contratado a un marginado de catorce años sin estudios para que me ayude en lo que podría ser el mayor avance científico desde que el hombre pisó la Luna, pero Roman Estrada sabe codificar mejor que la mitad de las personas del departamento de matemáticas de la ATACO, así que tendrán que ceder.

Tengo buenas vibraciones respecto a este chico.

9

Dorothy

14 de octubre de 2077, Nueva Seattle

Dorothy recordaba que Seattle olía a humo y caballos. Ahora, al inhalar, notó la sal en el aire. Estaba en un estrecho canal entre dos edificios medio sumergidos, con las paredes cubiertas de grafiti. Los desvencijados puentes de madera se arqueaban sobre su cabeza y los escombros caían como la lluvia cuando la gente los cruzaba apresurada.

Dorothy se inclinó hacia atrás y se protegió los ojos del fuerte sol de atardecer. Veía las suelas de los zapatos de los peatones por las rendijas entre los maderos del puente, las bolsas gastadas que se mecían junto a sus caderas, las puntas de los dedos. Todo el mundo parecía tener prisa. Se preguntó adónde irían. ¿Allí la gente trabajaba? ¿Iba al colegio? ¿Tenía que volver a casa con su familia? Los observó un momento, anonadada, y después dio un salto hacia atrás cuando un arco de agua le salpicó los pies. Un barco de aspecto extraño pasó como el rayo por el canal que tenía al lado, el motor rugía igual que una fiera.

Se le aceleró el pulso. «Asombroso», pensó, a pesar de los nervios. Nadie que conociera vería jamás nada comparable a aquel barco. Ojalá tuviera otro par de ojos en la nuca. Empezó a dar vueltas en círculo, desesperada por captarlo todo.

Más barcos aparecieron mientras deambulaba por los muelles. Algunos eran pequeños y rápidos, y surcaban los estrechos canales tan deprisa que a Dorothy le entró dolor de cuello al intentar seguirlos. Otros eran grandes y lentos, y estaban fabricados con restos de objetos encontrados (unas cuantas ruedas viejas, media puerta, una cajonera sin los cajones) bien atados con una cuerda gruesa.

Miró por encima del hombro hacia la ventana de la taberna. No iría lejos, se dijo. Solo a la vuelta de la esquina. Como mucho bajaría una calle. Regresaría antes de que alguien se percatara de que no estaba.

Los edificios se apiñaban todavía más conforme se adentraba en la ciudad. La luz resplandecía en el acero y el cristal, era tan cegadora que Dorothy tenía que protegerse los ojos. Unos carteles hechos a mano colgaban de las ventanas abiertas, anunciaban ferreterías, verdulerías y menús del día. Le recordaron a las historias que le había contado su madre sobre las ciudades sin ley de la frontera, abarrotadas de personas que habían viajado hasta las lindes del país en busca de fortuna. La gente anunciaba sus productos y regateaba a su paso.

—¡Veinte dólares por un envase de leche! —oyó que exclamaba un hombre—. Es absurdo.

—No encontrará nada más fresco tan al oeste del centro —le respondió la tendera.

El hombre gruñó y le dio un puñado de billetes arrugados.

El sol estaba ya muy bajo en el horizonte y extendía sus dedos de luz dolorosamente brillante sobre el agua; también rebotaban en las ventanas. La ciudad parecía perfilada en oro. Dorothy trepó al nivel más alto de puentes y se protegió de nuevo la vista, intentando atisbar hasta dónde se extendía el laberinto de edificios, puentes y canales en la distancia. No fue capaz de distinguir dónde terminaban. Tal vez continuaran hasta el infinito.

Cuando volvió a bajar la cabeza, se fijó en un patrón repetido de toscas carpas de circo negras dibujadas en las paredes de ladrillo más próximas a ella. Había palabras garabateadas entre los dibujos.

«¡Tenemos derecho al pasado! ¡Únete al Circo Negro!».

La pintura aún goteaba de las palabras y llegaba al agua, donde se extendía como una flor.

Dorothy miró hacia abajo y se preguntó qué habría debajo de las olas. Las malas hierbas se extendían desde el fondo y estallaban en unas feas flores amarillas cuando rompían la superficie. Varias olas pequeñas avanzaron hacia ella, seguramente provocadas por algún barco. Dio un paso más hacia el borde del muelle y estiró el cuello, oteando en la oscuridad.

Fue capaz de distinguir los bultos de objetos perdidos que ensuciaban el fondo del agua, a gran profundidad. Las tapas de algunos buzones. Un banco de piedra. Vehículos que solo tenían un leve parecido con el automóvil del garaje de Avery, con hierbajos que crecían entre sus parabrisas rotos. Señales de tráfico cubiertas de algas.

Dorothy se puso de rodillas y se asomó por el borde del muelle, cautivada. Había un mundo entero perdido bajo las olas. Qué horripilante. Qué fascinante.

Entrecerró los ojos para distinguir algo que salía flotando de una de las ventanillas de un coche. Era largo y amarillo: ¿una planta, quizás? Dorothy se inclinó aún más hacia delante. El agua se agitó por debajo e hizo que el objeto se moviera. Unos tentáculos más cortos y delgados colgaban de un extremo. Aguzó la vista. Casi parecían...

Un sabor amargo se le atascó en la garganta. «Dedos». Estaba ante los pocos huesos que aún quedaban de un brazo humano, la piel se habría disuelto hacía tiempo en el agua. De repente, recordó la conversación con Ash en el claro que había cerca de la iglesia, cuando apenas lo conocía:

«Créame, el lugar al que voy no le gustará».

«¿Cómo sabe lo que me gusta y lo que no?».

«A nadie le gusta».

Dorothy se metió el puño en la boca para no ponerse a chillar. Trastabilló hacia atrás y estuvo a punto de perder el equilibrio al intentar huir a toda prisa del borde del muelle. Ahí abajo había un cadáver... Tal vez hubiera más de uno.

Volvió sobre sus pasos, intentando recordar cómo se iba a la taberna. Había torcido a la izquierda en el primer puente y luego a la derecha y luego... Maldita sea. Era inútil. Se había alejado demasiado. Nunca encontraría el camino de regreso por sí misma.

Dos chicas corrían apresuradas por el puente, justo por delante de ella. Discutían. Dorothy apretó el paso para intentar alcanzarlas.

—Por cinco minutos no pasa nada —dijo una de ellas.

—¡Ah!, ¿no? —espetó la otra—. Díselo a mi madre. Está convencida de que la Reina de los Zorros va a, eh, a comerme si me quedo en la calle un minuto después de que anochezca.

La primera chica bajó la voz.

—Vamos, por favor, ¿no creerás en serio que la Reina de los Zorros es una caníbal de verdad, no?

—Eh... Brian dijo que el resto de los monstruos de feria del Circo Negro no se atreven ni a hablar con ella porque el aliento siempre le huele a sangre.

—Puaj... Por Dios, qué asco.

«Caníbal», pensó Dorothy, y un escalofrío de terror le recorrió la columna al recordar la historia de Ash. ¿Y si en el fondo le había contado la verdad?

—Disculpad... —dijo para intentar captar su atención. Las chicas no se dieron la vuelta, pero le pareció que tensaban los hombros. Se cogieron del brazo y apretaron el paso—. ¡Esperad!

Dorothy volvió a intentarlo, pero las chicas ya se escabullían por una de las escaleras de mano. La miraron con malos ojos mientras se colaban por una ventana y luego la cerraron a cal y canto.

«Vaya, qué antipáticas», pensó Dorothy arrugando la frente.

Siguió los muelles serpenteantes y desvencijados sumida en una creciente oscuridad, un escalofrío de miedo le subió por la espalda. Unos minutos antes, la ciudad estaba abarrotada de gente, pero ahora parecía desierta. Dorothy aguzó el oído en busca de voces y solo oyó las olas que rompían contra los laterales de los edificios y el viento que mecía las ramas blancas de los árboles.

Entonces, una luz apareció en medio de la oscuridad, su resplandor destacaba de forma intermitente. A Dorothy le dio un vuelco el corazón. Al poco, oyó voces que reían y charlaban. Y a continuación, una serie de explosiones secas cortaron la noche.

Se puso tensa. Conocía ese sonido. Lo había oído muchas veces a altas horas de la madrugada, a las puertas de los tugurios más sucios que su madre y ella frecuentaban a veces. «Disparos».

La luz se acercó. Dorothy distinguió el perfil de un barco, pero se movía mucho más deprisa de lo que había visto desplazarse a una embarcación jamás, prácticamente flotaba sobre el agua. Agachó la cabeza para ocultarse entre las sombras de manera instintiva, y apretó el cuerpo contra la pared de ladrillo, para que no la vieran. Tenía los nervios a flor de piel.

Un grupito de personas iba a bordo de la extraña barca motorizada. Llevaban abrigos oscuros hechos de un tejido brillante y acolchado, capuchas ribeteadas de pelo y caladas sobre la cara para ocultarse. Tenían armas cruzadas por la espalda (arcos, hachas y bates). Dorothy no le encontraba sentido. Sus armas parecían sacadas de un libro de historia, pero nunca había visto ropa como esa.

Una silueta pequeña se hallaba cerca de la parte delantera del barco, con un pie apoyado en la borda. El dueño de esa silueta sujetaba una linterna en una mano y una pistola baja y brillante en la otra. Volvió a disparar y Dorothy se estremeció. La silueta echó la cabeza hacia atrás y aulló hacia el cielo, mientras sacudía la pistola por encima de su cuerpo.

Dorothy se percató de que era un muchacho. De la misma edad que ella.

El barco retumbó al acercarse y fue dejando una estela muy marcada en el agua. Las salpicaduras llegaron a la cara de Dorothy, pero no se atrevía a moverse, ni siquiera a secarse las gotas de las mejillas. Los encapuchados no parecieron percatarse de que estaba agazapada entre las sombras. Dorothy observó cómo la luz iba disminuyendo de tamaño poco a poco conforme el barco se adentraba en la ciudad, pero, aun así, no se movió.

Un miedo frío se había apoderado de su pecho y notó que le temblaban las rodillas. Jamás había visto nada parecido a ese barco ni a esa gente. Parecían salidos de una novela, no de la vida real.

«Un viaje en el tiempo», pensó, y un dedo helado le tocó el principio de la columna. Por primera vez desde que se había colado por la ventana de la taberna, comprendió que aquello no era un juego. No era una aventura. Ella era una desconocida en ese mundo peligroso, y no tenía ni idea de cuáles eran las reglas que lo regían. Se abrazó el cuerpo muy fuerte. Había sido tan tonta de alejarse de las únicas personas que habían querido ayudarla.

Echó a correr por las pasarelas, en busca de alguna señal o alguna indicación... Algo que le dijera que había retomado el camino que la devolvería al punto de partida. Pero la ciudad era un laberinto.

La brisa le alborotó los rizos que le cubrían la nuca y la hizo temblar. En la creciente oscuridad, los árboles blancos parecían telas de araña. En realidad, todo el lugar daba la impresión de ser algo vivo que crecía sobre los huesos de un cadáver que llevara tiempo muerto.

Dorothy dobló una esquina y vio a un chico de pie en el extremo de un muelle, de espaldas a ella, con su abrigo oscuro ondeando al viento.

Su cuerpo entero pareció suspirar aliviado.

—¿Disculpa?

El chico se dio la vuelta. Tenía los ojos de un intenso y vivo color azul, que contrastaba con su piel oscura, y el pelo negro le enmarcaba la frente en una madeja ondulada. Un cuervo blanco le cruzaba la pechera del abrigo. Dorothy notó un fogonazo de algo que no supo identificar. Una mezcla de miedo y familiaridad. Retrocedió sin decidirlo de forma consciente.

Pero entonces el chico sonrió y su cara entera se transformó. Parecía el protagonista romántico de una obra de teatro. Dorothy nunca había sido una persona especialmente romántica, pero si alguna vez hubiera intentado imaginarse de qué clase de chico querría enamorarse, se habría parecido a aquel muchacho, incluido el diminuto hoyuelo en la barbilla. Era como si alguien lo hubiera extraído de una fantasía.

—Hola.

El chico dio un paso hacia ella y sus pesadas botas hicieron temblar el muelle. Torció la comisura de los labios.

—Quizá puedas ayudarme —dijo Dorothy—. Creo que me he perdido.

—Qué raro. —El chico sacó un revólver de debajo del abrigo—. Pues yo creo que estás justo donde tenías que estar.

Dorothy notó que el frío le atenazaba la garganta y subía como un temblor por los nervios de sus dientes.

—Eso es un arma —dijo como una boba.

—Ya lo creo que sí. —El chico hablaba de manera desenfadada, casi como si Dorothy le hubiera dicho que le encantaba su fantástico abrigo—. Es un revólver de cañón corto S & W, fabricado hacia 1945, para ser exactos. Un querido amigo me lo prestó el año pasado.

Retiró el percutor con un dedo.

Demasiado tarde, Dorothy se dio cuenta de que debería haber echado a correr. Tendría que haber puesto pies en polvorosa en el mismo instante en que había visto a aquel muchacho. Retrocedió trastabillando, pero, antes de que pudiera pronunciar una palabra, alguien la agarró por detrás y le cubrió la boca y la nariz con un trapo.

Inhaló y se sintió mareada al instante. El muelle daba vueltas bajo sus pies. Clavó las uñas en la mano que le tapaba la cara, pero su cuerpo empezaba a perder fuerza. El brazo, inútil, cayó inerte hacia un lado.

Un segundo antes de perder el conocimiento, notó de nuevo esa extraña sensación: a caballo entre el miedo y la familiaridad.

«Un *déjà vu*», reconoció, mientras se le caían los párpados. De eso se trataba.

Sintió que ya había vivido ese momento.

10

Ash

Ash estaba a punto de hacerle un gesto a Levi para que le sirviera otra copa cuando Willis apoyó los codos en la barra, junto a él. El tapacubos crujió peligrosamente bajo su peso.

—Capitán —dijo con el ceño fruncido—. Tenemos un percance.

—¿Un percance?

Como siempre, Ash se asombró al comprobar cuántos músculos parecía necesitar Willis para hacer un gesto tan simple como fruncir el entrecejo. Arrugar las cejas y apretar la mandíbula y torcer el bigote.

Un cliente pasó por delante, observó al mastodóntico adolescente y maldijo para sus adentros. Tiró cerveza por el lateral del vaso.

—¿Has visto el tamaño de ese tío? —le preguntó en un murmullo a su amigo antes de desaparecer entre la multitud.

Willis fingió no darse cuenta de ese comentario, pero Ash vio cómo estiraba los dedos contra la barra, cómo se le tensaban los músculos de los hombros. El Profesor había encontrado a Willis trabajando de forzudo de un circo a comienzos del siglo XX. Según él, era el hombre más grandullón y más intimidante de la historia.

Willis hinchó los orificios nasales. Ash sabía que odiaba llamar la atención.

—¿Qué clase de percance? —preguntó a su amigo.

—Dorothy se ha ido —dijo Willis—. Zora fue al baño a ver si se encontraba bien, pero ya no estaba. Parece que saltó por la ventana.

Ash miró fijamente una salpicadura que había en la barra.

—Pues mejor —murmuró.

Sin embargo, algo más complicado lo apresó por dentro. Deambular por Nueva Seattle de noche era una sentencia de muerte. Pensó en el cuello largo y pálido de Dorothy, en sus hombros estrechos. Manipuladora o no, era increíblemente frágil... Y, además, iba desarmada, o eso creía Ash. No le parecía el tipo de mujer que lleva una pistola debajo del pantalón.

Willis le aguantó la mirada a Ash, muy serio, hasta que este gruñó.

«Se merece cualquier cosa que le pase», pensó intentando zafarse de la preocupación. Pero no quería sentirse responsable, ni en un sentido ni en otro. Esbozó una media sonrisa y levantó el vaso casi vacío hasta los labios.

—Deja que lo adivine: Zora quiere que sea decente y vaya a buscarla, ¿a que sí?

Willis vaciló. Ash sintió que algo frío le recorría la columna y dejó el vaso de nuevo encima de la barra.

—¿Qué pasa?

—Hay... algo más —contestó Willis—. Creo que deberías acompañarme un momento.

Willis llevó a Ash a la parte posterior, a los muelles que serpenteaban detrás del bar y permitían llegar hasta una red más amplia de pasarelas que se extendían como una telaraña por toda la ciudad. Los muelles se mecían bajo los pies de Ash, siguiendo el suave subir y bajar de las olas. Ash llevaba dos años viviendo allí. Habría sido de esperar que a esas alturas hubiera dejado de notar el movimiento. Pero algunas veces, cuando se quedaba muy quieto, ese mecer todavía le hacía perder el equilibrio. Era como una tormenta que se fraguaba desde abajo.

Mientras caminaban, Willis le contó:

—Cuando Zora se dio cuenta de que Dorothy se había marchado, me mandó salir a ver si podía encontrarla.

Nervioso, Ash dio unos golpecitos con los dedos encima de la pierna y, en cuanto se percató de lo que estaba haciendo, cerró el puño para detener el movimiento.

—¿Supuso sin más que yo no querría ayudar?

Willis levantó una poblada ceja, que era su forma de decir que Zora había dado en el clavo.

—He encontrado esto.

Se detuvo y señaló con la barbilla algo que tenían justo delante. El muelle se meció y, una vez más, Ash tuvo la sensación de no estar amarrado. Percibió objetos que se rompían, se hundían, se desmoronaban.

Entrecerró los ojos y vio una pintada que cubría la superficie de madera, la pintura negra todavía brillaba, porque estaba mojada. Al principio, Ash pensó que no eran más que garabatos (el vandalismo sin sentido ocurría de vez en cuando en la ciudad) pero, conforme bordeaba el muelle, sus ojos empezaron a transformar las barras rectas y las líneas curvas en palabras.

«Buscadores», «guardianes».

Ash se las quedó mirando, mareado. El Circo Negro secuestraba a gente por la noche. La ciudad tenía un toque de queda para protegerse de esas prácticas, pero Ash seguía oyendo rumores de amigos que desaparecían de camino al mercado, de vecinos que se desvanecían mientras daban una vuelta a la manzana.

Nadie sabía qué hacían con las personas que secuestraban, pero Ash tenía la corazonada de que era algo que podía ir desde registrarles los bolsillos en busca de objetos valiosos y enterrar su cadáver en una zanja. Disparo arriba, disparo abajo.

Su mente se activó.

—No puedes saber si era ella...

Willis levantó la mano. Un pequeño medallón de plata colgaba entre sus dedos.

—Encontré esto, justo ahí.

Ash ahogó un juramento. Reconoció el medallón. Lo llevaba Dorothy.

«Es culpa suya», pensó, y arrastró la bota sobre la pintura todavía fresca. «No tendría que haberse marchado del bar, no tendría que haber salido sola...».

Pero ¿no la había tentado él? «Hay una ventana en el cuarto de baño, por allí. Prométeme que echarás un vistazo fuera».

¿Acaso no sabía que no sería capaz de resistirse a la tentación de salir a husmear? Seguro que en origen Dorothy solo había salido con la idea de ver las cosas de cerca, sin soñar siquiera con el peligro que la aguardaba. Ash no se había molestado en mencionar el Circo Negro cuando había soltado la bomba sobre los viajes en el tiempo. No se había molestado en contarle casi nada acerca de ese extraño mundo nuevo en el que había aterrizado.

«Maldita sea». Si la chica moría, se sentiría responsable.

—¿Qué quieres que hagamos, capitán? —preguntó Willis.

Aún sujetaba el medallón en la mano. Giró entre sus dedos y captó la luz de la luna.

Ash se mordió el labio inferior. «Hijo de perra». Eso no iba a ser divertido.

—Tenemos que encontrarla y traerla de vuelta.

Willis soltó el aire entre los dientes.

—Eso es una misión suicida.

Ash miró a los ojos a Willis. Tenía razón. Nadie regresaba de su encuentro con el Circo Negro. Estaban acuartelados en el hotel Fairmont, que habían convertido en su fuerte. Tenían guardias en todas las entradas. Las ventanas barradas. Una vez que te atrapaban, podían darte por muerto. Pero...

Pensó en Dorothy junto al bosque que había delante del camposanto de la iglesia. «Por favor —le había suplicado—. Solo necesito que me lleve donde sea».

Entonces, había hecho bien en querer dejarla atrás. Pero si la dejaba atrás ahora y se desentendía de ella, sería como si él mismo la matara.

Tal vez fuese un capullo. Pero no era un asesino.

—Por otra parte —añadió Willis, y miró con los ojos entrecerrados las palabras emborronadas de los tablones—, puede ser divertido arrebatarle algo a Roman para variar.

Hizo una pausa y se atusó el bigote con el dedo pulgar y el índice. Cuando volvió a tomar la palabra, lo hizo con voz decidida.

—Tengo un amigo que solía entregar provisiones al Circo. Me contó que hay un aparcamiento que lleva a la entrada de la planta baja del hotel. No está vigilado.

Ash se tensó.

—¿Por qué no me lo habías contado nunca?

—Prefería guardarme la información para un caso de emergencia. No quería que irrumpieses allí a la brava como un gallito solo porque podías hacerlo.

Ash se enfureció. No estaba seguro de qué le preocupaba más: la idea de poder hacer algo tan insensato u oír la expresión «como un gallito».

—¿Y esto te parece un caso de emergencia? —preguntó.

Willis hizo crujir los nudillos. El repentino crac de sus articulaciones le pareció una respuesta rotunda.

11

Dorothy

Dorothy abrió los ojos. El techo brillaba como un calidoscopio: primero se fracturó en una docena de danzarinas sombras grises y después volvió a su lugar. Parpadeó y el dolor le perforó la parte frontal del cráneo. Gruñó y apretó la palma de la mano contra la frente.

«Eso es un arma», oyó que decía su propia voz. Recordó un objeto pequeño y negro en la mano del joven, el suave clic del metal cuando este liberó el percutor.

«No». Apartó la mano de la cara con brusquedad, sus dedos nerviosos recorrieron su propio cuerpo por debajo de la ropa que tan mal le quedaba.

Ni tenía heridas de bala, ni sangre, ni dolor. Entonces, no le habían disparado. Dejó caer el brazo hacia un lado, con los dedos quietos. Bueno. Por lo menos, tenía algo de lo que alegrarse. Era importante valorar las pequeñas cosas de la vida.

Abrió de nuevo los ojos y, en esta ocasión, el techo no se movió. Otra pequeña victoria. Con cautela, levantó la cabeza y parpadeó varias veces para paliar la nueva oleada de dolor. Estaba tumbada sobre una colcha blanca que había empezado a amarillear por los bordes. Junto a ella había otra cama cubierta con una colcha también amarillenta, pero que estaba vacía.

«Estoy en un hotel», se dijo al percatarse de su entorno. Su madre y ella habían dormido en bastantes hoteles en su ruta hacia el oeste. Los hoteles eran lugares agradables, normales, con puertas y ventanas que cualquier tonto podía abrir. No había motivos para sentir pánico.

Dorothy inspiró y su nariz se llenó de humo de tabaco, se sentó de golpe encima de la cama, tosiendo. El olor le trajo recuerdos, recuerdos odiosos que había tratado de olvidar. No era la primera vez que la secuestraban. Hacía años, un borracho la había atrapado mientras ella intentaba timar a alguien con su madre. Aquella noche el bar también apestaba a tabaco, y el olor de pescado podrido se colaba en el ambiente por debajo del humo. El local estaba abarrotado, el sonido de las risas y los gritos rompía el aire. Dorothy recordó que había llamado a gritos a su madre mientras el hombre la arrastraba fuera del bar, pero su voz se perdió entre las risotadas.

«Los hombres de verdad cogen lo que quieren», había gruñido el hombre mientras la miraba con lascivia. La había apretado demasiado fuerte, sus dedos le habían dejado hematomas en la piel. Desde luego, no tenía intención de ser cuidadoso.

«La belleza desarma», había pensado Dorothy en el momento. En aquella época solo tenía doce años, pero su madre ya le había inculcado la lección. Sabía que no era lo bastante fuerte para luchar, así que había mirado al hombre a los ojos y le había dedicado su mejor sonrisa, la que Loretta le había obligado a practicar hasta que le habían dado calambres en las mejillas. Al final, el hombre soltó las garras.

Dorothy no recordaba con precisión cómo había conseguido escapar. Le sonaba que había propinado al hombre una patada especialmente certera en las partes pudendas y que luego había corrido tan rápido como le permitían los pesados faldones y el estrecho corsé. Cuando por fin llegó al bar, su madre la esperaba sentada junto a la barra, y había levantado la cabeza al ver que Dorothy empujaba la puerta para entrar, con una expresión críptica en el rostro. Dorothy todavía respiraba con dificultad cuando se sentó a su lado.

—¿Por qué no has ido a buscarme? —le había preguntado a Loretta.

Era el pensamiento que le había martilleado en la cabeza mientras corría de vuelta al bar, mirando con ansiedad por encima del hombro para comprobar si el desagradable hombre aún la perseguía.

Loretta había levantado la copita de brandi y se la había llevado a la boca.

—¿Cómo sabías que no lo haría?

Dorothy no había respondido. Lo había sabido sin más, igual que la mayoría de los niños sabían que sus madres estarían allí para arroparlos y subirles la manta hasta la barbilla cuando se fueran a dormir. Recordaba haber gritado el nombre de su madre mientras el hombre la sacaba a rastras del local. ¿No la había oído?

Loretta volvió a dejar la copa de brandi en la barra; una

gota de líquido ámbar se resbaló por el lateral. Aplastó la gota con un dedo y luego se la llevó a los labios.

—Siempre habrá hombres que te deseen. Tenía que saber si eras capaz de cuidar de ti misma —le había contestado—. En nuestro mundo no hay sitio para los cobardes.

«Siempre habrá hombres que te deseen». Era la primera vez que Dorothy comprendía lo que su belleza era en realidad. Un trofeo. Una maldición.

Ahora se obligó a concentrarse en la habitación que la rodeaba, a respirar más allá del olor a humo y a olvidar el recuerdo del dedo de su madre recogiendo la gota de brandi. Se sintió indefensa, sola y enfadada.

Y algo más, había algo que la hacía sentirse no como un ser humano, sino como un objeto que podía ser poseído. Como si fuese inanimada, un objeto que podía ser zarandeado de aquí para allá según la voluntad de otros.

Era un sentimiento odioso. Se prometió que, algún día, sería lo bastante fuerte para que nadie pudiera volver a capturarla sin más.

De momento, lo más urgente era lograr salir de esa habitación.

Había cuatro puertas, dos a la izquierda de Dorothy, una en la pared del fondo y otra a la derecha. Se bajó de la cama con torpeza y estuvo a punto de tropezarse con sus propios pies. Probó la puerta de la derecha: el cuarto de baño. La segunda era un armario. La tercera y la cuarta estaban cerradas con llave. Por supuesto.

Dorothy maldijo en voz baja y giró en redondo. La habitación era anodina a propósito. Paredes blancas, ropa de cama blanca, silla azul, cortinas azules. Tenía una cómoda justo delante, con la superficie cubierta por una capa de polvo. Con manos temblorosas, empezó a abrir cajones a la desesperada, sin molestarse en cerrarlos de nuevo al ver que estaban vacíos.

En el último cajón encontró un librito con tapas de cuero y las páginas rematadas en oro. Lo cogió y lo abrió. El diario no parecía saber por qué página abrirse, y al final lo hizo por algún punto intermedio. Dorothy retrocedió las páginas hasta llegar al principio.

Una letra compacta cubría la página de color crema.

¡He fabricado una máquina del tiempo!

Desde hace un año, todos y cada uno de los físicos y matemáticos teóricos, así como todos los ingenieros del planeta Tierra lo han intentado. A diario han circulado historias sobre sus fracasos, su falta de financiación, su bochorno.

Pero yo lo he conseguido de verdad.

«Una máquina del tiempo». Por un momento, Dorothy se olvidó de sus planes de fuga. Pasó con sumo cuidado las páginas del diario y halló bocetos y notas apretadas, junto a números garabateados. Y, aunque la letra era pequeña y cuidadosa, se notaba apremio en ella. El deseo saltaba desde cada una de las páginas. La dejó sin aliento. Se imaginó metiéndose en la cama del hotel, dispuesta a devorar todas aquellas palabras.

El diario en sí era tan elegante que resultaba hipnótico, con la suave piel de las tapas y sus pesadas páginas, la clase de libro en la que uno esperaría encontrar deliciosos secretos. Le habría encantado en cualquier circunstancia, aun en el supuesto de que el tema no hubiera captado su interés al instante.

Dorothy miró la cubierta, reacia a dejar el diario en el cajón. Había un nombre escrito en la primera página.

Propiedad del profesor Zacharias Walker

Pasó un dedo por la tinta emborronada. Luego, en una decisión impulsiva, se metió el cuaderno con tapas de piel en la cinturilla de los pantalones y lo tapó con la camisa para ocultar el bulto. Quería encontrar algún lugar tranquilo y pasarse horas devorando las páginas. Le produjo la misma emoción que su paseo errático por la ciudad: la sensación de asombro y miedo y admiración. Como si algo muy emocionante estuviera a punto de suceder. Avanzó a trompicones hasta la ventana que había en la pared opuesta y apartó las cortinas con brusquedad. Rodeó uno de los barrotes con los dedos y tiró con todas sus fuerzas. No se movió ni un ápice. Tenían intención de mantenerla presa en esa reducida habitación. Igual que a un animal.

«No», pensó, y volvió a tirar del barrote. Tenía que haber una salida. No existía ni una sola habitación en el mundo que no pudiera ser abierta a la fuerza. Se apartó un paso de la ventana y se apretó la frente con dos dedos.

«Piensa, maldita sea», murmuró, y se dio unos golpecitos en el espacio que quedaba entre sus cejas.

Jugueteó con la manga de la camisa y soltó el aire con determinación cuando notó las duras puntas de plata de las horquillas que se había escondido dentro de la tela. No todo estaba perdido.

Sacó una horquilla de la costura de la camisa y se arrodilló en el suelo delante de la primera puerta. El cerrojo era muy raro. En lugar del típico ojo de la cerradura, solo vio una estrecha ranura. Introdujo la horquilla por la ranura y forcejeó con ella, pero no notó ningún mecanismo que se moviera. Se sentó sobre los tobillos, ceñuda.

Había otra puerta cerrada con llave. Dorothy avanzó a cuatro patas hasta allí y probó el pomo. No se movió, pero al menos tenía una cerradura convencional. Espió por la abertura y entonces introdujo la horquilla, con la respiración atascada en la parte posterior de la garganta como si fuera algo sólido. Giró la horquilla a la izquierda y después a la derecha. Encontró algo...

El cerrojo hizo clic. Dorothy volvió a meterse la horquilla en la manga de la camisa y empujó la puerta para abrirla.

Conducía a otra habitación, exactamente igual que la que acababa de forzar. Dos camas cubiertas por colchas blancas. Una silla azul. Cortinas azules. Cuatro puertas. Dorothy las probó todas enseguida: cuarto de baño, armario, dos cerradas.

—¡Maldita sea! —gritó, y golpeó con la puerta la última puerta bloqueada.

Tenía la misma extraña ranura que la de su habitación. Metió una uña por la estrecha abertura, pero fue en balde. No tenía ni idea de cómo accionarla. Estaba atrapada. Por primera vez en su vida, la habían atrapado como a un ratón.

Dorothy nunca había estado encerrada en una habitación que se resistiera a sus dotes de fuga. Le daba claustrofobia. Le faltaba el aire y las paredes parecían acercarse a ella poco a poco cada vez que parpadeaba. Cruzó la habitación a toda prisa. Necesitaba aire fresco. Tal vez fuera capaz de forzar la ventana para abrirla, aunque los barrotes le impidieran escaparse. Apartó las cortinas y... se quedó helada.

En la segunda habitación no había barrotes.

Dorothy apretó los puños y se tragó un grito de puro júbilo.

Introdujo los dedos por el borde de la ventana y tiró: se abrió una rendija.

«Vamos...», murmuró con los dientes apretados. Volvió a tirar...

La puerta que tenía detrás hizo un clic. Dorothy se dio la vuelta a tiempo para ver una luz verde que parpadeaba por encima del extraño cerrojo. Agachó la cabeza por instinto y se acuclilló detrás de una de las camas. La puerta se abrió.

—... ¿Y a ti qué más te da lo que haga ella?

La voz era como un ronroneo bajo, similar a las cantantes de salón que tanto había tratado de imitar Dorothy cuando era pequeña. Se escondió todavía más detrás de la cama, con el corazón desbocado. Unos zapatos rozaron la alfombra cuando alguien entró en la habitación.

—No te pongas celosa, Zorrilla —dijo una segunda voz, más grave.

Dorothy se puso tensa al reconocerla.

—Por Dios, Roman, sabes que odio que me llames así —dijo la primera voz.

El colchón que Dorothy tenía junto a la cabeza crujió, y las mantas se movieron al lado de su oreja. Dorothy levantó un poco la cabeza. Se quedó boquiabierta.

Había una chica sentada a pocos centímetros de donde estaba Dorothy. Esta se desplazó y se puso en un ángulo que le permitiera ver la cabeza de la chica y la parte superior de aquellos estrechos hombros desde su escondite, en el lateral de la cama.

La chica era esbelta, con una melena de pelo blanco impoluto que le caía enredada por la espalda. Dorothy nunca había visto un pelo de un color blanco tan perfecto. Parecía sacada de una historia de fantasmas.

—Bueno, vale, «Reina» —dijo Roman.

Se sentó en la cama junto a ella. Desde su posición, Dorothy no podía verlo bien, pero sí distinguió su brazo cuando él lo pasó alrededor del hombro de la chica.

A pesar de lo que le dictaba el instinto, Dorothy mantuvo la cabeza levantada y miró la nuca de la chica. «Reina». Había algo magnético en ella. Parecía... regia. A pesar de ser pequeña, ocupaba mucho espacio y energía. Daba la impresión de que la habitación se encogiera cuando ella se movía.

Dorothy pensó en su madre y una lenta sensación heladora la inundó. Loretta tenía el mismo efecto cuando entraba en una sala.

—Mejor —ronroneó la Reina de los Zorros.

Roman carraspeó.

—¿Sabes que han escrito una canción sobre nosotros?

La Reina de los Zorros inclinó la cabeza hacia él.

—No me acuerdo de toda la letra. —Roman tarareó unas cuantas notas y luego cantó—: «Cerrad bien las ventanas, niños del lugar, el zorro y el cuervo arañan el cristal...». Y luego algo sobre que te quitaban las entrañas. ¿Qué rima con entrañas?

—Patrañas —dijo la Reina de los Zorros sin rastro de alegría en la voz. Se levantó y la mano de Roman cayó sobre la cama. La misteriosa chica se tocó el cuello con un dedo pálido—. ¿Está todo listo?

Dorothy levantó la cabeza un poquitín más. Entonces logró verle la mano a Roman. Este se clavó los dedos en la palma y luego los soltó de nuevo. Dorothy tuvo la impresión de estar ante un amante atormentado.

Roman murmuró:

—Deja de preocuparte...

—Responde a mi pregunta.

—Todo está listo.

—Bien —dijo la Reina de los Zorros.

Se quedó mirando la pared que tenía enfrente, y Dorothy le observó la nuca con atención. Entrecerró los ojos, analizando la melena blanca. Había oído que algunas chicas se teñían el pelo de diferentes colores, pero el pelo de aquella chica parecía nacer así de blanco desde la raíz.

La Reina de los Zorros se estremeció, como si pudiera notar los ojos de Dorothy en el cogote. Empezó a darse la vuelta...

Dorothy se agachó detrás de la cama con tanta rapidez que notó un latigazo de dolor en el cuello. Se mordió el labio para evitar soltar un grito. ¡Maldita sea! ¿La habría visto?

Durante unos segundos eternos, no habló nadie. Parecía que ni siquiera respirasen. Dorothy tenía tanto miedo que no se atrevía ni a pestañear. Apretó los labios temblorosos. A la espera.

—¿Y qué hay de nuestra huésped más reciente? —preguntó la Reina de los Zorros, al cabo de un largo momento—. ¿Has ido a ver cómo está?

Una pausa. Después:

—No.

Chasqueó la lengua varias veces.

—Es mejor asegurarse de que está cómoda. Tráeme todo lo de valor que encuentres, y deshazte del cadáver. Necesitamos la habitación libre otra vez esta noche.

Se oyeron más pasos y el crujido de una puerta al abrirse y cerrarse en cuanto la Reina de los Zorros abandonó la habitación de hotel. Una vez solo, Roman se puso de pie y el colchón crujió al liberarse del peso de su cuerpo.

«Deshazte del cadáver». Dorothy notó un crepitar en los oídos. Tal vez la Reina de los Zorros no la hubiera visto, pero Roman descubriría que faltaba en cuanto entrara en su habitación. Hundió los dedos en la alfombra y los cerró, se dio impulso para ponerse de cuclillas. Oyó unos pies que se arrastraban y supo que Roman se dirigía a la puerta que daba a la habitación donde la habían encerrado.

Le entraron ganas de saltar de detrás de la cama, pero se obligó a permanecer quieta. Notaba cómo le palpitaba la sangre en las palmas de las manos.

Se abrió una puerta. Se cerró.

Dorothy corrió como el rayo hacia la ventana. Notaba los latidos como un tamborileo en los oídos. Apartó la cortina con una mano, agarró el cristal con la otra. Tiró con tanta fuerza que sus músculos gritaron.

La ventana se abrió y un aire fresco se coló en la habitación y le apartó el pelo de la cara. Asomó la cabeza y miró hacia abajo...

... y más abajo y más abajo.

Ocho hileras de brillantes ventanas de cristal la separaban de la calle. ¡Ocho plantas! Desde ahí arriba, la superficie del agua oscura y turbia parecía dura e inquebrantable. Moriría si saltaba desde tanta altura.

«En nuestro mundo no hay sitio para los cobardes», murmuró con los labios entumecidos por el miedo.

Su madre se había marchado un instante después de pronunciar esas palabras, había cruzado el bar y se había puesto a flirtear con un hombre de negocios lo bastante incauto para llevar la billetera en el bolsillo delantero de la americana. Había dejado la bebida en la barra y Dorothy la había recogido, para pulirse de un solo trago lo que quedaba del brandi.

En este momento, Dorothy notó el sabor del alcohol que le abrasaba las paredes de la garganta. Entonces sintió odio hacia su madre, pero no podía evitar admirarla también. Loretta no era la clase de persona a la que alguien secuestraría. Los hombres nunca la miraban y pensaban que podían poseerla.

Se habría sentido horrorizada de haberse enterado de que habían vuelto a secuestrar a su hija. Que había confiado una vez más en un tipo con una sonrisa bonita, aunque solo fuera un segundo. Le había enseñado muchas lecciones para que luego cayera en un error tan básico...

Dorothy apoyó un pie en el alféizar de la ventana y se dio impulso, luego mantuvo el equilibrio en el borde. El mundo giraba a sus pies.

Dudó un instante y se imaginó sus extremidades entumecidas mientras se precipitaba hacia abajo, y más abajo, cómo se le partiría el cuello al impactar con la superficie dura del agua, cómo perdería el conocimiento mientras el líquido gélido le inundaba la garganta y los pulmones. Se aferró con fuerza al alféizar. Ahogarse sería una muerte dolorosa. Mucho más dolorosa que una bala en la nuca.

«Toma una decisión. No le des muchas vueltas. Elige morir saltando o morir quedándote».

Roman gritó desde la otra habitación. Se oyó un portazo.

Dorothy cerró los ojos.

«Toma una decisión».

Entrada del cuaderno de bitácora
13 de enero de 2074
8:23 horas
Academia de Tecnología Avanzada de la Costa Oeste

Hace poco más de un mes que realicé mi primer fichaje para el equipo y Roman lo hace de maravilla. Este chico es un genio (y no suelo utilizar esa palabra a la ligera). Ya ha revisado todos los currículos para cribar quiénes son los solicitantes con más potencial, ha actualizado el *software* de mi ordenador y nos ha ayudado a Zora y a mí a averiguar qué ha provocado que el sistema de navegación interno de la Segunda Estrella se haya descuajeringado.

Estoy convencido de que será un ayudante fabuloso, así que ha llegado el momento de contratar al resto de mi equipo. Me han dado luz verde para otros tres empleados: un médico, por si hay una urgencia; alguien encargado de la seguridad y un piloto.

(Mis propias habilidades para pilotar fueron calificadas de

«insuficientes» tras una prueba particularmente humillante llevada a cabo con un piloto de la NASA, pero eso no viene a cuento.) Natasha puntualizó que esas mentes tan brillantes de la NASA ni siquiera se plantearon que pudieran necesitar a un historiador de verdad para que se documentase sobre esos «saltitos en la historia», como le gusta denominar a mis viajes.

Por suerte, le dije que tuve el buen juicio de casarme con una historiadora. Y ¿saben qué me respondió?

«No podrías permitirte mis honorarios».

¡Ay, tener a mi bella e inteligente mujer a mi lado mientras paso a la historia! Estamos destinados a ser los Marie y Pierre Curie de los viajes en el tiempo.

En cualquier caso, Natasha tuvo una idea interesante para resolver mi dilema. Una noche, me quejé de que no encontraba ningún candidato entre los que había propuesto la facultad que cumpliera con los requisitos que busco, y Natasha dijo que tendría más sentido viajar al pasado y encontrar a los mejores candidatos de toda la historia. Creo que lo decía en broma.

Pero imagínense: el hombre más fuerte de toda la historia de la humanidad. La mente médica más extraordinaria del mundo. El piloto con más talento...

Tendré que darle un par de vueltas al asunto.

El otro día, Roman me planteó un interrogante curioso. Me preguntó si sería posible regresar al pasado para ayudar a algunas de las personas de la Ciudad Campamento.

No podemos volver al pasado para impedir que suceda aquel terremoto de 6,9, por supuesto, pero Seattle ni siquiera contaba con un sistema de ATT (Alerta Temprana de Terremotos), como el que tienen en California o Tokio. Si hubiéramos contado con un plan semejante, miles de personas se habrían salvado.

Me moría de ganas de decirle que sí. Pero no sé cómo podemos evitar una paradoja.

A grandes rasgos, hay tres tipos de paradojas relacionadas con los viajes en el tiempo. Aquí me refiero a la primera, el «bucle causal», que existe cuando un acontecimiento futuro es la causa de un acontecimiento pasado.

Por ejemplo, si el alto número de víctimas mortales provocadas por un terremoto me convenciera para regresar al pasado e implantar un sistema de ATT, que a su vez impediría que ocurrieran todas esas muertes, no tendría motivos para regresar al pasado. Si no hay causa, no puede haber efecto.

Como es lógico, las paradojas son puramente teóricas. Somos incapaces de comprender de verdad cómo responderá el futuro a los cambios en el pasado hasta que los probamos.

Técnicamente, se supone que no debo volver al pasado hasta haber elegido a los miembros del equipo, pero un viajecito rápido no puede hacer daño a nadie, ¿no?

Los bucles causales son peliagudos, así que los dejaré para otro día. Hoy voy a enfrentarme al más grande: la paradoja del abuelo.

La paradoja del abuelo es una paradoja de coherencia. Ocurre cuando el pasado se cambia de tal modo que crea una contradicción en el futuro. Por ejemplo, si viajo al pasado y mato a mi abuelo antes de que engendre a mi padre, mi padre no será capaz de crearme a mí, lo cual haría que fuese imposible mi regreso al pasado para matar a mi abuelo.

Demostrar que es falso será fácil. Solo me hará falta una manzana. Llamaré a esta misión Hera 1, en honor del mito griego de Paris y la manzana de oro.

Como ya he apuntado, mi objetivo será refutar la paradoja del abuelo. Lo haré llevándome una manzana de la mesa de la cocina y colocándola en el cuarto de baño. Luego, retrocederé una hora en el tiempo, cogeré esa misma manzana de la cocina y me la comeré, de modo que será imposible que yo lleve esa manzana al cuarto de baño una hora más tarde. Es sencillo pero excelente, ¿verdad? ¡Y ningún abuelo resultará herido!

Informaré de mis progresos en cuanto regrese.

ACTUALIZACIÓN: 7:18 HORAS

He conseguido comerme la manzana. ¡Éxito rotundo! (Esto es un poco raro, lo sé. Me llevo el diario cuando emprendo un viaje por el tiempo, así que he sido capaz de escribir esta actualización después de la entrada de dentro de una hora en el futuro, pero ¡queda muy extraño visto en la página!)

ACTUALIZACIÓN: 9:32 HORAS

Hera 1 acaba de toparse con un escollo impredecible. Natasha me ha informado de que, en realidad, había dos manzanas en la cocina esta mañana. Dejó una aparte para tomarla a la hora del desayuno. Me comí esa manzana cuando regresé al pasado. Tras descubrir que faltaba esa manzana, encontró la segunda y la colocó en la mesa de la cocina. Esa fue la manzana que escondí en el cuarto de baño.

Natasha también ha expresado su deseo de que no vuelva a guardar fruta en el cuarto de baño. Una queja razonable, supongo.

ACTUALIZACIÓN: 16:40 HORAS

Llevo todo el día pensando en este experimento. El caso es que ya busqué si había más manzanas cuando coloqué la primera en el cuarto de baño. Al fin y al cabo, soy científico. Tengo formación doctoral en experimentación controlada. No habría dejado un aspecto tan importante del experimento en manos del azar.

Solo había una manzana.

Pero Natasha dice que había dos.

Desde hace tiempo, hemos teorizado acerca de si los viajes espaciotemporales podrían causar cambios drásticos en nuestro presente: un efecto mariposa, por decirlo de otra manera.

(Como todos sabrán, el efecto mariposa remite al concepto de que los cambios pequeños pueden desencadenar cambios más grandes; por ejemplo, una mariposa puede batir las alas y provocar un huracán. Por supuesto, el tema es mucho más complicado, pero para poder ser más concreto tendría que entrar en la teoría del caos, y ya hemos tenido suficiente teoría por hoy.)

Me pregunto si esa será la pregunta adecuada.

O sería mejor preguntarse lo siguiente: ¿acaso los viajes en el tiempo pueden modificar el pasado además del futuro?

En otras palabras, ¿creé una segunda manzana cuando desplacé la primera?

Esta reflexión tan interesante nos lleva a la tercera paradoja de los viajeros en el tiempo, la paradoja de Fermi, que se formula así: «Si fuera posible viajar en el tiempo, ¿dónde están todos los visitantes del futuro?». Si he cambiado el pasado por haberme comido una manzana que no debería haber podido comer, sería razonable pensar que los viajeros en el tiempo pueden cambiar el pasado a raíz de su presencia.

Dicho de otro modo, todavía no hay visitantes del futuro.

Pero los habrá.

12

Ash

14 de octubre de 2077, Nueva Seattle

El parking de varias plantas que había delante del hotel Fairmont estaba exactamente igual que en las fotografías. Ash había visto los de los viejos centros comerciales de finales del siglo XX. Los horrendos pisos de cemento se apiñaban unos encima de otros. Unas tuberías oxidadas desde hacía tiempo recorrían las paredes y varios fluorescentes rotos salpicaban el techo. A unos metros de allí había un coche con las puertas abiertas, pero Ash tenía la impresión de que solo era un elemento ornamental. Únicamente las plantas superiores del parking seguían secas; las otras estaban hundidas en el agua turbia.

—¿Entramos? —preguntó Willis, y enarcó una ceja.

Ash se bajó de la lancha motora y trepó por un murete de cemento que separaba la parte útil del aparcamiento del agua que lo rodeaba. Varios dedos de agua todavía cubrían el suelo en el otro extremo de esa planta, así que sus botas chirriaron cuando intentó avanzar.

—¿Estás seguro de que esto lleva al Fairmont? —preguntó mientras levantaba una bota empapada—. Porque parece inundado.

—De eso se trata. —Willis llevaba una linterna en la mano, pero el polvoriento haz de luz era como una cerilla en una habitación oscura. Solo servía para corroborar que la oscuridad iba ganando terreno—. Vamos.

Tomaron una escalera estrecha que había casi al fondo del parking. En otra época debía de estar también inundada, pero en algún momento habían achicado el agua y sellado la zona, de modo que, contra todo pronóstico, las plantas inferiores de esa parte quedaban secas. El olor a rancio y moho subía del suelo y se iba acentuando conforme descendían por la escalera, hasta convertirse casi en otra persona que caminaba junto a ellos. Ash se esforzó por respirar por la boca.

Al cabo de un rato, llegaron a una puerta metálica, que conducía a un aparcamiento abierto y amplio en uno de los niveles inferiores de la estructura.

Era un espacio largo y de escasa altura: el techo quedaba a pocos dedos de su cabeza; la pared del fondo no era más que una insinuación en la distancia. Unos ventanales cubrían la pared que Ash tenía a la izquierda; algunos de los cristales estaban viejos y empañados, pero otros eran claramente nuevos y estaban fabricados en cristal grueso. Esa planta no había quedado sumergida, aunque desde fuera pudiera parecer lo contrario. Ash distinguió la superficie del agua que relucía al otro lado del cristal y proyectaba una luz azul en todo el espacio.

—¿Qué es este sitio? —murmuró mientras caminaba alrededor de un cubo de basura volcado.

—Ni idea —dijo Willis.

Se paró junto a un automóvil compacto, cuyos neumáticos llevaban tiempo pinchados. Varias grietas surcaban el cristal parabrisas.

—Aunque parece que aquí intentan construir algo.

—¿Qué podrían querer const...?

En ese momento, Ash guardó silencio, pues la pregunta quedó contestada cuando sus ojos recalaron en algo sumido en la oscuridad. Una forma plateada relucía con la tenue luz; tenía el cuerpo de aluminio y recordaba a una bala.

Le resultaba tremendamente familiar.

—¿Ash? —preguntó Willis frunciendo el entrecejo.

Ash pasó por delante de su amigo sin darse cuenta de que había hablado. Estaba oscuro, pero creyó distinguir el final de una cola con alerón y el resplandor de la luz iluminando unas estrellas negras.

Un desagradable escalofrío le recorrió la espalda.

«No puede ser».

Willis apoyó una mano en el hombro de Ash.

—¿Es...?

—Es una máquina del tiempo —contestó Ash con voz ronca.

La primera vez que había visto una máquina del tiempo había sido el 25 de febrero de 1945, a las 4:00 horas. Dormía profundamente y, cuando notó un golpecito en el hombro, pensó que era el capitán McHugh, que iba a despertarlo para repasar los preparativos del vuelo. Gruñó y, aún tumbado, se dio la vuelta y abrió los ojos a regañadientes.

El hombre que se alzaba sobre él no era el capitán McHugh. Tenía la piel y el pelo negros, y una barba también negra salpicada de canas. Además, iba ataviado con ropa muy rara, una chaqueta que no le sentaba nada bien y una corbata rígida de rayas. Como si fuese disfrazado.

—Es hora de despertarse, señor Asher —le dijo el hombre.

Lo pronunció en un susurro, pero su voz era tan penetrante que retumbó entre ambos.

Esa voz había despertado a Ash de sopetón. Había un hombre en los barracones. Un civil que, para sorpresa del piloto, había logrado burlar a los guardias armados de la puerta. A Ash le dio un vuelco el corazón y se apartó, intentando localizar la pistola cargada del .45 que siempre tenía a mano.

El hombre le agarró el brazo y lo inmovilizó con los dedos como si fuera un tornillo de banco. Ash intentó zafarse, pero aquel hombre era fuerte.

—Chist, olvídese de eso ahora —dijo el desconocido con el mismo susurro vibrante—. No me quedaré mucho rato y no hay motivos para tener miedo. Soy el profesor Zacharias Walker. Un viajero en el tiempo procedente del año 2075.

Ash se había quedado mirando al Profesor un buen rato, sin dejar de buscar la pistola de forma casi inconsciente. Entonces, se le curvaron hacia arriba las comisuras de los labios. Sí, claro. «Un viajero en el tiempo». Vaya, por lo menos la broma era nueva, eso había que reconocérselo a sus compañeros. Se preguntó dónde habrían encontrado a semejante carcamal con la voz inquietante y la ropa tan rara. Seguro que era algún borracho que habían sacado del pub de la esquina, que buscaba llevarse un trago gratis.

El «profesor» arrugó la frente.

—Veo que no me cree. Si me acompaña un momento, le mostraré las pruebas.

Ash tragó saliva, todavía notaba la garganta rasposa después de dormir.

—¿Pruebas?

—Podría enseñarle mi máquina del tiempo.

Ash soltó una risotada seca. Pero se incorporó y se puso la chaqueta de cualquier manera encima de los calzoncillos largos, intentando controlar la expresión para que diera cierto aire de seriedad.

—Indíqueme el camino, señor.

La máquina del tiempo estaba detrás de los barracones, en una zona apartada justo después de la línea de árboles. Parecía un zepelín en miniatura, pequeño y con forma de bala, y una luz azul de aspecto sobrenatural salía de sus ventanillas. Ash supo más tarde que era la otra máquina del tiempo, la Estrella Oscura. La que el Profesor fabricó después de la Segunda Estrella. La nave en la que había desaparecido.

Al ver la luz azul, Ash había parado en seco. Había bajado la mano hacia el lateral del avión, estupefacto. El metal todavía estaba caliente.

—¿Por qué me enseña esto? —preguntó en cuanto hubo recuperado el habla.

—Porque quiero que aprenda a pilotarlo —había respondido el Profesor.

Ash se acercó con cautela y bajó la mano para tocar la nave que tenía delante. Al principio, había pensado que era la Estrella Oscura la que se ocultaba entre las sombras; tenía el mismo cuerpo con forma bala, las mismas ventanillas redondeadas. Pero esta no era la máquina del tiempo del Profesor: era una réplica. Habían garabateado las palabras CUERVO NEGRO en el lugar en el que, de haber sido la auténtica, habría puesto ESTRELLA OSCURA.

Además, había otras diferencias. La nave Cuervo Negro era de color carbón, más oscuro y muy distinto del aluminio brillante de la Estrella Negra, y lo que Ash había tomado por estrellas eran en realidad cuervos, con las alas negras extendidas.

Un escalofrío recorrió al piloto. Era una sensación de *déjà vu* o, mejor dicho, una especie de *déjà vu* pasado por un espejo distorsionado. El Profesor era la única persona de la historia que había logrado fabricar una máquina del tiempo. Otros lo habían intentado, en la época previa al mega terremoto, pero nunca habían conseguido dar con la aleta adecuada para el aparato; tampoco sabían qué clase de cristal podía desplazarse por un anillo sin resquebrajarse, ni cómo integrar en condiciones la materia exótica dentro de la estructura de sus diseños.

Ash se montó en la cabina principal de la Cuervo Negro. Era idéntica a la de la Estrella Oscura. Los asientos de la cabina estaban dispuestos con la misma distribución circular, de modo que todos los tripulantes se mirasen a la cara. Las paredes eran del mismo tono bronce oscuro bien pulido. Por un segundo, Ash se imaginó que le llegaba a las fosas nasales la peculiar mezcla de colonia y humo de pipa del Profesor. Sacudió la cabeza y el olor se esfumó. Se recordó que no era la nave del Profesor. Era una copia.

Se metió en la cabina de mandos. A diferencia de la Segunda Estrella, la Estrella Oscura tenía un panel de control interno en el que almacenar la materia exótica. El Profesor había construido la nave más grande un año después de completar la Segunda Estrella, cuando sabía más acerca de los viajes en el tiempo y había conseguido financiación para fabricar el aparato de sus sueños. La Segunda Estrella era un avión de combate pequeño y veloz, mientras que la Estrella Oscura era un avión-crucero de lujo. Estaba diseñado para transportar a un grupo de personas por el tiempo de la manera más cómoda posible. Una vez que el Profesor acabó de adaptar el avión con el fin de convertirlo en una máquina del tiempo, le regaló la Segunda Estrella a Ash, para que tuviera algo con lo que practicar.

El panel de control interno era uno de los elementos de diseño clave que los impostores nunca habían conseguido imitar bien, pero el de la máquina Cuervo Negro era idéntico al que había diseñado el Profesor, incluso reproducía la diminuta hilera de luces rojas que se iluminaban en caso de emergencia. Ni siquiera la Segunda Estrella tenía tantos avances.

Ash soltó un juramento en voz baja y cayó postrado de rodillas. En la Estrella Oscura, la materia exótica se almacenaba en un compartimento escondido en un panel inferior. Repasó con los dedos las palancas y los botones, hasta que se abrió un panel similar y descubrió...

Nada. Ash soltó el aire y se apoyó en los talones. Menos mal. Era un alivio. Sin materia exótica, Roman no sería capaz de volver al pasado con su nave. Ash no sabía cómo se las había apañado para lograr una réplica tan perfecta de la Estrella Oscura, pero, sin ME, la Cuervo Negro no era más un montón de hojalata con aspecto glorioso.

Unos disparos al aire interrumpieron los pensamientos de Ash. Se dio la vuelta de inmediato y atisbó por las ventanas de la Cuervo Negro. Los tiros se oían lejanos y reverberaban en las paredes y el agua, pero su repentina y horrible explosión era inconfundible.

—¡Ash! —gritó Willis—. ¡Date prisa!

Ash se puso de pie y salió a trompicones de la máquina del tiempo. Willis estaba delante de la pared de los ventanales, oteando el agua turbia que los rodeaba. La luz de la luna refulgía entre las olas y creaba otras tantas olas de luz por el suelo del aparcamiento.

—¿Qué ocurre?

Ash distinguió la silueta borrosa del hotel que se cernía sobre él, y lo que parecía movimiento en las plantas superiores.

—Una pelea, creo —gruñó Willis.

Se oyeron más disparos, cada vez más próximos. Las balas silbaban por el agua delante de su ventana y dejaban estelas que recordaban a diminutas estrellas fugaces.

Una sombra se apartó del hotel y se precipitó hacia ellos a toda velocidad.

—Alguien ha saltado —dijo Willis.

Cuando las palabras apenas habían salido de su boca, un cuerpo rompió la superficie. El agua salpicó y burbujeó contra la ventana y, cuando volvió a calmarse, Ash vio unas facciones que reconocía: ojos verdes muy grandes. Piel pálida. Rizos castaños.

Todo su cuerpo se tensó.

—Es Dorothy.

13

Dorothy

L o único que veía Dorothy era un color blanco.

 Luego, el blanco empezó a tomar forma: árboles blancos, pelo blanco, dedos blancos unidos a unas manos blancas, flotando en una ventanilla de un coche oxidado y viejo...

«Muerto». Todo lo que había bajo el agua estaba muerto.

Parpadeó un par de veces. «Agua». Estaba sumergida. El blanco que veía era el cristal empañado de una ventana. Una silueta se movía detrás, y Dorothy creyó ver los rizos blancos y el abrigo oscuro de la Reina de los Zorros. Pero entonces desapareció.

Algo dentro de ella le gritó: «¡Ponte a nadar!».

Las sensaciones físicas volvieron a azotarla. El agua estaba tan fría que le entumecía la piel y dejaba sus brazos y piernas rígidos y torpes. La notaba arenosa en los ojos y se le nublaba la vista. Un dolor profundo se extendió por su cabeza. Pataleó con fuerza, pero le pesaban demasiado los pies.

Algo pasó con un silbido y le rozó el brazo. Lo notó caliente: como una cerilla cuando toca la piel. Un segundo más tarde, oyó otro silbido similar.

«Balas», pensó al darse cuenta. Alguien le estaba disparando. Con los pies medio congelados y entumecidos, clavó los dedos en las suelas de los zapatos, que también le habían prestado, y se los quitó. Volvió a mover las piernas para darse impulso.

La superficie se acercó. La luz de la luna relucía en el agua. Hizo acopio de todas sus fuerzas para mover también los brazos e impulsar el cuerpo hacia arriba y más arriba aún. Otra bala impactó junto a ella, tan cerca de su cara que notó el calor en la mejilla antes de verla desaparecer en el agua.

Solo tres brazadas más..., dos..., una...

Dorothy rompió la superficie del agua, jadeando. Le quemaba el aire en la nariz y la boca, pero lo tragó igualmente. Sabía dulce. Cuando logró fijar la vista, captó dos cosas a la vez: el estrecho muelle que terminaba en el extremo de la pared del hotel... y Roman.

Roman estaba en equilibrio en el alféizar de una ventana ocho plantas por encima de ella. Volvió a cargar la pistola con tranquilidad. El viento hacía que el abrigo negro se le pegara a las piernas y luego se hinchara y ondeara como una vela.

—¡Qué valiente has sido! —gritó su captor, pero el viento se comía parte de las palabras, de modo que sonó más bien a: «Qué ...liente ... sido».

Dorothy hizo oídos sordos. Roman estaba tan lejos que no podía hacer mucho más que dispararle. Nadó como pudo, se agarró al muelle y clavó las uñas en las ranuras que quedaban entre los maderos. Se dio impulso...

Un golpe seco se oyó más arriba, seguido de un gruñido. Levantó la vista.

Roman estaba dos plantas más abajo que cuando lo había visto un segundo antes, bajaba por un andamio, con la pistola sujeta en la cinturilla del pantalón. Dorothy advirtió los músculos que se movían por debajo del abrigo, flexionándose y luego relajándose, sin prisa y sin tensión, como si estuviera acostumbrado a desplazarse así. Saltó hasta una terraza de la quinta planta y después se apoyó en el saliente, sujetándose con una mano mientras con la otra intentaba alcanzar la repisa de la ventana que tenía más cerca.

—Cuando uno crece aquí, aprende unas cuantas cosas —gritó—. Saber escalada es una habilidad muy útil, te lo aseguro. Odio mojarme.

Con agilidad, se deslizó hasta la planta inferior y luego fue resiguiendo la estrecha repisa, como un equilibrista de circo sobre una cuerda floja, antes de dejarse caer en una de las terrazas del tercer piso.

«Maldita sea». Dorothy volvió a darse impulso con todas sus fuerzas para encaramarse al muelle. Oyó otro golpe seco. Roman debía de haber bajado hasta la segunda planta. Con las extremidades todavía dormidas por el frío, Dorothy se puso a gatas y luego se incorporó. Le temblaban las piernas y temía desplomarse en cualquier momento.

Otro golpetazo... Tan próximo que hizo temblar el muelle bajo sus pies. Dorothy levantó la cabeza. Tenía a Roman delante, la pistola le colgaba de una mano con aire despreocupado.

El chico frunció el entrecejo y la señaló con el arma.

—¿Estás nerviosa?

La pregunta era tan absurda que Dorothy no pudo evitar que se le escapara una sonrisa amarga.

—Me has secuestrado.

—No lo parece...

—Pensabas matarme.

—No digas tonterías.

—Me... me has disparado —balbució Dorothy.

El dolor le quemaba en el brazo, donde le había rozado una de las balas.

Roman encogió un hombro.

—¿De qué otra manera podía llamar tu atención, eh?

Dio un paso hacia ella y trasladó el peso de los talones a los dedos de los pies de un modo que impidió que el muelle se meciera. Fue un movimiento lento y cuidadoso, que hizo que Dorothy se sintiera como una presa. Por instinto, retrocedió un paso mientras Roman levantaba las manos, en señal de rendición. La pistola le colgaba del pulgar.

—Si te soy sincero, me sorprende —dijo—. Pensaba que sentirías curiosidad.

—¿Curiosidad? —Dorothy tragó saliva, sin quitar ojo de la pistola. No sabía a qué se refería Roman. Se planteó salir corriendo, pero el brazo herido le dolía y le pesaban tanto los pantalones mojados que se le escurrían de las caderas—. ¿Por qué?

—¿No quieres saber por qué te secuestré?

Dorothy pensó en el borracho que olía a pescado podrido. «Los hombres de verdad cogen lo que quieren». Miró a Roman a la cara.

—Di por hecho que querías robarme y matarme.

—Vamos, no seas ridícula. —Roman se inclinó hacia ella, como si fuese a confiarle un secreto. El aliento le olía a hojas de menta—. Lo cierto es que te había echado el ojo.

«Mentiroso», pensó Dorothy. Era la clase de comentario que se imaginaba diciendo a algún hombre incauto para que bajara la guardia. «Le he echado el ojo. Lo he visto desde la otra punta de la sala. Es usted tan guapo... ¿Le importaría si me siento a su lado?».

—Es imposible —contestó—. Acabo de llegar.

Algo cambió en el rostro de Roman, aunque Dorothy no supo decir de qué se trataba exactamente. Era como si le hubiera guiñado un ojo, pero no lo había hecho.

—Hace más tiempo que te sigo los pasos.

—¿Cómo?

—Mi querida Alicia. Cuando seguiste al conejo blanco y te metiste en su madriguera, caíste en un mundo en el que el tiempo es un círculo en lugar de una línea.

«¿Conejo blanco?». Un escalofrío recorrió la piel de Dorothy y le erizó los brazos.

—¿Qué significa eso?

—¿Es que no has leído *Alicia en el País de las Maravillas*? —Roman negó con la cabeza e hizo girar la pistola en el pulgar—. Qué lástima. Es una de las mejores obras de absurdidades literarias. Tendrías que buscarla. Creo que es más o menos de tu época, aunque reconozco que no recuerdo el año en que se publicó.

«Lo sabe», pensó Dorothy. Aunque pareciese imposible, de algún modo él sabía que Dorothy venía del pasado.

Recordó la sensación que había tenido en el muelle, justo antes de que Roman la secuestrase. La sensación de haber vivido antes aquel momento.

Con la piel erizada, repitió:

—«El tiempo es un círculo en lugar de una línea». ¿Insinúas que has visto el futuro?

Una sonrisa de lobo surcó el rostro de Roman.

—Puede ser. Tal vez haya visto tu futuro. ¿Hay algo que quieras saber?

Dorothy dio un paso hacia Roman, casi sin darse cuenta de lo que hacía. Las preguntas revoloteaban por su mente igual que un montón de confetis de colores.

«¿Tendré que volver a enfrentarme a mi madre? ¿Va a devolverme Ash al año 1913? ¿Acabaré casada con Avery? ¿Llegaré a ver algún día...?».

El corazón le iba a mil por hora. Parpadeó e intentó fijar la atención de nuevo en la cara de Roman. Con la luna llena, sus ojos adoptaban un color azul marino oscuro, no brillaban tanto como antes. En ese momento, le habría dado lo que le hubiera pedido a cambio de saber su futuro. Le habría entregado su alma como si fuera una bufanda olvidada.

Dorothy sacudió la cabeza y los confetis que eran sus preguntas desaparecieron. En lugar de ellos vio la mano tullida de su madre, tamborileando con las uñas amarillentas. Oyó la voz tan aguda de Loretta. «Todo es una farsa».

Nadie ofrecía algo por nada. Si Roman prometía desvelarle su futuro, debía de querer algo a cambio.

Una sombra reptó por el borde de la estructura de cemento que había en el extremo opuesto de la estrecha pasarela y le ahorró a Dorothy la preocupación de seguir dándole vueltas a esa propuesta. Roman miraba hacia otra parte y no lo veía, pero Dorothy fue capaz de seguir el movimiento de la sombra con el rabillo el ojo.

No quería llamar la atención de Roman, así que parpadeó y volvió a fijar la mirada en su rostro.

—¿Por qué me cuentas esto?

—Me has impresionado. —La miraba de una forma que denotaba avidez—. Te escapaste de la celda, espiaste una conversación privada, saltaste de la ventana de un octavo piso. Sería una pena privar al mundo de tus talentos. Me gustaría ofrecerte trabajo.

—¿Trabajo? —Eso pilló a Dorothy desprevenida. Por un momento se quedó sin palabras (casi se sintió halagada), hasta que recordó que Roman la había secuestrado y le había disparado. La indignación ocupó el lugar del halago—. No estoy en venta.

Roman se quitó una pelusa invisible de la manga.

—Todo está en venta.

Dorothy sintió un deseo repentino de abofetearle, un deseo al que podría haber sucumbido de no ser porque él iba armado. Entre dientes, dijo:

—Siento decepcionarte.

—Pocas veces me decepcionan. —Entonces sí le guiñó un ojo—. Es más, estoy seguro de que cambiarás de opinión.

En segundo plano, la sombra creció. Al principio parecía un oso, pero luego entró en la zona iluminada y Dorothy reconoció al hombre del bar. Se llamaba... Willis, ¿verdad? El chico la miró a los ojos y levantó un dedo, que se llevó a los labios. «Silencio».

Para ganar tiempo, Dorothy preguntó:

—¿Por qué iba a hacerlo?

—Poder. —Roman volvió a sonreír, era la misma sonrisa de lobo, enseñando los dientes y con los labios tensos—. Dinero. ¿Qué otra cosa podría querer una persona?

Dorothy notó un pinchazo en lo más profundo de su corazón. Roman le recordaba a su madre. «Has puesto en peligro todo lo que hemos logrado gracias a tanto esfuerzo». Como si no hubiera nada más. Se sentía extrañamente vacía al ver que Roman podía mirarla y pensar que era la clase de chica que solo se interesaba por el dinero y el poder. Igual que en la iglesia, le asaltó un pensamiento: que su exterior y su interior no encajaban. Que había habido un error.

Por suerte, Willis eligió ese momento para saltar al muelle. Dio la impresión de que se quedaba suspendido en el aire un instante más de lo que era físicamente posible antes de doblar un antebrazo inmenso alrededor del cuello de Roman. A este se le atragantó un improperio y los dos cayeron al agua con una gran salpicadura y se hundieron. Las gotas de agua cayeron en cascada sobre el muelle y empaparon los pies descalzos de Dorothy.

Dudó una fracción de segundo, lo suficiente para observar las ondulaciones que se extendían por la superficie del agua mientras ella contemplaba lo extraño que era todo aquello. ¿Por qué había ido a salvarla ese forzudo al que apenas conocía? ¿Qué podía esperar a cambio?

Entonces, se sacudió las preguntas, eligió una dirección y echó a correr.

14

Ash esperó agazapado, con la espalda aplastada contra los sucios ladrillos del Fairmont; el viento frío se le colaba por la nuca. Quería ver qué ocurría en la otra fachada del hotel, pero no podía arriesgarse a asomar la cabeza y salir de su escondite.

Retazos de conversación le llegaban con el viento.

«qué... talento...».

«... dinero...».

Aguzó el oído, pero las ráfagas de aire eran como rugidos en su oído, y las voces no eran más que murmullos. Ash se arropó mejor con la cazadora y se frotó las manos cortadas para que la sangre no dejara de bombear. En cualquier instante...

Un grito se coló en sus pensamientos... seguido de una salpicadura que sonó como si unos cuerpos cayeran al agua. Willis ya había hecho su parte. Ash dobló la esquina del hotel y...

¡Pam! Algo pequeño, suave y con olor a vaquero mojado impactó contra él y lo dejó sin aliento. Trastabilló y se llevó las manos al pecho, dolorido.

Dorothy salió volando y cayó sobre el muelle con un sonoro golpe contra la madera. Estaba mojada y pálida, y los rizos empapados se le pegaban a la cara. Tenía las piernas en ángulo a ambos lados del cuerpo, de modo que Ash pensó en un cervatillo que estuviera aprendiendo a caminar.

Pero estaba viva. De pronto, Ash tuvo un *flash* de su frágil cuerpo hundiéndose en el agua, de las balas silbando junto a ella. Se sintió increíblemente aliviado al saber que no estaba herida.

Tragó saliva e intentó recuperar el aliento.

—Maldita sea, mujer —espetó con aspereza—. ¿Se puede saber adónde ibas, por el amor de Dios?

Dorothy se apartó el pelo empapado de la cara, con el ceño fruncido.

—¿Qué haces aquí?

—He venido a rescatarte.

Dorothy se apoyó en un brazo para incorporarse.

—¿Por qué?

Ash estaba seguro de que no se lo habría preguntado de haber sabido lo culpable que se sentía por haberse burlado de ella en la taberna. Era culpa de él que ahora Dorothy estuviera en semejante lío. Debía de pensar que Ash era una persona terrible, si no se había planteado que iría a buscarla.

Sin embargo, lo que dijo en voz alta fue:

—Porque necesitabas ayuda.

Parecía escéptica.

—Vaya, así que eres el buen samaritano... —El agua salpicó el muelle y la interrumpió. En su forcejeo, Roman y Willis ha-

145

bían vuelto a salir a la superficie, y parecía que Roman trataba de sacar la pistola. Dorothy se estremeció y apartó las piernas del borde del muelle—. No ha hecho más que saltar sobre él, ¿sabes? ¿Ese era todo el plan de rescate? ¡¿Saltar?!

Ash notó que se le torcía el labio, pero fue rápido y ocultó la sonrisa, recordándose a sí mismo que era la segunda vez que cambiaba de planes para ayudar a esa chica y acababa con un desplante que echaba por tierra todos sus esfuerzos.

—Hubiéramos controlado mejor la situación si no hubieras saltado por la ventana —señaló el piloto.

—Tuve que saltar. ¡Iba a matarme!

La voz se le atascó en la palabra «matarme». Ash frunció el entrecejo y de pronto cayó en la cuenta de que ella estaba asustada y expresaba el sentimiento transformado en rabia porque no quería admitir su miedo. Se tocó la nuca con una mano y se avergonzó por haber mordido el anzuelo.

En esos momentos, la chica daba bastante lástima, agachada en el muelle, temblando y empapada. Una vez más, recordó la imagen de su cuerpo hundiéndose. El alivio que lo había embargado al saber que estaba a salvo. El calor le subió por el cuello.

—Vamos —gruñó mientras alargaba la mano para agarrarla del brazo, pero ella resopló y se apartó. El enfado se adueñó de Ash, que espetó—: ¿Quieres que te ayude o no?

—No eres tú —dijo Dorothy con dificultad. Señaló el brazo con la barbilla—. Me... me ha dado.

La idea de que Roman le hubiera disparado hizo que se sintiera todavía más culpable que antes. Soltó un juramento, se arrodilló en el muelle al lado de Dorothy y le recogió con cuidado la manga de la camisa. Tenía la piel de un feo tono granate que tiraba a morado, pero por lo menos no sangraba. La bala solo la había rozado.

—Enseguida estarás bien —le dijo mientras reseguía el hematoma con el pulgar—. El disparo ni siquiera te ha rasgado la piel.

Dorothy puso los ojos en blanco y los cerró mareada. El dolor se reflejaba en su rostro, pero no se estremeció, ni siquiera gimió ni gritó. Ash estaba impresionado. Ese cardenal tenía que dolerle horrores.

—Así que tengo que dar gracias porque es una herida de bala «buena» —murmuró ella mientras se ponía de pie.

A Ash volvió a temblarle el labio... Casi esbozó una sonrisa.

Willis estaba subiendo al muelle a gatas, arrastrando a Roman por el cuello de la camisa, como si fuera un cachorro de gato. Roman intentó levantar la pistola, pero Willis se la arrebató de un manotazo y el arma se deslizó por los maderos del muelle, hasta detenerse a pocos pasos de donde estaba acuclillado Ash.

Este alargó el brazo para coger la pistola y cerró los dedos alrededor de esa empuñadura que tan familiar le resultaba. Al fin y al cabo, era su arma. El revólver de cañón corto S & W de las fuerzas aéreas que había tenido desde 1945. Roman se lo había robado hacía un año, la noche que se marchó. Al empuñarla de nuevo, Ash sintió que algo volvía a su sitio. Que se reparaba un daño.

Dio un golpe con la bota en el hombro de Roman, quien levantó la cabeza, con los párpados pesados.

—Anda —dijo con apatía. Ash tensó los hombros al oír esa voz que tan bien conocía—. Está aquí toda la panda.

Ash no estaba preparado para la repulsión que se despertó

en su pecho. Tenía su antigua pistola en la mano y a Roman, destrozado, en el suelo ante sus pies. Ya contaba con estar furioso, pero lo que sentía era algo más: era una fuerza de la naturaleza. Todo su ser deseaba agarrar a su antiguo amigo por la pechera y estamparle la culata del arma en la sien. Pegarle hasta hacerlo sangrar.

Apuntó hacia la cabeza de Roman.

—¿Cómo lo hiciste?

—¿Cómo te robé el arma? —Roman tosió y escupió agua—. Solías guardar ese maldito trasto en la mesilla, y duermes como un tronco. Era como si quisieras que alguien te la robase.

—La nave, Roman.

Ash mantuvo el arma firme, aunque le temblaba el brazo de tanta rabia. Pensó en la Cuervo Negro, en un garaje subterráneo justo bajo sus pies.

—Has construido una máquina del tiempo. ¡¿Cómo?!

Roman lo fulminó con la mirada.

—Trabajé codo con codo con el Profesor mucho más tiempo que tú. ¿Es que crees que no me enseñó nada?

—Miente —dijo Willis con los dientes apretados.

Ash pensaba lo mismo. El Profesor no le habría enseñado a Roman algo tan valioso. Ni siquiera se lo había enseñado a Zora, su propia hija.

—Tendrías que entrenar mejor a tu monstruo —murmuró Roman. Apartó la mirada de Willis un momento y luego la volvió a posar en él—. Habla cuando no toca.

Willis se abalanzó, agarró a Roman por el cuello del abrigo y lo levantó por los aires. La sangre se secó en el rostro de Roman. Los pies le colgaban a unos centímetros del muelle.

—¿Qué me has llamado? —gruñó Willis.

—Willis —le advirtió Ash. Tenía los ojos hundidos, su boca era una grieta salvaje en la piedra de su cara. Era un cruel giro irónico que llegase a parecerse a un monstruo cuando lo insultaban diciendo que lo era—. Déjalo en el suelo.

—Sí, Willis —intervino una voz nueva, una voz que provocó un escalofrío que recorrió los huesos de Ash—. Déjalo en el suelo.

Ash levantó la mirada de los ojos de Roman y la fijó en una figura que había a pocos metros de él, en el muelle. Un abrigo largo. Una capucha oscura. La sombra levantó el brazo y Ash apenas tuvo tiempo para fijarse en la diminuta pistola plateada que empuñaba la chica antes de que la porción de muelle que quedaba justo delante de su pie izquierdo explotara en un caos de madera y agua.

Retrocedió aturdido, entre juramentos. Notó que Dorothy se encogía tras él y apoyaba una mano en su brazo.

—La vi —susurró con rabia—. Estaba en la habitación con Roman.

—Es la Reina de los Zorros —escupió Ash, y repasó con la mirada el esquemático zorro blanco pintado en la pechera del abrigo de la misteriosa figura.

La Reina de los Zorros disparó otra vez y Ash sintió el calor del silbido de la munición junto a su pierna.

—El barco está al doblar la esquina —dijo el piloto—. Esperadme allí.

Dorothy no discutió. Ash oyó el repicar de sus pasos contra el muelle mientras se apresuraba a llegar adonde estaba amarrado el bote. Willis se colocó junto a su amigo, con los puños apretados y la mirada puesta en el arma de la Reina de los Zorros.

—Apuntar con estos trastos es más difícil de lo que pensaba. —La Reina de los Zorros dejó el arma colgando de los dedos, con aspecto aburrido—. Deberías habérmelo dicho.

Le lanzó la pistola a Roman, que acababa de darse impulso para ponerse de pie. La atrapó al vuelo con una mano y dijo:

—Siempre has preferido los cuchillos.

—Cierto.

La Reina de los Zorros sacó dos dagas finas como un lápiz de los pliegues del abrigo y las entrecruzó. El sonido del metal al chocar contra metal recordaba la música.

Ash miró a los ojos a Willis y supo que el gigante estaba pensando lo mismo que él. En cualquier bar de Nueva Seattle corrían los rumores de lo que la Reina de los Zorros era capaz de hacer con esas dagas. Piel desgarrada y lazos de sangre. Ash manejaba bastante bien la pistola, pero, en esos momentos, le pareció un juguete.

—Nos vamos —dijo a la vez que levantaba ambas manos.

Dio un paso atrás.

—Ya es tarde para eso —contestó la Reina de los Zorros, y volvió a entrechocar los filos.

Había algo marrón oscuro incrustado en el metal. Una emoción desagradable embargó el pecho de Ash.

Apuntó con el arma mientras la Reina de los Zorros se disponía a atacar...

Un motor surcó el aire y el barco de Ash apareció en escena, con Dorothy acurrucada dentro. Se tapaba las orejas con las manos. Por una fracción de segundo, Ash se quedó impresionado, y entonces el barco, que avanzaba a trompicones, pasó por delante de donde estaba él y rebasó casi todo el muelle.

«Mierda», pensó. Apartó la mirada de la Reina de los Zorros. Esta arremetió con la daga contra él y le alcanzó en la cara con la punta de la hoja. El calor le ardía en la mejilla, pero Ash no tenía tiempo de contraatacar. El barco se marchaba sin ellos...

Recorrió el muelle a toda velocidad y saltó para alcanzar la embarcación. Aterrizó en la parte de atrás. Oyó una salpicadura en el agua y supo que Willis se había zambullido detrás de él.

—Pensaba que se pararía —se justificó Dorothy sin aliento—. Tiré de esa cosa de ahí detrás y entonces...

—No pasa nada. —Ash le tapó la cabeza con el brazo y la empujó hacia abajo para protegerla justo cuando otra bala pasaba silbando muy cerca de ellos. Miró por encima del hombro y echó un último vistazo a la figura oscura del muelle—. Sigue navegando y ya está.

Entrada del cuaderno de bitácora
4 de junio de 2074
12:02 horas
el taller

Si soy sincero, nunca pensé que ocurriría esto, pero la ATACO y la NASA acaban de aprobar la solicitud, así que parece que avanzamos.

Tendré mi equipo... y no cualquier equipo. ¿Recuerdan que Natasha me sugirió que volviese al pasado para reclutar a los mejores candidatos de toda la historia?

¡La ATACO y la NASA van a permitir que lo haga!

El hombre más fuerte. La mente médica más brillante del mundo. El piloto con más talento.

Regresaré al pasado y los encontraré a todos.

Natasha y yo nos hemos pasado la noche discutiendo cuál es la mejor manera de lograrlo. El caso es que arrebatar a las personas de la historia (sobre todo, si son personas extraordinarias y de gran talento) tiende a revolucionar las cosas. Pero a

Natasha se le ocurrió una idea. Sacó un registro antiguo de pilotos muertos y desaparecidos durante la Segunda Guerra Mundial. Quería que me fijara en los pilotos desaparecidos. Como es natural, «desaparecidos» significaba que se habían... esfumado. Es decir, nadie volvió a verlos jamás. El gobierno de Estados Unidos dio por hecho que los habían matado o capturado.

Pero tal vez no. Tal vez se los llevara un científico loco del futuro. Tengo que admitir que me parece el método de reclutamiento perfecto. Lo único que tendré que hacer es salir a buscar a esos individuos especiales y de gran talento. Y, si desaparecen, sabré que ya retrocedí en el tiempo y los encontré.

Reunir al resto de nuestro equipo será un paso adelante muy emocionante, pero no es el único aspecto en el que estamos trabajando.

Roman y yo hemos dedicado los últimos seis meses a realizar misiones de exploración. En gran parte, ha consistido en trazar un mapa del anillo y dar con algunas normas preliminares acerca del funcionamiento del túnel del tiempo. Un poco aburrido, es verdad, pero también necesario. En la historia no ha existido nadie que haya entrado en el anillo antes que nosotros y haya sobrevivido, así que era esencial que lo estudiásemos bien.

Ahora que ya lo hemos hecho, la ATACO y la NASA me han pedido una serie de misiones más ambiciosas. En concreto, quieren saber cómo podemos utilizar los viajes en el tiempo para mejorar nuestras condiciones de vida actuales.

En otras palabras, quieren que regrese al pasado para cambiar cosas.

Como es lógico, no me apasiona esa idea. Pasa totalmente por alto el método científico. No podemos limitarnos a «cambiar cosas» y luego cruzar los dedos, confiando en que todo salga bien.

Los científicos observamos. Formulamos interrogantes. Hacemos hipótesis.

Y entonces llevamos a cabo experimentos controlados y llegamos a una conclusión basada en los datos.

Sería de esperar que la NASA me apoyara en este planteamiento, pero parece que hoy en día están más interesados en los comunicados de prensa que en cualquier otra cosa.

No es que no comprenda a qué se debe su preocupación. No he dedicado mucho espacio en estas páginas a escribir sobre el estado de nuestro país en la actualidad, pero las cosas están muy negras. Y no solo lo digo por las tormentas. La tecnología no está en una época floreciente, que digamos. Solíamos ser la nación más avanzada del planeta y ahora...

Es como si el público hubiera perdido el interés. Ya no confían en la «ciencia». Creo que la NASA tenía la esperanza de que los experimentos con los viajes en el tiempo lograran unir al país, en la línea de lo que se había conseguido con la llegada del hombre a la Luna en la década de 1960.

Pero no fue así. En lugar de eso, el público se ha rebelado. Todos quieren saber por qué no utilizamos los viajes en el tiempo para ayudar a la gente. Para cambiar cosas.

Incluso ha habido protestas. Pancartas.

«¡Tenemos derecho al pasado!».

Mensajes así.

Las protestas más importantes han ocurrido en nuestra propia Ciudad Campamento, justo a las puertas de mi taller. Seattle no se está recuperando del último terremoto tan rápido como pensábamos. Algunas partes de la ciudad continúan inundadas y hay zonas inmensas en las que todavía siguen sin electricidad. Han declarado el estado de emergencia, pero aparte de eso, poco más puede hacer el gobierno. La ATACO quiere emplear estos experimentos para demostrar a la ciudad que nos comprometemos a ayudar. No puedo culparlos por eso. Comprendo por qué la gente quiere arreglar las cosas. Claro que sí. Pero cambiar el pasado podría hacer que empeorasen aún más. Ni siquiera hace un año que contamos con esta tecnología. No podemos empezar a toquetear el pasado hasta que comprendamos mejor cómo funciona todo.

Bueno, a lo que iba, anoche intenté explicarle todo esto a Roman. Confiaba en que se pusiera de mi parte contra los charlatanes de la NASA, pero, en lugar de eso, se produjo nuestra primera pelea de verdad.

No entraré en los detalles más desagradables, pero dijo una cosa que me impactó más de lo que esperaba.

Me dijo: «Usted no ha perdido nada en los terremotos. Todavía mantiene su hogar, su familia, su futuro. No tiene ni idea de lo duro que ha sido para el resto de nosotros levantarnos por las mañanas sabiendo que todo eso había desaparecido».

Admito que no supe qué responder. No puedo evitar recordar el programa que estaba montando Roman el día en que lo conocí, cómo intentaba encontrar el modo de predecir terremotos antes de que devastaran ciudades enteras.

Algunas veces me olvido de que solo tiene quince años. Durante este año, he empezado a considerarlo un verdadero científico. Casi un igual. Daba por hecho que era la investigación pura la que lo llevaba a trabajar en el proyecto de los viajes en el tiempo.

Nunca se me ocurrió que pudiera tener otros motivos para hacerlo.

15

Dorothy

14 de octubre de 2077, Nueva Seattle

La niebla se aferraba a la superficie del agua y eliminaba cualquier rastro de color que pudiera quedar en la ciudad por la noche. Solo los árboles rompían la oscuridad, con sus troncos calcinados y blancos como fantasmas. La luna debía de brillar en alguna parte, porque parecía que la corteza relucía.

Dorothy tembló, todavía empapada después de caerse al agua. Se frotó el medallón con un dedo para asegurarse de que aún lo tenía. Ash se lo había devuelto y desde entonces temía que volviera a caérsele, que se perdiera para siempre. Dudaba de si algún día vería de nuevo aquel mugriento vestido de novia, de modo que esa joya era lo único que le quedaba de su vida anterior y, para su sorpresa, le provocaba una extraña nostalgia.

Se removió al notar el calor del cuerpo del piloto detrás de su espalda. Todavía estaban apiñados en la diminuta lancha motora, tan pegados que Dorothy notaba el roce del brazo de Ash en la parte baja de la espalda cada vez que él se movía. Una bruma lechosa pendía sobre el agua y transportaba el olor a pescado, pero cuando el viento se giraba, Dorothy todavía apreciaba toques ahumados en la piel del piloto.

Quería preguntarle por los árboles blancos, pero se contuvo. Si era del todo sincera, en realidad no había llegado a comprender la dinámica que había entre ellos dos. Ya no era un blanco al que apuntar..., pero tampoco era un amigo.

Y, sin embargo, había ido a buscarla cuando la habían secuestrado.

«Pero nada es gratis», se recordó. Todo tenía un precio. Ash todavía no había revelado el suyo, pero Dorothy sabía que tarde o temprano afloraría.

Le dio la sensación de que habían salido de la ciudad. Había menos edificios altos y menos puentes, pero unos objetos afilados y sólidos todavía asomaban entre las olas. Dorothy tocó el lateral de uno de ellos al pasar y lo notó duró y granulado bajo los dedos, cubierto por una capa de resbaladizo musgo.

¿Tal vez un tejado? De noche, costaba decirlo.

Al final, ya no pudo contenerse más. Se dio la vuelta y preguntó:

—¿Por qué están tan blancos los árboles?

Ash dirigió la lancha hacia un muelle que parecía reseguir el tejado de un edificio sumergido. A Dorothy le costaba identificar los detalles en la oscuridad, pero el tejado parecía inclinado, con dos torretas de forma cónica que se elevaban a ambos lados.

Ash apagó el motor, pero el rugido siguió haciéndose eco en el silencio.

—Porque están muertos —contestó mientras Willis sacaba un trecho de cuerda de debajo de su asiento y empezaba a amarrarla al embarcadero—. Un terremoto azotó la ciudad hace dos años y medio, y provocó un tsunami monumental. Por eso está sumergida Seattle, por si te lo preguntabas. Bueno, es igual, el caso es que el agua salada mató todos los árboles de golpe, pero son tan grandes que se mantuvieron en pie. Los llamamos árboles fantasmas. Esos troncos que has visto no son más que cadáveres.

Dorothy se abrazó el cuerpo al notar cómo el miedo le erizaba la piel de los brazos. «Fantasmas». «Cadáveres».

—Qué maravilla —dijo con voz ahogada.

Ash se bajó de la barca y la miró con dureza.

—Puede que no sea maravilloso, pero es nuestro hogar —dijo—. La gente que sobrevivió se ha pasado los últimos dos años tratando de que este lugar vuelva a ser habitable.

«Hogar». Dorothy notó una punzada de envidia por la facilidad con la que él había dicho esa palabra. Ella nunca había permanecido tiempo suficiente en un sitio para llegar a considerarlo su hogar.

Se puso de pie y el mundo entero empezó a dar vueltas. Tanteó en busca de algo a lo que aferrarse y Ash la cogió del codo para estabilizarla. Tenía las manos más suaves de lo que Dorothy se había imaginado, aunque las yemas de los dedos estaban ásperas y callosas. Las polillas de su estómago revolotearon.

«Absurdas polillas», pensó la joven. Tardó un segundo en recuperar la voz.

—Gracias —murmuró, y apartó el brazo.

—No hay de qué —gruñó Ash.

Willis empujó una ventana y la abrió, de modo que una fina rendija de luz se coló en la oscuridad que los rodeaba. La luz iluminó una fachada blanca de aspecto gótico que tenía incluso torre del reloj y tres ventanitas. Solo la planta superior del edificio parecía estar por encima del agua. Un campanario de piedra se erigía sobre esa planta, y Dorothy no pudo evitar pensar en las catedrales de París. Por la noche, resultaba espeluznante.

Los dos amigos treparon primero y Dorothy los siguió a continuación. Soltó un gruñido al aterrizar en el suelo.

—¿Esta es vuestra casa?

—Es un edificio abandonado.

Ash trajinó con algo que Dorothy no alcanzó a ver. Se oyó un siseo y luego notó olor a sulfuro, y entonces una cerilla cobró vida entre los dedos de Ash. El piloto descolgó una lámpara de aceite de la pared.

—¿No tenéis electricidad? —preguntó la chica mientras miraba la lámpara con sospecha—. ¿Cómo es posible que no haya electricidad en el futuro?

«Futuro». La palabra le ponía los pelos de punta. Todavía le costaba creérselo.

—El terremoto dejó sin suministro a la mayor parte de la ciudad —le explicó Willis con amabilidad—. Hoy en día, la electricidad es un bien escaso.

—No es imposible de encontrar, pero sí es difícil —añadió Ash—. Vamos.

La danzarina llama proyectó unas sombras marcadas en los hoyuelos de sus mejillas. Levantó una mano inmensa y señaló hacia el fondo del pasillo.

—Vamos. No nos gusta usar la luz cerca de las ventanas.

Recorrieron varios pasillos serpenteantes y dejaron atrás habitaciones en penumbra, y Dorothy procuró no entretenerse demasiado junto a las fotografías colgadas en las paredes. Eran en color. Con azules y rojos y verdes auténticos, reales, como en un cuadro. Le entraron ganas de arrancarlas de las paredes y examinar todos y cada uno de los detalles perfectos, pero se contuvo. Su miedo empezaba a darle vértigo, una extraña mezcla de terror, exaltación y adrenalina. Quería echar a correr por el pasillo y esconderse debajo de un mueble grande, todo a la vez.

«Así debe de sentirse la gente que se vuelve loca», pensó, y tuvo un extraño impulso de echarse a reír. O, tal vez, de vomitar.

Por fin, se detuvieron en una cocina grande tan abarrotada que, al entrar, Dorothy pensó que nunca había visto tantos cachivaches juntos en un mismo lugar. Parecía el laboratorio de un científico loco, como si alguien lo hubiese soñado en lugar de construirlo. Libros y mapas y papeles apilados encima de cualquier superficie. Un montón grasiento de engranajes y cables ocupaba un extremo de una mesa grande y destartalada; debajo tenían una hoja de periódico que ni por asomo lograba contener el desorden. Varias capas de papel de periódico cubrían también el suelo y unas cajas de cartón mohosas se acumulaban contra las paredes.

No había ni un solo hueco que no estuviera cubierto de notas garabateadas. Los papeles se apilaban unos sobre otros, y a la vez servían de superficies donde dejar tuercas grasientas y engranajes oxidados. Se notaba que habían hecho una bola con algunos papeles y después los habían alisado, también había notas rectificadas con letra más oscura e ilegible. Un fregadero oxidado y una cocinilla con forma extraña se hallaban olvidados junto a una de las paredes, casi como una añadidura.

Chandra estaba de pie sobre un cubo vuelto del revés en el centro de aquel caos, rebuscando dentro de un armario que había encima del fregadero.

—Jonathan Asher junior, sé que hay una bolsa de patatas fritas en algún rincón de esta cocina. Si has vuelto a esconderlas...

—Mira detrás del pan —dijo Ash.

Apartó una pila de papeles de una silla de madera y le indicó a Dorothy que se sentara. Solo por tozudez, ella se quedó de pie.

Chandra se dio la vuelta mientras sacudía la cabeza.

—Ya he mirado allí y... —Miró a Dorothy—. ¡La encontrasteis! Gracias a Dios. —Se bajó del cubo de un salto—. No me apetecía nada que te devorase la Reina de los Zorros.

Por un segundo, a Dorothy se le atascó la voz en la garganta.

—¿Cabía esa posibilidad?

—Chandra —dijo Ash—. ¿Tienes el maletín? Le dieron un toque en el brazo.

Chandra parpadeó, con los ojos monstruosos detrás de las gruesas gafas.

—¿Un toque?

—Una bala.

—¿Una bala? ¿Por qué había balas? ¿Qué pasó? —Y, entonces, añadió dirigiéndose a Dorothy—: ¿Te han disparado?

—¿Chandra? —repitió Ash con más sequedad—. El maletín. Y dile a Zora que la hemos encontrado, ¿quieres?

Chandra asintió y salió a toda prisa de la cocina, después de echarle un último vistazo ansioso a Dorothy.

—Zora también salió a buscarte —aclaró Willis. Miró una silla que había cerca de la puerta, pero debió de decidir que sus enclenques patas no soportarían su peso y, en lugar de sentarse, se apoyó contra la pared—. Todos estábamos muy preocupados. La ciudad es peligrosa de noche.

«Preocupados». La palabra impactó a Dorothy más de lo esperado. ¿Por qué iban a estar preocupados? En su experiencia, la gente no arriesgaba la vida por salvar a chicas desconocidas de algún maníaco armado así porque sí. No quería ni pensar en qué esperaban que les ofreciera a cambio.

«Y también te dieron ropa», se recordó, y se estremeció al añadirlo a su deuda mental. Nunca sería capaz de pagar lo suficiente para devolverles todo eso.

Se mordió la parte interna del carrillo y apartó ese pensamiento.

—¿Dónde estamos?

—Este edificio formaba parte de la universidad —dijo Ash—. Antes de que la ciudad quedase sumergida.

A Dorothy todavía le resultaba difícil procesar la idea de que toda Seattle estaba inundada, así que se centró en la parte que le era más familiar.

—¿La Universidad de Washington? —preguntó. Avery la había llevado a ver la universidad durante una excursión a la ciudad unas semanas antes, pero entonces era grandiosa, de ladrillo rojo y con hiedra trepadora. Frunció el entrecejo al ver el moho que subía por las paredes. Era imposible que se tratase del mismo sitio—. ¿Estás seguro?

—Fue la Universidad de Washington hasta el año 2060 más o menos —explicó Ash—. Entonces los científicos tomaron más en serio el estudio de los viajes en el tiempo y se convirtió en la Academia de Tecnología Avanzada de la Costa Oeste. Durante cerca de una década fue el mejor lugar del mundo para estudiar física teórica.

Dorothy parpadeó, incapaz de contestar. Era demasiada información. De pronto, el peso de cien años de historia pareció girar en espiral a su alrededor y la mareó.

Se hundió en la silla que Ash le había ofrecido sin tomar una decisión consciente de sentarse.

—¿Todos vosotros vivís aquí?

—Sí. —Willis encendió otra cerilla y la acercó a uno de los fogones de la cocina. Una llama roja anaranjada cobró vida—. ¿Te apetece un té?

—Sí, gracias —murmuró Dorothy.

Se le había acelerado el pulso. No estaba segura de si le convenía tomar té, pero necesitaba desesperadamente algo caliente entre las manos. Era el tipo de cosa en que su madre habría insistido.

Le dio un vuelco el corazón. ¡Su madre! Si era cierto que habían viajado ciento cincuenta años hacia el futuro, entonces su madre llevaría mucho tiempo muerta. Todas las personas que había conocido estarían muertas.

—Dios mío... —murmuró.

¿En serio había sido esa misma mañana cuando su mayor deseo había sido librarse de su madre? La idea de que estuviera muerta y Dorothy no fuera a verla nunca más...

Ash carraspeó.

—Yo, eh, sé que cuesta asimilar tantas cosas —le dijo—. Pero se hace más llevadero al cabo de unos días. Confía en mí.

«¿Confiar?». A Dorothy le entraron ganas de reír, pero nada de todo aquello era divertido, ni por asomo. ¿Cómo se suponía que iba a confiar en un hombre que acababa de conocer? Loretta le había enseñado a confiar únicamente en sí misma.

La hervidora de té empezó a silbar. Willis la apartó del fogón y sacó un par de tazas descascarilladas de un armario.

De pronto, a Dorothy se le ocurrió una cosa.

—¿Cómo puedes saberlo? —le preguntó a Ash.

Ash arrugó la frente.

—¿Cómo puedo saber el qué?

—Has dicho que se hacía más llevadero poco a poco, pero ¿cómo ibas a saberlo salvo que te haya ocurrido a ti también?

Él enarcó una ceja.

—Es que me ocurrió a mí también.

Willis le dio la taza de té a Dorothy y esta la aceptó sin pensar. Se la llevó a los labios con la mente distraída.

—¿Vienes del pasado?

—Nací en 1929. Me marché en 1945.

—1929 —repitió Dorothy. Dieciséis años más tarde del momento en que se suponía que ella iba a casarse. Soltó una risita—. Casi podrías ser mi nieto.

Ash la miró a los ojos.

—Pero no lo soy.

Las puntas de sus orejas habían vuelto a adoptar un tono rosado.

Dorothy notó la amenaza de una sonrisa. Tenía razón. Era divertido tomarle el pelo a ese piloto.

La chica tragó y apenas se dio cuenta de que el té le había escaldado la lengua.

—Pero podrías serlo. ¿Cómo podríamos estar seguros del todo? —La sonrisa ancha se dibujó en sus labios—. ¿Qué te parece si me llamas yaya?

164

Las orejas de Ash pasaron del rosa al rojo encendido. Entre dientes, contestó:

—Mira, princesa, puede que a ti te pareciera apropiado subirte de polizón en una nave extraña, pero el resto de nosotros llegó aquí de la forma clásica.

—Me llamo Dorothy, no princesa —dijo ella. Su sonrisa se había esfumado—. Y ¿qué quiere decir eso? ¿Cuál es la forma clásica?

—Solía haber normas sobre cómo se hacía esto. Nos reclutaron a todos. —Ash señaló con la barbilla algo que había detrás de la cabeza de Dorothy—. Compruébalo tú misma.

Dorothy giró con la silla y unas gotas de té se derramaron de la taza. Había fotografías pegadas a la pared. Una en blanco y negro de Willis con un mallot minúsculo que dejaba a la vista todos y cada uno de sus músculos fuertes y abultados. Un boceto de Chandra con un aspecto raro que recordaba a un chico, con el pelo negro muy corto. Una fotografía en color de Ash con unas gafas de aviador sobre la frente y grasa en las mejillas.

Esa foto la desconcertó más que el resto. Ash sonreía, parecía feliz. Mucho más feliz de lo que Dorothy lo había visto en la vida real. Se moría de ganas de tocar la imagen, de pasar el dedo por el dibujo de su sonrisa. Pero se contuvo.

Alguien había pegado una nota a mano encima de cada foto. Dorothy extendió la esquina arrugada de una de las notas y se esforzó por leer lo que ponía a la luz tenue de la cocina.

«Agencia de Protección Cronológica».

—¿Qué es una Agencia de Protección Cronológica? —preguntó.

—Era una broma —dijo Ash. Se rascó la nariz—. Un matemático dijo una vez que, si los viajes en el tiempo se hacían realidad, sería necesaria una ley de protección de la cronología que impidiera a la gente volver al pasado para matar a sus padres.

Dorothy abrió los ojos como platos.

—¿Se puede hacer eso?

—En realidad, no lo sabemos. Parte de la investigación del Profesor consistía en regresar al pasado para ver cómo los cambios en ese pasado podrían afectar al mundo actual.

Algo se encendió en el fondo de la mente de Dorothy.

—¿El Profesor? —preguntó.

—El profesor Zacharias Walker —puntualizó Ash—. Podría decirse que es el padre de los viajes en el tiempo. Fabricó la primera máquina del tiempo y descubrió que es posible estabilizar un anillo con la ayuda de la materia exótica.

«El profesor Zacharias Walker». Un escalofrío recorrió los brazos de Dorothy. Había leído ese nombre en algún sitio. Estaba garabateado precisamente en el interior del cuaderno que llevaba escondido debajo de los pantalones.

—Alucinante, ¿no? —interrumpió Chandra, e irrumpió en la cocina con un maletín médico negro sujeto debajo de un brazo. Dejó caer la bolsa en la mesa ya caótica y tiró un tornillo grasiento que empezó a rodar por el suelo—. El brazo, por favor.

Dorothy extendió el brazo herido, mientras Chandra rebuscaba dentro del maletín e iba sacando un rollo de venda, un frasco de ungüento y unos algodones.

—¿Por qué iba ese..., el tal profesor no sé qué, a regresar al pasado para reclutar a un puñado de chavales?

Después de hacer cuentas, Dorothy se había percatado de que eran más o menos de su edad, aunque parecieran mayores.

Ash se dispuso a responder, pero entonces cambió de opinión. Apretó los labios y se lo pensó dos veces antes de lanzarse de nuevo a hablar.

—Se suponía que formábamos parte de una misión —dijo con cautela—. Bueno, una serie de misiones, de regreso al pasado. Éramos un equipo, como ya te dije antes. El Profesor siempre ha sido un poco, bueno... —Ash carraspeó—. Excéntrico...

—Se refiere a que está loco.

Chandra abrió el frasco de ungüento y empezó a impregnar uno de los algodones.

—Extravagante —añadió Willis, y le tembló el bigote al beber un sorbo de té.

—Lo que sea —dijo Ash—. El caso es que el Profesor pensaba que era una lástima tener a las mentes más extraordinarias de toda la historia al alcance de la mano y no recurrir a ellas. Por eso, en lugar de contratar a personas de su propia época, viajó con una máquina del tiempo hacia el pasado para encontrar a los mejores de los mejores. Ya sabes, el mejor piloto, el hombre más fuerte, la mente médica más excelente...

—Esa soy yo —comentó con alegría Chandra—. Y ahora aguanta, porque esto te va a escocer horrores.

Apretó el algodón contra el brazo de Dorothy y la herida de bala le ardió. Dorothy maldijo e intentó apartarse, pero Chandra le sujetó la muñeca con mucha fuerza.

—¿Quieres que se te infecte el brazo, se te ponga verde y luego se te caiga? —le preguntó.

—N... no —tartamudeó Dorothy.

El dolor le humedecía los ojos.

—Bien. Pues quieta.

Dorothy apretó los dientes y asintió. Desvió la mirada hacia la pared de fotografías para distraerse del dolor. Había una última foto, pero la cara estaba arrancada, así que al hombre solo se le veían los hombros y una parte del cuello de la camisa. Debajo ponía: «Roman Estrada».

—Roman —susurró, y olvidó por un momento el dolor del brazo. Pensó en el chico de pelo moreno con la sonrisa maliciosa. «Cuando seguiste al conejo blanco y te metiste en su madriguera, caíste en un mundo en el que el tiempo es un círculo en lugar de una línea». Se le secó la boca de repente—. ¿Él también formaba parte del equipo?

—Pues sí. —La voz de Ash sonó mucho más grave que un instante antes, y algo complicado bailaba por detrás de sus ojos—. Roman fue el primer ayudante que contrató el Profesor, pero tuvieron una pelea impresionante hace un año. Entonces fue cuando Roman se marchó y se unió al Circo.

Dorothy arrugó la frente y observó la emoción que cruzaba el rostro de Ash. «Hay algo que no quiere contarme», pensó. Pero tenía sentido. Al fin y al cabo, se habían conocido hacía muy poco. Solo un tonto proclamaría a los cuatro vientos todos sus secretos.

Se sentó un poco más erguida. Por lo menos, eso explicaba por qué el tal Roman tenía el diario personal del Profesor. Debía de habérselo robado.

—¿Qué es el Circo? —preguntó.

—El Circo Negro —contestó Chandra—. Son los malos.

Dorothy recordó las imágenes que había visto pintadas en las paredes de la ciudad. Unas carpas de circo negras repetidas. «¡Tenemos derecho al pasado!».

—¿Qué quieren? —preguntó.

—Quieren volver al pasado —dijo Ash—. Parece que piensan que esa es la clave para solucionar todos nuestros problemas.

—¿Y no lo es?

Ash la miró con hastío y se limitó a decir:

—No.

Dorothy se mordió el labio para que no le temblara. Ash había lanzado ese «no» como si fuera evidente, pero a su modo de ver, ¿qué clase de problemas no podían arreglarse con un viaje en el tiempo? Dorothy se veía predispuesta a despreciar a esa gente del Circo porque la habían secuestrado y habían intentado matarla, pero daba la impresión de que se les había ocurrido una buena idea.

Ash continuó.

—Viajar en el tiempo es... complicado. A grandes rasgos, si regresas al pasado e intentas cambiar algo, acabas liándolo todo aún más.

—Entonces ¿no hacéis nada? —preguntó Dorothy decepcionada—. Y ¿no es un aburrimiento?

—Sí —murmuró Chandra.

—Estamos buscando al Profesor. —Ash fulminó a Chandra con la mirada, pero ella fingió no darse cuenta—. Volvemos a lugares del pasado que creemos que podría haber visitado. Se llevó la Estrella Oscura...

—¿La Estrella Oscura? —preguntó Dorothy.

—Es otra máquina del tiempo.

—¿Como la tuya?

—Mejor que la mía. El Profesor la cogió hará cosa de un año y desapareció. Podría estar en cualquier parte, en cualquier momento de la historia. El Circo Negro es... problemático, pero el Profesor sabrá cómo lidiar con ellos. Basta con que lo encontremos y lo traigamos de vuelta.

Dorothy escudriñó la cara de Ash y se preguntó si sabía de la existencia del diario del Profesor. Si tan importante era encontrarlo, seguro que les iría bien cualquier pista que pudiera llevarlos a él. La chica notó el fino cuaderno de piel debajo de la cinturilla del pantalón, chorreando agua, pero, por lo demás, intacto. Confiaba en que todavía fuese legible.

No tenía por qué contarle a Ash que tenía el diario. Pero su cálculo mental se le apareció de repente y le recordó cuánto les debía. Chandra ya la había recompuesto (¡dos veces!) y le habían dado ropa y té...

Sin querer, miró a Willis. «Estábamos todos muy preocupados», había dicho. Como si fuera su amigo.

Dorothy se mordió el labio. No tenía amigos. Su madre y ella nunca habían vivido en el mismo sitio tiempo suficiente para hacerlos y, además, su madre pensaba que las amistades eran innecesarias. Loretta solo confiaba en su hija y en las personas a las que podía pagar. Su círculo de confidentes era muy reducido.

El de Dorothy había sido todavía más reducido: solo confiaba en sí misma. Esas personas no eran sus amigos, pero tampoco quería estar en deuda con ellos. Si les entregaba el diario, quedarían en paz.

Resignada, sacó el librillo de su escondite y lo sujetó entre dos dedos, igual que un calcetín sucio.

—¿Esto os serviría?

16

Ash

A sh se quedó mirando el diminuto cuaderno negro. La sangre le bombeaba en las orejas.

«¿De dónde lo habrá sacado?». Esa solo era la primera de casi una docena de preguntas que se agolparon en su cabeza, pero la mayoría de las demás eran variaciones del mismo tema. Del tipo: «¿Cómo lo encontró?» y «¿Cuándo?» y «Maldita sea, ¿cómo puede ser?».

Entonces, Dorothy dijo:

—Lo encontré en el hotel.

Y Ash se sintió idiota.

Por supuesto.

Roman había arrasado el despacho del Profesor la noche que se había marchado con el Circo Negro. A simple vista, creyeron que se había limitado a revolverlo todo. Las estanterías estaban volcadas, las cajas abiertas de cualquier manera, los libros desperdigados por el suelo. Debió de ser entonces cuando robó el diario.

Ash pensó en la máquina del tiempo escondida en las profundidades del aparcamiento del Fairmont, que parecía una copia calcada de la Estrella Oscura. Ya había resuelto un misterio. Los rasgos más importantes de la máquina del tiempo estaban en el diario.

Carraspeó.

—¿Dónde está Zora? —preguntó sorprendido de que su voz sonara tan normal.

—Estaba amarrando la moto acuática cuando...

—Ve a buscarla.

Chandra farfulló algo sobre pedir las cosas por favor, y entonces Ash oyó pasos en el pasillo. No vio cómo salía: no se atrevía a separar los ojos del diario que Dorothy tenía en la mano. Se habían pasado meses cribando papelajos y garabatos, desesperados, confiados en encontrar una nota olvidada escrita a vuelapluma en una servilleta de papel, una fecha anotada en la esquina de un cuaderno.

Y ahora... esto. Algo que podía conducirlos directamente hasta el Profesor. Parecía demasiado bueno para ser verdad. Ash casi esperaba que el diario desapareciera en cualquier momento.

Y entonces... desapareció de verdad.

Ash parpadeó.

—Maldita sea... ¿Dónde está?

—En un lugar seguro —contestó Dorothy, y estiró los dedos—. Quiero un poco más de información antes de entregároslo.

Ash exhaló el aire muy despacio.

—No tienes ni idea de lo valioso que es.

A Dorothy se le encendió la mirada.

—Dímelo tú.

A Ash no le gustó la expresión de su cara. Dorothy lo miró de un modo que denotaba que sabía perfectamente lo valioso que era el diario, que lo sabía antes ya de haberlo sacado de su escondrijo y habérselo pasado por las narices al piloto. Tenía intención de utilizarlo para sacar tajada.

Se le agarrotaron los músculos de los hombros. Ash no acertaba a decir cómo se sentía en ese momento. Emocionado por el diario, frustrado por Dorothy.

Y, bajo esos sentimientos, mareado, como si pudiera llegar a desmayarse de verdad si no se repetía a sí mismo que debía respirar a intervalos regulares.

Casi sin querer, pensó: «Puede que al final no tenga que morir».

Era una esperanza absolutamente personal, visceral, y le dio vergüenza pensarlo siquiera delante de Dorothy. Lo cual era ridículo. Dorothy no podía saber qué pensaba él.

—De acuerdo.

Ash se pasó la mano por el pelo y descubrió que lo tenía aún mojado de sudor y grasa de motor. Ya sabía que no podía contarle la verdadera razón por la que necesitaba encontrar al Profesor. Pensar en admitir ante ella que la mujer de la que iba a enamorarse lo mataría le preocupaba por razones que no se atrevía a inspeccionar de cerca. Pero sí podía contarle algo.

—Lo que ocurre con los viajes en el tiempo es que la mayor parte de lo que sabemos al respecto es teórico —dijo—. Los científicos se habían pasado siglos estudiando conceptos y dando con ideas, pero nunca las habían puesto a prueba, porque era imposible. Hasta que llegó el Profesor.

Dorothy arrugó la frente.

—¿Ese era el propósito de la Agencia de Protección Cronológica? ¿Se suponía que todos teníais que volver al pasado para hacer experimentos y esas cosas?

—Sí. Pero, antes de que nosotros llegásemos, el Profesor se pasó años realizando experimentos por su cuenta y los documentó todos en ese cuaderno que encontraste. Una de las cosas que descubrió es que el tiempo es mucho más complejo de lo que las personas imaginaban. La gente siempre lo visualizaba como un río que solo discurre en una dirección: hacia delante. Pero es más bien como..., bueno, como un lago, a falta de una metáfora mejor.

—El tiempo es un círculo, no una línea —murmuró Dorothy, casi para sus adentros.

Ash parpadeó, sorprendido al oírlo. El viaje en el tiempo era un concepto difícil de explicar, y todavía más difícil de comprender. Por norma general, las personas necesitaban un rato para digerirlo.

Su opinión de Dorothy cambió para añadir ese nuevo dato. Era más inteligente de lo que había supuesto al verla. Sí, tal vez mucho más inteligente.

—Exacto, eso es —dijo Ash, y la miró a los ojos—. El tiempo se mueve a nuestro alrededor, transcurre todo a la vez. Se suponía que la Agencia de Protección Cronológica tenía que averiguar qué ocurre cuando regresas al pasado y empiezas a cambiar las cosas. Pero, antes de que pudiésemos empezar nuestra verdadera misión, se produjo ese terremoto masivo.

—¿Por eso quedó inundada la ciudad? —preguntó Dorothy.

—En realidad, hubo un puñado de terremotos —intervino Chandra—. Hubo uno de escala 4,7 en 2071 y otro de escala 6,9 en 2073.

—Chandra tiene razón —dijo Ash—. Se produjeron unos cuantos terremotos que anticiparon lo que ocurrió después, pero el terremoto de la falla de Cascadia, al que a veces la gente se refiere como el mega terremoto, fue el más grande. Alcanzó un 9,3 en la escala de Richter, y es probable que fuera el terremoto más devastador de toda la historia de Estados Unidos. Borró de un plumazo la Costa Oeste por completo y arrastró consigo cerca de treinta y cinco mil personas. Fue tan tremendo que Estados Unidos no sabía cómo recuperar la ciudad después, así que el gobierno decidió desplazar las fronteras del país.

Dorothy enarcó las cejas, incrédula.

—Perdona... ¿desplazar las fronteras? ¿Qué significa eso?

—Significa que, oficialmente, Estados Unidos empieza cerca de las Montañas Rocosas y termina en el río Misisipí.

Dorothy estaba a punto de preguntar qué había ocurrido con la Costa Este, cuando se le ocurrió otra pregunta aún más importante.

—¿Ya no estamos en Estados Unidos?

Ash negó con la cabeza.

—Ahora esta zona recibe el nombre de Territorios Occidentales. Es tierra de nadie.

Dorothy se mordió el labio y Ash creyó ver un atisbo de miedo en sus facciones. Le sorprendió. Hasta entonces, creía que la chica era incapaz de sentir miedo.

Al cabo de un momento, Dorothy dijo:

—Es terrible, pero no entiendo qué tiene que ver con los viajes en el tiempo.

Ash vaciló y los recuerdos volvieron a él. Antes del terremoto de la falla de Cascadia, habían regresado todos juntos al día 20 de julio de 1969, para ver la llegada del Apollo 11 a la Luna. No había sido su mejor viaje: no habían encontrado un buen lugar desde el que ver la noticia, así que se habían congregado en el vestíbulo de un hotel ya abarrotado. Hacía mucho calor y la grabación era poco nítida, la señal llegaba fatal. Pero también había sido impresionante, en el sentido literal del término. Les había causado una gran impresión, los había impactado.

Y entonces, apenas unas horas después, habían salido del anillo y habían descubierto que su mundo había cambiado. El agua cubría la ciudad. Había destrucción por todas partes.

A Ash se le hizo un nudo en la garganta. Hizo una pausa mientras intentaba encontrar la mejor manera de explicarlo.

—El terremoto no tiene nada que ver con el viaje en el tiempo —dijo Zora interrumpiendo sus pensamientos.

Ash no se había percatado de que su amiga merodeaba por la puerta de la cocina, pero en ese momento se acercó y sacó una silla que había junto al piloto para sentarse. Se quitó la chaqueta de cualquier manera. Tenía la cara totalmente impasible, como si llevase una máscara, pero Ash se entretuvo en estudiarla con más atención que de costumbre, en busca de alguna pista que delatara si estaba pensando en el día en que su vida cambió para siempre.

Zora pareció evitar a propósito mirarlo a los ojos cuando siguió hablando.

—A mi padre se le hizo una montaña continuar con su investigación después del terremoto. A ver, a todo el mundo le costó horrores seguir con su vida, todos... todos habíamos perdido a personas muy queridas. Pero, en su caso, le fue imposible seguir adelante. Se suponía que tenía que dedicarse a estudiar los viajes en el tiempo, pero no podía parar de investigar sobre la deformación de la corteza terrestre y los índices de deslizamiento de fallas.

—Son rollos relacionados con los terremotos —añadió Chandra—. Estaba obsesionado.

Ash observó a Zora, expectante por si decía algo más. Pero esta se limitó a mirar al frente, sin fijar los ojos en nada en concreto, con expresión pétrea.

Por supuesto, la historia tenía más miga. Pero no era Ash quien tenía que contar esa historia, así que carraspeó e intentó reconducir el tema.

—Y entonces desapareció, hará cosa de un año. Cogió la otra máquina del tiempo y se esfumó. Creemos que regresó a una época concreta a hacer algo, pero no nos dijo adónde iba... ni a qué momento de la historia.

—Así que su diario... —Dorothy dejó de retorcer el medallón que le colgaba del cuello y la cadena se desenredó. La medalla le hizo cosquillas en la clavícula y giró igual que un pez en el anzuelo. Ash no la había visto sacar el diario de su escondite, pero de pronto, lo tenía en la mano—. ¿Creéis que apuntó a dónde y cuándo iba?

—El Profesor lo anotaba todo de manera meticulosa —contestó el piloto mientras observaba los rápidos dedos de Dorothy pasando las páginas—. Si tenía intención de ir a alguna parte, habría explicado por qué. Bastará con que leamos la última entrada.

Dorothy se detuvo a leer algo. Alzó la mirada y Ash notó una emoción repentina, pero se dijo que tenía más relación con el diario que con la intensidad de los ojos verdes de Dorothy.

—Te lo daré con una condición —dijo la chica.

Entonces Ash sintió que le subía la adrenalina. Tenía ganas de arrancarle el diario a Dorothy de las manos, pero refrenó el impulso.

¿Significaba que había algo importante ahí?

—Te lo podría quitar si quisiera —dijo el piloto.

Sin embargo, tal como las palabras salían de sus labios, le asaltó la duda. ¿De verdad podría?

Como si le leyera el pensamiento, Dorothy curvó la boca en una sonrisilla misteriosa.

—Podrías intentarlo.

—Vale. ¿Qué condición?

—Quiero un favor.

El primer impulso de Ash fue negarse. No quería deberle nada a Dorothy y, además, no estaba seguro de que su petición fuera a ser razonable. Pero sus ojos aterrizaron en la suave cubierta de piel del diario del Profesor y algo en su interior lo llevó a cambiar de actitud.

¿A quién pretendía engañar? Le habría dado a Dorothy cualquier cosa que le hubiera pedido si eso significaba poder leer los últimos pensamientos del Profesor.

Con el corazón latiendo desbocado, preguntó:

—¿Qué tipo de favor?

—Todavía no lo sé.

—No voy a aceptar hacerte un favor a menos que...

—Ash —dijo Zora. Le había puesto la mano en el brazo de repente.

Ash se calló, avergonzado. Fuera lo que fuese lo que sentía él ante la posibilidad de leer el diario del Profesor, sabía que Zora debía de sentirlo multiplicado por cien.

Levantó la cabeza y la miró a los ojos. Por supuesto que harían lo que fuera.

—Un favor —le dijo a Dorothy.

Algo similar al triunfo surcó el rostro de Dorothy. Colocó el diario en la mesa de la cocina.

Ash contuvo la respiración, lo recogió y fue directo a la última entrada.

Entrada del cuaderno de bitácora

23 de octubre de 2076

4:43 horas

el taller

Apenas han transcurrido unas horas desde la última entrada del diario, pero tenía que poner esto por escrito.

Me... me cuesta mantener la mano lo bastante firme para escribir, no paro de temblar.

Estos números no pueden estar bien. Pero sí están bien. He repasado los cálculos ya tres veces. Sé que están bien.

Y si están bien, significa...

Ay, Dios mío. No soy capaz de plasmarlo en el papel. Primero necesito más datos. Sería un acto de irresponsabilidad si enunciara esta teoría sin la cantidad adecuada de investigaciones para respaldarla. Tengo que recopilar más información y... desarrollar una predicción que pueda comprobarse y...

No puedo hacer nada de eso en estas condiciones. La electricidad falla y la mitad de mis libros y apuntes están bajo el agua. Y necesitaré acceso a información muy específica. Información que no seré capaz de encontrar aquí... ahora.

Parece un poco descabellado, pero confíen en mí. He leído sobre un antiguo complejo del ejército llamado Fuerte Hunter en un libro que me regaló Natasha hace años: *Las diez bases militares secretas más importantes de Estados Unidos.* Tengo el libro delante ahora mismo. Todas esas bases están cerradas ya, así que el libro puede entrar en detalles increíbles, y lo cuenta todo: desde cómo entrar hasta qué clase de investigación secreta se llevaba a cabo allí, incluso indica si alguien consiguió entrar en las instalaciones burlando la seguridad.

El nivel de seguridad del Fuerte Hunter era increíblemente elevado cuando el complejo estaba operativo, pero según el libro, el número de vigilantes quedaba reducido al mínimo entre las dos y las seis de la mañana. El ala este estaba dedicada en exclusiva al tipo de investigación al que necesito acceder.

Y alguien logró entrar sin permiso en el complejo la mañana del 17 de marzo de 1980.

Todo encaja.

Tengo que regresar al pasado. Tengo que hacerlo. Si no me equivoco, puede que todavía tenga una oportunidad de arreglarlo todo.

La estabilidad del mundo podría estar en la cuerda floja.

Solo espero no llegar demasiado tarde.

17

Dorothy

14 de octubre de 2077, Nueva Seattle

Fue el tipo de letra lo que dejó inquieta a Dorothy. En las entradas anteriores, la forma de escribir del Profesor era perfectamente limpia y uniforme, como si hubiera utilizado una regla para que las líneas quedasen rectas.

Pero la letra de esa última entrada era temblorosa, como si la hubiera escrito a vuelapluma. Además, estaba emborronada, aunque era probable que se debiera a que el diario se había mojado.

—¡Dios mío! —Zora se tapó la boca con las manos—. El Fuerte Hunter... Re... recuerdo ese libro. Lo teníamos muchas veces en la mesita del comedor, pero no lo he visto desde que mi padre se marchó.

—¿Crees que se lo llevó? —preguntó Ash.

—Supongo que sí. —Zora dejó la mirada perdida, pensativa—. Si el Fuerte Hunter es el lugar en el que estoy pensando, es una base militar escondida dentro de una montaña perforada. —Cogió el diario y empezó a hojearlo—. Allí realizaban una investigación confidencial, pero no sé exactamente en qué consistía.

—A ver, esa es la gracia de que algo sea confidencial, ¿no? —dijo Chandra, pero Zora no pareció oírla.

—¿Bombas nucleares, tal vez? —Zora echó un vistazo a distintas páginas del cuaderno y de vez en cuando se paraba a leer con los ojos entrecerrados la letra emborronada de su padre, o despegaba dos páginas humedecidas—. Tiene que haber escrito algo más...

Se detuvo un momento y empezó a leer moviendo los labios. Arrugó la frente, retrocedió a la página anterior y después negó con la cabeza muy despacio.

—Solo hay unas cuantas entradas después del mega terremoto, y en su mayoría hablan de Roman. Parece que esta última es la única en la que menciona la posibilidad de regresar al Fuerte Hunter y la cosa tan terrible que descubrió. ¡Maldita sea! ¿Por qué no dijo sin tapujos por qué era tan importante para él volver a ese punto de la historia?

—Hay otra forma de averiguarlo —dijo Ash.

Zora levantó la cabeza; se le había ensombrecido la mirada.

—Ash...

—Zora, piénsalo. Sabemos que está en el Fuerte Hunter. Dejó por escrito la fecha exacta a la que quería regresar, la hora exacta. Podríamos encontrarlo. Podríamos devolverlo a casa.

—Precisamente tú deberías saber mejor que nadie que no será tan fácil —dijo Zora.

Dorothy apretó los labios. Ash y Zora continuaron discutiendo, pero ella había dejado de escucharlos. Su mirada voló hasta el diario del Profesor.

La entrada que había leído decía «1980». Casi cien años antes del momento en el que estaban, pero aun así en el futuro, por lo menos, desde el punto de vista de Dorothy. Se mareaba solo de pensarlo.

Se inclinó hacia Chandra y le preguntó en voz baja:

—¿Sabes cómo era la década de 1980?

A Chandra se le iluminó la mirada.

—¡Uf, era increíble! Tantas películas de Molly Ringwald, y la moda...

Sacudió la cabeza y silbó entre los dientes.

—¿Estaba el mundo... —Dorothy señaló la ventana con la cabeza— así? ¿Inundado?

—Eh... —Chandra arrugó el entrecejo—. No, no. Creo que los ochenta fueron una época muy tranquila, por lo que respecta a los desastres naturales. Pero casi todo lo que sé de ese período lo aprendí con los viejos capítulos de la serie *Dallas*, que, por cierto, es bueníííísima. Iba de dos empresas petroleras enfrentadas y luego sus hijos, eh, ¿se enamoran? Una especie de Romeo y Julieta. Y...

—Pero ¿había guerras? ¿O bandas callejeras como el Circo Negro? O... —Dorothy dejó la frase a medias, se le había quedado la mente en blanco. Sabía que podía formular otras preguntas más inteligentes, pero no se le ocurría ninguna—. ¿Las mujeres tenían derecho a votar?

—Haces demasiadas preguntas —intervino Ash, tajante, y se la quedó mirando.

Dorothy se sobresaltó. No se había dado cuenta de que Zora y él habían dejado de discutir.

—Tengo curiosidad —contestó.

—¿Por qué?

Dorothy no estaba segura de la respuesta. Ash le había dicho que no le gustaría ese mundo sumergido en el que vivía él, pero se equivocaba. Le resultaba fascinante.

Aun con todo, dudaba que quisiera quedarse allí para siempre, no cuando sabía que había otros lugares, otros períodos de la historia por explorar. Sintió las mismas ansias de aventura que la habían asaltado en el claro del bosque junto a la iglesia, la primera vez que había atisbado el avión de Ash. «Más».

El viaje en el tiempo significaba que había infinidad de opciones, cada una de ellas llena de cosas maravillosas y terribles. El corazón le martilleó en el pecho. Quería verlas todas.

—Tengo mis motivos —dijo al fin.

Ash le aguantó la mirada unos segundos. Había algo inquietante en la expresión del piloto: confusión, tal vez, o preocupación. Le suavizaba las arrugas de la cara y hacía que pareciera aún más joven de lo que era.

«Joven, pero sin dejar de ser él mismo», pensó Dorothy. Ash no parecía capaz de parecerse a otra persona salvo a sí mismo. Mentalmente, Dorothy visualizó su propia cara reflejada en el espejo del vestidor de la iglesia. La melena recogida con horquillas hasta el último pelo, esos labios pintados. Sintió un arrebato de ira repentino e inexplicable. Aquella cara pertenecía a una desconocida.

Había una parte de Dorothy que sentía que podía dejar atrás a aquella chica (aquella cara) si seguía corriendo sin parar.

Sin embargo, era imposible transmitir con palabras esos pensamientos, así que no lo intentó siquiera.

En lugar de eso, irguió la espalda en la silla y miró a Ash a los ojos.

—Ya he decidido qué favor quiero.

Ash enarcó las cejas.

—¿Ya?

—Quiero ir con vosotros. —Señaló el diario del Profesor con la cabeza—. Quiero que me dejéis viajar al pasado, a 1980.

18

Ash

Ash no estaba seguro de haberla oído bien.

—¿Qué?

—He dicho que quiero ir con vosotros. —Dorothy habló despacio, pronunciando todas las palabras—. A 1980. —Y después, como si se le acabara de ocurrir, añadió—: Por favor.

—¿Por qué? —espetó él.

Dorothy lo miró como si pensara que era una pregunta absurda.

—Eso es asunto mío.

Ash la miró desconcertado. En el poco tiempo que llevaba allí, Dorothy no les había pedido ni una sola vez que la devolvieran a su época. No había mencionado familia ni amigos ni al futuro marido que sin duda había estado esperándola en la iglesia de la que se había fugado. ¿En serio tenía tan poco que perder?

¿O había algo más? ¿Algo de lo que huía?

—Disculpad —intervino Zora—. Pero ninguno de nosotros va a regresar a 1980.

—Me temo que, en esta ocasión, estoy de parte de Zora —dijo Willis, y dejó la taza vacía en la encimera—. El Profesor tiene medios para volver a 2077 por su cuenta, si lo desea. Posee una máquina del tiempo mejor que la nuestra y una reserva mayor de ME. ¿Por qué íbamos a forzarlo a regresar si no quiere? —El forzudo señaló el diario con la cabeza—. Parece que tenía motivos para viajar a 1980.

—¡¿Me tomas el pelo?! —dijo Chandra, y se encaró con Willis—. Para empezar, ¡fue él quien nos arrancó de nuestra casa y de nuestra época!

Willis arrugó la frente.

—Nos dejó elegir, Chandie.

—Sí, claro, elegir entre vivir en nuestro propio período de la historia, aburrido y soso, y explorar todos los misterios del pasado y el futuro en su máquina del tiempo. —Soltó un gruñido y señaló la habitación que los rodeaba—. ¿Se parece esto a una máquina del tiempo? ¿O se parece más a una habitación húmeda y aburrida en medio de la nada?

Willis se incorporó y desplegó toda su altura, la coronilla casi le rozaba el techo.

—¿Te gustaría regresar?

Chandra se mofó.

—¡Yo no he dicho eso!

—Después de lo ocurrido, sería de esperar que...

—Basta —dijo Zora.

Lo pronunció en voz baja, pero Chandra y Willis dejaron de discutir al instante.

Zora se volvió hacia Ash.

—¿Puedo hablar contigo en el pasillo, por favor?

—Espera, ¿qué pasa? —preguntó Chandra. El enfado se reflejó en su cara—. Willis y yo también formamos parte de la Agencia de Protección Cronológica. ¿O se os ha olvidado?

Willis no dijo nada, pero cruzó los brazos delante del pecho, con aspecto amenazador.

—Y queda el pequeño detalle de mi favor pendiente —añadió Dorothy.

Ash se enojó al ver que ella, al menos, parecía encantada con el giro de los acontecimientos. Observaba la discusión del equipo con interés y una sonrisa había aparecido en sus labios.

—Esta decisión nos incumbe a todos —dijo Chandra—. Deberíamos discutirla juntos.

—No hay decisión que tomar —zanjó Ash—. La Segunda Estrella es mi nave y voy a...

—Dadnos un segundo. —Zora agarró a Ash por el codo y lo condujo al pasillo, justo al otro lado de la cocina. Cerró la puerta con la cadera y le soltó—: Pero ¿qué haces?

Ash liberó el brazo con una sacudida, pero no se apartó.

—¿A qué te refieres con qué hago? Ya sabías que querría volver a buscarlo.

—Sí, y si solo pusieras en peligro tu vida, no pasaría nada...

—¿No pasaría nada? —Ash notó que sus cejas subían tanto que casi le tocaron el pelo—. Creo recordar muchas, muchas discusiones contigo que indicarían lo contrario.

Zora señaló la puerta cerrada.

—Ellos no comprenden los riesgos que implica viajar a través del anillo con tan poca ME. Creo que ni siquiera tú eres consciente de esos riesgos. —Empezó a enumerar con los dedos—. Me refiero a que la piel se arranque de los huesos, a que los globos oculares se licuen...

—¡Ah!, ¿sí? Y ¿qué me dices de los riesgos de quedarnos con los brazos cruzados? —Ash se acercó a Zora y dio golpecitos con un dedo en la portada del diario del Profesor—. Has leído la misma entrada que yo. No sé tú, pero yo me tomo frases como «La estabilidad del mundo podría estar en la cuerda floja» muy pero que muy en serio.

Zora abrió la boca. La volvió a cerrar.

—Siempre nos habíamos preguntado por qué no dejó una nota. ¿Y si esto fuera su nota? ¿Y si desde el principio estábamos destinados a encontrar el diario, pero Roman simplemente se nos adelantó?

Zora apretó los labios. Ash sabía que su amiga estaba recordando punto por punto el último día con su padre. Repasando cada palabra y cada gesto en busca de pistas ocultas. Cavilando.

Ash se había pasado dos años convenciendo a Zora para que hiciese cosas que no quería hacer y sabía cuándo estaba a punto de ganar una discusión. Bajó la mano y la puso sobre el hombro de su amiga, listo para darle la estocada final.

—¿Y si necesita que volvamos a buscarlo? ¿Y si está atrapado en algún sitio? ¿Y si ese es el motivo por el que no ha regresado a casa?

Zora lo miró a los ojos y le transmitió algo doloroso. En voz baja, dijo:

—No puedo perder a nadie más. Si os pasara algo a Willis, a Chandra o a ti...

—No paras de decir eso, pero si no lo hago, mi sentencia de muerte se cumplirá.

Lo veía con total claridad. «Árboles negros. Pelo blanco. Un beso, un cuchillo...».

Zora apoyó la mano sobre la de Ash y apretó. La dejó ahí: era el único indicio de que le preocupaba esa conversación. Ash se preguntó si ella también se imaginaba la misma escena.

Y entonces, por detrás, se oyó una vocecilla:

—¿Qué?

Ash dio un respingo. La puerta de la cocina se había abierto una rendija y, por ella, vio parte de la cara de Chandra, con los ojos como platos detrás de las gafas.

—¿Te vas a morir? —preguntó.

La puerta se abrió más y apareció Willis, como un espejismo, de entre las sombras que rodeaban la puerta. No dijo nada, pero miró a la cara a Ash con fijeza, ceñudo.

—¿Por qué no nos lo habías dicho? —Chandra miró a Willis, como si temiera ser la única a la que no habían contado el secreto—. ¿Qué va a ocurrir? Ay, Dios mío, ¿también morirá alguno de nosotros?

—Ninguno de vosotros morirá —dijo Ash y, acto seguido, les resumió el prerrecuerdo.

Les habló del barco y del cuchillo, del agua y de los árboles. Algo dentro de él se fue tensando conforme hablaba.

«Ahora», pensó. Ahora era el momento de contarles lo de la chica de pelo blanco. Lo del beso. Ahora era el momento de admitir ante sus amigos que iba a enamorarse de su asesina.

—Y entonces..., eh, el prerrecuerdo termina. Sí, termina así, sin más —concluyó, incapaz de seguir.

Zora levantó una ceja al percatarse de la omisión, pero no dijo nada. De hecho, Ash no habría sabido cómo explicarlo. No quería que sus amigos supieran lo débil y bobalicón que era.

—¿Y crees que el Profesor podrá ayudarte a evitar ese futuro? —preguntó Willis—. ¿Cómo?

—Mi padre se pasó años estudiando la teoría del tiempo antes de que todos vosotros llegaseis aquí —aclaró Zora—. No puedo asegurar que sea capaz de evitar que el futuro se desarrolle tal como aparece en el prerrecuerdo de Ash, pero sé que realizó experimentos exhaustivos justo sobre ese tema. Si hay alguien en el mundo que pueda detenerlo, es él.

Ash levantó la cara y la miró a los ojos. Notó que una cruel esperanza crecía en su interior. ¿Significaba eso que iban a viajar al pasado?

—Pues ya está —intervino Chandra, como si le leyera el pensamiento—. Tenemos que volver al pasado.

Willis se atusó el bigote con dos dedos.

—Valdría la pena correr el riesgo, si significa que habría posibilidades de que sobrevivieras. —Señaló a Ash con la cabeza—. Coincido con Chandra. Tenemos que volver al pasado.

—No tenemos que hacer nada en grupo —dijo Ash—. Puedo ir solo. Puedo...

—No seas tonto —murmuró Willis en voz baja.

—Tiene razón —dijo Zora—. El Fuerte Hunter solía ser uno de los lugares más seguros del planeta. Aunque consiguieras entrar por tu cuenta, no sabes cuánto tardarías en encontrar a mi padre, o en qué estado se hallaría cuando dieras con él.

Zora no vaciló, pero había algo en sus ojos, algo que le indicó a Ash que estaba valorando las posibilidades, imaginándose todas y cada una de las barbaridades que podrían haberle ocurrido a su padre.

—Necesitarás refuerzos —continuó la hija del Profesor con voz neutra—. Y creo que me sentiría mejor si nos mantuviéramos todos juntos. No soportaría que uno de nosotros desapareciera sin saber qué le ha sucedido.

—Si el croquis del edificio estaba dibujado en el libro que menciona el Profesor, seguro que seré capaz de localizarlo por internet —añadió Willis—. Puedo usar la conexión que tenemos aquí y bajar el archivo antes de irnos. Así encontraremos una ruta directa para llegar a esa zona del ala este.

—Ya tengo el maletín médico preparado —dijo Chandra—. Podría estar lista en cinco minutos.

—No hace falta que salgamos inmediatamente —contestó Ash.

—Pero no sabes cuándo tendrá lugar ese prerrecuerdo, ¿verdad? —intervino Willis—. ¿Podría suceder en cualquier momento?

—Técnicamente, sí —respondió Ash.

—Y has dicho que es cada vez más fuerte. Así que es probable que esté cerca, ¿no?

Ash asintió.

—Entonces, deberíamos irnos ya —dijo Chandra—. ¿A que sí? Ash miró a Zora.

Tenía los ojos muy abiertos y vidriosos, no lloraba, pero casi, y sus labios se habían quedado pálidos, faltos de sangre. No se atrevía a mirar a su amigo a la cara.

—«La estabilidad del mundo podría estar en la cuerda floja» —dijo repitiendo la frase del diario. Se pasó una mano por la boca—. Tenéis razón, quedarnos sería aún más peligroso.

A Ash le dio un vuelco el corazón.

—¿Nos vamos?

Zora levantó la cabeza y por fin lo miró a los ojos.

—Nos vamos.

19

Dorothy

15 de octubre de 2077, Nueva Seattle

Dorothy entró en la Segunda Estrella con los ojos bien abiertos y arrastró los dedos por las polvorientas paredes de aluminio de la máquina del tiempo.

El interior de la nave no era como se la había imaginado. Para empezar, era más grande. Las fotografías de aviones que había visto mostraban cabinas minúsculas, casi de juguete, con un único asiento para el piloto. Parecían aparatos inseguros y enclenques, como si un viento fuerte fuese capaz de hacerlos volar en pedazos.

Sin embargo, esa nave —¡esa máquina del tiempo!— era diferente. Miró alrededor, los asientos de cuero atornillados al suelo, los cristales extrañamente gruesos de las ventanillas y el panel de control sujeto a la parte delantera del aparato, con los botones que parpadeaban con luces rojas, verdes y azules. Se moría de ganas de tocarlos, pero cerró los puños para no ceder a la tentación.

Acababa de convencer a esas personas de que le permitieran ir con ellas. No quería darles motivos para que la dejaran en tierra.

Se acomodó en uno de los asientos mientras los demás subían a bordo, intentando ocultar la expresión anonadada de su rostro. Había unas tiras que parecían cinturones a ambos lados del asiento, y Dorothy cogió una, con el ceño fruncido. Tenía muchísimos cierres y pestañas.

—Se llama cinturón de seguridad —dijo Willis, y el avión crujió cuando el forzudo se sentó en el asiento contiguo al de Dorothy.

Le demostró cómo se ponía el cinturón. Primero pasó los brazos por las cintas, luego las juntó por delante del pecho y, por último, las abrochó para que quedaran bien sujetas.

Dorothy imitó sus movimientos. Le costaba abrir los cierres y las tiras eran demasiado largas para su tamaño, pero logró abrocharlas tras forcejear unos segundos.

—La primera vez intenté atarme el cinturón al pecho con un nudo directamente —explicó Willis—. Y Chandra se negó en rotundo a ponerse el suyo.

Chandra miraba a Dorothy, pero no pareció haber oído lo que acababa de decir Willis.

—¿De verdad te queda el pelo así cuando se seca? —preguntó, y se subió las gafas de culo de vaso sobre el puente de la nariz con un dedo—. ¿No usas ningún producto ni nada?

Dorothy arrugó el entrecejo y se tocó uno de los rizos húmedos.

—¿Y de qué otro modo se iba a secar?

Ash se sentó en el asiento del piloto antes de que Chandra pudiera contestar y tiró de la puerta con un gruñido para cerrarla.

—¿Estás segura de que quieres sentarte delante? —le preguntó a Dorothy—. Acabo de hacer sitio en el compartimento de la carga.

—¿Pretendes ser gracioso? —le preguntó Dorothy con sequedad.

—O podemos atarte al parabrisas —continuó Ash, haciendo oídos sordos—. Así seguro que notarías el viento fresco en la melena.

Dorothy se volvió hacia Willis y le preguntó:

—¿Siempre es tan insoportable?

—Ash tiene otras virtudes —respondió el forzudo.

—¿Por ejemplo?

—Nunca hace trampas jugando al póquer —dijo Zora desde el asiento del copiloto.

Los otros se rieron, pero Dorothy solo se removió, inquieta, y miró la nuca de Ash, quemada por el sol. Por mucho que aborreciera reconocerlo, le recordaba a alguien, a un chico que había conocido casi dos años antes.

Su madre y ella habían puesto en práctica una variante de su fraude en un pequeño restaurante de Salt Lake City. El timo era sencillo. Las dos mujeres disfrutaban del menú en mesas separadas, fingiendo ser dos perfectas desconocidas. Luego, cuando el dueño le llevaba la cuenta a Loretta, esta buscaba de una forma muy exagerada una cartera que claramente no tenía. Le prometía al dueño del restaurante que correría a casa y volvería enseguida con el dinero. En prenda, dejaría una antigua herencia familiar: un broche de oro que no valía mucho pero que era muy preciado para ella.

La labor de Dorothy era observar ese intercambio desde la otra punta del restaurante. En cuanto su madre se iba, se acercaba al propietario y fingía ser una joven moderna con posibles. Le decía que el broche era una pieza muy sofisticada de un diseñador importante y le daba su nombre (falso), prometiéndole un pago desorbitado si se decidía a venderlo. Como era de esperar, cuando Loretta regresaba unos momentos después, el dueño del restaurante le ofrecía varios cientos de dólares a cambio de quedarse con la baratija de metal, que en realidad no valía nada.

Ya habían recurrido a esa estafa una docena de veces. Dorothy sabía representarla con los ojos cerrados.

Pero esa noche había sido distinta. Había un camarero. De pelo rubio ceniza, con una sonrisa amplia y hombros que..., bueno, que estaban muy bien torneados. Le llevó a Dorothy una ración extra de bastoncillos de pan y le contó chistes malos. Se pasó toda la velada riéndose de cualquier ocurrencia de ella. Sin querer, le rozó el dorso de la mano con los nudillos cuando recogió la carta. Ni una sola vez le dijo lo guapa que era.

Dorothy se despistó y no se acercó al dueño cuando le tocaba, así que toda la farsa se fue a pique. Su madre se había puesto hecha una fiera.

—¿Acaso pensabas que le gustabas a ese chico? —le había preguntado con inquina, cuando Dorothy le había contado lo ocurrido—. No hacía más que tontear contigo para que le dejaras más propina. ¡Cuántas veces te lo tengo que decir! Los hombres mienten. Todo es una farsa.

Dorothy no había querido creerla. Pero cuando había vuelto al restaurante la noche siguiente, había visto que el camarero se reía de las bromas de otra chica guapa.

El recuerdo le provocó una sensación extraña en el pecho. Ash era así. Bromeaba, le tomaba el pelo, fingía no darse cuenta de su belleza.

Y a ella le gustaba, igual que le había gustado cuando el camarero del pequeño restaurante había bromeado y se había reído con ella. Pero ahora ya había aprendido la lección y no se fiaba. Tocó el medallón que llevaba en la garganta con un dedo.

—La Segunda Estrella se coloca en posición de despegue —dijo Ash.

El avión empezó a planear.

El anillo no parecía ser más que un cúmulo de nubes, el principio de un tornado que se formase en las profundidades del océano. Dentro relumbraban los relámpagos, y su leve reflejo rebotaba en las paredes grises de un túnel en espiral.

«Anillo», pensó Dorothy. Y aunque no había dicho la palabra en voz alta, se imaginó el sabor en los labios. Tenía un gusto seco y agrio, el mismo que el humo que había llenado el claro del bosque cuando había visto la máquina del tiempo de Ash por primera vez.

Era una locura que algo tan increíble pudiera existir así, a plena luz del día, a apenas unos kilómetros de la ciudad, donde cualquiera podría toparse con él.

Su única protección era su extrañeza. Incluso en ese momento, al contemplar el anillo por vez, primera Dorothy supo que era poderoso.

Ash condujo la Segunda Estrella hasta la boca del túnel y entonces frenó. Su máquina del tiempo planeó sobre las agitadas olas grises.

Levantó la voz para que se oyera por encima del motor.

—¿Vais todos bien por ahí detrás?

Se había dirigido al grupo en conjunto, pero miraba a Dorothy. Sus ojos se reflejaban en el espejo que colgaba del parabrisas de la Segunda Estrella.

No habían discutido más si ella podía acompañarlos o no. Ash se había limitado a volver a la cocina y había dicho, como si acabasen de decidir algo crucial:

—Nos vamos ya.

Dorothy se preguntó qué habría estado debatiendo en el pasillo con los demás, pero se tragó sus preguntas. Si Ash quería mantener en secreto sus razones, le parecía bien... Siempre que dejara de preguntarle a ella por las suyas.

Además, en realidad Dorothy no habría sido capaz de explicarle sus motivos.

«Más», pensó y un cosquilleo le recorrió la piel. Era lo que siempre había deseado, la razón por la que había huido de su prometido y de su madre y de todo lo que conocía hasta ese momento. Pero nunca había soñado con toparse con algo así...

Viajes en el tiempo. Otros mundos. Ciudades enteras sumergidas.

Las posibilidades encendían la mente de Dorothy. ¿En serio pensaba Ash que estaría satisfecha de quedarse allí (o, peor aún, de regresar a su tiempo) cuando tenía toda la historia de la humanidad por explorar? Dorothy creía que nunca podría estar satisfecha. No, hasta que lo hubiera visto todo.

La mirada de Ash se quedó fija en ella unos instantes. Dorothy pensó en el chico del restaurante y sintió que se le aceleraba el pulso. Las polillas de su estómago se removieron y, en esa ocasión, le recordaron a las mariposas más que antes.

Intentó convencerse de que estaba avergonzada del recuerdo, de su ingenuidad.

Pero lo que sentía ahora no parecía vergüenza.

Se aferró con los dedos a los laterales del asiento para aunar valor.

—Preparada —dijo.

Como si esperase su orden, la Segunda Estrella salió disparada hacia delante y desapareció en la grieta en el tiempo.

Parte 2

Estrella oscura: sustantivo. Objeto similar a una estrella que emite poca o ninguna luz visible. Su existencia se infiere a partir de otras pruebas, como el eclipse de otras estrellas.

OXFORD DICTIONARY OF ENGLISH

20

Ash

El anillo del estrecho de Puget

La oscuridad se cernió alrededor de la nave. Ash notó que cambiaba la presión con un *pop* en los oídos y un dolor intenso que le recorrió los dientes. Su mundo se volvió muy pequeño: las olas negras que se agitaban al otro lado del cristal parabrisas; el panel de control lleno de luces rojas intermitentes. El agua chocó con el parabrisas de la Segunda Estrella en un oleaje tan abundante y tan violento que el cristal crujió. Y entonces atravesaron el agua y entraron en el propio anillo. Las olas se espesaron y formaron nubes grises que se partían cuando la Segunda Estrella se abría paso entre ellas. Los relámpagos iluminaban las paredes moradas del túnel, pero todavía estaban lejos, no eran más que un resplandor violáceo en la niebla. Ash no se dio cuenta de que estaba conteniendo la respiración hasta que las luces del panel de control se estabilizaron un poco. Sacudió con fuerza la cabeza e inhaló una gran bocanada de aire.

«La cosa va bien —pensó—. Todo va bien». La velocidad del aire solo llegaba a los 45 nudos y la materia exótica se mantenía constante en la marca de un cuarto del depósito. La ME había estabilizado el anillo mejor de lo que él esperaba. Incluso era posible que tuvieran un vuelo sin incidentes.

Pero sus nervios seguían a flor de piel. Tal vez fuese porque notaba el movimiento del prerrecuerdo, como una sombra, en los límites de su mente, buscando una rendija por la que colarse dentro. Vio un resplandor blanco y agarró con más fuerza la palanca de mandos, para dirigir a la Segunda Estrella hacia el centro del túnel. Hasta entonces, solo había experimentado el prerrecuerdo cuando estaba solo, cuando no tenía que preocuparse de que alguien lo viera temblar o se preguntase por qué había empalidecido y estaba empapado en sudor. Si perdía el control en ese momento, con el resto de la tripulación y Dorothy allí para verlo...

Notó el pulso en las palmas de las manos. Una advertencia de que no podía dejar que eso sucediera.

Zora le dio un golpe en el brazo con el puño.

—¿Todo bien?

—Todo controlado —respondió Ash con los ojos aún fijos en el parabrisas. Intentó ocultar el nerviosismo con una sonrisa—. No te preocupes. Esto es pan comido.

Zora se reclinó en el asiento.

—Va mejor de lo que esperaba.

—Esperabas que explotásemos en mil pedacitos que se desperdigaran al entrar en el anillo. Cualquier cosa es mejor que eso.

—Cierto.

Ash miró con el rabillo del ojo la cara de Zora, pero su amiga miraba al frente, con la expresión tan impenetrable como siempre.

Volvió a dirigir su atención al parabrisas y se obligó a concentrarse en la tarea que tenía entre manos. En ese momento parecía que las cosas estaban tranquilas, pero la climatología dentro del anillo podía cambiar en un abrir y cerrar de ojos, sobre todo cuando el nivel de ME era tan bajo. Todavía no habían salido del atolladero. El prerrecuerdo debía ser la última de sus preocupaciones.

El viento aulló al otro lado de las ventanillas, pero no era lo bastante fuerte para romper la burbuja protectora que había creado la ME alrededor de la Segunda Estrella y provocar que la nave perdiera el rumbo. Las nubes agitadas que conformaban los laterales del túnel resplandecían con los relámpagos, pero estos nunca caían tan cerca de la nave que pudieran ocasionar problemas.

En realidad, Ash miraba por el cristal parabrisas sin ver nada de todo eso. Se le acababa de ocurrir una idea: iban a regresar al pasado para localizar al Profesor. Quizás eso significara que esta vez no le asaltaría el prerrecuerdo. Quizá los acontecimientos que estaban poniendo en marcha en esos momentos ya hubieran cambiado el futuro.

Eso era mucho pedir, lo sabía. Aun así, Ash notó que se relajaba un poco, todos sus músculos se aflojaban, uno por uno. «Quizás».

—He encontrado el libro que mencionó el Profesor en internet, así que deberíamos tener acceso a toda la información con la que él trabajó —dijo Willis—. Ahora veo el croquis del edificio, los datos de seguridad... Uau, incluso hay una lista de la potencia de fuego que estaban acumulando los soldados antes de que cerraran la base militar.

Dio unos golpecitos con el dedo en la pantalla de una fina tableta plateada. Ash la había extraído del año 2020, cuando la tecnología de excelente calidad todavía se encontraba con facilidad y, con el tiempo, resultó ser uno de los modelos más avanzados de tableta que el mundo hubiera visto en la historia... y tal vez también del futuro. La conexión inalámbrica de internet ya no existía en Nueva Seattle, así que Willis había tenido que utilizar la pésima conexión por cable de la facultad para bajarse todo lo que pensaba que podían necesitar. En general, la señal era un desastre, pero a veces tenían suerte y funcionaba.

Dorothy se quedó mirando la tableta como si fuese un animal desconocido y en parte peligroso.

—¿Qué es eso? —preguntó con un hilillo de voz.

—Un tipo de ordenador. —Willis dio otro golpecito en la pantalla—. Ya te dejaré jugar con él cuando regresemos. —Hizo una pausa y entonces añadió—: Si regresamos, claro.

—¿Qué tal un poco de confianza? —gritó Ash por encima del hombro—. ¿Cuándo os he metido en problemas?

—¿Quieres una lista pormenorizada?

—¿Cuánto se tarda en viajar en el tiempo? —preguntó Dorothy.

Se inclinó hacia delante y Ash notó el repentino calor de su cuerpo junto al brazo. Sintió un cosquilleo en la piel. El piloto se aclaró la garganta.

—Media hora, cien años arriba, cien años abajo.

—Uf —bufó Chandra—, un chiste típico de papá.

Ash desvió la mirada hacia el espejo que colgaba del parabrisas y captó el final del gesto de Chandra cuando esta puso los ojos en blanco, antes de volver a concentrar la atención en Dorothy. La chica miraba por el parabrisas hacia las agitadas nubes moradas y los distantes resplandores de los relámpagos. Su sonrisa era ancha, infantil. Le brillaban los ojos.

La maravilla que expresaba su rostro hacía que su belleza se acentuara, y Ash notó que, sin querer, a él se le torcía hacia arriba la comisura de los labios, también incapaz de contener la sonrisa. Había olvidado que era la primera vez que ella veía el anillo. No todo el mundo captaba lo asombroso que era. Chandra se había pasado todo el primer viaje en el tiempo cerrando los ojos con fuerza, tan asustada que no se atrevía a mirar por la ventanilla. Willis parecía incapaz de apreciar las sombras concretas de tonos morados y azulados de las nubes y, por lo tanto, la experiencia le resultó decepcionante. Pero Ash siempre había visto el anillo tal como era. Excepcional.

No, más que eso: sagrado.

Al contemplar la cara de Dorothy en ese momento, se preguntó si ella sentía lo mismo.

—¡Ey! —chilló Chandra, y dio unas palmadas—. ¿Por qué no jugamos a algo, como en el coche?

Dorothy parpadeó y sacudió la cabeza, como si se hubiera roto el hechizo.

—No vamos en coche, Chandie —dijo Zora.

—¿A qué juego se refiere? —preguntó Dorothy—. ¿Tiene algo que ver con el viaje en el tiempo?

—No —contestó Ash. Dorothy lo pilló mirándola y, de inmediato, él redirigió la atención a la turbulenta locura que tenía delante—. Se refiere a juegos que la gente se inventa mientras va en automóvil. Para no aburrirse.

Incrédula, Dorothy preguntó:

—¿Quién en su sano juicio se aburriría yendo en automóvil?

Ash torció la boca... casi una sonrisa. Recordó que había sentido lo mismo cuando su padre compró el primer coche familiar, allá por el año 1940. Dar la vuelta a la manzana montado en él parecía lo más emocionante del mundo—. Siento aguarte la fiesta, pero al cabo de unos años, los coches resultan un tostón.

Zora hizo girar el asiento.

—Y, por cierto, ¿cómo sabes que la gente jugaba en el coche para entretenerse?

A Chandra le faltaba poco para dar saltos de alegría.

—Estuve viendo unos episodios viejos de una serie de televisión en la que un tipo conoce a la madre de sus hijos bebiendo mucha cerveza o algo así, y cada vez que se montan en el coche, juegan a algo: se dedican a contar cuántos perros ven por la calle y luego gritan «¡Adiós, perro!» a grito pelado, y creo que se dan un puñetazo en el brazo.

—Aquí no hay perros —dijo Willis—. Estamos en un túnel y nos precipitamos por el espacio y el tiempo.

—Ay, ya lo sé. Pero podríamos contar otra cosa. Como cuántas veces vemos nubes grises que se enroscan.

—O relámpagos —añadió Ash—. Tenemos montones de relámpagos que contar.

De pronto, Dorothy se inclinó por delante de él, le agarró el brazo con una mano y con la otra señaló el cristal parabrisas.

—¡Dios, relámpago! —exclamó sin aliento.

—Es «adiós», no «Dios» —le corrigió Chandra.

—¡Eso mismo he dicho!

Dorothy no había soltado el brazo de Ash, quien notó sus dedos suaves y frescos en contraste con el calor que le latía por dentro de la muñeca. Sin poder evitarlo, desvió la atención al punto en el que la piel de ambos se tocaba. No le resultaba del todo desagradable.

Ash siempre había odiado a la clase de tíos que perdían la cabeza detrás de las chicas guapas. Se imaginaba que eran perros tontos con la lengua colgando, que corrían detrás de un palo sin pararse a averiguar por qué. ¿De verdad deseaban el palo? ¿O solo disfrutaban persiguiéndolo?

Ash no sería un perro. Se recordó que, por guapa que fuese Dorothy, era una fuente de problemas.

Y, además, se suponía que debía evitar a las chicas, así que ¿por qué pensaba en ella siquiera?

Apartó el brazo de un tirón.

—Ten cuidado con dónde te agarras, encanto. Sé que puede parecer fácil, pero un movimiento en falso y todo el aparato irá directo a ese precioso relámpago.

Oyó la reprimenda en la voz de Dorothy.

—Ya te he dicho que...

—... No te llame encanto. —Ash era incapaz de decir por qué no podía llamar a Dorothy por su nombre, era solo que le parecía una concesión, una especie de tregua, como admitir que el hecho de que se hubiera colado de polizón en su barco no era lo peor del mundo. No quería darle a la recién llegada esa satisfacción (por lo menos, de momento), así que se limitó a decir a regañadientes—. Sí, sí, ya lo sé.

Apartó la mirada de ella y, a continuación, entrecerró los ojos para escudriñar la oscuridad, buscando en las paredes del túnel las pistas que el Profesor le había enseñado a distinguir. El tiempo tenía sus hitos, como todo lo demás. Un leve descoloramiento marcaba las décadas, ciertos remolinos de humo solo ocurrían en determinados años. Ash sabía que las nubes del lateral del anillo únicamente adoptaban ese tono gris azulado cuando se aproximaban a mediados de los 2000. Sabía cuándo habían entrado en el siglo xx porque veía unos remolinos más oscuros que se abrían paso entre el gris. Era como seguir un mapa.

La voz de Zora se coló en sus pensamientos.

—Podríamos jugar a las películas.

—¿Películas? —repitió Dorothy—. ¿Aún existen las películas de cine?

—Sí —dijo Willis—. Solo que ahora son sonoras.

—¡Ay, me encantan las películas! —exclamó Dorothy—. ¿Conocéis a Florence La Badie? Es divina, os lo aseguro.

A Willis se le iluminó la mirada.

—¿Has visto *La estrella de Belén*?

Dorothy exclamó, incrédula:

—¡Pero si no la estrenan en Seattle hasta el mes que viene!

—Déjalo... —murmuró Zora.

Pasaron a toda mecha junto a la década de 2010. Ash redujo la velocidad de la Segunda Estrella a 2.900 nudos. El viento azotó el lateral de la nave. Todo tembló.

—¿Qué ha sido eso?

La voz de Chandra sonó más amedrentada que unos minutos antes. Un relámpago cayó muy cerca del parabrisas.

Ash agarró la palanca de mandos con más fuerza. Intentó desplazar la Segunda Estrella hacia la izquierda, donde la velocidad del viento era inferior, pero la nave se dirigió a la derecha. Maldijo para sus adentros y volvió a tirar de la palanca para dirigir el morro de la máquina del tiempo hacia arriba...

La Segunda Estrella cayó en picado. La caída repentina hizo que le diera un vuelco el estómago.

Alguien soltó un chillido nervioso desde la cabina. Zora hablaba, pero su voz parecía muy lejana. El viento aullaba y gritaba, casi con vida propia.

Ash tiró de la palanca para devolverla a su posición, los hombros y los brazos le ardían de tanto esfuerzo. El sudor le empapaba la frente. Acababan de dejar atrás los primeros años del siglo xxi.

Algo impactó contra el suelo, pero Ash no se atrevió a volver la cabeza para ver qué era. Buscó las paredes del túnel. Ya veía las nubes de humo que marcaban la década de 1990 ante él...

—¿Qué ocurre? —gritó Zora.

Una bocanada de aire los azotó antes de que Ash pudiera responder y toda la nave tembló. Las paredes se sacudieron. A Ash se le pusieron blancos los nudillos de tanto apretar la palanca de mandos. Intentó girar la Segunda Estrella hacia una de las nubosas paredes del túnel, pero el viento era demasiado fuerte.

Empezaba a fallar la ME: tal como sabían que ocurriría.

Los relámpagos cortaban el aire ante sus ojos... cada vez más próximos. El breve fogonazo de luz iluminaba las retorcidas nubes moradas y negras.

Chandra se puso a gritar, pero Ash no entendía sus palabras porque la tormenta era atronadora. Echó un vistazo por el espejo retrovisor justo cuando algo caía con fuerza al lado de la nave, y unas virutas de metal salieron disparadas de las paredes y se desperdigaron por el suelo. Uno de los cierres de seguridad del cinturón de Chandra se rompió y esta se precipitó hacia delante, un brazo se sacudió por delante de su cuerpo flácido.

—¡Chandra! —gritó Willis.

Chandra había puesto los ojos en blanco y tenía la mandíbula suelta, la boca entreabierta. Su segundo cierre se partió por la mitad y la chica salió despedida y chocó con la curvada pared metálica de la nave. Ash oyó un crujido nauseabundo.

Se aferró a la palanca de mandos y el alivio lo inundó cuando los dedos se cerraron alrededor del cuero rígido. Estaban pasando por delante del año 1985. Ash lo supo porque las nubes eran ligeramente más espesas, porque los bordes violáceos habían perdido color y parecían grises. Bastarían unos cuantos minutos más para que llegaran a 1980. Empezó a buscar las variaciones más sutiles que señalaban por qué meses volaban. Las nubes finas y hebrosas indicaban la primavera y el verano... las nubes más densas el otoño...

—¡Willis, no! —gritó Zora.

Ash apartó la vista del anillo y miró por el espejo retrovisor. Willis se estaba desabrochando el cinturón de seguridad. Chandra yacía en el suelo delante de él, inmóvil.

—¡Willis! —le advirtió Ash.

—Está herida, capitán.

A Willis le temblaban los dedos mientras forcejeaba con los cierres. Por fin se abrieron...

El efecto fue inmediato. Una extraña fuerza succionó a Willis y lo arrancó del asiento. Voló hasta el techo, donde su cabeza impactó con un golpe seco contra el cristal.

—¡Aguantad! —gritó Ash.

Aumentó la velocidad en 135 nudos más y la nave salió disparada hacia delante. Todas las luces de alarma del interior de la máquina del tiempo se habían encendido, llenando la reducida cabina oscura de verdes y rojos. Ash creyó oír que alguien gritaba...

Y entonces, el prerrecuerdo lo apresó y todo se fundió en negro.

21

Dorothy

La oscuridad se cernió Dorothy movía los ojos cerrados, conforme las imágenes se sucedían detrás de los párpados:

Caminaba por un túnel oscuro, cuyas paredes de ladrillo estaban cubiertas de suciedad y yeso. Pasó las yemas de los dedos por los ladrillos y al separarlos los notó húmedos.

La imagen cambió. *No recordaba haber caminado, pero de pronto estaba en otro pasillo, mirando hacia una puerta de anodino metal, con la palabra* RESTRINGIDO *escrita con grandes letras mayúsculas. Tenía un pomo negro. Probó a abrirlo, pero estaba cerrado con llave.*

Bajó la mirada y vio un teclado encastrado en el metal justo por debajo del pestillo. Acercó los dedos a las teclas...

Y entonces el pasillo desapareció y se vio arrodillada en el suelo debajo de una mesa, con luces parpadeantes alrededor. Roman estaba a su lado, tenía la cara tan cerca que vio cómo se le tensaba el músculo de la mandíbula cuando le dijo: «No deberías confiar en ellos. La gran Agencia de Protección Cronológica nunca te merecerá».

Dorothy separó los labios. «¿Por qué...?».

Las luces de emergencia se encendieron y apartaron la cara de Roman de la cabeza de Dorothy. El avión quedó bañado en un fantasmagórico resplandor rojo.

Dorothy levantó una mano e hizo un gesto de dolor cuando rozó con las puntas de los dedos un punto tierno debajo de la oreja. Le dolía la cabeza, pese a que no recordaba haberse golpeado con nada y notaba la visión... nublada. Tenía la impresión de contemplar el mundo a través de un cristal opaco.

«¿Qué habrá sido eso?».

Las imágenes le habían resultado familiares, como si fuesen recuerdos, solo que no podían serlo. Nunca había estado tan cerca de Roman, nunca había visto aquellos lugares.

Sin embargo, tampoco eran sueños. Eran demasiado reales para ser sueños.

Dorothy parpadeó un par de veces y la cara de Ash apareció en su campo de visión. Estaba doblado hacia delante, con la piel reluciente de sudor, los ojos casi cerrados.

Los nervios le hicieron cosquillas en la nuca. Dorothy forcejeó con el cinturón de seguridad, olvidó de repente las imágenes de la ensoñación.

—¿Ash?

Zora se retorció en el asiento, con las tiras laterales del cinturón acumuladas alrededor de los hombros.

—Se pondrá bien.

—¿Estás segura? —insistió Dorothy. No conseguía desabrocharse el cinturón. Los cierres le parecían tan complicados que creyó que sus torpes dedos no lograrían soltarlos nunca—. Parece...

—Comprueba cómo está el resto. ¿Puedes llegar a ellos?

Zora señaló un bulto en el suelo, pero su dedo se convirtió en dos dedos... y luego en tres...

Dorothy parpadeó de nuevo, luchando contra el mareo. Tal vez sí se había dado un golpe en la cabeza. Cuando abrió los ojos, Zora volvía a señalar con un único dedo. Dorothy lo siguió hasta el suelo, donde Willis y Chandra yacían de cualquier manera, con desechos desparramados junto a ellos. No se movían. Parecía que...

Dorothy se quedó patidifusa. ¡Parecía que estuvieran muertos!

—Comprueba las constantes vitales —le indicó Zora con voz calmada—. Mira si tienen pulso. ¿Sabes cómo se busca el pulso?

Dorothy asintió. No paraba de mirar la mano de Chandra y notó que las náuseas le subían por la garganta.

Nunca se había sentido protegida, pero en ese momento se dio cuenta de que, en cierto modo, sí había vivido blindada. Su madre y ella no tenían más familia y nunca se quedaban en el mismo sitio tiempo suficiente para hacer amigos, así que la experiencia de Dorothy con la muerte siempre había sido limitada. Nunca había tenido que despedirse de una abuela querida, ni preguntarse por qué su mascota no se había despertado.

En cierto modo, era un don. Si nunca amaba a nadie con pasión, nadie que amase podía morir jamás.

Dorothy no amaba a ninguna de esas personas, pero tampoco las odiaba precisamente. Apenas unos minutos antes habían charlado y bromeado juntos. Habían jugado para entretenerse.

Ahora, Chandra tenía las uñas arrancadas de raíz y un corte profundo le recorría la palma. Y (¡Dios mío!) parecía que no respiraba.

Dorothy buscó la muñeca de Chandra con dedos temblorosos. «Por favor, no te mueras», pensó.

Chandra movió los dedos y Dorothy apartó la mano de sopetón. El alivio estuvo a punto de tumbarla de espaldas.

—¿Estás bien? —preguntó casi sin voz.

Chandra gruñó y se sentó en el suelo. Con esfuerzo, se llevó un brazo al pecho, con la cara retorcida de dolor.

—Creo que me he roto algo.

—¿Willis? —preguntó Zora.

Dorothy desvió la atención hacia el gigantesco hombre inconsciente tumbado delante de ella. Willis aún no había abierto los ojos, pero su pecho subía y bajaba a un ritmo constante. Dorothy apretó dos dedos tocándole el cuello...

El alivio la inundó con la fuerza del agua fría.

—Todavía le late el corazón.

Zora bajó la cabeza hacia las manos y exhaló aliviada.

—Gracias a Dios —murmuró. Su exterior calmado se quebró apenas un instante.

—Puedo reanimarlo con el amoniaco para inhalar que tengo en el maletín —dijo Chandra. Vaciló al contemplar el desorden que la rodeaba—. Si puedo encontrar el maletín...

Dorothy miró por encima de la doctora del equipo, hacia Ash. Continuaba doblado hacia delante, con una mueca de dolor en la cara, aunque parecía que se las arreglaba para que el avión siguiera a flote. Un instinto se despertó en ella, quería asegurarse de que estaba bien, tal vez, o intentar ayudarlo. Siempre había aborrecido el dolor, tanto experimentarlo como presenciar cómo desgarraba a otros. Su madre solía decirle que eso era un signo de debilidad.

«El dolor puede ser útil», le decía (otra de sus ridículas máximas), pero Dorothy nunca le hacía caso. Tal vez su madre fuese más lista que ella en muchos sentidos, pero ese no era uno de ellos. El dolor no era más que dolor.

Se acercó al brazo de Ash, pero luego pensó en cómo la había reprendido antes por tener el valor de tocarlo y dejó caer la mano en el respaldo de la silla del piloto en lugar de sobre el chico.

«Rata», pensó. Y desde luego, era una rata, pero eso no significaba que quisiera verlo muerto.

Atisbó algo de cuero negro debajo del asiento, justo delante de ella y, al reconocer que era el maletín médico de Chandra, lo liberó dando un tirón.

—Gracias.

Chandra abrió la cremallera y un amasijo de gasas, vendas y frascos llenos de líquidos de colores brillantes se precipitó fuera del maletín y empezó a rodar por el avión. Chandra no les prestó atención, sino que rebuscó entre los objetos que quedaban en la bolsa, hasta encontrar por fin un frasquito de polvos blancos.

—Aquí está —murmuró, y desenroscó la tapa.

Se inclinó hacia delante y colocó el inhalante debajo de la nariz de Willis.

El gigante se removió. Sus párpados acabaron por abrirse. Balbució algo que podría haber sido «Estás herida» y frunció el entrecejo al ver el brazo con el que Chandra se apretaba el pecho.

—¿Qué tal la cabeza? —preguntó Chandra a su vez. Con una mano, sacó una linternita pequeña de la bolsa llena a rebosar y la pasó por delante de los ojos de Willis—. ¿Náuseas? ¿Mareo?

—Estoy bien. —Willis manoteó para apartar la luz de la linterna como su fuese un insecto e intentó sentarse—. ¿Por qué estoy en el suelo?

—Porque eres muy grande y hay una cosa que se llama gravedad. —Chandra lo agarró por los pantalones—. ¿Adónde crees que vas? Túmbate, zoquete. No me hagas...

El avión dio una sacudida y chisporroteó. Dorothy no pudo evitar pensar en un animal agonizante.

Se aferró a una de las tiras del cinturón que caía por el lateral de su asiento y la asió con tanta fuerza que le entraron calambres en los dedos. Le faltaba el aliento.

Por norma general, no se asustaba con tanta facilidad. Incluso montarse en la nave de Ash la primera vez había sido una decisión sencilla de tomar, a pesar de que había oído historias de aviones que habían caído en picado del cielo y habían matado a toda la tripulación. No era que no temiera por su vida, sino que tenía una especie de bloqueo en lo referente a su propia seguridad. No le costaba visualizar cosas terribles que podían ocurrir. Salvo que nunca a ella.

Pero este viaje... Empezaba a percatarse de que este temerario viaje podía haber sido un grave error. ¿Valdría la pena tanto riesgo? ¿Por ver otro período de la historia? Se había encandilado tanto con la idea que no se había parado a pensar en las posibles consecuencias.

La muerte, por ejemplo. Y la mutilación. Y la caída desde una gran altura...

Se tapó la cara con una mano. Le costaba respirar.

22

Ash

A sh estaba de pie en una barca, cambiando el peso de una pierna a otra para mantener el equilibrio. El agua negra lamía la embarcación y la hacía mecerse, pero Ash se movía con facilidad, haciéndose eco del movimiento del oleaje. Se había acostumbrado al agua durante los dos últimos años.

Los árboles parecían resplandecer en la oscuridad circundante. Árboles fantasmas. Árboles muertos. El agua chocaba contra sus troncos blancos, mecidos por el viento.

Ash contó las olas para pasar el rato mientras esperaba. Siete. Doce. Veintitrés. Perdió la cuenta y estaba a punto de comenzar de nuevo cuando una luz apareció a lo lejos en la negrura. Era pequeña, como el faro solitario de una motocicleta, seguida por el rumor de un motor. Se irguió un poco más. Parte de él confiaba en que la chica no apareciera. Pero por supuesto que lo haría. Siempre lo hacía.

Márchate ahora, se dijo. Todavía tenía tiempo. Estaba seguro de que no lo perseguiría si se iba antes de que ella llegase. Sabía cómo acabaría la noche si se quedaba. Había visto ese preciso momento una decena de veces. Una centena, si contaba los sueños. Pero aun así se quedó quieto, apretando y aflojando la mano a un lado del cuerpo.

Quería verla, a pesar de saber lo que significaba. Tenía que verla una última vez.

El barco se acercó. Ella estaba oculta en la oscuridad de la noche. Ash no habría sabido que había alguien agazapado allí de no ser por su melena, los largos mechones blancos que se escapaban de la capucha y ondeaban al viento, bailando en la oscuridad.

Se detuvo cerca de él y paró el motor.

—Creía que no ibas a venir.

La voz de la chica era más baja de lo que Ash esperaba, casi un ronroneo. Alargó la mano y recolocó esos mechones de pelo debajo de la capucha con un movimiento ágil.

Ash tragó saliva. No vio el cuchillo, pero sabía que lo tenía.

—No tiene por qué terminar así.

—Por supuesto que sí. —La mano de la misteriosa chica desapareció dentro del abrigo. Se inclinó hacia delante—. Ash...

—¡Ash!

Esa voz rompió el prerrecuerdo en un puñado de imágenes dispersas. Ash se irguió y tomó una gran bocanada de aire, igual que alguien a punto de ahogarse. Parpadeó despacio varias veces. El prerrecuerdo había sido más fuerte que nunca. No recordaba dónde estaba, no sabía qué se suponía que tenía que hacer.

Una melena blanca bailando en la oscuridad...

...No tiene por qué terminar así.

—¡Despierta!

Zora le apretujó el brazo y lo zarandeó. Ash intentó moverse, pero notaba las extremidades pesadísimas, como si se hundiera en agua fría. Todavía percibía el olor a salitre en el aire oceánico, el olor a pescado mezclado con la niebla, el aroma a especias y flores del pelo blanco de la chica.

Tan real. Había sido tan, tan real.

El viento aullaba contra las paredes de la Segunda Estrella, hasta el punto de que parecía que se abombaran hacia dentro. Ash creyó oír que alguien gritaba, pero el sonido habría podido proceder de las visiones que todavía le bailaban en la cabeza.

Pelo blanco y agua negra y árboles muertos...

Sujetó con firmeza la palanca de mandos cuando el avión entero empezó a sacudirse. Las luces se apagaron.

—Vamos, Estrella —murmuró.

Dirigió el morro de la Segunda Estrella hacia las paredes del túnel y tiró de la palanca para acelerar. El aire que rodeaba la nave se humedeció y luego se detuvo. Los faros volvieron a encenderse y se abrieron paso en el agua oscura.

Un momento después, la Segunda Estrella afloró a la superficie y la negra noche se extendió a su alrededor.

Ya habían llegado.

Entrada del cuaderno de bitácora
29 de diciembre de 2074
18:38 horas
la Estrella Oscura

Escribo esto desde el asiento del copiloto de la flamante Estrella Oscura, recién fabricada.

Una estrella oscura es una estrella calentada por la aniquilación de partículas de materia oscura. También es el nombre de un grupo de rock psicodélico inglés y de una película de John Carpenter del año 1974.

Me pareció un nombre apropiado para la máquina del tiempo más avanzada que ha visto el mundo.

Sí, sí. He fabricado una segunda máquina del tiempo.

La Segunda Estrella tiene capacidad para cinco personas, pero un poco apretadas. Además, está el problema del panel de control externo.

Verán, cuando empecé a construir mi máquina del tiempo, mi principal preocupación era incorporar la materia exótica

dentro del diseño de la nave sin modificar la arquitectura sub-
yacente.

Hablando en plata, puse el panel de control fuera de la nave,
porque así era más fácil. Pero, claro, supone un problema. No
se puede modificar la cantidad de ME en mitad de un vuelo, lo
cual provocó ciertas reticencias en cuanto a la seguridad. Tanto
la ATACO como la NASA pensaron que necesitábamos algo más
avanzado, y debo reconocer que tenían razón. Y así nació la
Estrella Oscura. La nueva nave no solo tiene capacidad para
ocho personas y espacio de sobra para las piernas, sino que,
además, cuenta con un panel de control interno, lo cual facilita
las reparaciones y las hace más seguras.

Primera misión: ¡elegir a nuestro nuevo piloto!

Natasha me ha enseñado todo lo posible sobre la «época
dorada de la aviación», que corresponde con las décadas de
1920 y 1930, cuando los estadounidenses estaban absolutamente obsesionados con volar. En principio, ese período me
pareció prometedor, pero parece que Natasha piensa que encontraremos a un piloto de más talento si buscamos unos años
más tarde: entre los pilotos de la Segunda Guerra Mundial.

Medio en broma, le dije que deberíamos reclutar a Amelia Ear-
hart y dejarnos de historias, pero Natasha señaló que Amelia es un
poco vieja para nuestro propósito. No se me había ocurrido antes,
pero tiene razón. No nos planteamos hacer una única misión. Si las
cosas siguen el plan previsto, realizaremos una serie de misiones
que se extenderán a lo largo de años y años en el futuro... Puede que incluso más tiempo, si tenemos en cuenta que vamos a
viajar al pasado y es posible que nos quedemos una temporada
allí antes de regresar a nuestro presente.

En otras palabras, necesitamos reclutar a personas jóvenes.

Así pues, nos pusimos a investigar. El 27 de septiembre de 1942, la edad mínima para alistarse para la guerra se redujo a dieciséis años, siempre que hubiera consentimiento paterno. Y, por supuesto, un puñado de chavales mintieron sobre su edad y se alistaron cuando eran todavía más jóvenes. Según Natasha, el más joven fue un crío de doce años llamado Calvin Graham. ¡Doce años! ¡Y luchando en una guerra! Zora tiene casi quince años y yo ni siquiera la dejo salir con chicos.

No los aburriré con el resto de nuestra investigación. El caso es que dimos con un piloto de dieciséis años originario de Bryce (Nebraska). Se llamaba Jonathan Asher júnior. Mintió sobre su edad para que lo aceptaran en el programa de entrenamiento para pilotos civiles (conocido coloquialmente como academia de vuelo o campamento de aviación), se graduó enseguida y procedió de inmediato con la formación de piloto de guerra. Su ascenso en las fuerzas aéreas fue meteórico, hasta que se ausentó sin permiso justo antes de una misión sin motivo aparente.

No creo que fuera una coincidencia.

Asher es joven y tiene mucho talento, y el hecho de que desapareciera implica que no entorpeceríamos mucho la historia si..., bueno, si lo «extrajéramos» de su tiempo.

Lo primero que haremos cuando empiece el año será ir a buscarlo al pasado.

Hay otra cosa que me gustaría apuntar antes de cerrar el diario por hoy. Las últimas veces que he viajado al pasado me ha ocurrido algo raro. No sé cómo describirlo, salvo diciendo que creo «soñar despierto». Mientras cruzo el anillo a bordo de la Segunda Estrella, me asalta una visión, una especie de fogonazo en un rincón de la mente. Tiene el aspecto de un recuerdo, solo que no es un recuerdo mío. En realidad, es algo que nunca he presenciado.

La visión es esta: nuestra ciudad, sumergida por completo. Los tejados de los rascacielos asoman en un mar de negrura. Las olas lamen las fachadas de los edificios más altos. Todos los árboles se han quedado blancos.

Entonces, de repente, me embarga una sensación de tristeza inmensa que se apodera de mí. La última vez, me sentí tan mal que era incapaz de sujetar la palanca de mandos. Roman tuvo que conducir la Estrella Oscura el resto del trayecto de vuelta a casa mientras yo respiraba hondo y procuraba no llorar.

No sé cómo interpretarlo.

¿Es un mal augurio? ¿Un sueño? ¿Un truco del túnel del tiempo?

Todavía no se lo he contado a Natasha. Quiero saber más cosas sobre esta misión antes de disgustarla con el tema.

Fuera lo que fuese, me asustó.

23

Dorothy

17 de marzo de 1980, complejo del Fuerte Hunter

Dio la impresión de que habían transcurrido otros cien años antes de que la máquina del tiempo aterrizase en tierra firme y se apagase el motor. La repentina quietud hizo que Dorothy tomase más conciencia de cómo el retemblar del vehículo se le había metido en el cuerpo, sacudiéndola hasta los huesos.

«Qué boba», se dijo. No había motivos para tener miedo. De todas formas, puso las manos entre las piernas para que nadie viera que temblaba.

—Zora, necesito que abras la tapa del motor.

Ash continuaba apagando interruptores y girando palancas, a pesar de que ya habían aterrizado. Tenía mejor aspecto, si bien se le notaba aún una fina capa de sudor en la frente.

—Allá voy —dijo Zora.

Sacó unas gafas de aviadora del bolsillo de la cazadora y se las encajó entre las trenzas apretadas. Abrió su puerta con brío.

—Quiero un informe pormenorizado de cómo va la ME —indicó Ash, y Zora saludó como los soldados. Al instante salió de la nave y cerró de un portazo. Ash se volvió hacia Chandra—. ¿Qué tal el brazo?

Chandra rebuscaba de nuevo dentro del maletín, con el brazo herido apretado contra el pecho, como si fuera un ala rota.

—Se recuperará en cuanto encuentre el cabestrillo...

Un frasquito cayó de la bolsa de Chandra y rodó por el suelo de la nave, hasta detenerse a los pies de Dorothy. De forma automática, ella se agachó para recogerlo. «Ipecacuana».

—¡Ajá! —gritó Chandra y sacó un ovillo de tela blanca y azul del maletín. Dorothy la observó mientras se ataba el cabestrillo con pericia alrededor del brazo roto—. ¿Lo ves? Ya está como nuevo.

—¿Estás segura? —preguntó Ash con el ceño fruncido—. No me sirves para nada si no eres capaz de remendar a mi tripulación.

—Me alegra saber que te preocupas por mí —dijo Chandra—. Pero puedo trabajar con una mano.

—Bien. —Ash asintió con la cabeza, ajeno al sarcasmo en el tono de voz de Chandra—. Willis, ¿los planos?

—Perdóname, Chandie. —Willis rodeó a Chandra y sacó el extraño objeto de metal de debajo del maletín médico—. No tenemos cobertura —dijo dando golpecitos con un dedo en la superficie iluminada del objeto—. Una época previa a internet, sin duda.

Ash asintió de nuevo.

—La tormenta fue fuerte, pero a partir de las nubes que vi en el anillo al salir supe que habíamos dado en el clavo. Estamos a 17 de marzo de 1980. Solo que...

La puerta se abrió de sopetón y Ash se interrumpió. Zora volvió a subir a la nave, con la cara sonrosada por el viento.

—Dime que tienes buenas noticias —dijo Ash.

—El motor está frito —contestó ella, y se desplomó en el asiento—. Tu embarcación necesita una buena siesta reparadora.

—¿Y la ME?

—Casi agotada. —Zora se pellizcó la nariz con dos dedos—. Más vale que mi padre esté aquí, porque necesitaremos la ME de su máquina del tiempo para regresar a casa. Dudo que la Segunda Estrella sobreviva a otro viaje a través del anillo en el estado en que se encuentra ahora.

—No quiero sumarme a las malas noticias, pero creo que no hemos salido del anillo a la hora que tocaba —dijo Willis, y señaló la ventanilla con la cabeza. El sol brillaba por debajo de la línea de árboles y sus dedos de luz dorada jugueteaban con las hojas del bosque—. Se está poniendo el sol, así que como mucho serán las seis de la tarde. El Fuerte Hunter estará a pleno rendimiento durante ocho horas más.

—Eso significa que habrá soldados armados vigilando todas las entradas, cámaras de seguridad que seguirán nuestros movimientos, una verja cerrada delimitando el perímetro, por no hablar de los códigos de seguridad para abrir cada puerta. —Zora fue contando cada uno de los elementos con los dedos conforme hablaba—. ¿Me equivoco?

—Toda la plantilla, máxima seguridad, sí —confirmó Willis. Negó con su inmensa cabeza—. Lo más sensato sería esperar aquí e intentar entrar en el complejo a las dos de la madrugada, cuando vuelvan a dejar los efectivos bajo mínimos.

—Si hacemos eso, nos arriesgamos a no pillar al Profesor aquí —dijo Ash—. Según su diario, planeaba llegar esta madrugada, entre las dos y las seis de la mañana. No tenemos modo de saber si su intención era quedarse una vez pasada esa franja o dirigirse a otro sitio en cuanto obtuviera lo que había venido a buscar. Tenemos que encontrar la manera de entrar, ahora mismo.

—¿Es que no nos has oído? —preguntó Zora—. ¡Eso es imposible!

Dorothy había respirado hondo y de forma pausada para intentar relajarse después del vuelo, pero en ese momento inclinó la cabeza. Le picó la curiosidad. Se había pasado la vida abriendo puertas cerradas y colándose dentro de habitaciones privadas. Si había un edificio que le resultara imposible de burlar, todavía no lo había encontrado.

—Tiene que haber un registro de los antiguos códigos de acceso en alguna de las notas que encontró Willis —dijo Ash.

Su amigo sacudió la cabeza.

—No he visto nada parecido, por lo menos, no en el material que ya he descargado, y teniendo en cuenta que no había internet en la década de 1980, no podemos comprobarlo otra vez.

—Entonces apresaremos a un guardia. Lo obligaremos a abrirnos una puerta.

—No se trata de asaltar un banco, Ash —dijo Zora—. Estos soldados están entrenados y trabajan en uno de los complejos militares de máxima seguridad del mundo. No van a dejar que un puñado de civiles se cuelen por la puerta.

229

Dorothy le dio vueltas a todo aquello. Soldados entrenados en todas las entradas. Puertas cerradas con códigos de acceso.

Sí, sonaba complicado...

Qué lástima que no estuvieran intentando atracar un banco. En realidad, hacerlo sería bastante fácil. Una vez, Dorothy había tenido que sacar un carísimo broche de diamantes de un banco que se suponía que era impenetrable. Esbozó una sonrisa al recordarlo.

Al final, había sido pan comido. El edificio tenía una seguridad de primera, pero eso fue lo más divertido. En cuanto te pillaban merodeando por los alrededores...

«¡Ah!». Dorothy agarró con fuerza el frasquito de ipecacuana, mientras un plan tomaba forma en su mente. Los demás seguían discutiendo y no parecía que fuesen a llegar a ninguna conclusión por sí mismos. Ella podía ayudarlos...

Sin embargo, vaciló y sus ojos se dirigieron a la puerta de la máquina del tiempo. ¿Por qué iba a ayudarlos? Lo único que había deseado desde el principio había sido que la transportaran en el tiempo, y ahí estaba. Dudaba que alguno de ellos le impidiera marcharse. No había motivos para involucrarse en la misión de los demás.

Y luego estaba esa extraña visión. Roman inclinándose hacia ella, con la cara casi pegada a la suya. «No deberías confiar en ellos».

Sintió un cosquilleo de nervios. Pero la visión no significaba nada... Era un mero truco de su subconsciente. Un recuerdo soñado, como los que había tenido cuando había viajado de 1913 a 2077. Y ya tenía el plan perfectamente diseñado y, a sus ojos, era perfecto. Se mordió el labio inferior. Sería una lástima no probarlo.

Se metió el frasquito en el bolsillo, se inclinó hacia delante y tocó a Willis en el hombro.

—Tienes una especie de... mapa del Fuerte Hunter, ¿verdad?

Willis asintió.

—De las veintinueve plantas. Todas.

—¿Me dejas verlo?

Willis tecleó varias veces en el ordenador y luego se lo pasó a Dorothy.

—Si quieres ampliarlo, haz esto.

Juntó dos dedos y luego los separó sobre la pantalla.

Dorothy no sabía a qué se refería, pero asintió como si lo comprendiera. Tomó el artilugio e intentó descifrar la imagen que mostraba.

Unos pasillos y habitaciones diminutos se extendían ante ella en espiral. Se mareaba solo de mirarlos. Las palabras que los describían eran tan pequeñas que no lograba leerlas, borrones negros de tinta en una superficie demasiado brillante. Nunca encontraría lo que buscaba.

—¿Qué haces? —preguntó Ash cansado, pero había un brillo en sus ojos cuando la miró. Diversión, tal vez.

—Creo que tengo una idea —dijo Dorothy.

Entonces, Ash sonrió de oreja a oreja.

—Siento aguarte la fiesta, pero no vas a lograr que esas puertas se abran solo moviendo las pestañas y haciéndole ojitos a algún soldado.

—Tengo otras habilidades.

Dorothy trató de decirlo en un tono despreocupado, pero notó que sus palabras sonaban a la defensiva. Los hombres tendían a presuponer que la belleza y el intelecto eran excluyentes. Era enervante.

Ash enarcó una ceja, un gesto que acentuó la sensación de que se estaba burlando de ella. Dorothy notó el calor que le subía por el cuello.

—¿En serio? —preguntó el piloto.

—Algunas veces recurro a una sonrisita tímida. Los hombres se derriten. —Dorothy lo dijo con voz melosa, como si estuvieran flirteando, pero se le tensaron los hombros.

No paraba de infravalorarla. Primero, en el claro del bosque próximo a la iglesia, cuando se había colado en su nave, y luego otra vez cuando Roman la había secuestrado. No sabía por qué la molestaba tanto. Para ella Ash no era más que un piloto que podía llevarla de aquí para allá. Ni siquiera estaba demasiado interesada en lo que él pudiera llevar en los bolsillos.

Y entonces cayó en la cuenta: no había intentado engatusarlo. Todos los demás hombres que había conocido habían visto únicamente su cara bonita. En eso consistía el arte de la estafa: tenía que desaparecer mucho antes de que alguien se percatara del talento que en realidad tenía. Pero a Ash sí le había mostrado cómo era por dentro y, aun así, él no la había creído.

Al pensarlo, se sintió extrañamente sola. Se moría de ganas de sacar el reloj de bolsillo que le había robado y restregárselo delante de las narices, igual que una niña. «¡Mira! ¿Ves lo que sé hacer?». Como si eso pudiera convencerlo de que ella tenía algo más que ofrecer.

El piloto seguía sonriéndole, un tipo de sonrisa perezosa que indicaba lo poco que esperaba de ella, incluso en esas circunstancias.

—Muy bien, encanto. Impresióname.

«Aaagh —pensó Dorothy—. Encanto».

Por suerte, entonces fue cuando sus ojos aterrizaron en la habitación que andaba buscando. Estaba en un lateral de un túnel que salía de la entrada principal. Le pasó el ordenador portátil a Ash.

—Esto —dijo, y señaló con el dedo.

Él se acercó y frunció el entrecejo con la mirada fija en la tableta. Le rozó la espalda con la mano.

—Estás de broma —dijo en un tono de voz muy distinto. Su sonrisa se había esfumado.

—Pues no. —En ese momento fue Dorothy la que sonrió. Dio otro par de golpecitos en el aparato, cada vez más segura de sí misma—. Así es como vamos a entrar.

24

Ash

Veinte minutos más tarde, Ash estaba junto a una alambrada, con la impresionante montaña que escondía el complejo del Fuerte Hunter cernida sobre él. La única pista de que había topado con un lugar especial era el cartel de advertencia que colgaba ante sus ojos.

ATENCIÓN. ZONA RESTRINGIDA

Esta instalación ha sido declarada zona restringida según una directiva del secretario de defensa, aprobada el 19 de mayo de 1963, según las cláusulas de la Sección 31, Ley de Seguridad Interna de 1950. Cualquier persona o vehículo que entre a partir de aquí podrá ser registrado. Está prohibido hacer fotografías, tomar notas, hacer dibujos, mapas o representaciones gráficas de esta zona o de sus actividades, salvo que el comandante lo autorice específicamente. Cualquier material de esa índole que se encuentre en manos de personas no autorizadas será confiscado.

Ash miró más allá del cartel y fijó la vista en una luz roja intermitente que pendía justo por encima de su cabeza. Una cámara de seguridad. Alguien lo vigilaba.

Los nervios le subieron por la espina dorsal para advertirle de que, con toda probabilidad, esa era una idea pésima. No estaba seguro de conocer a Dorothy lo suficiente como para dejar en sus manos la seguridad de su tripulación al completo.

«Consiguió escapar de Roman», le recordó una vocecilla interior. Eso significaba que era lista. Y había viajado de polizón en su barco, lo que significaba que era escurridiza. Y había saltado por una ventana del octavo piso, así que también era valiente.

Esas eran las razones por las que había accedido a seguir su plan cuando estaban en la Segunda Estrella, pero ahora tenía sus dudas. Debería haberle hecho repasar los detalles otra vez, haber buscado lagunas y puntos flojos. Debería haberse esforzado más por tener una idea propia. Debería haber esperado. Debería...

Ash sacudió la cabeza para apartar sus preocupaciones. El Profesor estaba en algún lugar dentro de esa montaña, pasada la verja de seguridad y las cámaras, más cerca de lo que había estado desde hacía casi un año.

Ash no tenía más remedio que confiar en la chica. Se llevó el walkie-talkie a los labios.

—He llegado al perímetro. Cambio.

La voz de Zora respondió por las ondas.

—Recibido. Cambio.

Ash volvió a guardarse el walkie dentro del cinturón y miró por encima del hombro. Había insistido en que los demás se quedaran agazapados y dejaran que él fuera primero, de señuelo, solo por si había soldados con el gatillo rápido merodeando junto a la puerta principal con la esperanza de poder practicar un poco el tiro al blanco. A Willis no le había emocionado la idea, pero Ash había señalado que, de los dos, él era el único que sabía exactamente cómo y más o menos cuándo iba a morir. Si le disparaban, no sería letal... Era imposible. A regañadientes, Willis había reconocido que tenía razón.

Entonces Ash achinó los ojos para intentar distinguir las siluetas de su tripulación desperdigadas en la oscuridad. Había luna llena, una luna de plata que iluminaba el cielo nocturno, pero su luz no servía para romper las sombras del bosque. Las nudosas ramas de los árboles se parecían mucho a unos brazos, y las hojas se mecían al viento casi como si fueran mechones de pelo.

Ash volvió a mirar la verja.

—Que sea lo que tenga que ser —murmuró, y pronunció una rápida oración en silencio mientras cortaba el alambre de la verja. La reja se rompió con un clic.

Ash continuó trabajando en silencio. Al cabo de unos minutos, había creado un agujero vagamente parecido a la forma de una persona en la alambrada. Se detuvo para limpiarse la frente con la mano (la tenía empapada en sudor, a pesar de que hacía tanto frío en ese bosque que habría podido quedarse congelado en el sitio) y luego bajó los alicates y se coló por el agujero.

—Estoy dentro. Cambio —dijo por el walkie-talkie.

—Estamos justo detrás de ti —fue la respuesta—. Cambio y corto.

Un murciélago pasó volando y proyectó una sombra espeluznante en el suelo ya bastante oscuro. De algún punto lejano le llegó un sonido similar a un flujo de agua. Ash se dirigió a la montaña, la hierba seca crujía bajo sus pies. A cualquier soldado que se preciara le enseñaban a caminar sin hacer ruido, a desplazarse como una sombra. Ash se sintió idiota por no aplicar lo que había aprendido, pero quería que lo vieran. Había pasado tiempo suficiente en las fuerzas armadas para saber que siempre había unos cuantos soldados que disparaban primero y preguntaban después. Si alguien tenía que recibir un tiro, era preciso que fuera él.

Empezaron a sudarle las palmas, se le tensaron los músculos. Intentó no pensar en sus compañeros, que estarían reptando por el bosque detrás de él, escondidos entre las sombras, pasando de un árbol a otro con la cabeza gacha.

Según el croquis de Willis, la puerta principal horadada en la roca quedaba a menos de veinte metros. El trayecto le pareció mucho más largo de lo que debería. La oscuridad jugaba malas pasadas, supuso Ash. O tal vez fueran los nervios, que descontaban los segundos, y hacían que cada minuto pareciera tres. Casi sin querer, aceleró el paso con la esperanza subconsciente de arañar unos cuantos segundos al tiempo que tardaría en encontrar al Profesor. Se detuvo cuando se dio cuenta de lo que estaba haciendo. La improvisación podía echarlo todo a perder.

Estaban tan cerca... Ahora era el momento de ser precavidos.

Por fin, los árboles se separaron y revelaron un gran túnel de metal que sobresalía de la ladera de la montaña, como un error de la naturaleza. Verjas rematadas en alambre de espino se alzaban a ambos lados del camino pavimentado que conducía a la entrada. Los soldados aguardaban en posición justo delante, en silencio, con las armas de líneas rectas cruzadas por delante del pecho.

Ash se acuclilló y buscó el walkie-talkie en el cinturón...

Un metal frío le presionó la nuca.

—En pie, civil —dijo una voz firme y grave—. Y mantenga las manos donde yo pueda verlas.

Ash se incorporó poco a poco y levantó los brazos. El arma no se separó de su nuca.

—¿Identificación? —preguntó la voz.

El arma vibraba contra la piel de Ash cada vez que el soldado hablaba.

Ash tragó saliva. Tenía un permiso de conducir de 1945 guardado en una caja de zapatos en casa. Aunque no le hubiera servido de mucho. Negó con la cabeza.

—¿Por qué no me explicas qué hacías merodeando por aquí, hijo? —dijo el vigilante, ya sin pizca de respeto en la voz.

A Ash se le secó la boca.

—Dar un paseo por la naturaleza.

—¿En plena noche? De acuerdo. ¿Quieres decirme por qué necesitas un walkie-talkie para dar un paseo por la naturaleza? —El hombre apartó el arma de la nuca de Ash y se desplazó hasta quedar donde este pudiera verlo. Era soldado, de aspecto anodino, ataviado con un uniforme verde militar. Señaló con la cabeza hacia el walkie-talkie que colgaba del cinturón de Ash—. Parece de calidad militar.

Ash no dijo nada. En efecto, era militar. Robado de 1997. Confiaba en que el soldado no lo estudiara con demasiado detalle.

—Nuestras cámaras te han grabado haciendo un agujero en la alambrada por ahí —continuó el soldado—. Eso no está

238

nada bien. De hecho, por estos lares lo llamamos destrucción de propiedad militar. Y luego te colaste por ese agujero y empezaste a merodear alrededor de nuestra base. A eso lo llamamos violación de la propiedad militar. Además, vas sin documentación y llevas lo que parece ser propiedad militar robada. —El soldado se rascó la barbilla—. En fin, esto no tiene muy buena pinta. Tus amiguitos y tú os habéis metido en un lío de los gordos, hijo. Un lío de cojones.

—¿Mis amigos? —preguntó Ash.

Antes de que pudiera responder, Willis, Zora, Dorothy y Chandra salieron de entre los árboles con las manos sobre la cabeza. Un grupo de soldados en abanico se extendía a su espalda.

—¿Creéis que sois el primer grupo de críos que encontramos haciendo el gamberro por aquí? —El soldado negó con la cabeza—. Nos pasa casi cada semana. Pero eso no significa que vayamos a dejar que os marchéis como si nada. No, señor. Hay un protocolo que seguir en situaciones como esta. De hecho, creo que vamos a tener que deteneros a todos y meteros en el complejo hasta que localicemos al sheriff del distrito para que os venga a buscar.

El soldado señaló con la cabeza un camino de tierra que se adentraba en el bosque y movió el arma para indicar que debían empezar a andar. Ash se obligó a avanzar y se puso en la fila detrás de Dorothy.

Ella le guiñó un ojo cuando Ash pasó por delante, haciendo aletear las pestañas tan rápido que podría haber sido cosa de su imaginación. Él le dio un golpe en el hombro con el suyo cuando el soldado no miraba y esbozó una sonrisa furtiva. De haber estado solos, tal vez se hubiera atrevido a abrazarla para darle un beso.

239

«Deteneros a todos y meteros en el complejo», había dicho el soldado. Lo que significaba que el alocado plan de Dorothy había funcionado de verdad.

Habían entrado.

La idea de Dorothy era tan simple que resultaba decepcionante. Entrar a la fuerza en el Fuerte Hunter era imposible. Así pues, no iban a intentar colarse en el Fuerte Hunter.

—¿Quieres que nos arresten? —había preguntado Zora apabullada.

—Se me ocurrió la idea cuando mencionarse lo de atracar un banco —había explicado Dorothy—. En realidad, colarse en un banco es muy difícil. Hay que burlar la vigilancia de varios guardias y pasar por distintas puertas cerradas con llave, y hay muchos mecanismos de seguridad. Pero una vez que te pillan intentando entrar, te meten directamente mientras esperan a que la policía venga a buscarte. Y si tienes suerte, te dejan a solas en un despacho, nada menos, donde solo hay una puerta que te separa del resto del establecimiento. —Levantó un dedo—. Una única puerta enclenque, que con gran probabilidad tendrá un cerrojo normal y poco más. Cualquier pelele podría abrirla.

—El Fuerte Hunter no es un banco —había señalado Ash escéptico.

—Claro que no. Pero no cabe duda de que esta habitación de aquí está pensada para detener a las personas no autorizadas que entran en las instalaciones. —Había levantado la tableta de Willis para que Ash pudiera verla y había señalado una sala diminuta en la que ponía «Detenciones»—. ¿No ves nada especial en ella?

240

Ash había entrecerrado los ojos para escudriñar la imagen borrosa. Estaba en medio del complejo, en lo que parecía ser una especie de vía de servicio. Siguió ese camino serpenteante con los ojos y entonces lo entendió todo. Recorría toda la base.

—Desde allí podremos acceder a cualquier parte —había dicho Ash.

Dorothy había bajado la tableta con expresión victoriosa.

—¡Exacto!

A continuación, los soldados los metieron en un jeep verde de líneas cuadradas. Ash miró a Dorothy mientras subían a la parte posterior del vehículo.

Ella también lo estaba observando con el ceño fruncido, pero en cuanto se cruzaron sus miradas apartó la vista y volvió a suavizar las facciones.

Ash prolongó la mirada unos instantes, preguntándose si Dorothy estaba nerviosa. Tal vez, bajo aquel exterior tranquilo, estaba igual de preocupada que él por si el plan fallaba. Siempre le había parecido una chica muy segura de sí misma. Ash nunca se había planteado que pudiera estar fingiendo.

Nadie habló mientras los trasladaban. Los árboles, los arbustos y la hierba se emborronaban al otro lado de las ventanillas, las piedras y las ramas secas crujían bajo los inmensos neumáticos del jeep. Siguieron un camino de tierra flanqueado por árboles y que los condujo hasta una carretera asfaltada rodeada de alambradas de espino. La entrada al Fuerte Hunter se abrió ante ellos como una boca en pleno bostezo.

Ash tragó saliva. Se había pasado los once meses anteriores repitiéndose que encontrar al Profesor sería la solución a todos sus problemas. Y ahora dicha solución estaba allí, en ese mismo edificio.

No pudo evitar plantearse si con eso bastaría. ¿Habría cambiado ya su futuro? Tal vez nunca llegara a conocer a la joven del pelo blanco, quizá nunca se montara en aquella barca, nunca notara el calor de su daga.

Quizás haber hecho eso (retroceder en el tiempo, aterrizar allí) bastase para alterarlo todo.

Una hilera de soldados protegía la entrada con las armas preparadas. Varios focos los iluminaban y la lluvia caía racheada delante de sus caras, rompiendo la luz amarilla.

Ash miró de reojo a Zora y advirtió que ella también observaba a los soldados. Solo que había cerrado tanto los ojos que no eran más que dos rendijas y, además, tenía los labios fruncidos. Algo iba mal.

Ash la buscó con la mirada con expresión interrogante, pero ella negó con la cabeza y señaló a los hombres armados que tenían delante. «Ahora no».

Los guardianes de la entrada se apartaron y el jeep pasó retumbando entre ellos. Los portones acabados en arco dieron paso a un cavernoso espacio blanco. Los focos monstruosos colgaban del techo y vertían una luz estéril sobre los suelos de cemento ennegrecido. Decenas de vehículos militares abarrotaban la estancia, todos y cada uno de ellos rodeados de un pelotón de soldados con uniforme verde militar y fusiles colgados del hombro. El murmullo de su conversación zumbaba alrededor del jeep, amortiguado por los gruesos cristales del vehículo.

«La sala de la entrada», pensó Ash, que recordaba haber visto ese espacio en el mapa de Willis.

Fue estudiando las caras de los soldados que dejaban atrás; contenía la respiración cada vez que atisbaba a alguien con el pelo entrecano. Nunca era el Profesor..., pero podría haberlo sido. Podía estar en cualquier parte. Podía estar cerca.

Ash dirigió la atención hacia la pared más alejada, la única pared hecha de escayola en lugar de horadada en la roca. Cuatro placas distintas lo miraban desde arriba:

«Comando Norte de Estados Unidos».

«Comando de Defensa del Espacio Aéreo de América del Norte».

«Comando Espacial de las Fuerzas Aéreas».

«Agencia de Proyectos de Investigación Avanzada en Materia de Defensa».

Eran intimidantes, repletos de banderas de Estados Unidos y estoicas águilas con la mirada perdida. Estaban colgadas formando un círculo en la escayola, rodeando unas letras mayúsculas negras que decían: «BIENVENIDOS AL COMPLEJO DEL FUERTE HUNTER».

En ese momento, Ash notó que los nervios le agarraban las entrañas. Era un soldado que actuaba contra su país. Estaba cometiendo traición. Si aún continuara en el ejército, podrían someterlo a un consejo de guerra por esto.

«Valdrá la pena —se dijo—. Valdrá la pena si consigo sobrevivir».

El jeep salió de esa sala inicial y continuó avanzando por un túnel oscuro con tuberías y cables enredados que cubrían sus paredes curvadas. El sonido del motor reverberó en el mugriento ladrillo cuando el vehículo frenó. Las luces allí eran más pequeñas y apenas lograban contrarrestar la oscuridad.

Ash contó tres cámaras de seguridad antes de que el furgón se detuviera del todo delante de una caseta blanca que recordaba a una cabina de peaje de dimensiones ampliadas. El soldado que vigilaba la caseta caminó sin prisa hacia el jeep, con el arma preparada.

Ash contuvo la respiración. «Allá vamos».

El conductor bajó la ventanilla. Los dos soldados parecían idénticos, con el pelo castaño cortado a cepillo y recién afeitados, de cara seria. Le recordaron a los soldaditos de plástico con los que jugaba de niño. Genéricos. Intercambiables. Dudaba de si habría sido capaz de distinguirlos de no ser porque el conductor llevaba una gorra verde militar calada sobre la frente.

—Encontramos a este grupo de civiles merodeando por las instalaciones dentro del perímetro de seguridad —dijo el Tipo del Ejército Número Uno—. No llevan identificación, y ninguno de ellos ha sabido decirnos qué hacían por aquí.

El Tipo del Ejército Número Dos aumentó la tensión con la que sujetaba el arma y miró por detrás del conductor, hacia el asiento posterior. Ash miró hacia delante para evitar establecer contacto visual.

—¿Los han interrogado ya?

—Negativo. El procedimiento dice que debemos llevarlos directamente a la sala de detención.

El Tipo del Ejército Número Dos estudió a Ash durante unos segundos larguísimos, con los ojos ligeramente cerrados. Al final, asintió y se apartó para que el vehículo pudiera pasar.

Ash soltó el aire entre los dientes. «De momento, ha funcionado».

Contuvo las ganas de mirar a Dorothy. A pesar de no verla, la notaba sentada detrás de él. La rodilla de la chica rozaba la parte trasera de su asiento cada vez que se movía. Una vez más, rememoró el momento transcurrido junto al bosque, cuando se había imaginado abrazándola y besándola, y sintió una punzada en lo más profundo de sus entrañas.

«Solo fue la exaltación del momento», se dijo, y apartó el pensamiento. Pero la imagen se prolongó un rato más.

La palabra «detención» hizo que Ash se imaginase puertas y ventanas barradas y cerrojos mugrientos. Pero la zona de detención del Fuerte Hunter resultó ser una habitación pequeña de techo bajo con bancos atornillados al suelo y las paredes de cristal.

«Para que puedan vigilarnos», pensó Ash. Sintió que se le erizaba la piel.

La sala estaba vacía, pero un soldado montaba guardia en la entrada, junto a la puerta de metal. No saludó al jeep, ni miró siquiera de reojo a Ash y a su tripulación mientras los conducían dentro, con las manos detrás de la cabeza y los ojos fijos al frente. Tres soldados los siguieron hasta la puerta. Sus armas relucían en la luz tenue.

Nadie se atrevió a hablar hasta que cerraron la puerta y los dejaron solos en la reducida sala. Ash miró por el cristal hasta que los soldados se montaron de nuevo en el vehículo y se marcharon.

Respiró hondo e intentó encontrar un rincón tranquilo y relajado dentro de su ser. Al fin y al cabo, estaban metidos en ese embrollo por él... Para encontrar al Profesor; para salvarle la vida. Y, de momento, el plan de Dorothy había funcionado punto por punto.

Que se colara en su máquina del tiempo tal vez no había sido lo peor del mundo.

Miró alrededor. Dorothy se había sentado en el banco ator-
nillado a la pared del fondo, con las manos cruzadas en el regazo y la cabeza inclinada. Lo miró.

—¿Preparado? —preguntó la chica.

—Preparado —dijo él tragando saliva—. Muy bien, Dorothy.
A ver qué sabes hacer.

25

Dorothy

«Dorothy». Por fin Ash la había llamado por su nombre.

Lo vio como una pequeña victoria, aunque no supo decir exactamente por qué.

Algo se le tensó en el estómago mientras lo observaba merodeando por la sala de detención, caminando y haciendo crujir los nudillos, y subiendo y bajando los hombros, como si le molestara algo dentro de la cazadora. Se le notaba a la legua que se sentía culpable. Si seguía así, iba a conseguir que los pillasen a todos.

—Haz el favor de calmarte. —Dorothy fingió que miraba una mota de suciedad debajo de la uña mientras observaba al soldado de la puerta con el rabillo del ojo—. Te va a ver.

Cuando sus ojos volvieron a buscar los de Ash, vio que él ya la estaba mirando. El calor le subió por el cuello. El piloto le aguantó la mirada unos segundos y luego apartó la vista.

—¿Cómo quieres que me calme? Estamos en una cárcel militar, por si no te habías dado cuenta.

—Es una sala de detención, no una cárcel. Deja de ser dramático.

—Podrían juzgarnos por traición.

«Santo Dios», pensó Dorothy, y reprimió la risa.

—Pero no lo harán. ¿Es que no los has oído antes? Piensan que somos unos críos que jugaban por el bosque. Lo peor que harán será darnos un cachete. ¿Nunca te habían arrestado?

Chandra soltó una risita.

—¿Ash? ¿Arrestado? Por favor, si es el perfecto *boy scout*.

Dorothy frunció el entrecejo. ¿*Boy scout*?

—Es una forma de hablar —le explicó Willis—. Chandra quiere decir que Ash es de buena pasta.

Ash enarcó las cejas, desafiante.

—¿Y qué hay de ti, princesa? ¿Has pasado muchas noches en una celda de la cárcel?

Dorothy gruñó por dentro. «Así que hemos vuelto a lo de princesa». Tendría que haberse imaginado que el uso de su verdadero nombre había sido un lapsus.

—Define «muchas».

—Más de dos.

La chica se mordió el labio. La habían arrestado cuatro veces (y dos de ellas no había sido culpa de ella, en realidad), pero no quería darle la satisfacción de admitirlo en ese momento.

—Pues sí que parece que eres un *boy scout* —murmuró contenta de tener también algo desagradable que decirle. Se arrodilló delante de la puerta—. Por suerte para ti, yo no lo soy. De lo contrario, nunca saldríamos de aquí.

Ash esbozó una leve sonrisa antes de decir:

—Supongo que tienes razón.

«Casi un cumplido». Dorothy le devolvió la sonrisa mientras se dirigía a la puerta.

No había cerradura por dentro: seguro que solo podía abrirse desde fuera. No le sorprendió. No había esperado que fuese tan fácil como hurgar con unas horquillas.

Miró por el cristal y estudió el cuello fino y rosado del guardia. Era más joven que los otros que habían visto, se notaba que hacía poco que había empezado a salirle pelo en la barba. De haber estado en cualquier otro sitio, Dorothy habría conseguido que comiera de su mano como un cachorro alterado al cabo de pocos minutos. Pero dudaba de que aquel chaval fuese lo bastante tontorrón para flirtear con una prisionera.

Se mordió el labio inferior mientras lo analizaba. Llevaba un manojo de llaves inmenso colgado del cinturón. A Dorothy le habría costado poco hurtarle esas llaves, pero no podía hacer gran cosa con una pared de cristal interponiéndose entre ellos.

Dobló los dedos. Eso dejaba una única opción. Metió la mano en el bolsillo, donde había guardado el frasquito de ipecacuana que se había caído del maletín médico de Chandra, desenroscó la tapa y se lo bebió.

Sabía dulce, igual que el jarabe. Dorothy hizo una mueca y apuró el resto del frasquito.

—Preparaos para la acción en cuanto logre que abra la puerta —les dijo a los demás—. No sé cuánto tiempo...

Un sabor ácido y denso le subió a la garganta. Cerró la boca y se lo tragó. Qué rápido. Se tapó la boca con una mano, se levantó y llamó al cristal.

El soldado dio unos golpecitos con el arma en el mismo cristal.

—Señorita, tengo que pedirle que se aparte de la pared.

—No me encuentro bien, señor.

Dorothy pronunció más despacio la palabra «señor». Sabía por experiencia que los hombres eran más propensos a hacerse los héroes si pensaban que los respetabas.

El joven soldado miró alrededor, como si buscase ayuda.

—El sheriff no tardará en llegar.

Dorothy apartó la mano de la boca y se la llevó al estómago. Fingió que le temblaban las piernas y se desplomó contra la pared de cristal, entre gemidos. El soldado levantó el arma al instante, con la culata encajada contra el hombro.

—Señorita, voy a tener que pedirle de nuevo que se aparte de la pared.

—Dudo que pueda levantarme.

—¡No me obligue a usar la fuerza!

—Por favor...

Dorothy notó un retortijón. Gimió y se dobló hacia delante. En ese momento, las rodillas empezaron a temblarle de verdad. Temió desmayarse en serio. El soldado le gritaba algo, pero ella no lograba oír su voz por encima del fuerte latido que notaba en las sienes. Se hizo un ovillo y empezó a vomitar.

Oyó el tintineo de las llaves, seguido por el sonido metálico del cerrojo al abrirse. Le pareció un momento tan bueno como cualquier otro para desmayarse. Con cuidado de no acabar en medio del vómito, Dorothy se dejó caer y se desvaneció hecha una bola en el cemento. No era la primera vez que lo hacía, y se aseguró de ser convincente. Hizo aletear las pestañas y dejó que le temblara el labio inferior. Debajo de la camisa, su pecho subía y bajaba con exageración.

La puerta se abrió una rendija y se oyeron unos pasos cuando el soldado entró en la celda.

—¡Contra la pared! —ladró.

Dorothy tenía los ojos cerrados, pero se lo imaginó sacudiendo el fusil de una forma muy masculina mientras Ash y el resto se ponían contra la pared. Acentuó aún más el temblor del labio.

—¿Señorita? —Oyó su voz más cerca, justo por encima de ella—. ¿Me oye? ¿Se encuentra bien? —Dorothy no contestó ni abrió los ojos. Se percató de que el soldado intentaba sacar algo y luego, con voz más profesional, dijo—: Aquí el soldado raso Patrick Arnold desde la sala de detención. Ha habido un imprevisto...

Dorothy abrió un poco los ojos y miró al soldado por entre el abanico de pestañas. Este bajó el artilugio cuadrado por el que había hablado. Visto de cerca, parecía aún más joven, poco más que un niño. Los grandes ojos marrones ocupaban la mayor parte de su cara y el vello disperso de un bigote incipiente le hacía sombra en el labio superior.

—¿Señorita? —Cuando el soldado tragó saliva, su prominente nuez subió y bajó—. ¿Se encuentra bien?

—¿Qué... qué ha pasado? —preguntó con voz quebrada de verdad. Su madre estaría muy orgullosa.

—Se ha desmayado. ¿Se en...?

Willis pasó un brazo por delante del cuello del muchacho y no le costó levantarlo en volandas. Dorothy nunca hubiera pensado que un hombre tan grandón pudiera ser a la vez tan sigiloso, pero Willis había cruzado la celda sin hacer ruido, sin que sus botas de combate se oyeran en absoluto en el suelo de cemento.

Desesperado, el pobre soldado raso Patrick Arnold intentó zafarse del brazo del gigante. Le temblaban los dedos. Se le escapó el fusil de las manos y cayó al suelo con estruendo. Sus labios empalidecieron.

—Chist... —murmuró Willis. Sus músculos abultados seguían rodeando el flaco cuello del soldado—. Ponte a dormir.

El soldado Arnold dejó caer los párpados. Dorothy se puso de pie y sintió un escalofrío al notar de nuevo el sabor agrio en la boca. Ojalá tuviera un caramelo de menta o algo con lo que camuflar el gusto a vómito.

—¿Creéis que tendrá algún caramelo para el mal aliento? —preguntó mientras el soldado acababa de cerrar los ojos y su cabeza caía hacia un lado.

El pobre muchacho iba a verse en un buen lío cuando recuperara el conocimiento. Dorothy casi sintió lástima por él.

Willis colocó en el suelo el cuerpo inconsciente del soldado Arnold en el otro extremo de la celda, con especial cuidado para no dejar que la cabeza se golpeara contra el cemento. Metió la mano en el bolsillo del soldado y sacó una latita roja y blanca.

—¿Altoids? —Dorothy alargó el brazo para coger las pastillas de menta—. Qué curioso, había oído hablar de esta marca.

Se metió una pastillita en la boca mientras repasaba con los ojos los bolsillos del soldado. Seguro que llevaba cartera.

De pronto, notó la mano de Ash en el brazo.

—No.

Se dio la vuelta enseguida.

—Pero si ya está fuera de combate. Será fácil.

—Aun así, será robar.

El modo en que pronunció la palabra «robar» hizo que una oleada de culpabilidad recorriera la nuca de Dorothy. Soltó un bufido exasperado y masculló:

—Creo que me merezco algún tipo de recompensa por conseguir que salgamos de aquí.

Ash aflojó un poco la mano, pero no la apartó.

—Aún me cuesta creer que haya funcionado de verdad. —En esta ocasión, no pareció que estuviera riéndose de ella. Escudriñó la cara de Dorothy, con la frente arrugada—. ¿Dónde has aprendido todos estos trucos?

—No te sorprendas tanto —murmuró Dorothy, pero notó que una sensación cálida anidaba en su estómago. En realidad, nunca habían alabado sus dotes para el engaño—. Ya te lo he dicho, tengo muchas habilidades.

Ash carraspeó y dejó caer la mano, pero, antes, Dorothy vio un levísimo tono sonrojado en sus mejillas.

—Bueno —murmuró—. Pues ha sido impresionante.

Dorothy se mordió el labio inferior. La había mirado de una forma... Era como si por fin se hubiese ganado su respeto.

Al pensarlo, sintió un alborozo en el pecho. No se había dado cuenta de que anhelase tanto esa aprobación.

El aparato para hablar empezó a zumbar, tirado en el suelo, y entonces se oyó una voz:

—¿Soldado raso? ¿Estás ahí? Vamos, soldado...

Ash agarró el artilugio y se lo llevó a la boca.

—Aquí el soldado raso Arnold —contestó imitando de forma sorprendentemente verosímil al soldado, que seguía inconsciente—. Siento la falsa alarma. Todo controlado por aquí.

Más electricidad estática. Y entonces:

—Entendido.

—Recuperará el conocimiento dentro de unos minutos —dijo Willis mientras señalaba con la cabeza al soldado Arnold—. Deberíamos estar en otra parte cuando eso ocurra.

Ash cogió el arma del suelo, junto al soldado inconsciente, y se la ofreció a Zora, que sacó el tambor de la munición y lo sostuvo a la luz, con los ojos entrecerrados.

—Están las treinta balas —dijo, y volvió a colocar la munición en su sitio con un clic—. Parece que nuestro amigo no ha tenido oportunidad de disparar nunca con este cacharro.

Ash continuó cacheando al soldado.

—Con un poco de suerte, nosotros tampoco la tendremos. ¿Te has fijado en el modelo?

—SG 542. Es el que llevaban todos. Un fusil bastante fácil de manejar.

—¿Por qué estamos hablando de armas? —Dorothy miró por la puerta mientras se daba golpecitos nerviosos con los dedos en la pierna—. Supongo que no nos harán fal...

Las palabras murieron antes de acabar de salir de sus labios. Había un túnel justo al lado de la sala de detención. Por supuesto, Dorothy sabía que estaría allí. Formaba parte del plan. Lo había visto en los croquis de Willis, había seguido con el dedo el serpenteante pasillo que dibujaba en el complejo.

Pero no sabía que las paredes del túnel estarían hechas de ladrillo recubierto de mugre y escayola. Igual que en su visión.

—¿Dorothy? —la llamó Ash.

Sin embargo, la chica ya había empezado a avanzar hacia el túnel, bajando la mano para tocar las paredes. Antes de apartar los dedos de la escayola, ya sabía que tendría las yemas mojadas.

—¿Dorothy? —insistió Ash, y le rozó la espalda con tanta delicadeza que ella pensó que podía haber sido sin querer.

Se estremeció.

—¿Sí? —murmuró.

Ash le preguntó si estaba lista para marcharse o algo así, pero apenas lo oyó. Su mente estaba en otro sitio.

«No deberías confiar en ellos».

El recuerdo de la voz de Roman hacía que se le acelerase el pulso. ¿También eso había sido real? ¿Una advertencia llegada del futuro?

Dorothy se mordió el labio. Incluso aunque hubiera sido real, no tenía sentido creer en su palabra. Roman la había secuestrado. ¡Le había disparado! Si había alguien en quien no podía confiar, era él.

Pero, aun así, algo se removió en su interior. La sensación de *déjà vu* que ya había sentido la primera vez que vio la cara de Roman. La forma en la que se había burlado de ella.

«¿Insinúas que has visto el futuro?».

«Tal vez haya visto tu futuro».

Se le escapaba algo, estaba segura.

Pero, por más que lo intentaba, no acertaba a adivinar qué era.

Entrada del cuaderno de bitácora
21 de enero de 2075
7:15 horas
Academia de Tecnología Avanzada de la Costa Oeste

Misión de hoy: encontrar a nuestro guardaespaldas.

Todos reconocíamos la necesidad de contar con un guardaespaldas. En algún momento, tendremos que viajar a lugares bastante peligrosos, y la protección de nuestro equipo debe de ser una prioridad indiscutible.

Por eso, le dimos unas cuantas vueltas al tema de si era mejor buscar al hombre más corpulento o al mejor luchador, pero, al final, decidimos trabajar con el presupuesto de que un cuerpo grande sería un elemento disuasorio que evitaría que el guardaespaldas tuviera que llegar a pelear. Al fin y al cabo, es posible enseñar a luchar a la gente.

Encontrar al hombre más grande de la historia resultó ser más fácil de lo que yo creía.

Willis Henry trabajaba de forzudo en un circo a principios del siglo xx. A los dieciséis años, ya mide más de 2,10 metros y pesa cerca de 270 kilos. Y parece que todavía no ha dejado de crecer. Me inclino por pensar que padece algún tipo de gigantismo. (El gigantismo es un trastorno endocrino muy poco común que provoca que el cuerpo segregue cantidades excesivas de la hormona de crecimiento.) Tendremos que hacerle un buen examen médico en 2075.

Según la información que consiguió recabar Natasha, Willis trabajó en el circo a partir de 1914 y luego, de forma repentina, desapareció en 1917. Hay decenas de fotografías de él en nuestros archivos, pero por sorprendente que parezca, apenas se mencionan datos sobre su estado mental y emocional. El circo lo anunciaba como una especie de monstruosidad, más bestia que humano. En cualquier caso, pensé que era más seguro dejar a Zora y a Natasha en tierra para este viaje. No obstante, Roman insistió en acompañarme.

«Nunca he ido al circo», me dijo.

El circo en cuestión era de los buenos. El Sells-Floto arrancó a principios del siglo xx y estuvo en funcionamiento hasta 1929, cuando pasó a formar parte de la Compañía de Circo de Estados Unidos. A finales de la década de 1920, el circo Sells-Floto estaba considerado uno de los espectáculos más impresionantes del mundo. Cuando llegamos al año 1917, no nos cupo duda de que empezaban a ganarse esa reputación. El ambiente olía a cacahuetes y a palomitas de maíz. Había acróbatas haciendo volteretas fuera de la carpa y un hombre que escupía fuego, ¡y elefantes auténticos! Yo tenía cinco años cuando los elefantes se extinguieron, así que solo los había visto en fotografías. Me dejaron boquiabierto.

Curiosamente, Roman se quedó fascinado con las carpas

del circo. Las carpas de circo antiguas eran esas estructuras blancas monstruosas construidas por completo de lona rígida. No capté a qué se debía tal interés hasta que Roman señaló que le recordaban muchísimo a las tiendas de campaña de emergencia que había montadas en nuestro campus.

Me di cuenta de que se ponía nervioso al mencionar ese tema. Nuestras discusiones no han hecho más que aumentar en las últimas semanas. He intentado convencer a Roman para que se instale en nuestra habitación de invitados, pero insiste en vivir en la Ciudad Campamento. Dice que le gusta vivir allí, pero no entiendo cómo es posible. Se han producido más altercados, más protestas. Ya nadie sabe cómo ayudar a las personas de la Ciudad Campamento. El estado se ha quedado sin fondos y no hay manera de encontrar un nuevo hogar para tanta gente.

La mayor parte de la ciudad cierra los ojos para no ver que las tiendas de campaña están ahí.

Bueno, que me desvío del tema.

El caso es que encontramos a Willis en un carromato detrás de la carpa principal. De no haber sido por su tamaño, dudo que lo hubiera reconocido. Las fotografías que había visto mostraban a un hombre bestia furioso, pero Willis no era así en absoluto. Estaba sentado en un barril del revés, jugando a un solitario con unas cartas gastadísimas y parecía... solo y triste, a falta de una forma mejor de describirlo. Cuando nos presentamos allí, se alegró de tener a alguien con quien hablar.

No estoy seguro de si se creyó la historia de los viajes en el tiempo y el futuro, pero, de todas formas, aceptó ir con nosotros.

«La vida en el circo no me gusta», nos contó, mientras regresábamos a la Estrella Oscura. «Todo el mundo te trata como a un bicho raro y en las carpas hace frío por la noche. Al final te cansas de que la gente pase por delante y te mire embobada».

No estoy del todo seguro de si lo entendí bien, pero creo que Roman dijo: «Sé perfectamente a qué te refieres».

¿Será así como se siente Roman en la Ciudad Campamento?

Y, si tanto lo odia, ¿por qué no deja que lo ayudemos?

26

17 de marzo de 1980, complejo del Fuerte Hunter

Ash echó un vistazo por el túnel de la vía de servicio: vacío. Quien fuera que estuviera al otro lado de la línea del walkie-talkie del soldado raso Arnold o bien se había tragado la mentira de que todo estaba bajo control, o no tenía prisa por comprobar si las cosas iban bien.

—¿Willis? —dijo Ash—. ¿El croquis?

Willis se sacó la tableta de la cintura de los vaqueros (donde la había guardado para que los soldados no viesen ese aparato de tecnología demasiado avanzada para la época) y dio unos golpecitos en la pantalla. La luz azul del ordenador bailó en las paredes de ladrillo mugriento.

—Según el diario del Profesor, buscaba algo aquí, en el ala este. —Willis inclinó la pantalla hacia Ash y señaló un pasillo largo que recorría el lateral del mapa—. La ruta más directa es esta vía de servicio, pero implica pasar por delante de la primera sala, que es la parte más concurrida del complejo. No habría sido tan difícil si hubiéramos llegado a las dos de la madrugada, como estaba previsto, pero ahora...

—Ahora estará a rebosar. —Ash se mordió el interior del carrillo—. ¿Existe alguna otra ruta que podamos seguir? ¿Alguna que evite a la gente?

—Podríamos intentar dar un rodeo por el complejo y entrar por otra puerta. Por aquí, tal vez. —Willis señaló una puerta que había al otro lado del ala—. Pero podría llevarnos horas y no estoy seguro de que valga la pena. Habrá cámaras en el camino de aquí a allá. A puñados.

Zora se dirigió a Willis.

—¿Con esa cosa puedes saber dónde están los monitores de seguridad?

—Claro... Parece que hay una sala de control dos plantas más arriba, en el pabellón norte. —Willis señaló con la cabeza hacia la oscuridad—. Hay una escalera en esa dirección, a unos veinticinco metros.

—Ash y yo nos adelantaremos hasta ahí para ver si encontramos la manera de que las cámaras dejen de grabar y repitan la misma secuencia todo el rato. Con eso solucionaremos el problema de la videovigilancia, pero el resto tendréis que averiguar cómo pasar por delante de la sala de la entrada y acceder al ala este sin que os vean. Allí nos encontraremos con vosotros.

Ash frunció el entrecejo. Zora lo dijo como si se tratase de un plan que ya hubieran acordado, pero no era así. El piloto había dado por sentado que accederían al ala este todos juntos.

Abrió la boca para protestar, pero Willis se le adelantó.

—No estoy seguro de que sea posible.

—Ten confianza, Willis. Seguro que se os ocurrirá cómo hacerlo —dijo Zora y le dio unas palmaditas en el hombro.

Y entonces, de repente, echó a correr con el fusil robado dándole golpes en la cadera.

Ash se la quedó mirando. Por un momento, puso la mente en blanco. Entonces, cuando se dio cuenta de que su amiga no tenía intención de esperarla, soltó un juramento y corrió tras ella.

—Eh, bueno, pues nos vemos en el ala este —les dijo a modo de despedida.

Apenas dio un paso por el túnel cuando Dorothy lo agarró por el brazo. No lo hizo con fuerza, pero Ash notó el calor del contacto recorriéndole la piel.

—¿De verdad crees que es buena idea que nos separemos? —le preguntó con un tono de voz teñido de miedo.

A Ash se le aceleró el pulso.

«No —tenía ganas de responder—. No deberíamos hacerlo».

Pero Zora ya había recorrido medio pasillo y sus botas resonaban por las paredes vacías. Ash no sabía qué le ocurría, pero no podía permitir que se marchara sola.

Cogió la mano de Dorothy y la apartó del brazo con delicadeza.

—Tengo que ir a buscarla.

La expresión de Dorothy cambió, pero Ash no supo decir en qué sentido. Por una décima de segundo fue como si hubieran descorrido una cortina y, detrás, Ash creyó ver... ansiedad. Estaba preocupada por él.

Ash no recordaba cuándo había sido la última vez que alguien ajeno a su equipo se había preocupado por él. Durante la guerra había conocido a un par de chicas, pero con ninguna de las dos había estado tiempo suficiente para que los sentimientos se volvieran más profundos. Por supuesto, se habían prometido que se esperarían y se habían declarado su amor, pero todo había sonado demasiado superficial. Como una actuación.

Esto era diferente. Más tentativo. Ash tenía la impresión de que eran dos depredadores que se acorralaban mutuamente, esperando a que el otro parpadease para atacar.

—Tendré cuidado —dijo Ash.

Dorothy se limitó a asentir con la cabeza y apartó la mirada.

Pero mientras corría por el túnel, Ash no pudo quitarse de la cabeza la sensación de que algo había cambiado entre ellos.

Ash alcanzó a Zora más rápido de lo que esperaba. Esta había dejado de correr y ahora caminaba decidida, con expresión sombría.

—¿Qué diablos...? —se quejó Ash—. Pensaba que el plan era mantenernos juntos.

Zora lo miró a la cara. Por increíble que fuera, parecía asustado.

—Los planes cambian.

—¿En serio crees que vas a conseguir que las cámaras entren en bucle?

Zora se encogió de hombros, pero no respondió. Ash escudriñó su perfil a la luz tenue del túnel. Zora nunca se comportaba de forma impulsiva. Pero tampoco la había visto nunca asustada. No sabía cuál de las dos cosas lo inquietaba más, pero se le ocurrió que, si Zora tenía miedo, él también debía tenerlo.

—Has visto algo —probó Ash pensando en cómo había entrecerrado los ojos su amiga al ver la hilera de soldados que montaban guardia en la entrada del complejo.

Zora se mordió el labio inferior. Con voz irreconocible, contestó:

—Roman.

Ash no entendió a qué se refería.

—¿Qué pasa con Roman?

—Roman estaba entre los soldados que custodiaban la entrada principal. —Torció los labios—. Como si fuese uno de ellos.

—Eso es imposible.

—¿Acaso crees que no lo sé?

—No tiene materia exótica. Aunque la máquina del tiempo esa que ha construido funcionase de verdad, sería físicamente imposible que regresara al pasado.

—Pero era él, Ash. Me apuesto la vida.

Ash tragó saliva. Aun dejando de lado por un momento la cuestión de cómo había llegado Roman al pasado, estaba el tema de por qué. Con toda la historia de la humanidad ante él, ¿por qué iba a viajar Roman justo a 1980? ¿Por qué irrumpir en un fuerte militar en medio del bosque?

Pero, por supuesto, Ash ya sabía la respuesta a esas preguntas. Pensó en la voz distorsionada de la Reina de los Zorros.

«Este hombre ha descubierto los secretos de los viajes en el tiempo... Podría salvar miles de vidas. Pero se niega».

El Circo Negro también había estado buscando al Profesor. Y Roman había leído la misma entrada del diario que ellos.

Un escalofrío recorrió a Ash mientras las piezas del rompecabezas empezaban a colocarse en su sitio. A lo largo del último año, Zora y él habían imaginado decenas de razones por las que el Profesor no había regresado a casa. Podía haberse distraído con algún experimento, o tal vez estuviera escondido, o quizás hubiera ideado un plan maestro para salvar el mundo.

O quizás el Circo Negro lo hubiese encontrado antes que ellos.

Ash miró de reojo a Zora y vio que ella ya había llegado a la misma conclusión por su cuenta.

—Tenemos que acceder a la sala de control —dijo Zora. Sujetaba el arma con tanta fuerza que se le habían puesto blancos los nudillos—. Si Roman está aquí, tenemos que encontrarlo antes de que él encuentre a mi padre.

Acabaron de recorrer el túnel y subieron los dos tramos de escaleras en silencio. Ash se detuvo en cuanto llegaron al final del pasillo y levantó una mano para indicarle a Zora que debía apartarse. Luego asomó la cabeza por la esquina.

Una tenue luz amarilla relumbraba en la sala de control. La puerta estaba entreabierta y, por esa rendija, Ash atisbó a un único soldado que estudiaba una pared repleta de televisores rudimentarios, todos ellos con imágenes granuladas de pasillos y estancias en blanco y negro.

El soldado llevaba unos voluminosos auriculares que le cubrían la oreja y no dio muestras de oírlos acercarse. Zora se sacó el arma del hombro.

Ash se movió con rapidez y le tapó la boca al soldado con una mano, mientras con la otra lo agarraba por el brazo y se lo retorcía por detrás de la espalda. El soldado se puso de pie y, trastabillando, se apartó de la silla. Se le cayeron los auriculares al suelo.

Zora se colocó dentro de su campo de visión y levantó el fusil.

—Buenas tardes, señor.

El soldado intentó decir algo. Ash apretó aún más la mano con la que le impedía hablar.

—Una lata de Tab. Buena elección —dijo el piloto, y señaló con la cabeza la lata de refresco de color rosado que había en el escritorio del vigilante. Se arrodilló sin soltar el brazo del soldado y entonces quitó la mano de la boca del otro hombre para poder arrancar un alargo de cable que salía de la pared—. Siempre he querido probar esa cosa.

—¿Qué hacéis aquí? —escupió el soldado—. ¿Qué queréis?

Ash empezó a atar el cable alrededor de las manos del soldado para inmovilizarlo.

—Nada tuyo, así que no te molestes en hacerte el héroe. Solo voy a pedirte que te quedes aquí sentado unos minutos mientras echamos un vistazo a vuestro sistema.

Ash obligó al soldado a sentarse de nuevo en la silla y luego ató el resto del cable por detrás de su espalda. Después hizo un nudo cuadrado especial que ni el mismo Willis habría sido capaz de deshacer.

—Mi comandante llegará en cualquier momento —continuó el soldado. Ash gruñó y miro alrededor. Había unas servilletas de papel arrugadas en el escritorio, seguramente los restos de lo que el tipo había tomado para desayunar—. Cuando llegue, seg...

Ash le embutió las servilletas en la boca.

—Siento tener que hacer esto, pero no vamos a poder concentrarnos si no paras de largar. Siéntate y espera. —Cogió la lata de Tab del soldado y le dio un sorbo—. No está mal. Sabe a azúcar carbonatada.

Zora puso los ojos en blanco.

—Ponte a mirar.

Escudriñaron las cámaras de seguridad en silencio durante un momento, analizando las cambiantes imágenes en blanco y negro. Había una docena de cámaras, ordenadas en filas de tres, y las imágenes mostraban cientos, tal vez miles de personas desplazándose por las salas y los pasillos.

Ash no confiaba en encontrar a nadie en aquel desbarajuste. Dirigió la mirada hacia los cartelitos blancos que había en la parte inferior de cada pantalla. «Centro de Comando Alterno del NORAD», ponía en uno. Y en otro: «Alarma Estratégica Global / Centro de Sistemas de Vigilancia Espacial».

Se le aceleró el ritmo cardíaco. Siempre había sabido que el Profesor tenía que haber viajado al pasado por un motivo, para estudiar algo importante o para evitar que algo terrible sucediera. Pero ahora, al contemplar esos monitores de seguridad, se dio cuenta de lo serios que podían ser esos motivos. El NORAD, el Mando Norteamericano de Defensa Aeroespacial, controlaba los posibles misiles balísticos y los ataques a América del Norte. Y la vigilancia espacial era... ¿el qué? ¿¿El control de los extraterrestres??

Ash contuvo la respiración mientras escudriñaba los monitores del ala este. «¿Qué habrá en el ala este?», pensó.

—Bueno —murmuró Zora sin separar los ojos de las pantallas ni un momento—. Así que Dorothy es guapa.

Ash la miró con el rabillo del ojo. Sabía qué pretendía su amiga. Zora era incapaz de gestionar sus propias emociones, así que, cuando las cosas se ponían tensas, hacía que los demás se pusieran a hablar de las suyas para poder fingir que ella estaba serena y por encima de todo eso, en comparación con el resto.

«La gente no suele fijarse en que estás muerta de miedo si se dedica a perorar sobre sí misma», le había dicho una vez a Ash.

Ash lo sabía perfectamente y, aun así, no pudo evitar agarrar con más fuerza la lata de refresco.

—¿En serio quieres hablar de esto ahora?

Hasta entonces, Zora se había dedicado a escudriñar las pantallas, pero en ese momento lo miró a la cara. Apartó la vista enseguida, pero, antes de que lo hiciera, Ash atisbó algo crudo y sombrío. Sintió una repentina oleada de culpabilidad.

Encontrar al Profesor implicaba mucho para él. En realidad, significaba tanto que algunas veces se olvidaba de que su maestro era el padre de Zora. Es más, era la única familia que le quedaba. Ofrecerle esa distracción era un acto de piedad.

Por lo tanto, suspiró con mucho teatro y dijo:

—¿Guapa? No me había dado cuenta.

—Por favor... —Una sonrisilla cruzó los labios de Zora, el único agradecimiento que iba a recibir Ash por ofrecer su vida personal en sacrificio por el bien común—. He visto cómo la mirabas.

—La miro como a cualquier chica. Fin de la historia.

—No, la miras como si fuese la única chica.

Zora sacudió los hombros de un modo que hizo sentir muy incómodo a Ash.

Le dio un puñetazo en el hombro a su amiga.

—Vale, sí, es hermosa. Hay muchas cosas que son hermosas. El atardecer, por ejemplo.

—No es solo eso. Es la manera en la que hablas con ella, cómo te la camelas con toda esa chorrada de «encanto» y «princesa». La pones a prueba... Nunca te había visto comportarte así con una chica. —Lo miró de soslayo—. Te gusta.

Ash gruñó.

—No es lo que crees.

—Y a ella también le gustas.

—Sí, igual que a una serpiente le gustan los ratones.

—Vamos, Ash, no seas idiota. Seguro que te has dado cuenta. Flirtea contigo. Busca excusas baratas para tocarte. Dice cosas que sabe que te sacarán de quicio solo para que reacciones. Le gustas y punto.

Ash se ruborizó al recordar el momento en el túnel, la emoción que habría jurado ver en el rostro de Dorothy antes de decirle que tuviera cuidado.

Se planteó que tal vez, en el fondo, Dorothy no intentara manipularlo. Tal vez Zora tuviera razón. Tal vez le gustaba.

¿Y ella le gustaba a él?

—Podrías abordar la cuestión desde un punto más estratégico, ¿sabes? —dijo Zora.

—Ah, pero ¿todavía mueves la boca?

—Hablo en serio. Sabemos que Dorothy no es la chica de tu visión. Aparte del hecho obvio de que no le ha dado un nuevo aspecto a su naturaleza albina, ni siquiera estabas destinado a conocerla. Traerla al futuro sin querer podría haber alterado las cosas. —Zora volvió a levantar la mirada para estudiar su expresión—. Tal vez, si te enamorases de Dorothy en lugar de colarte por esa chica del pelo blanco, podrías evitar todo el...

Zora gruñó y sacó la lengua de la boca como si acabara de morir, imitando que la apuñalaban.

—Desde luego, con eso te podrías ganar un Óscar. Qué talento tan desaprovechado...

Zora se encogió de hombros y volvió a los monitores.

—Aún soy joven.

Ash intentó concentrarse en las pantallas, pero se le había nublado la vista. Durante todo un año, había evitado relacionarse con cualquier chica que se atreviera a mirar en su dirección. Se decía que eso facilitaría las cosas. La mejor opción para conseguir que el futuro no lo alcanzara, era apartarse del camino por propia iniciativa. Y si eso resultaba en una existencia solitaria, bueno, por lo menos tendría la oportunidad de existir.

Sin embargo, Zora había dado en el clavo. Dorothy no estaba destinada a entrar en su vida.

Ash carraspeó y apartó ese pensamiento, al menos de momento. Zora se había inclinado hacia delante y escudriñaba una de las numerosas siluetas de la pantalla.

Ash notó un martilleo en el pecho. «Vaya, vaya».

Zora soltó el aire.

—Ash...

Si dijo algo más, el piloto no la oyó. El hombre de la pantalla era demasiado alto para ser Roman. Tenía la piel oscura y el pelo negro y corto, salpicado con unas cuantas canas más que las que Ash había visto la última vez. Vestía su característica trenca larga de color negro, abierta, por encima de unos vaqueros y una camiseta descolorida.

Zora aplastó la palma sobre la imagen del hombre, borrosa y en blanco y negro, que salía en la pantalla y susurró con la voz quebrada:

—¿Papá?

27

Dorothy

Dorothy se pellizcó el labio inferior y se esforzó por no arrugar la frente. Después de que Zora y Ash desaparecieran por el túnel, Willis, Chandra y ella habían dedicado unos minutos a intentar dar con un plan para escabullirse por la abarrotada sala de la entrada.

De momento, la única que había tenido una idea había sido Chandra. Dorothy quería apoyarla, pero toda la propuesta sonaba...

Bueno, sonaba ridícula.

Intentando ser muy educada, Dorothy le pidió:

—¿Nos lo repites, por favor?

Chandra regresó a la sala de detención y se arrodilló junto al soldado inconsciente. Le costaba desabrocharle la camisa con una sola mano. Parecía olvidarse continuamente de que llevaba un brazo inmovilizado en cabestrillo, lo cual provocaba unas contorsiones muy extrañas de su cuerpo cada vez que trataba de emplear los dedos de esa mano.

—Maldita sea —masculló la doctora del equipo, al ver que uno de los botones se soltaba y salía rodando por el suelo—. Mira, será muy fácil. Basta con que te pongas la ropa de este tío, finjas ser un soldado y cruces la sala como si lo hicieras a diario. Así de sencillo. Lo haría yo, pero soy baja y... rellenita, y este soldado es mucho más alto y flaco. Y Willis no puede hacerlo porque... Bueno. Pues eso.

Entonces Dorothy sí frunció el entrecejo.

—¿Pues eso?

—Se refiere a que es obvio por qué no puedo, pero con una connotación negativa... —Willis bajó la mirada hacia el soldado—. Desde luego, es un muchacho muy canijo.

—Gracias, Capitán Literal —murmuró Chandra—. Bueno, el caso es que Dorothy puede llevarnos a los dos por la sala de la entrada como si fuésemos sus prisioneros. ¿Lo ves? ¡Pan comido!

Otro botón se soltó de la camisa del soldado. Willis dio un torpe paso hacia delante y lo atrapó debajo de la bota.

—No lo sé, Chandra —dijo el forzudo—. Parece un poco... rudimentario.

Chandra le sacó un brazo de la manga al soldado.

—Vestirse igual que el enemigo era un recurso clásico en las películas de los ochenta. En *Star Wars* lo hacían, ¿no te acuerdas? «¿No eres un poco bajito para ser una tropa de asalto?». Te encantaba esa escena.

Willis arrugó la frente. Cambiar de expresión parecía requerir todos los músculos de su pétrea cara. Juntó muchísimo las cejas y apretó la mandíbula. Incluso su bigote parecía triste.

—Sí, pero esto no es una película. La gente se va a fijar en nosotros.

—Y dudo que este uniforme baste para que yo parezca un hombre —añadió Dorothy—. Mi pelo...

—Ahora también hay mujeres soldado —contestó Chandra—. Espera, en la década de 1980... ¿Había mujeres soldados?

—Creo que unas cuantas sí —dijo Willis.

—Bueno, es igual. No hace falta que parezcas un hombre. Limítate a conseguir que crucemos la primera sala sin que nos disparen.

—¿Hay muchas posibilidades de que nos disparen? —preguntó Dorothy.

La garganta casi se le había cerrado por el miedo.

Con un gruñido, Chandra acabó de quitarle la camisa al soldado raso y se la tendió a Dorothy.

—No, si te paseas por ahí como si fuese tu trabajo. En las películas, funciona mejor si caminan con mucho aplomo y no se paran a hablar con nadie. —Chandra se encogió de hombros y forcejeó con la hebilla metálica del cinturón del soldado—. Y algunas veces tienen que darse el lote con un tío contra una pared para que nadie les vea la cara, pero no creo que eso proceda en esta situación.

Dorothy frunció el entrecejo. La camisa del soldado desprendía un fuerte olor corporal.

Chandra consiguió desabrochar la hebilla por fin, pero no parecía que fuese a poder sacarle el cinturón. Willis la observaba con los labios muy apretados y se daba golpecitos en la barbilla sin parar.

—El procedimiento es muy complicado —dijo al cabo de un momento—. Y las probabilidades de éxito son mínimas...

—Y ¿cuál es tu gran plan, eh? —preguntó Chandra. (Gruñido. Tirón)—. Porque acabas de decir que la única manera de acceder al ala este es cruzar esa sala de la entrada. Y la única manera de cruzar esa sala es...

—Que yo me ponga los pantalones de este caballero —terminó Dorothy.

—Bueno, sí.

Willis observó a Chandra, que siguió peleándose con el pantalón otro instante antes de que él se decidiera a agacharse y ponerse en el suelo a su lado para continuar con la tarea.

Al mirarlo, Dorothy sintió una punzada repentina. Advirtió un punto de resignación en el modo en que Willis le quitó los pantalones al soldado; no defendía la propuesta, pero eso no implicaba que no fuese a ayudar. En cierto modo, era conmovedor. Nadie había hecho algo semejante por ella jamás.

—No creo que podamos ir contigo. Nadie se tragará que somos tus prisioneros. —Willis miró hacia Dorothy y le ofreció la prenda—. Tendrás que cruzar tú sola la sala de la entrada.

Dorothy frunció el entrecejo.

—¿Y vosotros qué? No podéis quedaros aquí plantados esperando a que llegue el sheriff y sus hombres.

—Creo que Chandra y yo tendremos que encontrar la manera de volver a la Segunda Estrella. Si consigo que despegue, luego podríamos buscar un punto más cercano en el que aterrizar para reunirnos allí contigo, y con Ash y Zora, una vez que hayan encontrado al Profesor. Creo que hay un helipuerto justo encima del ala este. Podría servir.

Dorothy tragó saliva. Ninguna parte del plan parecía especialmente atractiva. Le pedían que arriesgara su vida para salvar al tal Profesor, a quien ni siquiera conocía. Y ¿por qué? Porque era la que cabía en los pantalones del soldado.

Loretta nunca accedería a ese trato, a menos que sacara algo a cambio. Se imaginó a su madre sentada estoicamente en el bar, esperando para ver si Dorothy lograba zafarse de su secuestrador, y se puso tensa. Sabía perfectamente cuánto estaba dispuesta a arriesgar su madre por otras personas.

¿De verdad quería ser así ella también? ¿Quería desconfiar de todo el mundo? ¿Estar siempre sola?

Dorothy miró por encima del hombro, pero hasta que no vio el túnel vacío que serpenteaba a su espalda, no se dio cuenta de que tenía la esperanza de ver a Ash aparecer a lo lejos.

Sintió una extraña e inesperada ola de calidez al recordar cómo el piloto se había adentrado corriendo en la oscuridad detrás de Zora, porque se negaba a dejar que su amiga se fuera sola. Dorothy no era capaz de precisar por qué le resultaba tan reconfortante esa imagen. Le había parecido un acto de valentía, pero era algo más que eso: era lo contrario de lo que había sentido tantos años antes, al ver a Loretta aplastando con un solo dedo la gota de brandi que se había derramado de la copa.

«Tenía que saber si eras capaz de cuidar de ti misma».

Se estremeció ante el recuerdo de las palabras de su madre. Ash no se había planteado dejar que Zora cuidase de sí misma. Eran un equipo. Se ayudaban unos a otros.

Dorothy se dio cuenta de que quería eso: formar parte de un equipo. Y si eso implicaba cruzar una sala llena de soldados sola porque era la única persona que cabía en el uniforme...

Bueno, supuso que era un precio razonable.

Resignada, aceptó los pantalones.

—Me daré la vuelta para que puedas cambiarte —dijo Willis.

«Solo tienes que cruzar la sala de la entrada sin que te disparen —pensó Dorothy, mientras se subía el pantalón del soldado por las caderas—. Las probabilidades de éxito son mínimas».

Cuando terminó de atarse los cordones de las botas, se sintió como si alguien le apretujara la garganta y le extrajese los últimos restos de oxígeno del cuerpo.

—¿Qué aspecto tengo? —preguntó ahogada.

Chandra empezó a morderse las uñas. Willis torció el bigote.

—Camina rápido —dijo el forzudo—. Y no mires a nadie a los ojos.

Entrada del cuaderno de bitácora
6 de febrero de 2075
17:05 horas
Academia de Tecnología Avanzada de la Costa Oeste

¿Cómo se determina quién tiene la «mejor mente médica» de la historia? Llevamos varias semanas dándole vueltas a esta pregunta. ¿Hay que buscar a la persona que cuente con más avances técnicos? ¿A quien posea el mayor cociente intelectual? ¿La mayor experiencia? ¿Un puro genio? No tengo la menor idea de qué criterios emplear para esta selección.

Anoche, Natasha me enseñó el *Compendio de Suśruta*, que es ese antiguo texto en sánscrito sobre medicina y cirugía. Es tan viejo que tuvo que pedir un permiso especial para sacarlo de la biblioteca. Constituye la base de la práctica médica india tradicional llamada ayurveda. Al parecer, los indios de la Antigüedad eran fabulosos en el campo de la medicina, iban muy por delante de Hipócrates. Utilizaban plantas para tratar enfermedades y fueron las primeras personas de la tierra en practicar la cirugía.

Natasha dijo algo muy pertinente. «La idea es viajar a cualquier período de la historia — dijo—. Así pues, es imposible saber de antemano con qué equipo médico podremos contar, o a qué clase de condiciones nos enfrentaremos. Necesitamos a alguien que esté preparado para lo que sea... Por eso, ¿no te parecería adecuado buscar a alguien entrenado en las formas más primitivas de medicina y enseñarle aquí los últimos avances tecnológicos?».

Lo difícil viene ahora, claro: encontrar a alguien capaz de todo eso. Los registros de la antigua India no son lo que se dice precisos. Trabajamos a partir de fuentes de información que pueden indicar, y no es broma: «Se cree que vivió en algún momento entre 1500 y 500 AEC».

Estamos hablando de un lapso de mil años. No ayuda mucho.

No obstante, Natasha encontró algo interesante. Había un informe de una chica que deseaba estudiar en el centro de aprendizaje de Taxila en el año 528 AEC. La de Taxila fue una de las escuelas de medicina pioneras, pero no admitían chicas, así que ella se cortó el pelo e intentó hacerse pasar por un muchacho. Por desgracia, la universidad lo descubrió y la expulsó al final del primer curso. Tendría unos quince años. Hemos buscado y rebuscado, pero la chica no vuelve a mencionarse en ninguna parte.

Debo admitir que tengo mis reticencias a usar este método. Una cosa es captar a un piloto de la Segunda Guerra Mundial o a un forzudo del circo. Pero ahora se trata de la persona encargada de curarnos.

Natasha, por otra parte, no para de hablar maravillas de esta chica de quince años que intentó poner a prueba a las mentes médicas más brillantes de toda India. Le pedí que me explicara qué le parecía tan fascinante, y lo que me dijo fue:

«Esta muchacha renunció a todo cuando intentó entrar en esa escuela. Y solo porque quería estudiar medicina. Tal vez también estuviera dispuesta a renunciar a todo por nosotros».

Se me metió en el bote con ese razonamiento.

La chica en cuestión se llama Chandrakala Samhita, y fueron necesarios tres viajes al pasado para localizarla. Tal como ya he dicho, los informes son poco precisos, y no sabíamos con exactitud en qué momento de 528 AEC la habían expulsado. Por suerte, Taxila es un sitio fascinante para explorar. Nos paseamos por las esculturas de Gandhara, por los relieves interminables de Buda y entre las estupas que coronaban algunas colinas verdes, rodeadas por árboles exuberantes y montañas lejanas. Había más de diez mil estudiantes en Taxila, que atraía a adolescentes desde lugares tan remotos como China y Grecia, y estos inundaban las primitivas aceras, con lo que nos resultaba difícil desplazarnos por el campus. Hacía más calor del que esperaba, más de 35 grados, a pesar de que habíamos llegado a mediados de mayo, según el calendario moderno. El ambiente era pesado y húmedo.

Por fin encontramos a Chandrakala junto a un estanque cristalino a las puertas de un monasterio budista. Natasha tuvo que hablar por los dos, ya que Chandrakala no sabía ni una palabra de inglés. Por suerte, Natasha habla tanto prácrito como pali. No tardó mucho en convencer a la jovencita de que nos acompañara.

Por desgracia, el éxito de nuestro último viaje a Taxila se vio ensombrecido, en cierto modo, por otra visión. Se trata de una visión que me ronda cada vez con más frecuencia (ahora veo retazos cada vez que entro en el anillo), y siempre es la misma:

Veo una ciudad entera sumergida, y entonces me sobrecoge una sensación de profunda y anhelante tristeza, como si el sol se hubiera apagado.

Incluso ahora, me entran escalofríos al pensar en ello.

La parte científica que hay en mí quiere usar la lógica en este asunto. Se han realizado innumerables estudios sobre las propiedades predictivas de la memoria. Es posible que esté experimentando una especie de «prerrecuerdo», que al entrar en una grieta espaciotemporal se hayan desarrollado neuropatías que no existían dentro de mi cerebro, que me permiten captar fogonazos del futuro.

Es una hipótesis razonable.

Pero rezo a Dios para que no sea cierta.

28

Ash

17 de marzo de 1980, complejo del Fuerte Hunter

«El Profesor está aquí». Hasta ese momento, Ash no se dio cuenta de la escasa esperanza que albergaba. Pero sí, el Profesor estaba allí. Después de casi un año buscándolo, Ash lo había encontrado.

Las imágenes se agolpaban en su mente: una barca que se mecía sobre el agua negra, el pelo blanco ondeando al viento, los árboles blancos que destacaban contra la oscuridad.

Primero había contado los meses que faltaban para ese momento. Y después las semanas, y luego los días...

Ahora, sintió que la arena de su reloj se había congelado. Encontrar al Profesor significaba que todavía existía la posibilidad de lograr impedir que aquella desgracia ocurriera.

Con una sonrisa, Ash se aproximó a Zora, con los ojos pegados a la pantalla. Le pareció que el Profesor...

Estaba silbando. Recorría el pasillo de uno de los fuertes militares de mayor seguridad de la historia del tiempo e ¡iba silbando!

Ash se echó a reír maravillado.

Entonces, la imagen de la cámara de seguridad cambió. El Profesor cruzó la pantalla a toda prisa y se detuvo delante de una puerta. Dudó un instante y después abrió la puerta y desapareció dentro.

Era una puerta de seguridad metálica y de aspecto pesado, marcada con una única palabra: «RESTRINGIDO».

Zora dejó caer la mano que tenía apoyada en la pantalla.

—¿Adónde da eso?

—No lo sé —respondió Ash.

Estudió las demás imágenes de los monitores, pero había tantísima gente agolpada en las pantallas que era como buscar una aguja en un pajar. Sintió que el corazón le daba un vuelco en el pecho. «No». El Profesor estaba allí. Estaba en aquel edificio.

Acababa de verlo.

Zora se recolocó el fusil en el hombro.

—Tú encuentra a Roman. Yo iré a buscar a mi padre.

—Espera —dijo Ash, pero su amiga ya lo había dejado atrás y se abalanzaba por el pasillo. Sus botas retumbaban con fuerza contra el suelo de cemento.

Sabía que debía correr tras ella, pero sin pensarlo más, se dio la vuelta y fijó la mirada en el cartel que había debajo de la pantalla en la que había visto al Profesor un momento antes.

«Modificación Medioambiental».

Ash arrugó la frente. ¿Qué era eso? ¿La misteriosa ala este estaba dedicada a la investigación medioambiental? Levantó una mano hacia el cartel y repasó las palabras con el dedo, como si eso pudiera ayudarlo a comprender.

¿Por qué iba a retroceder el Profesor cien años para estudiar el clima?

Mientras Ash contemplaba esa pantalla, otra persona apareció en la imagen. Se puso tenso, esperando ver a Roman. Pero no era Roman. Era una chica.

Esta se volvió hacia la cámara y Ash captó la curva blanca y esquemática de una cola de zorro pintada en la parte delantera de su abrigo oscuro.

La Reina de los Zorros. Ash se la quedó mirando, inquieto. Si ella estaba allí, significaba que lo habían hecho de verdad. El Circo Negro había encontrado la manera de viajar en el tiempo sin materia exótica.

La Reina de los Zorros levantó las manos y se quitó la capucha que le cubría la cara.

En ese momento estaba de lado y, al principio, lo único que vio Ash fue la cicatriz. Le dividía en dos la cara, una cosa retorcida y repulsiva que hacía que costase concentrarse en el resto de ella. Ash se estremeció al verla. No era extraño ver cicatrices mal cerradas y deformidades en Nueva Seattle: la atención médica ya no era como antes. Pero en ese instante, Ash comprendió por qué la Reina de los Zorros se tapaba la cara. El pelo fue lo siguiente que salió de la capucha, y cayó en cascada sobre sus hombros en una maraña de rizos enredados.

A Ash se le paró el corazón. En algún lugar recóndito de su cuerpo, sus venas empezaban a filtrar ácido.

Nunca había visto el pelo de la Reina de los Zorros. Siempre lo llevaba escondido debajo de la capucha. Ash se sintió ridículo por no haber caído antes en la cuenta de algo tan obvio.

¡Blanco! El pelo de la Reina de los Zorros era blanco.

En la pantalla, una Reina de los Zorros en blanco y negro se pasó los largos dedos por el pelo para sacar los últimos mechones apresados debajo del abrigo. Ya no miraba a la cámara, así que Ash observó con detenimiento su mano, estudió todos los detalles que logró captar en la imagen granulada. Las uñas cortas. Las arrugas de los nudillos. Un pequeño borrón negro que parecía un tatuaje.

El piloto se llevó una mano a la mejilla, prerrecordando el roce de los dedos de la misteriosa chica en su piel, segundos antes de que hundiera una daga en sus costillas.

La Reina de los Zorros se puso a caminar de nuevo y se adentró un poco más en el pasillo antes de desaparecer por la misma puerta que el Profesor.

Ash dio un respingo y estudió otras pantallas en blanco y negro con la esperanza de verla reaparecer. Pero se había esfumado en el maremágnum de gente.

—Maldito sea el infierno.

El puño de Ash impactó contra el escritorio con más violencia de la que deseaba.

Las pantallas temblaron y el soldado maniatado y amordazado emitió un gruñido temeroso, igual que un animal en una trampa. Ash se encogió. Se había olvidado por completo de que el soldado estaba allí.

—Lo siento, tío —murmuró Ash con los ojos clavados en las pantallas.

Su mente todavía se esforzaba por asimilar lo que había visto. La mujer de pelo blanco era la Reina de los Zorros.

La Reina de los Zorros, la caníbal de Nueva Seattle. La chica cuyos labios olían a sangre. Pensar que pudiera besar esos labios le provocaba arcadas. Era imposible.

Pero la visión no podía mentir, no después de tanta insistencia. Ash iba a enamorarse de un monstruo y luego ella iba a clavarle una daga en las entrañas. Iba a quedarse a contemplar cómo agonizaba.

Los latidos le golpeaban el pecho con la fuerza de un martillo. Echó atrás los hombros, pero no logró liberar la tensión de los músculos. Se sentía como una cerilla encendida puesta sobre trapos empapados de gasolina, como un motor que se hubiera recalentado por el sobreesfuerzo.

Aquello no tenía ni pies ni cabeza. La Reina de los Zorros era la peor clase de monstruo. Era violenta y despiadada. Ash ni siquiera la consideraba capaz de amar. Levi le contó que había matado a un hombre ¡con una cuchara!

Pensó en la voz grave de la Reina de los Zorros en el comunicado vespertino del Circo Negro.

«Uníos al Circo Negro y emplearemos los viajes en el tiempo para construir un presente mejor, un futuro mejor».

Ella representaba todo lo que él combatía.

Jamás de los jamases podría enamorarse de ella.

Pero había un descubrimiento todavía más inquietante: por fin sabía quién iba a matarlo. Sabía su nombre, conocía su cara. Sabía dónde estaba en ese preciso momento.

Podía olvidarse de Roman... olvidarse del Profesor. Ash sabía cómo evitar que el prerrecuerdo se cumpliera.

Bastaba con que encontrase a la Reina de los Zorros y la matase antes de que ella pudiera matarlo.

Se arrodilló poco a poco en el suelo de cemento frío. Pescó

la pistola (una SIG Sauer P226) de la funda que había atada al cinturón del soldado y comprobó la recámara. Quedaban seis balas. No estaba mal. Nunca había manejado esa arma, pero parecía bastante sencilla. Lo único que tenía que hacer era apuntar y disparar.

La puerta con el cartel de «RESTRINGIDO» estaba por el mismo pasillo que llevaba al ala este. Ash colocó al soldado maniatado en una posición desde la que pudiera ver la pantalla y le quitó las servilletas de la boca.

—Ahora necesito que me digas cómo llegar ahí —le dijo, y señaló con el dedo.

El soldado parpadeó.

—¿El ala este?

—Tengo que acceder a ese pasillo sin cruzar la sala de la entrada y sin pasar por delante de ninguna cámara. ¿Se te ocurre cómo? Tiene que haber alguna otra entrada o algo similar.

Apoyó la mano en la SIG Sauer, solo por si el soldado necesitaba algún aliciente.

—Hay... hay una escalera —contestó el soldado. Tragó saliva. No despegaba los ojos del arma—. Sale del pasillo. Baja hasta el ala este, pero habrá un guardia...

—Con eso me basta. Siento dejarte de esta manera. —Ash se metió la SIG Sauer dentro de los vaqueros y se colocó la cazadora por encima—. Pero tengo que ir a buscar a una chica.

29

Dorothy

Dorothy se quedó plantada en un rincón de la primera sala del complejo, intentando que no se notara lo incómoda que se sentía con su uniforme robado. Desde ahí veía el pasillo que conducía al ala este, al otro lado de la estancia, a unos cincuenta metros de ella. Zora y Ash la estarían esperando allí, y tal vez también el dichoso Profesor.

El problema eran los cientos de soldados vestidos con uniformes verde vómito que había entre ese pasillo y ella.

Dorothy observó cómo merodeaban, recelosos. Las culatas negras de los rifles relucían con la iluminación exageradamente brillante de los focos. Automóviles de verdad entraban retemblando por la puerta; los motores emitían un sonido metálico que reverberaba por las paredes y los techos elevados. Casi como de juguete.

Tomó aire tan hondo como pudo sin llamar la atención.

«Solo tienes que cruzar la sala de la entrada sin que te disparen —pensó Dorothy—. Las probabilidades de éxito son mínimas».

Por un instante se planteó huir. Lo más probable era que lograse escabullirse por la puerta principal gracias al uniforme. Cierto, no tenía ni dinero ni amigos en esa nueva época histórica, pero eso nunca la había frenado.

Pero entonces pensó en Willis, arrodillado para ayudar a Chandra, aunque no estaba del todo convencido de su plan. Pensó en Ash corriendo detrás de Zora en la oscuridad.

«Equipo», murmuró, sin mover apenas los labios para liberar la palabra.

Contuvo la respiración y se mezcló con la multitud.

Aquello no era más que otra farsa y, como todas las farsas, podía desmoronarse a causa de un pequeño desliz o una frase mal elegida. En ese momento, ella no era más que otro soldado entre la muchedumbre... Sin embargo, ya empezaba a notar que los ojos de los hombres permanecían fijos en ella durante un instante más de lo necesario. Sus miradas la hacían temblar de miedo. La belleza no siempre era una ventaja. Seguro que no tardaban mucho en darse cuenta de que no pertenecía al ejército.

Sus piernas la instaban a moverse más rápido, a correr, pero eso solo habría servido para llamar la atención todavía más. Se obligó a moverse más despacio. Ya estaba por la mitad de la sala y el pasillo que conducía al ala este se hallaba seductoramente cerca. No miraba a ningún soldado a la cara, pero notaba los ojos de los demás clavados en ella. Se pellizcó la palma de la mano al notar que se le aceleraba la respiración. Tenía el pasillo justo delante.

Dorothy sintió que empezaba a relajarse. A pesar de las largas miradas y de la multitud, parecía que ese ridículo plan iba a funcionar. Había tanta gente que, en realidad, nadie se fijaba mucho en ella; además, todos parecían apresurados. Unos cuantos hombres miraron dos veces a la mujer soldado demasiado baja con un uniforme que le iba grande, pero nadie se molestó en mirarla por tercera vez. Todos dieron por hecho que estaba de servicio como el resto. Que era uno de ellos.

Cuando dejó de preocuparse por que pudieran dispararle en cualquier momento, Dorothy se permitió levantar la cabeza y observar el espacio.

En una palabra, era extraordinario. No se parecía en nada al mundo que había abandonado en su propia época, pero, en cierto modo, le era familiar. Como si fuese un lugar por el que hubiera pasado en un sueño. El techo abovedado se cernía sobre ella, subía y subía eternamente y, aunque las paredes empezaban en la rugosa roca, pronto se convertían en planchas lisas de metal duro, alambre y cristal. Dorothy nunca había visto focos tan gigantescos como los que colgaban del techo (por lo menos tenían el tamaño de un carruaje) y brillaban tanto que le resultaba imposible mirarlos directamente.

Y, por todas partes, por todas partes, había gente. En su mayoría se trataba de hombres, pero también había algunas mujeres: mujeres serias con la espalda recta, vestidas con ropa que ocultaba sus curvas, con la cara recién lavada y sin rastro de maquillaje. No eran mujeres que tratasen de complacer a los hombres que las rodeaban. Eran guerreras. ¡Luchadoras! Dorothy tenía que esforzarse por mantener la boca cerrada cuando las veía pasar. Las mujeres así no existían en el mundo del que venía. Incluso su madre, que odiaba a los hombres, había construido su vida alrededor de ellos. Estas mujeres eran distintas.

Dorothy recordó la extraña sensación de vacío que había tenido la mañana de la boda.

«Esto —pensó con furia—. Esto es lo que buscaba».

Una sonrisa amenazó con asomar a sus labios, pero Dorothy la reprimió. Le picaban los dedos porque se morían de ganas de hurgar en los bolsillos ajenos, descubrir más tesoros, pero contuvo el impulso. Si de verdad quería formar parte de un equipo, tenía que demostrar que podían confiar en ella. Y eso significaba ayudar a los demás para encontrar al tal Profesor, en lugar de ayudarse a sí misma agenciándose el contenido de los bolsillos de unos desconocidos.

Ya casi estaba...

—¡Soldado raso!

Dorothy se detuvo y puso la columna recta como un palo. ¿No se llamaba soldado raso no sé qué el joven al que pertenecía el uniforme que llevaba puesto?

¿Acaso el grito iba dirigido a Dorothy?

«Maldita sea». Advirtió que alguien se aproximaba a ella a toda prisa por el retumbar de las botas a su espalda. El miedo le puso la piel de gallina. El pasillo que conducía al ala este se hallaba a diez metros. Quince como mucho. Los músculos de sus piernas se tensaron.

—¡Soldado raso!

La cosa pintaba mal... El soldado estaba demasiado cerca. Si echaba a correr, su coartada se iría al garete. Se dio la vuelta despacio y sacudió las piernas para liberar la tensión. Un hombre se abría paso entre la muchedumbre de soldados. Llevaba el mismo uniforme que ella, pero sin la gorra. Tenía el pelo tan corto que se le distinguía el tono rosado del cuero cabelludo entre los puntiagudos mechones castaños.

—Eh, yo... —empezó a contestar.

El hombre la miró a la cara y frunció el entrecejo. Luego apartó la vista. Levantó una mano para parar a una mujer bajita pero musculosa con una larga trenza negra que estaba delante, muy cerca de ambos.

Dorothy se volvió de nuevo a toda prisa, el alivio y los nervios la inundaron a partes iguales. Con el rabillo del ojo, pilló al soldado mirándola de nuevo. Siguió caminando, ahora un poco más rápido.

Ocho metros más. Siete... Seis...

Las paredes se estrecharon cuando Dorothy salió de la primera sala y se adentró en el oscuro pasillo. Por suerte, estaba vacío. Sintió que su cuerpo se relajaba en su uniforme exageradamente grande, pero las rodillas le temblaban cuando miró hacia la izquierda. El pasillo terminaba en una sencilla puerta, claramente señalizada con las palabras «Ala Este».

El Profesor estaría detrás de esa puerta. Se dirigía allí cuando un brillo metálico llamó su atención. Se dio la vuelta y vio que había otra puerta en el mismo pasillo corto y estrecho. Era toda de metal y presentaba una única palabra:

«RESTRINGIDO».

Se quedó sin aliento. La realidad parecía doblarse sobre sí misma. Parpadeó un par de veces, medio esperando encontrarse de nuevo en la Segunda Estrella, con el anillo dando vueltas a su alrededor.

Ya había visto eso con anterioridad, igual que había visto ya el túnel.

Antes de poder reprimirse, dio un paso al frente y probó el

pomo de la puerta: cerrado. Por supuesto. En su visión también estaba cerrado con llave. Sus ojos se desviaron hacia abajo y encontraron el teclado de metal encastrado justo por debajo del pomo. Igual que en la visión.

Miró por encima del hombro. El ala este se hallaba a unos pasos de distancia. El plan era ir directa a esa zona del complejo. Reunirse con los otros. Encontrar al Profesor. Demostrar que podía formar parte de un equipo. No era el momento más indicado para desviarse.

«No deberías confiar en ellos», pensó, recordando las palabras de Roman. Algo se removió en su interior.

No lograba apartarse de aquella puerta. Era como si le susurrara algo, como si la instara a acercarse. Tenía que saber qué había al otro lado.

Bajó una mano al teclado de seguridad. Había doce teclas: unas numeradas del uno al nueve, y otras con la almohadilla, el asterisco y el cero.

Su visión no había durado tiempo suficiente para mostrarle un código. Aunque, pensó, si realmente había sido una especie de atisbo del futuro, probablemente no se hubiera limitado a mostrarla allí de pie, confusa.

Apretó el cinco y se encendió una luz verde... Se estremeció y apartó el dedo de inmediato. La luz parpadeó tres veces más y luego se puso en rojo; el cambio de color fue acompañado de un zumbido enfadado. Al cabo de un momento, cesó.

Dorothy se mordió el labio, pensativa. Si se hubiera tratado de una caja fuerte, la habría abierto en cuestión de minutos. Pero no sabía cuántos números tenía ese código, o para qué servían las teclas del asterisco y la almohadilla. Aunque hubiera adivinado los números que entraban en la combinación a partir de analizar lo gastados que estaban (las teclas del uno y el cuatro parecían especialmente desgastadas) había demasiadas posibilidades para acertar por casualidad.

—Maldita sea —murmuró, y se pellizcó la nariz con dos dedos. No era imposible. ¡No podía serlo! Bastaba con que pensase un poco. Las combinaciones de las cajas fuertes solían tener tres cifras... Pero los números también podían ser dígitos dobles así que, en realidad, podía haber entre tres y seis teclas que apretar. O tal vez...

—Estás ahí... ¡soldado raso!

Dorothy se quedó de piedra. Reconoció esa voz. Era el soldado de la sala inicial, el que había pensado que la llamaba antes.

Los pasos retumbaron por el pasillo a su espalda. Se irguió y repasó mentalmente todas las posibles excusas que justificasen su presencia en el complejo militar, con un uniforme robado e intentando abrir una puerta cerrada con código.

No tardó mucho, porque solo había una excusa, la verdad, y no creía que ese soldado fuera a creerse que tenía que entrar por esa puerta porque era una viajera en el tiempo que había tenido una visión en la que aparecía aquella escena y ahora sentía unas ganas imperiosas de saber qué había al otro lado.

Dios mío, los pasos se acercaban cada vez más...

A Dorothy solo le quedaba una alternativa, lo único que se le daba bien además de forzar cerraduras con ganzúas. Relajó la cara, confiando en que los hombres de la década de 1980 fueran tan tontorrones como los hombres de 1910, y se dio la vuelta.

El soldado se detuvo y esa mirada posesiva y lasciva que tan familiar le resultaba a Dorothy surcó el rostro del joven, que sonrió y entrecerró los ojos.

Dorothy sintió una punzada de decepción mezclada con el alivio. «Siempre igual...».

El soldado carraspeó y la expresión se desvaneció.

—¿Eres... o no eres...? Creo que no te había visto antes por aquí.

«Barbilla baja. Cabeza inclinada. Pestañas hacia abajo». Dorothy obedeció esas órdenes mentales sin pensar casi en ellas. Era un instinto: igual que un gato que aterriza sobre las patas después de una mala caída.

—¿Tanto se nota? —preguntó, y torció el labio en una tímida sonrisa. El soldado carraspeó y la nuez subió y bajó por su garganta. Dorothy se deslizó sinuosa hacia él, un movimiento harto difícil con las botas tan grandonas que le cubrían los pies—. Quizá puedas ayudarme. Verás, soy tan tonta que creo que he olvidado el código...

Entrada del cuaderno de bitácora

9 de mayo de 2075

16:42 horas

Academia de Tecnología Avanzada de la Costa Oeste

Ahora que tenemos al equipo completo, la NASA y la ATACO han trabajado juntas para perfilar el programa de entrenamiento. Consiste en formación médica y clases de inglés para Chandra, escuela de aviación para Ash y formación en varias artes marciales y armas para Willis. La ATACO accedió a que Natasha fuera la historiadora de la tripulación, así que se ha pasado los últimos días buceando por los pocos períodos de la historia que todavía no dominaba, y he nombrado oficialmente a Zora nuestra mecánica de soporte.

La NASA se opuso al principio, pero alegué que, de momento, mi hija ha ayudado a fabricar dos máquinas del tiempo, en comparación con todos los demás mecánicos, que no han fabricado ninguna. Está mejor cualificada que cualquier otra persona viva.

El horario es muy apretado para todos. Horas de clases y entrenamiento, seguidas de sesiones de grupo con Natasha, donde estudiamos historia. Pero no historia normal. No estudiamos las guerras, los políticos, las fechas y datos de esa índole.

Estudiamos el precio de la leche en 1932. Cómo había que saludar a un desconocido en 1712. Las marcas y modelos de los automóviles más comunes en 1964. La música pop de 1992.

En otras palabras, los detalles aburridos de la historia.

Ya hemos realizado algunos viajecitos por el tiempo, pero han sido en su mayoría misiones para forjar el sentimiento de equipo. La NASA quiere ver lo bien que trabajamos juntos antes de enviarnos a un destino emocionante. La semana pasada viajamos a 1989 a ver la caída del Muro de Berlín, y hace un par de días, me llevé a todo el equipo a Chicago, al año 1908, para ver el partido con el que los Chicago Cubs ganaron el Mundial de Béisbol.

Pero esta noche será todavía mejor.

Esta noche vamos a ver la llegada del hombre a la Luna.

30

Ash

17 de marzo de 1980, complejo del Fuerte Hunter

Ash encontró la escalera justo donde el soldado le había dicho que estaría. Miró por encima del hombro para asegurarse de que no lo seguía nadie y luego se coló dentro. La puerta se cerró herméticamente con un sonoro y agorero ¡*pom*! en cuanto él pasó.

El soldado había dicho que la entrada estaría vigilada, así que Ash se esforzó por ser silencioso al caminar; respiraba por la nariz y arrastraba los pies para evitar que las suelas de las botas crujieran. Cada pocos minutos miraba por el hueco de la escalera con ojos entrenados para detectar movimiento.

Ya había bajado varios tramos cuando advirtió un retazo de uniforme verde militar y oyó un ruidito, como si alguien carraspeara.

«Allá vamos». Ash se pegó a la pared para esconderse entre

las sombras. Esperó hasta que el soldado pasara de largo y entonces se aproximó a él con sigilo y le plantó la SIG Sauer contra la nuca.

—Buenas tardes, caballero.

El soldado dio un respingo e intentó coger el walkie-talkie que llevaba en el cinturón, pero Ash lo sujetó por la muñeca y le retorció el brazo por detrás de la espalda. Luego le aplastó la cara contra la pared.

—Me temo que no puedo dejar que lo haga.

El soldado gruñó.

—¿Quién es?

«Nadie especial, el típico viajero en el tiempo del barrio», pensó Ash. Apretó aún más la muñeca del soldado y le presionó con la pistola en la nuca. El hombre se estremeció.

—Vamos a dar un paseo —dijo Ash—. Solo tiene que mantener la calma y todo irá de fábula. ¿Le parece bien?

Subió el cañón de la pistola hasta la coronilla del hombre y esperó a que asintiera lentamente con la cabeza.

—¿Adónde vamos? —preguntó el soldado.

—Pasillo abajo, nada más —dijo Ash—. No se pare.

Ash empujó al soldado hacia el pasillo vacío y se detuvo cuando llegaron a la puerta por la que habían desaparecido la Reina de los Zorros y el Profesor apenas unos minutos antes.

Señaló la puerta con la cabeza.

—Ábrala.

El soldado marcó unos cuantos números en el teclado. Las luces verdes se encendieron y un rápido *bip, bip, bip* le dijo a Ash que se había desbloqueado. La abrió empujando con el hombro y arrastró al hombre para que entrara con él.

—Ahora voy a atarlo —le informó Ash—. No tengo nada

contra usted, no crea, pero es que no puedo permitir que alerte a nadie de mi presencia. ¿Entendido?

El soldado tragó saliva. Luego asintió.

—Un tipo fuerte y silencioso —murmuró Ash—. Me gusta. Se sacó una bandana del bolsillo de la cazadora y empezó a enrollarla alrededor de las gruesas muñecas del soldado. Cuando terminó, Ash sacó el arma y el walkie-talkie del cinturón del soldado y los añadió a sus provisiones.

—Bueno, ahora confío en que se quede aquí hasta que yo vuelva. ¿Queda claro?

Otro gesto tembloroso de la cabeza. Ash dejó al soldado donde estaba y se dirigió a la puerta.

La oscuridad se abrió ante él. Ash dio otro paso adelante... y entonces se paró. Apenas veía unos pasos por delante de sus narices, pero notaba un ambiente inquietante y oía el eco de sus pisadas. El olor a humo y a grasa de motor se le metió en las fosas nasales.

Inhaló hondo e inclinó la cabeza hacia atrás. Le dio la impresión de que la sala continuaba hacia arriba y hacia arriba, sin fin.

¿Dónde estaba?

Poco a poco, sus ojos empezaron a acostumbrarse a la oscuridad. Logró distinguir la silueta de los objetos que colgaban del techo y que se elevaban desde el suelo. Algo largo y curvado cortaba la negrura, y habría jurado ver el halo dentado de los propulsores, con sombras que cubrían los bordes.

Cayó en la cuenta de que era un hangar, y sintió una pizca de emoción, mezclada con decepción. Ojalá hubiera más luz. Le habría encantado ver los aviones que el gobierno de Estados Unidos guardaba escondidos en un búnker secreto en el interior de una montaña.

Aunque no es que tuviera tiempo para husmear entre los aviones precisamente... Se adentró aún más en el hangar con la pistola preparada y los ojos muy atentos. Ninguna otra sombra se movía en la oscuridad, ningún otro sonido se hacía eco en las paredes.

—¿Dónde te has metido, Reina de los Zorros? —murmuró sorprendido de la maldad de su propia voz. Se vio inundado por la adrenalina.

¿De verdad iba a hacerlo? ¿De verdad iba a matar a alguien a sangre fría?

No sería la primera persona que mataba. Al fin y al cabo, había sido soldado en tiempos de guerra. Pero aquellos enemigos iban armados. También lo disparaban a él.

Tragó saliva y se imaginó la daga de la Reina de los Zorros como un resplandor plateado en la oscuridad. El mordisco frío de la hoja al introducirse en su piel, justo por debajo de las costillas.

«No tiene por qué terminar así».

«Por supuesto que sí».

No quería matar a nadie. Pero tampoco quería morir.

Apretó la pistola con más fuerza y merodeó alrededor de un viejo caza de combate. El corazón le latía desbocado dentro del pecho. La Reina de los Zorros tenía que estar allí. La gente no se esfumaba sin más.

Le llamó la atención una cola metálica acabada en un alerón que destacaba en la oscuridad. Forzó la vista y se olvidó de la Reina de los Zorros por una fracción de segundo.

Había un avión escondido entre las sombras. Tenía forma de bala, como los zepelines de los años cuarenta, pero era más pequeño. Cuando los ojos de Ash se acostumbraron a la falta de luz, empezó a distinguir la forma de unas estrellas negras que relucían en el metal.

Se acercó, con la respiración hecha una bola y atascada en la garganta. Medio esperaba que fuese una imitación, como la Cuervo Negro. Pero no. Esa nave era auténtica, tan auténtica que se sintió idiota por haber dudado (aunque fuese por un segundo) y haberla confundido con la impostora del aparcamiento del Fairmont.

La Estrella Oscura estaba allí.

Le dio un vuelco el corazón. ¿Por qué estaba allí?

El Profesor no habría entrado en el complejo militar con la nave. La habría dejado camuflada en el bosque, para poder regresar a ella más tarde. Que estuviera allí solo podía significar que los soldados la habían encontrado y la habían trasladado hasta el hangar. Lo cual indicaba que sabían que el Profesor se había colado en el complejo.

Ash apuntó hacia delante con la pistola. Se acercó a la máquina del tiempo con la misma cautela que si pudiera morderle. La puerta ya estaba abierta.

Subió los peldaños de dos en dos. Su mundo había quedado reducido a un único punto. Del interior de la nave no salía ni un sonido, ni un paso, ni una respiración. Ash casi podía oír su propio corazón latiendo en la quietud, reverberando, haciendo temblar las paredes metálicas de la Estrella Oscura.

El olor fue lo primero que le sobrecogió: humo de pipa, loción para el afeitado y café quemado. El olor del Profesor. Era como ver un fantasma (o, mejor dicho, como oler un fantasma) y Ash tuvo que hacer acopio de todas sus fuerzas para no tirar el arma allí mismo.

Tensó los dedos y el plástico de la empuñadura de la SIG Sauer crujió. El Profesor también había entrado allí, ¿verdad? Incluso era posible que todavía estuviera en el hangar, intentando sacar la máquina del tiempo antes de que lo encontraran los guardias del complejo.

—¿Profesor? —susurró Ash y avanzó un tímido paso más.

El panel de control del avión brillaba en la oscuridad, pues la madera estaba bien nutrida y el cromo reluciente. El Profesor Walker tenía estilo; nadie podía negarlo. La Estrella Oscura era mucho más grande que la Segunda Estrella, diseñada para transportar con comodidad a un equipo. Ash se paseó por las tres estancias principales de la máquina: la cabina de los pasajeros, la cabina del piloto y la bodega para el equipaje. Todas estaban vacías.

—¿Reina de los Zorros? —preguntó entonces.

Creyó oír una risa (algo discreto, poco más que una respiración fuerte) y giró en redondo, los dedos le temblaban en el gatillo. Sin embargo, solo había asientos vacíos, paredes ensombrecidas y nada más.

Los ojos de Ash se cansaron del esfuerzo de escudriñar en la oscuridad. Se relajó lo suficiente para repasar las paredes de la nave en busca del interruptor de la luz. La oscuridad se esfumó y Ash vio que la cabina estaba vacía. Allí no había nadie más que él.

Soltó el aire y bajó el arma. Tal vez debiera sentirse aliviado, pero no era así. Sentía que le habían arrebatado algo. Había visto al Profesor entrar en esa habitación y había visto a la Reina de los Zorros siguiéndolo. Pero ninguno de los dos estaba en el hangar.

Era como si hubieran desaparecido. Y, con ellos, toda espe-

ranza que Ash pudiera albergar de impedir que el prerrecuerdo se materializara.

Le dio la impresión de que el ambiente había cambiado:
era más frío, la quietud se acentuó. Se guardó la pistola en la
parte posterior de la cinturilla de los vaqueros y fijó la mirada
en el parabrisas de la Estrella Oscura. Antes no se había dado
cuenta, pero ahora distinguió que estaba cubierto de numeri-
tos apretados, escritos con la letra del Profesor.

Curioso, se acercó.

2071: 4,7
2073: 6,9
2075: 9,3
2078: 10,5
2080: 13,8

A Ash se le activó el cerebro. Esos números le sonaban de algo.
¿O no? El primero sin duda era un año, y el segundo parecía
una medida de magnitud. Podían ser números para cuantificar
la escala de un terremoto.

Ash no había llegado a Nueva Seattle hasta 2075, así que no
recordaba cómo había sido el terremoto de 2073, aunque, por
supuesto, había oído hablar de él tanto al Profesor como a Zora,
incluso a Roman. Le pareció recordar que rondaba el 6,9 en la
escala de Richter. Y, desde luego, recordaba el mega terremoto
de 2075. Ese había llegado al 9,3, sin lugar a dudas.

—2078 —murmuró Ash mientras descendía por la lista con
la mirada—. 10,5.

Pero ese número no podía estar bien. Nunca había habido
un terremoto por encima de 9,5, jamás en toda la historia. La

devastación podría ser catastrófica. Un terremoto de esa magnitud destruiría toda América del Norte. Tal vez incluso todo el hemisferio. Provocaría una extinción en masa equiparable a la que había extinguido a los dinosaurios.

Y debajo...

—13,8 —leyó Ash en voz alta.

Casi se echó a reír. La idea de un terremoto que alcanzara un 13,8 en la escala de Richter parecía imposible de concebir.

Un escalón crujió.

El cuerpo de Ash empezó a funcionar antes de que lo hiciera su mente: alargó los brazos, giró las piernas, levantó los brazos. Apretó con fuerza la empuñadura del arma, apuntando con el cañón hacia la entrada de la Estrella Oscura. Los primeros nervios llegaron un segundo antes de que el pulgar apretara el percutor.

Otro crujido y un soldado apareció en la puerta.

Ash parpadeó; no era un soldado, era Dorothy. Llevaba un uniforme verde militar y la melena oscura escondida en una gorra. La ropa le iba demasiado grande y había un punto sugerente en cómo le caían los pantalones sobre las caderas. O tal vez fuera por la pose en la que estaba. O tal vez fuera porque Ash nunca había visto a una mujer vestida de uniforme.

Le picaban las manos. Se le enrojecieron las orejas.

—Me pareció ver que entrabas aquí. —Dorothy bajó la mirada—. ¿Tienes intención de dispararme?

Ash se dio cuenta de que continuaba apuntando con la SIG Sauer; tenía un dedo suspendido sobre el gatillo. Bajó el brazo.

—¿Dónde están Willis y Chandra?

—No encontraron la manera de cruzar la sala de la entrada, así que he venido sola. Ellos irán a buscar la Segunda Estrella y localizarán un punto más cercano para aterrizar y encontrarse con el resto de nosotros.

Ash frunció el entrecejo.

—¿Cómo has entrado aquí?

—De la forma más natural. Robé el uniforme de un soldado inconsciente. Engatusé a otro soldado para que me diera la contraseña de la puerta de seguridad. Por cierto, todavía está por aquí. —Se paseó por la nave—. ¿Esta es la máquina del tiempo?

Ash asintió sin oírla.

«A ella también le gustas», había dicho Zora.

—¿Ash? —Dorothy se acercó a él con la frente arrugada—. ¿Qué ocurre?

Ash tragó saliva. A Dorothy se le habían soltado algunos mechones de la gorra y le enmarcaban la cara con unos suaves rizos castaños que la hacían parecer...

—No es nada —murmuró Ash, y apartó la mirada.

Zora había dicho que necesitaban la materia exótica de la Estrella Oscura para regresar a 2077. Había dicho que la Segunda Estrella no podría volar sin ME y ahora la Estrella Oscura estaba encerrada en un hangar militar, de modo que tampoco podían marcharse en la nave más grande.

Se arrodilló, agradecido de tener algo con lo que distraerse, y palpó debajo del panel de control en busca de la llave de recambio que el Profesor guardaba pegada con celo en ese escondite.

Dorothy se acuclilló a su lado; estaba tan cerca que el piloto podía oler su piel. Jabón antiguo y violetas. El aroma seguía pegado a ella a pesar de todo lo que había ocurrido. Ash sintió un cosquilleo en la nariz. ¿Cómo era posible?

Estaban tan juntos que, si volvía la cara hacia ella, se tocarían.

Ash notó un nudo en la garganta. Le parecía una distancia increíble.

«A ella también le gustas».

Forcejeó para despegar la llave y se le cayó al suelo, entre los dos.

—Disculpa —murmuró Ash mientras se agachaba a recogerla.

Ella también se agachó y sus manos se rozaron.

Ash se apartó de sopetón, intentando no pensar en lo suave que era la piel de Dorothy.

—¿Va todo bien? —Dorothy no sonreía, pero había algo en sus labios que insinuaba una sonrisa—. Porque te comportas de forma muy rara.

Ash asintió, pero no apartó la mirada.

Había entrado allí con la esperanza de encontrar al Profesor. De evitar su propia muerte.

Y luego había entrado con la esperanza de matar a la Reina de los Zorros y, una vez más, evitar así su propia muerte. Y había fracasado. ¡Dos veces!

Casi sentía el dolor fantasma de la daga en el costado. La suave presión de los labios de la Reina de los Zorros contra los suyos. Las cosas todavía no habían sucedido.

Las cosas no tenían por qué suceder. «Tal vez, si te enamorases de Dorothy en lugar de colarte por esa chica del pelo blanco...».

Ash no estaba seguro de que Zora tuviera razón. Pero el Profesor no estaba ahí y la Reina de los Zorros tampoco. Sin embargo, Dorothy sí estaba.

Quizás aún estuviera a tiempo de cambiar su futuro.

Dorothy soltó un leve suspiro cuando Ash se acercó aún más a ella, y se llevó una mano al cuello. Por un segundo, el piloto se olvidó del agua negra y los árboles muertos y el pelo blanco. Se olvidó de la sensación del frío metal atravesándole la piel y del corazón roto por el dolor de la traición.

En lugar de eso, notó esto: los labios de Dorothy, cálidos contra los suyos. La mano de ella tocándole la nuca.

Entonces, la chica se apartó.

—¿Por qué lo has hecho? —preguntó Dorothy en voz baja, con los ojos todavía cerrados.

Ash sintió que le fallaba la voz.

—Pensaba...

Las luces se encendieron de golpe y sumieron la Estrella Oscura en un resplandor blanco e inquietante. Dorothy abrió mucho los ojos.

El eco de un centenar de botas de combate pisando el cemento atronó por el hangar. Se oyó un movimiento apresurado y a continuación un sonido que Ash conocía demasiado bien: los seguros de las armas, a docenas, al ser liberados.

—Os tenemos rodeados —dijo una única voz profunda—. Por favor, salid del vehículo con las manos en alto.

Entrada del cuaderno de bitácora

21 de julio de 1969

8:15 horas

la Estrella Oscura, anillo del estrecho de Puget

Todavía me tiemblan las manos. Seguro que se aprecia... Mi letra lo emborrona todo.

La llegada del hombre a la Luna fue más emocionante de lo que pensaba.

Denme un momento para que les explique cómo lo hicimos. Fue un poco más complicado de lo que había supuesto.

Allá por la década de 1960, la NASA invirtió muchos esfuerzos en asegurarse de que el momento del alunizaje se retransmitiera por televisión. Llegaron nada menos que a mandar una antena extensible junto con Buzz Aldrin y Neil Armstrong para que no tuvieran que esperar a que un satélite de transmisión cogiera la señal.

Supuse que eso implicaba que sería fácil encontrar un lugar desde el que presenciar cómo habían llegado los astronautas a la Luna. Al fin y al cabo, ¡todo el país quería verlo! ¡Seguro que encontraríamos algún televisor libre!

Pues me equivocaba por completo. Natasha había comentado que la década de los sesenta fue la época dorada de la televisión. Atrás habían quedado los días de reunirse junto a la acera para ver una retransmisión desde el escaparate de la tienda de la esquina. ¡Todo el mundo tenía televisor en casa! Así pues, decidieron ver la llegada del hombre a la Luna sentados en el sofá del comedor...

Cosa que me parece perfecta, pero claro, nosotros somos viajeros en el tiempo y, por lo tanto, no teníamos casa a la que ir en 1969.

Ahí fue donde empezaron los quebraderos de cabeza. El hotel Fairmont de Seattle lleva en funcionamiento desde la década de 1920. Sin duda, sus huéspedes necesitarían un sitio desde el que ver ese gran acontecimiento, y dudaba que en los sesenta tuvieran televisores en cada habitación. Lo que sí habría sería un televisor grande en el vestíbulo. Supuse que podríamos colarnos en ese vestíbulo y ver la llegada a la Luna desde allí. Incluso estaba dispuesto a pagar una noche de hotel. En mi opinión, era un precio modesto a cambio de experimentar uno de los momentos más importantes de la historia desde el punto de vista científico.

Funcionó a la perfección. Ya había una multitud reunida alrededor de la pantalla en blanco y negro del vestíbulo y nadie pareció percatarse de la presencia de seis viajeros en el tiempo. (Eso fue gracias a Natasha, que se pasó el día perfeccionando nuestro atuendo propio de 1969, pero que, por desgracia, se perdió el espectáculo porque estaba con gripe y tuvo que quedarse en casa.)

Nunca había oído un silencio tan perfecto. La imagen estaba borrosa y costaba distinguir los detalles, pero la gente contuvo la respiración hasta que hubo contemplado a Neil Armstrong bajando esos peldaños y haberlo escuchado cuando pronunció sus famosas palabras:

«Un pequeño paso para el hombre, pero un gran paso para la humanidad».

Y entonces, todo el local estalló en vítores. Algunos se abrazaban. Otros gritaban. Fue mágico.

Todavía estoy exaltado. Ya casi hemos llegado a casa. Escribo esto en el asiento del copiloto mientras Ash pilota la Estrella Oscura, y veo ese remolino de nubes que sé que indica el año 2075.

Ha sido... uau. De verdad, ha sido increíble. He escrito todo lo que vi para poder contárselo mejor a Natasha. ¡La ropa! ¡La energía! ¡La emoción! ¡Ha sido embriagador!

Maldita sea, ¡ahora yo también quiero ser astronauta!

Vamos a salir del anillo y...

Vaya.

Parece que algo marcha mal. No veo las luces de la bahía y la costa está diferente. Parece inundada.

No. No es solo la costa. La ciudad entera está inundada.

No... no comprendo qué estoy viendo. Hemos regresado solo unas horas más tarde del momento en que nos marchamos en origen. ¿Se ha producido otro terremoto? ¿Qué puede haber pasado?

Todo está arrasado. La ciudad está completamente sumergida.

Lo vi. Es igual que en mi visión.

Dios mío...

Natasha.

Parte 3

El tiempo nos persigue a todos.

PETER PAN

31

Dorothy

17 de marzo de 1980, complejo del Fuerte Hunter

—Os tenemos rodeados —gritó una voz—. Salid del vehículo con las manos en alto.

Dorothy no podía asimilar lo que ocurría. Todavía tenía la cabeza puesta en el beso, reticente a soltar el recuerdo a pesar de que las circunstancias la obligaban a actuar. Ash se apartó de ella, con la cara sombría e inundada de una luz blanca. Dorothy notó que el aire frío le rodeaba la cintura donde un instante antes la rodeaban las manos del piloto.

—¿Cuántos hay? —preguntó.

Su voz parecía ajena a ella.

Ash miraba por la ventanilla de la máquina del tiempo, de espaldas a ella.

—Un centenar. Puede que más. —Se rascó la mandíbula—. Están armados.

Armados. Eso significaba que llevaban fusiles y pistolas, un centenar de fusiles y pistolas apuntando hacia ellos. Dorothy se llevó la mano a la garganta sin querer, un escalofrío de miedo la recorrió de arriba abajo.

—Quédate aquí —le dijo Ash—. Bajaré yo. Me apuesto a que no saben que somos dos. Es probable que pueda convencerlos de que estaba solo en la nave. Entonces podrás... ir a algún lugar seguro.

«Seguro». Lo dijo como si pensara que le estaba haciendo un favor. Dorothy abrió la boca y, al principio, no salió nada. Luego le recriminó:

—¿Crees que voy a quedarme atrás?

—Si nos pillan a los dos, será nefasto.

—Y ¿quién ha dicho que nos van a pillar? —Dorothy frunció el entrecejo—. ¡A mí no me pillan nunca!

—¿Es que no has oído que van armados?

—¿Y?

Aborrecía la idea de que la dejaran atrás, como si fuese alguien necesitaba protección frente al mundo grande y malvado. Pensó en las mujeres que había visto en la sala de la entrada (mujeres fuertes, mujeres soldado) y sintió una punzada en el pecho.

No era envidia. Era anhelo.

Ella no era distinta de esas mujeres, no en los aspectos que importaban. ¿Por qué todos los demás se empeñaban en tratarla como si fuese alguien que necesitase ser protegida?

Volvió a pensar en el momento de la taberna, cuando Ash le había hablado por primera vez de los viajes en el tiempo. En ese momento había pensado que era un capullo, que quería tomarle el pelo.

Pero, más tarde, cuando se dio cuenta de que era cierto, agradeció que se hubiera limitado a contárselo sin tapujos en lugar de maquillar los hechos, de actuar como si ella pudiera desmoronarse.

Quería decir algo al respecto, transmitirle lo que le ocurría, pero Ash ya había empezado a esconder el recipiente de la ME debajo de su cazadora. Creaba un bulto raro debajo del brazo. Se subió la cremallera hasta la garganta.

—No tenemos tiempo de discutir. —Desvió los ojos un momento hacia la ventanilla y luego los entrecerró—. Espera aquí a que llegue el resto, ¿quieres?

«No», pensó Dorothy. Varios insultos se le pasaron por la cabeza, pero ninguno se correspondía con lo que pensaba.

—No soy un objeto —soltó al fin—. No puedes dejarme donde te parezca conveniente y ¡esperar que siga aquí cuando vuelvas!

Ash la miró a los ojos.

—Por favor...

Lo dijo con un tono de voz nuevo, casi como una súplica. Dorothy no tenía intención de zanjar la discusión, pero esa voz la pilló desprevenida y tardó demasiado en decir algo más. Ash lo tomó con una respuesta afirmativa.

Por un instante, Dorothy creyó que el piloto iba a besarla de nuevo. Ash se inclinó hacia delante y subió la barbilla, así que la chica separó los labios y los preparó para unirse a los de él sin preguntarle a su mente si estaba bien o no.

Retrocedió al darse cuenta de lo que ocurría en realidad, el pulso le iba a mil. «Estúpidos labios».

Si Ash se dio cuenta, no lo demostró. Retrocedió un paso y levantó las dos manos por encima de la cabeza en señal de rendición. Durante un confuso momento, Dorothy pensó que tal vez se estuviera entregando a ella, pero entonces el piloto salió de la Estrella Oscura. Desapareció.

Con esfuerzo, Dorothy apartó la mirada de la ventanilla. Sin saber por qué, pensó en Zora, en los pantalones de hombre, en su expresión tan inescrutable como siempre.

A ella, Ash no la habría dejado atrás. Los dos habrían bajado las escaleras codo con codo, listos para enfrentarse juntos al ejército que los aguardaba. Dorothy sintió unos celos extraños. Quería eso, la oportunidad de ser la aliada de alguien y no solo su trofeo.

Algo crujió a su espalda.

El miedo era una cosa curiosa. Dorothy apenas lo había sentido cuando Ash le había dicho que había un centenar de armas por lo menos apuntando hacia las enclenques paredes de la máquina del tiempo. Pero bastó un leve gruñido y un cambio en la presión del suelo (casi como un paso) para que todos los nervios de su cuerpo crepitaran.

Ese sonido no encajaba en la sala. Se suponía que estaba sola.

Se dio la vuelta de golpe y casi se tropezó con sus propias botas, tan enormes. Solo vio sombras, pero sabía que no podía fiarse. Allí había alguien. Alguien la vigilaba.

La oscuridad se acentuó. Empezó a moverse. Y entonces, ese alguien dijo:

—¿Qué era lo que decían en las pelis? ¿«Volvemos a encontrarnos»?

Dorothy reconoció la voz de Roman antes de verle la cara. Ese deje tan característico, como si se estuviera riendo de ella. Sus ojos aparecieron a continuación, el azul intenso se separó poco a poco de las sombras que lo rodeaban. El rabillo del ojo se le arrugó hacia arriba. Se divertía.

Por un momento, pareció que la realidad de Dorothy se quebraba. Vio a Roman de pie ante ella y luego, en un *flash*, otro Roman se superpuso... como un espejismo. Ese otro Roman se inclinó hacia ella. Tensó un músculo de la mandíbula y separó los labios.

«No deberías confiar en ellos».

Algo frío la recorrió, pero, cuando parpadeó, vio que el falso Roman se había esfumado y solo quedaba este momento, este tiempo.

El verdadero Roman empuñaba una pistola, apuntando con el pequeño cañón negro hacia el pecho de Dorothy. Fuera lo que fuese lo que había visto en su ensoñación, no había ocurrido todavía. Pero iba a ocurrir.

Sin aliento, levantó las manos en señal de rendición.

32

Ash

Ash vaciló al llegar a la puerta que salía del hangar, y volvió la cabeza un instante: lo justo para que la Estrella Oscura entrase en su campo de visión. Una sombra se movió junto a la ventanilla y él se ruborizó, al recordar la sensación del cuerpo de Dorothy enroscado contra el suyo, cómo los dedos de ella se habían deslizado por su pelo.

Una pistola le golpeó la espalda.

—No te pares —refunfuñó un soldado por detrás.

Ash apartó los ojos de la nave a regañadientes y avanzó arrastrando los pies. El calor le subía por el cuello. Le ardían los labios.

Había pensado que sería mucho más fácil evitar enamorarse. Se había imaginado unas cuantas normas sencillas que lo mantendrían a salvo. Nada de citas. Nada de flirteos. Nada de besos.

Y le habían parecido sencillas cuando el amor no había sido más que la visión de una chica con el pelo blanco y sin rostro, apenas un sentimiento que desaparecía en cuanto el prerrecuerdo se esfumaba.

Pero Dorothy era sangre bombeando bajo la piel y pelo enredado en sus dedos. Sus labios eran más suaves que cualquier otra cosa que él hubiera acariciado. Su boca sabía a menta.

No estaba enamorado de ella. Pero sentía que algo se despertaba en él, como un remolino, y de pronto se dio cuenta de lo tonto que había sido al pensar que podría engañar al sentimiento o esquivarlo. Aquello era una fuerza. Y avanzaba tanto si él quería como si no.

Entonces se le ocurrió una idea. ¿Había sido una traición besar a Dorothy cuando sabía que iba a enamorarse de otra persona? Desde luego, era engañoso. Como hacer una promesa imposible de cumplir. Pero eso solo habría sido en caso de que el beso no hubiera cambiado nada. Porque, sin duda, besar a Dorothy significaba que no iba a enamorarse de la Reina de los Zorros.

¿Verdad?

La apasionada alegría del beso empezaba a apagarse y la realidad volvía a imponerse. A Ash le daba vueltas la cabeza mientras intentaba adivinar qué acababa de suceder. Qué significado tenía el gesto.

¿Habría cambiado en algo su futuro? ¿O simplemente había arrastrado a Dorothy al abismo con él?

Los pensamientos lo atormentaban mientras los soldados lo conducían por un laberinto de pasadizos oscuros, en los que el único sonido que se oía era el golpeteo uniforme de sus botas al pisar el hormigón. Ash se percató demasiado tarde de que debería haberse fijado más por dónde iba, haber memorizado si giraban a la derecha o a la izquierda para dar con la manera de escapar, encontrar al Profesor y reunirse con Willis y Chandra. En lugar de eso, se había limitado a revivir un beso, como el típico soldado enamorado durante la guerra.

—Qué imbécil —masculló Ash con los dientes apretados.

El soldado que tenía detrás chasqueó la lengua.

—Ni que lo digas —comentó, y le atestó otro empujón con el cañón para darle más énfasis a sus palabras—. Ni te imaginas lo mucho que se te ha torcido el día, chaval.

Al final, se detuvieron junto a una pesada puerta de metal. Un soldado la abrió con un gesto rápido de la mano y dejó a la vista una habitación pequeña y negra como la boca del lobo, carente de ventanas.

—Siéntate —ordenó el soldado sin separar el arma de la espalda de Ash—. Y no hables hasta que llegue él.

—¿Hablar? —preguntó Ash.

El soldado encendió un interruptor. Una bombilla pelada colgaba del techo con un leve zumbido. Solo había dos sillas en la sala: una estaba vacía.

Zora estaba sentada en la otra.

A Ash se le cayó el alma a los pies. Su amiga tampoco había encontrado al Profesor. En cierto modo, ambos habían fracasado.

Zora entrecerró los ojos para protegerse de la luz repentina, y entonces se fijó en Ash y se puso muy seria.

—Demonios, ¿también a ti te han capturado?

33

Dorothy

Dorothy se puso tensa. Repasó con la mirada el cañón corto de la pistola de Roman por segunda vez en menos de veinticuatro horas.

«¿Solo han transcurrido veinticuatro horas?», pensó.

Parecía que hubiera transcurrido mucho más tiempo. Y, a la vez, mucho menos. Era como si nada de tiempo y todo el tiempo del mundo hubiera transcurrido desde la primera vez que se había montado en el artilugio de Ash.

—¿Tienes miedo?

Roman la miraba con frialdad, pero su voz era cantarina, burlona.

Dorothy no contestó, pero la herida de bala del brazo empezó a arderle; un recordatorio de que Roman no siempre era del todo cuidadoso con el arma.

—Solo lo pregunto porque estás temblando —añadió Roman.

Dorothy cerró los puños, furiosa consigo misma por darle la satisfacción de verla asustada. Recordó cuando Willis había saltado a la espalda de Roman en el muelle, cuando le había arrebatado la pistola como si fuese de juguete. No era la primera vez que echaba de menos ser una persona mucho más voluminosa.

Dirigió la mirada hacia la puerta. Estaba más cerca de la salida que Roman. Si echaba a correr...

—Estarías muerta antes de llegar a la escalera. —Roman señaló el asiento del piloto con el arma. Lo hizo de forma despreocupada, como si señalase con su propia mano en lugar de con un arma letal—. Siéntate. No hay motivos para tener miedo.

Dorothy le aguantó la mirada. No estaba tan segura.

—Te lo prometo, solo quiero hablar.

Roman le enseñó las manos, rendido; el arma le colgaba del pulgar. Dorothy era una persona lista y no se dejaría engañar. Una pistola siempre era una pistola, por mucho que él la empuñase con despreocupación. Los hombres que trataban sus armas como si fuesen juguetes eran los que había que vigilar más de cerca.

Se hundió en el asiento y cruzó las manos en el regazo.

—¿Ves? ¿A que no era tan difícil?

Roman torció la comisura de los labios. Se estaba riendo de ella.

Con los dientes apretados, Dorothy preguntó sin más:

—¿Qué quieres?

—¡Si sabe hablar!

Dorothy inclinó la cabeza y no contestó, así que Roman soltó un profundo suspiro de aflicción.

—Quiero hacer un trato contigo —continuó—. Como ya te habrás percatado, nuestro buen amigo Asher ha dejado que lo capturen.

Torció los labios al pronunciar el nombre de Ash, como si esa palabra tuviera un sabor desagradable.

—No estoy segura de si Ash te llamaría amigo —contestó Dorothy.

—Seguramente no. Pero, a pesar de todo, estoy aquí para ayudarte a rescatarlo.

Dorothy sabía que Roman lo había dicho con intención de sorprenderla, así que se esforzó por evitar que la emoción aflorase en su rostro.

—¿Por qué? —preguntó con educación—. ¿Por la bondad de tu corazón?

La idea de que hubiera algún atisbo de bondad en su corazón pareció divertir a Roman.

—No, por Dios —respondió, y soltó una risa sorprendida—. Pero ¿por qué demonios iba eso a impedirte rescatarlo?

Dorothy desvió la mirada hacia las sombras que había al fondo de la máquina del tiempo. Roman la había esperado allí. De algún modo, había sabido que ella acabaría yendo a la máquina del tiempo. Había sabido que Ash iba a ser apresado por los soldados. Lo había sabido todo antes de que sucediera.

«¿Insinúas que has visto el futuro?».

«Puede ser. Tal vez haya visto tu futuro».

Un escalofrío le recorrió la nuca cuando Dorothy se dio cuenta de qué era lo que tanto la inquietaba. Esto parecía planeado. Y a Dorothy no le gustaban los planes que no se le habían ocurrido a ella.

Miró con fijeza el arma de Roman.

—¿Qué ocurre si digo que no?

—No dirás que no.

—Ya te dije que no quería trabajar contigo.

—Y yo te dije que cambiarías de opinión al respecto.

—¿Por qué iba a hacerlo?

Roman sonrió con media boca. Le pareció un gesto forzado. Como si fuera algo que había aprendido de un libro.

—Te dejé un regalito en el hotel Fairmont. Te acuerdas, ¿verdad? Era un cuaderno de bitácora con las tapas de piel. Pertenecía al profesor Zacharias Walker.

Dorothy parpadeó perpleja.

—¿Lo dejaste tú?

—El plan era que lo robaras y se lo llevaras a Ash y a sus amigos, para que pudieran leer la última entrada del Profesor y descubrir a qué parte de la historia había huido su mentor.

—¿Tenías planeado que volvieran aquí? —preguntó Dorothy abatida.

—En realidad, mi idea era utilizarte —continuó Roman—. Robé el diario la noche que desapareció el Profesor. Siempre he sabido dónde y cuándo estaba exactamente, pero, sin materia exótica, no podía viajar en el tiempo y atraparlo, ¿no? Necesitaba que Ash lo hiciera por mí. Pero Ash no sabía dónde buscar, y no habría confiado en ninguna información que le llegara de mí. Necesitábamos que alguien hiciera de intermediario. Así que te secuestramos y escondimos el diario donde pudieras encontrarlo con total seguridad. Por cierto, hiciste un papel espléndido.

—Basta —dijo Dorothy, pero ya era demasiado tarde.

Sus palabras ya se habían abierto paso hacia su mente.

«Hiciste un papel espléndido».

La habían engañado... A ella igual que a todos.

En una buena estafa, el pícaro pone todo su empeño en convencer al timado de que el juego fue idea suya. Le pone algo tentador delante, algo que le dice que no puede tener pero que sabe que la otra persona quiere. Al final, el primo suplica que le estafen.

Dorothy había encontrado el diario y había supuesto que era valioso. Lo había robado y se lo había entregado a Ash a la primera de cambio, como la víctima perfecta que era.

Sintió calor en los ojos y, horrorizada, se dio cuenta de que se le habían llenado de lágrimas. Parpadeó varias veces, decidida a evitar que las lágrimas se derramasen, costase lo que costase. Nunca la habían timado. Se había pasado toda la vida engañando a los demás, engatusándolos para ganarse su confianza, para que se abrieran a ella, con el fin de arrebatarles luego todo lo que tenían de valor y abandonarlos antes de que se percataran de lo tontos que habían sido.

Nunca había pensado que podría estar en el otro lado.

—Sigo sin comprenderlo —dijo con cautela—. ¿Cómo has llegado aquí? Ash dijo que no podrías viajar en el tiempo a menos que... —Pensó en la bodega de la nave de Ash, en la que se había escondido ella para desplazarse al futuro— ¿te colaste dentro de la Segunda Estrella?

—Ay, eso habría sido un buen truco, pero me temo que no. —Roman exhibió una sonrisa de oreja a oreja—. Opté por una forma mucho más elegante de regresar al pasado. Por supuesto, no puedo contarte ahora cómo lo hice, pero creo que lo averiguarás dentro de poco.

A Dorothy le daba vueltas la cabeza. Era demasiada información, demasiados embrollos que resolver.

Con voz neutra, preguntó:

—Y entonces, ¿ahora qué? ¿Piensas encontrar al Profesor antes de que lo haga Ash y dejarnos aquí colgados?

Roman la miró a la cara, divertido.

—Dorothy —dijo despacio—. El Profesor ya se ha ido.

Entrada del cuaderno de bitácora
10 de mayo de 2075
23:47 horas
la Estrella Oscura

Misión: Afrodita 1.

Escribo desde el exterior del anillo y estoy en el asiento del piloto de la Estrella Oscura. Tengo que escribir todo esto rápido antes de hacer que la nave regrese al pasado. He dejado al resto del equipo en casa. No saben que estoy haciendo esto. No quiero que Zora se ilusione antes de tiempo, por si me equivoco.

Objetivo: Regresar a la mañana del 9 de mayo de 2075 y sacar a Natasha Harrison de nuestra casa antes de que el edificio quede destruido en el mega terremoto de la falla de Cascadia.

Soy consciente del bucle causal. Por supuesto que soy consciente del maldito bucle causal.

Pero esto es distinto. No encontraron el cuerpo de Natasha entre los escombros. Existe la posibilidad de que yo ya haya viajado en el tiempo. Tal vez ya la haya salvado.

En realidad, no está muerta.

Entrada del cuaderno de bitácora
18 de junio de 2075
23:41 horas
el taller

Misión: Afrodita 22 27.

De momento, todos mis intentos de salvar a Natasha han resultado infructuosos.

Sinceramente, no sé en qué me equivoco.

Al principio, traté de regresar a la mañana del 9 de mayo de 2075. Llegué sesenta minutos antes de que el terremoto arrasara Seattle, pues supuse que eso me daría tiempo suficiente de localizar a Natasha, convencerla de que fuera conmigo y regresar juntos al anillo.

En los diez o doce primeros viajes al pasado, busqué a Natasha en nuestra casa y por nuestro barrio. Recuerden que se había quedado porque ese día estaba enferma, así que sería lógico deducir que no se alejaría mucho. Pero no había ido a ninguno de sus lugares favoritos del vecindario. Todas y cada una de las veces, fracasé en mi empeño de encontrarla antes de la llegada del terremoto.

Tras todos esos fracasos, abandoné la búsqueda durante una temporada hasta dar con un nuevo plan. Buscar a Natasha una hora antes del terremoto había sido inútil, así que debía buscarla mucho antes. La última vez que había visto a Natasha con vida estaba en la playa del Golden Gardens Park. Había ido a despedirse de nosotros. Mi nuevo plan era regresar a ese momento, interceptarla en los escasos minutos que transcurrieron entre su despedida y su llegada en coche a un lugar desconocido para mí.

Por desgracia, cuando intento salir del anillo en ese instante, me encuentro con que salgo a la superficie del estrecho alrededor de quince minutos después de nuestra partida, un punto en el que Natasha ya se ha montado en el vehículo y se ha marchado de la playa.

Es una incidencia extraña del túnel del tiempo y, en otras circunstancias, tal vez me dedicase a investigar más el fenómeno.

Tal como están las cosas, en lo único en lo que puedo pensar es en encontrar a mi mujer.

Entrada del cuaderno de bitácora

4 de noviembre de 2075

2:13 horas

el taller

Misión: Afrodita 53.

Hace cuatro meses desde la última vez que escribí en el cuaderno de bitácora.

No, esperen... Cinco meses.

Es curioso que, a pesar de ser alguien que se ha pasado la vida entera estudiando el tiempo, me cueste tanto calcular cómo transcurre. Parece que haga mucho más tiempo y, a la vez, es como si el tiempo transcurriera mucho, mucho más despacio.

Desde entonces, he buscado a mi esposa en el supermercado, en la biblioteca de la universidad, en la farmacia, en la consulta del médico de Natasha y en casa de su madre. He regresado horas antes y me he quedado tanto como me ha sido posible. Algunas veces he llegado al anillo apenas segundos antes de que azotara el terremoto.

He repasado mi teoría inicial una y otra vez, la he examinado desde todos los ángulos. Incluso con el escollo del bucle causal, ¡sigue teniendo sentido! Natasha no puede estar muerta.

Verán, en realidad no le estoy salvando la vida, la estoy extrayendo del pasado para traerla al futuro, exactamente igual que hicimos con Ash, Chandra y Willis. Voy a sacarla del pasado antes de que el terremoto pueda matarla.

¿Por qué no funciona?

Entrada del cuaderno de bitácora
18 de febrero de 2076
11:04 horas
el taller

Misión: Afrodita 87.

La biblioteca del centro es uno de los lugares favoritos de Natasha de toda la ciudad. No sé cómo no se me había ocurrido antes. Cuando no se encuentra bien, siempre baja a la biblioteca y busca una biografía antigua o el libro de memorias más grande y polvoriento de todos los que tienen y se pierde en sus páginas hasta que se siente mejor.

Ya he intentado entrar en la biblioteca en cinco misiones distintas, pero en todas y cada una de esas ocasiones, algo me ha impedido llegar a mi destino.

Durante mi último viaje, logré subir los peldaños de la entrada de la biblioteca y estaba a punto de llegar a la puerta para abrirla cuando un hombre corrió directo hacia mí y me tumbó de espaldas. Me desperté dentro de una ambulancia veinte minutos más tarde y tuve que salir huyendo y volver a la calle, para luego correr a toda velocidad a mi máquina del tiempo, todo eso sin dejar de sangrar por una herida de la cabeza, con el fin de llegar al anillo antes de que se produjera el terremoto.

Mi teoría actual es que Natasha está dentro de esa biblioteca. Es lo único que tiene sentido. Si consigo encontrar la manera de entrar sin que nada se tuerza, seré capaz de devolverla a casa.

Entrada del cuaderno de bitácora

9 de mayo de 2076

19:07 horas

el taller

No sé cómo estoy escribiendo esto.

Lo digo en sentido literal. Miro mi propia mano y no comprendo cómo se mueve. Las palabras que escribe no parecen mías.

¿Cómo podrían serlo?

Tengo la mente en blanco. Fundida. Vacía.

Hoy han encontrado el cuerpo de Natasha. Unos voluntarios estaban limpiando escombros de la biblioteca del centro con la esperanza de que las plantas superiores todavía fuesen habitables.

No... no puedo escribir lo que me dijeron acerca del estado de su cuerpo. Fueron capaces de identificarla por el permiso de conducir, que tenía metido en los restos del bolsillo y vieron su dirección. Me lo trajeron y me dijeron dónde podía encontrarla, si deseaba darle una sepultura más apropiada.

Iba bien encaminado. Estaba en la biblioteca. Pero no pude llegar hasta ella. Ojalá hubiera podido acceder a Natasha. Ha pasado un año. He intentado salvar a mi esposa un centenar de veces, de un centenar de maneras distintas. Pero nada funciona.

Natasha muere, todas y cada una de esas veces.

34

Ash

17 de marzo de 1980, complejo del Fuerte Hunter

—**P**onte con tu amiga —le dijo el soldado, dándole un último golpe burlón con el arma. Ash trastabilló y estuvo a punto de tropezarse con la silla de metal atornillada al suelo que había en medio de la sala de interrogatorios.

Notó que algo anidaba en sus entrañas. Miedo, o los primeros atisbos de él.

Se sentó procurando no mirar a Zora a la cara. El soldado se arrodilló detrás de él, le quitó las esposas y volvió a esposarlo a la silla atornillada. Satisfecho, se reunió con los demás soldados que estaban en la puerta y, sin decir ni una palabra más, se alejaron por el pasillo después de cerrarla. Zora y Ash se quedaron solos.

El piloto por fin miró a Zora.

—¿Estás...?

El repicar de unos pasos lo detuvo. Oyó voces amortiguadas en el pasillo y entonces la puerta se abrió otra vez y un soldado nuevo, desconocido, entró en la sala.

No llevaba el típico mono militar sino una cazadora verde encima de una camisa color caqui y una corbata; llevaba la gorra sujeta debajo del brazo. Tenía la misma cara que un bulldog, pero sus ojos eran planos y oscuros, como los de un tiburón.

Ash dirigió la mirada a los galones del hombre, para saber su rango. Unas hojas de roble gemelas de plata lo miraron desde el uniforme.

A Ash se le secó la garganta al instante. Esas hojas indicaban que aquel hombre era el responsable de toda la base.

—Soy el teniente coronel Gross —dijo el hombre al cabo de un momento—. Mi unidad me ha informado de que ha habido una violación grave de nuestra seguridad.

Miró fijamente a Ash, como si esperase que le respondiera.

Ash le aguantó la mirada. Notaba la sangre que le bombeaba en las orejas, caliente y constante, y se percató, casi como si se viera desde fuera, de que era presa del pánico. Estaba aterrado.

Antes de que se le ocurriera qué contestar, alguien llamó discretamente a la puerta y esta se abrió una vez más. Entraron otros dos soldados, que transportaban una televisión cuadrada y un carrito metálico.

—Intentaré ser claro con vosotros —continuó Gross—. Sois poco más que unos mocosos, y no me gusta hacer daño a los niños. Pero, como es una cuestión de seguridad nacional, puede que no me quede otra opción.

Giró un interruptor del televisor y una imagen granulada y en blanco y negro parpadeó en la pantalla.En ella, el Profesor subía unas escaleras a la carrera, con el pecho agitado. Luego llegaba a una puerta de metal y se paraba a mirar por encima del hombro. Las luces del techo destellaban en sus gafas y las volvían blancas.

Gross apretó un botón del aparato de televisión y la imagen se congeló.

—Tomaron estas imágenes de vídeo a primera hora de la mañana, aproximadamente a las 4:00 horas. El señor que veis en la pantalla irrumpió en nuestras instalaciones sin que nadie lo descubriera, y de algún modo logró acceder a información confidencial sobre un arma de destrucción masiva.

«¿Un arma de destrucción masiva?», pensó Ash.

¿Para qué querría un arma el Profesor?

Sin embargo, Gross ya había cambiado de tema y Ash no tuvo tiempo de darle demasiadas vueltas.

—Creemos que trabaja contra el gobierno de Estados Unidos y, por lo tanto, sus acciones constituyen un acto bélico. —Gross se volvió hacia Ash, entrecerrando los ojos negros—. Tú, jovencito, fuiste descubierto dentro del vehículo del caballero en cuestión, que encontramos abandonado en el bosque junto al perímetro del complejo. Comprenderás que eso puede llevarnos a pensar que tú también actúas contra el gobierno de Estados Unidos. Si te decidieras a cooperar, si nos dijeras quién era ese hombre y para qué agencia trabajaba, podríamos ser más benévolos en lo que a tu castigo se refiere.

A Ash se le heló la sangre. Tragó saliva.

—¿Era?

Gross no parpadeó.

—Hace unos quince minutos encontraron al caballero en cuestión en la azotea, intentando escapar. Ha sido ejecutado.

35

Dorothy

—¿Se ha marchado? —repitió Dorothy. Notó que el frío le recorría el cuerpo—. ¿Cómo puede haberse ido? ¡Ahora mismo estamos en su máquina del tiempo!

—No te preocupes por eso ahora. —Roman se inclinó contra la pared de la máquina del tiempo, con los brazos cruzados de manera despreocupada sobre el pecho y la pistola colgando de los dedos—. Hay otra cosa que necesito obtener de este lugar. Es la última pieza de un puzle muy complicado y, lo creas o no, tú eres la única persona viva que puede conseguírmela.

Dorothy entrecerró los ojos.

—¿Por qué crees que voy a ayudarte?

—Porque yo sé cómo liberar a Ash, y tú no.

Dorothy vaciló, le temblaba el pulso. «Maldita sea».

Tenía la sospechosa impresión de que iba a timarla otra vez. Pero Roman parecía tener un plan para recuperar a Ash y ella ni siquiera sabía adónde se lo habían llevado los soldados. Necesitaba a Roman. Por lo menos, de momento.

Y, además, estaba el pequeño detalle de su visión. La notaba... próxima, si eso tenía algún sentido. Se le puso la piel de gallina al anticipar el momento.

«No deberías confiar en ellos», pensó Dorothy.

«¿Por qué? —quería preguntarle a Roman—. ¿Por qué no debería confiar en Ash y sus amigos?».

Tenía que admitir que, según la visión, daba la sensación de que Roman y ella colaboraban en algo. Y era más fácil elegir trabajar con Roman si lo percibía como algo inevitable. Una decisión que ya había sopesado y había tomado antes. Un futuro que no podía evitar.

Escudriñó la cara del rufián.

—¿Y nos dejarás libres cuando hayamos acabado?

Roman arqueó la ceja hacia arriba, como si una cuerda invisible tirara de ella.

—Naturalmente.

Mentía. Pero los ojos de Dorothy se posaron en la pistola que empuñaba y se dio cuenta de que, en realidad, nunca había tenido opción. Solo la ilusión de poder decidir.

—Vale —dijo con cautela—. Y ¿qué es esa cosa que tengo que ayudarte a recuperar?

Roman desdeñó la pregunta con un manotazo.

—No te preocupes, lo sabrás cuando la veas. De momento, tenemos que concentrarnos en Ash. Es muy importante que lo ayudemos a escapar. Es el único que puede devolveros al futuro a todos.

Roman sacó algo del bolsillo interior del abrigo. Era un artilugio pequeño, similar al ordenador portátil de Willis, pero más aparatoso, con trozos de cable retorcidos en los laterales y un palo metálico que salía de un extremo. Tenía varias placas de distintos colores y una especie de tejido brillante y plateado rodeaba la parte inferior.

Luego se inclinó hacia delante y puso el aparato en un ángulo que permitía que Dorothy viera la pantalla. En ella se veían varias decenas de películas diminutas a la vez.

—He redirigido el alimentador de seguridad del complejo para que envíe aquí las imágenes —explicó Roman. Dio unos golpecitos con el dedo en una de las minúsculas imágenes y esta se expandió para ocupar toda la pantalla. En ese momento, la imagen mostraba a Ash y a Zora sentados en medio de una habitación pequeña, al parecer, atados a las sillas—. Esto está unas cuantas plantas más abajo, en la sala 321A.

Dorothy tenía los nervios a flor de piel. Se moría de ganas de tocar la pantalla, pero se contuvo.

—Pues vamos.

Roman la miró con cara de decepción.

—Si fuera tan fácil, ¿crees que te necesitaría? —Amplió otra imagen, esta con varias decenas de soldados armados de pie delante de una puerta—. Así están las cosas al otro lado de la sala de tu chico.

A Dorothy le ardían los labios. Todavía recordaba el beso.

—No es mi...

Roman levantó una mano y la detuvo.

—En realidad, no me importa qué clase de relación tenéis. Para burlar la vigilancia de esos hombres, tendremos que llegar a la sala de control y anular el sistema de seguridad central del complejo. —Apretó un botón de su dispositivo y apareció otra imagen: un soldado, vigilando un pasillo vacío—. Con unas cuantas líneas de código, podría sembrar el caos en este sitio. Ni luces. Ni seguros. Ni cámaras. Creo que también se activa un zumbido ensordecedor. —Levantó la pistola y dibujó círculos en el aire con el cañón—. En cualquier caso, todo el mundo echará a correr, aterrado. Será glorioso.

—Glorioso —repitió Dorothy mirando con fijeza al soldado. Tocó la pantalla con un dedo y resiguió con la mirada la mano de Roman—. ¿Y cómo propones que pasemos por delante de ese vigilante?

Roman le sonrió con malicia.

—Ahí es donde entras tú.

Media hora más tarde, estaban acuclillados al final del pasillo, repasando la temblorosa imagen de seguridad del dispositivo de Roman. El soldado que había delante de los monitores de control no parecía haberse movido.

—¿Has entendido el plan? —preguntó Roman.

Dorothy asintió. Como farsa, era bastante sencilla. Todavía iba vestida con el uniforme militar, así que tenía que acercarse al soldado de guardia e informarle de que estaba allí para sustituirlo en el puesto. Roman incluso le había proporcionado una contraseña que Dorothy debía utilizar. Ella no tenía ni idea de cultura militar, pero, por lo visto, Roman pensaba que, si decía la palabra «fénix», convencería al soldado de que sus órdenes provenían de...

Bueno. De quien fuera que estuviera al mando.

—Pues muy bien. —Roman señaló el pasillo con la barbilla—. Te toca.

Dorothy se puso de pie. No le gustaba ese plan. Dependía de su capacidad para fingir que era un soldado, que parecía un cometido bastante difícil para alguien que nunca en su vida había conocido a un soldado hasta ese mismo día. Sin embargo, ella no había sido capaz de inventarse un plan mejor, y Roman parecía convencido de que la contraseña era lo único que hacía falta.

Dorothy confiaba en que tuviera razón.

Dobló la esquina del pasillo y se obligó a sonreír como si no estuviera nerviosa. Los ojos del soldado pasaron por delante de su cara como si no la hubieran visto. Pero al instante, había descolgado el arma del hombro y se la había cruzado delante del pecho, a modo de advertencia.

—¿Tiene autorización para estar aquí?

Dorothy sintió que se le congelaba la sonrisa. ¿Se suponía que tenía que decir la contraseña ya? ¿O parecería sospechoso?

—Yo, eh, he venido a relevarlo en el puesto —dijo. Y entonces, al recordar cómo la había llamado el soldado de la primera sala, añadió—: soldado raso.

Dio otro paso hacia el militar y este empuñó el fusil con más determinación.

—Esto es una zona de máxima seguridad. Tengo que pedirle que regrese por donde ha venido.

Dorothy notaba a Roman detrás de ella, contemplando su fracaso. Se humedeció los labios.

—Fénix —dijo Dorothy apenas en un susurro.

El soldado ni siquiera pestañeó.

—Me temo que tendrá que regresar por donde ha venido.

A Dorothy se le aceleró el corazón al máximo. No parecía en absoluto dispuesto a dejarla pasar. Ella dio otro paso al frente y el soldado hizo deslizar el arma por sus manos y la apuntó directamente.

Dorothy levantó las manos delante del pecho, horrorizada. Le vibraba el corazón y le faltaba el aliento.

—Fénix —repitió en voz más alta—. ¡Fénix!

Un agujero negro apareció en la frente del soldado. Dorothy no registró el sonido de un disparo hasta una fracción de segundo más tarde, cuando la expresión del soldado se quedó en blanco. Cayó de rodillas y luego se precipitó hacia delante. Muerto.

El miedo se apoderó de Dorothy y la sumió en una niebla fría. Por un instante, ese pavor oscureció todas las demás emociones, de modo que sus actos parecían extraños y descoordinados, como si actuase en una obra de teatro. Se llevó las manos a la boca y trastabilló hacia atrás, suspirando.

Revivió el instante en el que había aparecido el agujero negro. La expresión vacía que había cubierto los ojos del soldado. El golpe seco de sus rodillas al impactar en el hormigón.

«Ay, Dios mío, Dios mío...».

Un espeso charco de sangre se había acumulado bajo la cabeza del soldado.

Cuando Roman bajó una mano y se la puso en el hombro a Dorothy, esta se estremeció y se apartó a toda prisa.

—Lo has matado —dijo. Notaba algo agrio que le subía por la garganta—. ¿Por qué lo has matado?

—Tenemos que entrar por esa puerta.

—Pero ya lo tenía... —Tal como las palabras salieron de su boca, la propia Dorothy supo que eran mentira. Su absurda farsa no había funcionado. El soldado la habría matado si Roman no lo hubiese disparado antes. Negó con la cabeza, no quería creérselo—. No me has dado tiempo de convencerlo. Aca... ¡acababa de decir la contraseña!

Roman se arrodilló junto al soldado y bajó una mano al cuello para tomarle el pulso. Dorothy tuvo unas ganas repentinas y ridículas de reír. La bala le había atravesado la frente. ¿Cómo iba a estar a vivo?

—No había ninguna contraseña. Me la inventé —dijo Roman, y se limpió la mano en el abrigo—. Esto es el ejército. Su política es disparar primero y preguntar después. No existe nada parecido a una palabra mágica que pueda darte acceso a una puerta de seguridad vigilada.

Dorothy abrió la puerta y luego volvió a cerrarla, al comprender lo que había sucedido.

—Ese era tu plan desde el principio.

No se preocupó de darle un tono interrogativo. Ya sabía la respuesta. Roman la miró a la cara, con un brillo de astucia en los ojos.

—Se suponía que tenías que distraerlo el tiempo suficiente para que yo pudiera ponerme en posición y acertar con ese disparo. Sin ti, me habría descubierto mucho antes de haberlo tenido a tiro. Deberías estar orgullosa.

«Orgullosa».

Dorothy siempre había sabido que su moralidad no era precisamente ejemplar. Una persona no podía ganarse la vida mintiendo y engañando y aun así considerarse la heroína de la historia. Pero, en el fondo, Dorothy tampoco se había considerado nunca la villana de la historia. No, hasta ese momento.

Se quedó mirando al soldado muerto mientras un escalofrío de asco le subía por la nuca. Nunca había conocido a nadie que hubiese matado a otra persona. Su madre llevaba una pistola diminuta con la empuñadura de nácar en el bolso, pero, que Dorothy supiera, en realidad no la había utilizado jamás.

Se sintió como si hubiera cruzado una línea. Como si algo hubiera cambiado y fuese imposible revertir ese cambio.

Intentó por todos los medios hacer oídos sordos a ese sentimiento mientras rodeaba el cuerpo inerte detrás de Roman y se introducía en la sala de control.

Los recibió una mareante maraña de cables enredados, botones y cordones. Una pared entera estaba hecha de pantallas muy similares a las del artilugio de Roman, un montón de imágenes en blanco y negro que parpadeaban, en las que salían pasillos estrechos y puertas cerradas. Había una mesa curvada debajo de la pared de pantallas, cubierta por hileras de interruptores de metal y llamativos botones rojos y verdes. Los restos de la comida de alguien estaban en un rincón.

—Toma asiento —dijo Roman, y señaló una silla.

Dorothy se sintió tentada de decirle que no solo para llevarle la contraria, pero le flaqueaban las rodillas de tantos nervios. Si no se sentaba, era probable que acabase desmayándose de verdad, como una ridícula dama que se hubiera apretado demasiado el corsé.

Algo pegajoso se había secado en el suelo. Al pisarlo, sus botas chirriaron de camino a la silla. La sala era tan pequeña que Roman y ella estaban codo con codo, y se tocaban casi de forma inevitable se pusiera donde se pusiera Dorothy. Se apoyó en el borde del asiento, desplazando las rodillas hacia un lado a propósito.

—¿Tardaremos mucho?

—Qué va. —Roman arrancó una pantalla de la pared con un gruñido y empezó a hacer algo complicado con un amasijo de cablecillos rojos y azules—. A finales de la década de 2000, un puñado de hackers adolescentes crearon hilos de conversación en internet en los que te decían paso por paso cómo desmantelar los sistemas de seguridad militar antiguos. Peló las partes azules de los cables y dejó a la vista unos hilillos de cable de color cobre todavía más finos. Hizo lo mismo con los rojos y luego enroscó unos cuantos cables de cobre juntos.

—Tápate los oídos.

Dorothy apenas había logrado apretar las manos encima de las orejas cuando Roman alargó el brazo para accionar un interruptor de la esquina superior derecha del escritorio. Todas las luces de la sala de control se apagaron de inmediato y la distante alarma de emergencia empezó a atronar.

—Dios mío, me encantan los años ochenta —dijo Roman.

36

Ash

—¿**E**jecutado? —La voz de Zora sonó hueca, pero a Ash le caló más hondo que si hubiera chillado—. ¿A qué se refiere con que lo han ejecutado? ¿Qué le han hecho?

Ash cerró con fuerza los ojos. Dudaba que pudiera soportar oír los detalles.

¿Habían disparado al Profesor por la espalda mientras huía? ¿Había sido una mísera bala? ¿Habría dicho algo la mejor mente científica de la historia antes de morir?

A Ash le entraron unas ganas irrefrenables de dar golpes. Tuvo que contenerse para no empezar a aporrear el suelo con los pies y golpear con las manos esposadas contra el respaldo de la silla, aunque solo fuera para hacer ruido.

Cuando volvió a abrir los ojos, descubrió que Gross lo estaba escudriñando, con la boca retorcida en una mueca que Ash habría querido arrancarle de la cara de un bofetón.

—Como ya he dicho —repitió Gross—, apresaron al caballero en la azotea, hace poco más de quince minutos. Estab...

—¿Qué le han hecho?

Zora expulsó las palabras a través de los dientes apretados y Ash notó que se aceleraban aún más los latidos.

—Zora... —dijo para advertirla.

Los ojos de Gross regresaron a Zora.

—Y tú, jovencita, no estás en situación de...

—¡Mentiroso! —Zora tiró con fuerza de sus ataduras y el sonido del metal contra el metal llenó la sala de interrogatorios. Gross no se estremeció, ni pestañeó siquiera—. ¡No está muerto! ¿Qué le han hecho? ¡¿Qué han hecho?!

Un soldado avanzó y echó una mano hacia atrás...

Ash vio lo que iba a ocurrir un segundo antes de que sucediera.

—¡No! —gritó e intentó ponerse de pie, pero seguía esposado a la silla y la silla estaba atornillada al suelo. El metal se le hincó en las muñecas y lo obligó a sentarse de nuevo.

El puño del soldado golpeó la mejilla de Zora con saña y su cabeza se sacudió con violencia hacia un lado.

La ira explotó en el pecho de Ash.

—¡Hijo de puta!

Arremetió hacia delante, sin importarle que el frío metal se le clavara en las muñecas o que hubiera algo mojado, pegajoso y caliente que manara por debajo.

Habían herido a Zora. Los iba a matar.

Zora volvió a gritar, pero sus palabras se perdieron. Ash no podía oír nada por encima del ruido de la sangre que le bombeaba en las sienes. A duras penas se percató de que Zora forcejeaba con sus ataduras en la silla contigua, gritando.

La voz de Gross se abrió paso entre el estruendo.

—Sacadla de aquí.

No era una petición.

Uno de los soldados se dirigió a Zora, con una mano apoyada en la culata de la pistola.

Ash no sabía qué pensaban hacerle a su amiga, solo sabía que no podía permitir que se la llevaran, no podía perderla de vista.

El soldado se arrodilló detrás de la silla de Zora. Ash oyó el clic de las esposas al abrirse...

Y entonces se apagaron las luces y todo quedó bañado en la oscuridad.

Por una fracción de segundo, fue como si todos los presentes en la sala de interrogatorios contuvieran la respiración. Y entonces empezó a aullar una sirena, ese penetrante ulular le recordó al viento dentro del anillo.

Una luz roja parpadeaba sin cesar: encendida y apagada, encendida y apagada.

Como si fuera a cámara lenta, Ash vio que Zora liberaba un brazo y se daba impulso para darle un puñetazo en la sien al soldado.

Ash no oía nada porque el ruido de la alarma era ensordecedor, pero vio parpadear al soldado, aturdido. Soltó los dedos con los que empuñaba el arma y esta cayó al suelo. Repicó en el suelo, pero no explotó, y al instante Zora la detuvo con la bota y se agachó. Al cabo de un momento, la tenía en la mano. Las esposas le colgaban de una muñeca.

El segundo soldado disparó. La bala silbó junto a la cara de

Zora, y Ash contuvo la respiración, seguro de que habían dado en el blanco, pero Zora se apartó de la trayectoria un segundo antes de que la bala impactara. La hija del Profesor contratacó clavándole la cabeza en el pecho al soldado con un gruñido de rabia. Volvió a golpearle mientras este se esforzaba por recuperar el equilibrio.

—¡No te muevas! —Gross sacó el arma que llevaba enfundada en el cinturón con un solo movimiento, fácil—. He dicho que no...

Disparó y Zora se agachó, de modo que la bala explotó en la pared que tenía detrás. Hecha un ovillo, rodó por el suelo, desde donde lanzó una patada a la espinilla de Gross y luego se dio impulso para levantarse un poco y darle en la rodilla. Su pie dio dos veces en el blanco: *pam, pam.*

Gross arrugó la cara y trastabilló hacia atrás. Se le cayó el arma.

Zora se incorporó del todo, apuntándole a la cabeza con la pistola del soldado.

—Las llaves —ordenó.

Gross la miró como si estuviera ante una fiera salvaje.

—Escúchame bien, mocosa. Todos los soldados de esta base van a ir a por ti después de esto. No te atrevas...

Zora le estampó la culata de la pistola en la sien y el comandante quedó reducido en el suelo con los demás soldados.

—Ha sido impresionante —dijo Ash, pero no estaba seguro de si Zora lo había oído por encima del estruendo de la alarma.

Su amiga se arrodilló junto a Gross. Con los ojos fijos en la puerta, fue palpándole los bolsillos, como si esperase que los soldados entrasen en manada en cualquier momento. Le sacó una llave de plata del bolsillo y e hizo ademán de soltar las esposas de Ash.

El piloto señaló con la barbilla al teniente coronel, que yacía inconsciente.

—Tiene razón, ¿eh? Toda la base estará en alerta después de esto.

Las esposas se abrieron y Ash gruñó. Se frotó las muñecas.

—Si queremos salir vivos de aquí, necesitamos un plan —dijo el piloto.

Zora levantó la barbilla. Las luces rojas bailaban por su rostro, se acumulaban en las sombras de sus ojeras y en sus pómulos.

Con amargura, contestó:

—¿En serio crees que alguno de nosotros va a salir vivo de aquí?

37

Dorothy

L as botas atronaban en el exterior. Dorothy no las oía a causa de la ensordecedora sirena, pero notaba el temblor en el suelo. Abrió una rendija de la puerta y oteó por el pasillo. Habían aparecido varios soldados, que ya empuñaban unas voluminosas armas negras. La parpadeante luz roja pintaba sombras oscuras en su rostro. Parecían demonios.

—Creía que la idea era evitar que los soldados nos encontraran —susurró irritada—. ¡No gritar a los cuatro vientos nuestra ubicación para que se enterara media base!

Roman contemplaba las imágenes de su artilugio.

—La idea era alejarlos de la sala en la que tenían retenidos a Ash y Zora. Mira.

Movió la pantalla hacia ella, pero Dorothy estaba demasiado distraída con lo que sucedía en el pasillo y la apartó sin mirar. Tenía la cara tan pegada a la puerta que notaba la presión de la madera en la piel; sin duda le dejaría marca.

El soldado que iba a la cabeza del grupo se quedó congelado cuando vio al compañero muerto en el suelo junto a la puerta de la sala de control. Levantó una mano para alertar a los hombres que lo seguían, y entonces sus ojos se desviaron del cadáver hacia la puerta por la que espiaba Dorothy.

Dorothy notó que su cuerpo se convertía en una piedra. Era imposible, pero, por un segundo, le pareció que el soldado era capaz de ver a través de las luces de emergencia y de las sombras para localizarla al otro lado de la puerta entreabierta. Se le cortó la respiración.

Entonces, Roman la agarró por el brazo y tiró de ella para que se arrojara al suelo. Le puso un dedo sobre los labios.

A continuación, fue Roman quien se puso a espiar por la ranura de la puerta. Las sombras se desplazaban a toda prisa al otro lado de esa rendija abierta. Roman soltó un juramento para sus adentros e indicó a Dorothy que se escondiera debajo del escritorio. Él reptó a su lado.

Estaban muy juntos, con la cara a apenas unos centímetros el uno de la otra. Dorothy detectó el olor a menta en la respiración de Roman. Podía contar las pecas que le moteaban la piel entre el final de la nariz y el labio superior. Todo le resultaba dolorosamente familiar y, por un momento, se limitó a mirarlo, con el pulso acelerado.

«Este es». El momento de la visión.

En cuanto Dorothy se percató de que sabía qué iba a ocurrir, descubrió que estaba impaciente por quitárselo de encima. ¿Cómo empezaba todo? Roman iba a inclinarse hacia ella, con la mandíbula contraída. Iba a decirle: «No deberías confiar en ellos».

El recuerdo parecía tan real que Dorothy casi creyó que ya había sucedido. La pregunta «¿por qué?» quedó suspendida en sus labios...

Roman se volvió hacia ella y Dorothy sintió que se le encogía el pecho. El corazón le latía desbocado por la anticipación del momento.

El chico había apretado el cuerpo contra el brazo de ella, y el calor de su piel se extendía a través de la tela del uniforme robado.

Se le tensó un músculo de la mandíbula.

Ya no lo soportaba más...

—¿Por qué no debería confiar en ellos? —espetó Dorothy.

Era un cambio levísimo (era ella quien había pronunciado las palabras en lugar de Roman), pero Dorothy notó que se propagaba en el ambiente. Ahora, el momento que había visto que sucedería ya no podía suceder.

Le había robado la frase a Roman.

Este parpadeó hacia Dorothy.

—¿Cómo sabías lo que iba a decir?

—Lo... lo vi —admitió Dorothy—. Durante el viaje, en la máquina del tiempo. Fue como una visión.

Roman arrugó la frente.

—¿Y sucedía justo de esta manera?

—Bueno, no exactamente así. En la visión, tú decías que no debía confiar en Ash y su equipo, y yo te preguntaba por qué, pero la escena terminaba antes de que pudieras darme tus motivos. Y ahora mismo he presentido que era lo que iba a suceder y, bueno, supongo que me he impacientado.

—Fascinante —dijo Roman, con un brillo especial en los ojos.

A Dorothy no le importaba demasiado si había conseguido o no cambiar un futuro del que no sabía nada. La gente cambiaba su futuro continuamente, por el mero hecho de vivir.

Pero la advertencia de Roman seguía pendiendo sobre ella.

—¿Vas a decirme por qué ibas a advertirme de algo así? —preguntó.

—Pero no lo he dicho...

Dorothy se lo quedó mirando un buen rato. Él le aguantó la mirada, con una sonrisa provocadora. Sin querer, la chica sintió otro extraño *déjà vu*. Ese momento parecía el eco de otro, uno que podría llegar a recordar si se esforzaba un poco.

—Dime por qué no debería confiar en ellos.

Roman negó con la cabeza, cediendo.

—Eres una intrusa. Ellos son un equipo, uno para todos y todos para uno, y toda esa mierda. Pero tú no estás en el equipo, y nunca lo estarás. No has demostrado lo que vales.

Dorothy pensó en la fotografía que había en la cocina de Ash. «Roman Estrada».

—¿Por eso los traicionaste? ¿Porque no te consideraban parte del equipo?

De un plumazo, todo el exagerado carisma y la malicia espontánea se borraron del rostro de Roman.

—No —contestó—. No fue por eso.

—Entonces ¿por qué?

—Me temo que no nos conocemos lo suficiente para que te lo cuente —dijo, luego carraspeó—. Pero ¿quién sabe? Quizás algún día te confiese todos mis secretos.

Sacó algo pequeño y negro del bolsillo del abrigo.

—Esto es una bomba de humo.

Dorothy arrugó la frente al ver el objeto. Nunca había oído hablar de las bombas de humo, pero sabía lo que era el humo y sabía lo que era una bomba, y pensar en la combinación de esas dos cosas no le resultó del todo agradable.

—Voy a tirar la bomba de humo como maniobra de distracción. En cuanto lo haga, tienes que echar a correr.

—¿Adónde propones que vaya?

—A la azotea.

Lo dijo como si fuese evidente. Dorothy frunció el entrecejo, al recordar vagamente que Willis había propuesto algo parecido unas horas antes. Le había dicho que se encontrarían en un helipuerto que había justo encima del ala este. ¿Estaría en esa azotea?

—Tus amigos estarán allá arriba —continuó Roman—. Confía en mí. Yo me quedaré aquí y lidiaré con... —Sacudió la mano hacia la puerta— eso.

Dorothy notó una tensión en el pecho.

—¿Por qué me ayudas?

Roman parecía irritado.

—Ya te lo he dicho...

—Necesitas que te traiga algo —dijo Dorothy al recordar la conversación que habían mantenido en la Estrella Oscura—. Algo que solo yo puedo conseguir.

Pero eso no tenía sentido. Ella no tenía nada y, aunque lo tuviera, desde luego no se lo daría a él.

¿Qué se le escapaba?

Roman tocó un botón del lateral de la pequeña bomba negra y un hilo de humo que siseaba se extendió por el aire.

357

—Será mejor que te des prisa. No quiero que se marchen sin ti.

Le guiñó un ojo y luego tiró la bomba por la rendija de la puerta, justo entre las piernas del soldado más cercano.

Toda la tropa miró hacia abajo y empezó a toser cuando el riachuelo de humo se convirtió en una nube gris que acabó por oscurecerlos del todo.

Entrada del cuaderno de bitácora

15 de septiembre de 2076

7:07 horas

Academia de Tecnología Avanzada de la Costa Oeste

Hace tiempo que no actualizo este cuaderno de bitácora. Admito que me parecía inútil desde que la Agencia de Protección Cronológica se disolvió. ¿Había mencionado alguna vez que así es como decidimos llamarnos? El nombre se le ocurrió a Natasha. Se basa en una cita antigua de Stephen Hawking.

Aunque ahora eso ya no importa.

Supongo que no nos hemos disuelto oficialmente, pero no veo motivos para continuar con nuestra labor. La Academia de Tecnología Avanzada de la Costa Oeste está prácticamente cubierta de agua. Logré desalojar unas cuantas plantas de la parte superior y llevamos aquí atrincherados varias semanas, pero en cuanto al consejo de administración y al doctor Helm...

Están todos muertos.

La NASA no ha salido mucho mejor parada. El mes pasado hubo un terremoto en Washington de escala 8,2. También azotó la línea de falla de Nueva Madrid, que no había visto un terremoto superior al 5,4 en cien años. Por lo que he oído, la ciudad está en ruinas.

Esto me resulta más duro de lo que imaginaba. Para escribir estas pocas frases, ya he tenido que dejar la pluma unas cuantas veces, demasiado abatido para continuar. Pero creo que Natasha habría querido que dejara constancia de lo que está sucediendo. Es lo que habría hecho ella.

Intentaré ceñirme a los hechos.

El mega terremoto de la falla de Cascadia alcanzó un 9,3 en la escala de Richter, el más elevado que ha visto este país en su historia.

Y entonces llegó el tsunami.

Para aquellos que no estudien sismología por placer, aclararé que el terremoto en sí no es más que el aperitivo. Cuando las placas tectónicas se mueven bajo el lecho oceánico, desplazan una cantidad colosal de agua marina, que luego surge hacia arriba a una velocidad apabullante. Imagínense una montaña de océano que golpea una ciudad que ya está machacada y destrozada por un terremoto. Eso fue lo que hizo el tsunami. Cuando cesó el temblor y el agua retrocedió, Seattle ya no podía salvarse. La ciudad que era había desaparecido para siempre.

Por lo menos, así fue como lo vio el gobierno de Estados Unidos. La destrucción fue tan inmensa que no se creyeron capaces de reconstruirla, así que hicieron algo tan noble como echarnos del país. Desplazaron las fronteras hacia dentro y empezaron a llamarnos «los Territorios Occidentales». Capullos.

Todo eso ocurrió hace un año.

Hay personas que todavía no se han rendido. Intentan levantar los edificios derrumbados, convertir la ciudad en... algo. No sé por qué se molestan. Aun en el caso de que construyéramos una ciudad nueva encima del agua, el próximo terremoto volvería a desplomarla.

La Costa Oeste se ha perdido. Estados Unidos podría acabar perdiéndose.

Algunas veces pienso en aquel remoto día, cuando conocí a Roman. Estaba sentado junto a la Ciudad Campamento, intentando idear un programa informático para predecir los terremotos. Me pregunto qué ocurrió con ese programa. Supongo que se olvidó del tema una vez que empezó a ayudarme con mi propia investigación. Qué lástima. Ese programa habría sido infinitamente más útil para nuestra realidad actual que una máquina del tiempo.

Supongo que podría preguntarle por el tema. Pero ya no suele pasar por aquí. Creo que lo he decepcionado. No es que lo culpe a él. También me he decepcionado a mí mismo.

Lo mejor será que lo deje por esta noche. No está bien mantener la luz encendida después del toque de queda.

Las luces atraen a las plagas.

38

Ash

17 de marzo de 1980, complejo del Fuerte Hunter

Zora giró el pomo de la puerta. No estaba cerrada con llave. La abrió con facilidad mientras Ash levantaba la pistola hasta la altura del hombro y apuntaba, con el dedo tembloroso cerca del gatillo. Salieron al pasillo.

Vacío.

Ash frunció el entrecejo y bajó el arma. Apenas unos minutos antes había diez o doce soldados allí plantados. Se volvió hacia Zora, pero su amiga ya estaba en mitad del pasillo, avanzando a toda prisa hacia la puerta en la que ponía ESCALERA.

El piloto formó un megáfono poniendo las manos sobre la boca y gritó, con una voz apenas audible por encima de las sirenas:

—¡Zora, espera!

Cuando esta por fin se dio la vuelta, Ash soltó un juramento y la persiguió. El pasillo vacío lo inquietaba. «Demasiado fácil», pensó. La pistola robada le daba golpes en la cadera al correr, aunque tenía una mano puesta en el cinturón, alerta por si aparecían los soldados que faltaban, con los fusiles en ristre y haciendo llover las balas. Pero no se presentó nadie.

Llegaron a la escalera y la puerta metálica se cerró con un golpe seco en cuanto pasaron, amortiguando el ruido de la alarma.

Ash sintió un escalofrío y se frotó las orejas. El pitido todavía reverberaba dentro de su cabeza.

Zora ya corría escaleras arriba. No había aminorado la marcha, ni siquiera se había dado la vuelta para asegurarse de si Ash la seguía. Tampoco había empuñado el fusil, pero lo llevaba cruzado delante del pecho, como un escudo.

—¿Adónde vas? —preguntó Ash, sin dejar de correr tras ella.

Era preciso que regresaran a la Estrella Oscura, encontraran a Dorothy y averiguaran dónde se suponía que debían reunirse con Willis y Chandra. No tenían tiempo para excursiones improvisadas.

—A la azotea —dijo Zora.

Ash sintió un peso enorme en las entrañas. Él no quería ir a la azotea. No quería ver nada que demostrara a ciencia cierta que el Profesor estaba muerto.

Lo volvería demasiado real.

—Mienten —añadió Zora por encima del hombro como si le leyera el pensamiento—. Papá no está muerto. Es imposible.

«Papá». Hacía meses que Zora no empleaba ese apelativo. Ahora lo había dicho dos veces en el mismo día.

Ash sintió que se le erizaba el vello de la nuca por una emoción que no sabía describir. Quería decirle a Zora que esperase. Que hablase con él. Incluso si Gross mentía acerca de la ejecución del Profesor (y Ash no veía por qué iba a hacerlo), no tenía sentido que fueran a la azotea.

¿Qué esperaba encontrar allí Zora?

Sin embargo, antes de que pudiera plasmar esos pensamientos en palabras, ya estaban atravesando otra puerta y entonces la luz bañó la escalera y Ash retrocedió con torpeza, entrecerrando los ojos.

«Focos», pensó, al recordar el hangar del ala este y los cientos de soldados que esperaban para apresarlo.

No obstante, parpadeó de nuevo y vio que no eran focos. Era la luna que se hallaba baja en el cielo y extendía sus pálidos dedos de plata sobre la azotea.

Ash se protegió los ojos con una mano y los mantuvo entreabiertos. Ese tipo de luz resultaba cegadora. En contraste, todo quedaba en penumbra. Apenas distinguía a Zora de pie delante de él, su cuerpo no era más que una silueta, cuyo pecho subía y bajaba muy deprisa.

—¿Lo ves? —dijo la hija del Profesor mientras giraba en redondo—. Aquí no hay nada. Es imposible que hayan...

Ash se acercó a su amiga despacio.

—Zora.

—Si realmente le hubieran disparado, habría un cuerpo, o sangre, o... o... —Su voz sonó angustiada, terrible—. No puedo perderlo también. No después de lo que le pasó a mamá.

Ash no sabía qué decir. Tuvo que recordarse que debía respirar.

Zora no hablaba de su madre. Jamás. Natasha había muerto en el mega terremoto de la falla de Cascadia, junto con otras treinta y cinco mil personas. Después de eso, Zora cambió.

Dejó de hablar de sus emociones; es más, dio la impresión de que había dejado de sentir emociones por completo. Era casi como si pensara que sentir algo significase que tenía que sentirlo todo.

Una vez, Ash trató de hablar con ella sobre el tema. En cuanto la palabra «madre» había salido de los labios del piloto, Zora había dejado la mirada perdida y sus dedos se habían aflojado. El engranaje que sostenía había caído rodando al suelo, pero Zora no se había movido para recogerlo.

Era como si se hubiera quedado catatónica. Como si Ash hubiese quebrado algo dentro de ella.

No volvió a mencionar a su madre.

Ahora, Ash agarró a Zora por los hombros. Suponía que ella lo apartaría, pero, en lugar de eso, se quedó muy quieta. Siempre había sido una persona tranquila, pero esa quietud parecía poco natural, como el aire antes de que cayera una tormenta, cuando el viento dejaba de moverse y todas las hojas se daban la vuelta, mostrando el envés al desdichado cielo.

—Podemos volver a intentarlo —dijo Ash con esfuerzo—. Regresaremos antes de que lo ejecuten. —Dio unos golpecitos en el recipiente de materia exótica que todavía llevaba escondido en la cazadora—. Ahora tenemos más ME. Podemos regresar tantas veces como haga falta.

Zora asintió con la cabeza y la apoyó en el hombro de Ash, pero él se dio cuenta de que tampoco creía sus palabras. Los viajes en el tiempo no podían hacer que alguien volviese de entre los muertos. El Profesor ya lo había demostrado al intentar retroceder para salvar a la madre de Zora.

Fuera lo que fuese lo que había ocurrido en la base militar, no podía cambiarse. Fin de la historia.

Y eso significaba que el prerrecuerdo de Ash acabaría por cumplirse tarde o temprano, sin importar lo mucho que él se esforzara por combatirlo. En apenas cuatro semanas, moriría.

Algo empezó a dolerle por dentro. No podía expresar con palabras la sensación de saber que su muerte estaba tan próxima, que jamás lograría evitarla, ni siquiera tras tantos meses de repetirse que ya encontraría la manera de hacerlo. Era un sentimiento tan inmenso que no le cabía dentro de la piel.

Zora se apartó, como si también a ella le hubiera embargado aquel pensamiento. Agarró a Ash por el brazo.

—Encontraremos la manera —dijo con furia—. No voy a perderte a ti también. Te lo prometo. Seguiremos... investigando. Repasaremos su diario. Tiene que haber algo...

Se secó una lágrima de la mejilla con un rabioso manotazo.

Ash tomó aire, tratando de mostrarse fuerte por el bien de su amiga.

—No te preocupes por eso ahora...

Se quedó callado. Acababa de oír un motor a lo lejos y, aunque no sabía decir exactamente cuándo había comenzado, no le cupo duda de que se iba acercando.

Zora inclinó la cabeza hacia el sonido.

—¿Qué es eso?

Ash oteó el horizonte. Todavía no veía el origen del ruido de motor, pero eso no significaba que no estuviera cerca.

Miró alrededor. En realidad, aquello no era una azotea sin más, sino una pequeña zona de aterrizaje en medio de la montaña: probablemente un helipuerto, si se aventuraba a decir qué era. Había rocas alrededor de la explanada, que tapaban la mayor parte del bosque que había debajo.

—Deberíamos irnos —dijo, y se dirigió a la puerta.

Bajó la mano hacia el pomo...

Y entonces se quedó de piedra, con el ceño fruncido. Otro sonido se hacía eco dentro de la escalera, amortiguado por la puerta cerrada. Ash aplastó la oreja contra el frío metal.

—¡Ash! —Zora se había asomado por el lateral de la azotea, de espaldas a él—. Algo se acerca.

A Ash le sudaban tanto las manos que el pomo se humedeció bajo su mano. Seguía oyendo las hélices que surcaban el cielo y el rumor de un motor. Y, por debajo de ese ruido, algo que subía con determinación por las escaleras. Se hacía eco en las paredes de hormigón.

«Es la alarma», se dijo. Pero no lo era. Eran pasos. Alguien corría escaleras arriba.

Ash se apartó de la puerta trastabillando y agarró la pistola.

—Ash...

—¡Estoy en un apuro!

Se dio la vuelta y, en ese momento, un avión apareció por el lateral de la azotea.

No un avión cualquiera. Su avión. La Segunda Estrella. Su sonrisa llena de dientes parecía sucia a la luz del amanecer, y había una raja que cruzaba todo el parabrisas. Pero era su nave, desde luego. Bajó el arma y entrecerró los ojos escudriñando la cabina de mandos para ver quién la pilotaba. La sombra mastodóntica que cubría buena parte del parabrisas solo podía pertenecer a una persona.

Ash retrocedió con torpeza mientras Willis hacía aterrizar su máquina del tiempo en la azotea. El gigante abrió la puerta delantera y se asomó. Saludó a Ash al estilo militar.

—Buenos días, capitán.

Chandra bajó de la cabina de un salto. Había empezado a

hablar antes de abrir del todo la puerta, así que Ash se perdió la primera parte de la frase.

—... deciros que Willis y yo no pudimos cruzar la sala de la entrada, pero pensamos que podíais meteros en un buen aprieto o lo que fuera si estabais solos y, bueno, quizá necesitabais nuestra ayuda... Por eso retrocedimos por aquel túnel que daba un miedo que te cagas y, buf, os aseguro que esos guardias son fáciles de sortear si lo que quieres es salir de la base en lugar de entrar, y entonces llegamos a la Segunda Estrella y Willis se puso en plan: «Apuesto que podría pilotarla», cosa que, oye, ha hecho de maravilla. Aunque no estábamos seguros de que fuerais a llegar hasta aquí. Así que genial. Pero oye, ¿dónde está Dorothy? ¿Habéis encontrado al Profesor?

—Creo que acaba de darme un latigazo —dijo Zora.

Había eliminado la expresión del rostro, ocultado de nuevo sus emociones.

Ash carraspeó.

—Dorothy está en el hangar del ala este con la Estrella Oscura, y tenemos que...

La puerta de las escaleras se abrió de sopetón y lo dejó con la palabra en la boca. Ash se dio la vuelta justo cuando unas siluetas irrumpían en la azotea y los rodeaban al instante. «Soldados».

Sus armas relucían con la tenue luz del sol matutino. La ira inundaba su rostro.

—¡De rodillas! —gritó uno de los soldados. Los demás se extendieron en un semicírculo a su alrededor, bien organizados, y les bloquearon el paso—. ¡Y manos arriba!

Entrada del cuaderno de bitácora
20 de septiembre de 2076
21:00 horas
Academia de Tecnología Avanzada de la Costa Oeste

Si pretendo narrar con precisión cómo es Seattle después del mega terremoto de la falla de Cascadia, supongo que debería hablar del toque de queda.

Para ponerlos en antecedentes, les diré que deben comprender que la mayor parte de las personas que vivían en la Ciudad Campamento murieron durante el mega terremoto de la falla de Cascadia. Los refugios eran demasiado enclenques y el nivel del agua subió muchísimo. Mujeres, niños, familias... Todos quedaron barridos.

Quedaron unos cuantos supervivientes. Un grupillo de chicos secuestró un barco y juntos se instalaron en el hotel Fairmont. Roman vive con ellos ahora. Dice que los conocía de antes del terremoto, que ya eran amigos suyos cuando se alojaban en la Ciudad Campamento.

No sé qué les ve, la verdad. Son muchachos rabiosos. Violentos. Ha habido rumores de atracos, robos y saqueos. Instauraron el toque de queda para mantener a la gente a salvo de esa banda.

Roman no es así.

Anoche se acercó a verme a la facultad. Zora debió de contarle que me costaba mucho levantar cabeza después de lo ocurrido, porque vino con una caja de esos brownies de chocolate envueltos de uno en uno que solíamos comer cuando investigábamos juntos, supongo que con intención de alegrarme un poco.

(Tengo que admitir que me había olvidado de lo ricos que estaban esos brownies. Me pregunto dónde los encontró: los alimentos escasean en la ciudad desde hace un tiempo.)

Charlamos un rato. Le pregunté por el programa que había intentado diseñar unos años antes, el que se suponía que tenía que predecir terremotos, pero me dijo que alguien le había mangado el ordenador antes de poder terminarlo. Al parecer, en la Ciudad Campamento había muchos robos.

Le expliqué mi teoría de que habría sido mejor que hubiese continuado con ese proyecto en lugar de ayudarme con mi inútil investigación. O, por lo menos, traté de explicárselo. A esas horas ya había bebido un par de copas y no estoy seguro de si me expresé bien.

En cualquier caso, Roman se limitó a mirarme con una expresión rara.

«¿Me toma el pelo, Profesor? —preguntó, y señaló la ciudad sumergida que se veía por la ventana—. Esto no ha terminado. Podemos volver al pasado. Podemos solucionar este caos».

A continuación, dijo que sabía que yo tenía mis reticencias sobre utilizar los viajes en el tiempo para alterar el pasado, pero seguro que ahora ya no me quedaban dudas de lo importante que era. Podíamos evitar que murieran miles de personas. Podíamos salvar el mundo.

Creo que me eché a reír cuando me lo dijo, cosa que, visto en retrospectiva, fue una torpeza por mi parte. Es que no pude evitarlo. Mis emociones han fluctuado mucho a lo largo del último año. Las tengo a flor de piel.

Y, por supuesto, no hay que olvidar que había estado bebiendo.

Le dije a Roman que ya lo había intentado. Había regresado un centenar de veces. Había procurado salvar a Natasha de cien maneras diferentes, y nunca funcionaba. Nunca.

Dudo que se lo hubiera confesado de haber estado sobrio. En fin, el caso es que Roman se puso furioso. El muy vándalo volcó mi escritorio.

«¿Por qué usted sí puede volver al pasado? —me recriminó—. Todos hemos perdido a personas queridas. ¿Por qué solo usted puede regresar para salvar a las suyas?».

Después de esa reprimenda, se me pasó la borrachera de golpe. Puntualicé que en realidad no había conseguido salvar a nadie. Lo había intentado y habría fracasado. Mi pena había nublado mi buen juicio, pero, al final, solo había logrado demostrar mi hipótesis inicial.

Los viajes en el tiempo no son mágicos. No pueden utilizarse para cambiar el pasado ni para devolver a nadie de entre los muertos.

No estoy seguro de si Roman llegó a oírme. «El Circo Negro tiene razón en lo que dice de usted —me dijo—. O es completamente patético ¡o es un egoísta despreciable! Tiene todo ese poder y ni siquiera lo usa».

Como es natural, me quedé confundido.

«¿Quién es el Circo Negro?», le pregunté.

No quiso responder, pero supongo que no era necesario. Ya habría podido imaginarme que los muchachos de la Ciudad Campamento se harían llamar Circo Negro, pensando que ese ridículo nombre haría que la gente los tomara en serio. Era cuestión de tiempo para que dejaran de ser una panda de gamberros y se convirtieran en una banda callejera organizada. Buf. Justo lo que necesita esta ciudad en ruinas.

Ya no hay ayuntamiento en Seattle. No hay fuerzas policiales, ni leyes que se apliquen.

Si el Circo Negro quiere adueñarse del lugar, solo le harán falta unas cuantas armas.

Más tarde, después de recuperar un poco más la sobriedad, recordé casi sin querer cuando habíamos ido a buscar a Willis, lo emocionado que estaba Roman con la vida del circo. No paraba de preguntarle cosas a Willis relacionadas con su trabajo.

Estoy seguro de que Roman fue quien inventó el nombre para el Circo Negro.

Me pregunto si eso significa que se ha unido a ellos.

39

Dorothy

17 de marzo de 1980, complejo del Fuerte Hunter

Dorothy abrió de sopetón la puerta de la sala de control y corrió por el pasillo.

La alarma le atronaba en los oídos, un aullido grave que le recordaba al ulular del viento.

Contuvo la respiración mientras se zambullía en el humo gris y fue esquivando los codos agitados de los confusos soldados, evitando las pesadas botas que podían destrozarle un pie si la pisaban. Un hombre intentó atraparla, pero el humo le permitió ocultarse con facilidad. Dorothy vio que el soldado pasaba de largo y no agarraba más que aire.

Al llegar a la intersección, giró a la derecha sin pararse a pensar por qué sabía que era en esa dirección. De algún modo, estaba segura de que habría una escalera al final del pasillo. Dobló la esquina y sus ojos se posaron en una puerta metálica...

Se quedó sin aliento. Ahí estaba. Casi como si la esperase a ella.

Corrió a toda velocidad por el pasillo y tiró de la puerta para abrirla con un gruñido. Una escalera de caracol de cemento subía en espiral ante ella. Supo, sin saber cómo lo sabía, que conduciría a la azotea.

No era un mero *déjà vu*. Era algo más. Algo más fuerte.

Lo percibió casi como un augurio.

El tiempo fluía a su alrededor como el agua y, por un instante, fue como si el pasado, el presente y el futuro existieran juntos, al mismo tiempo.

Continuaba corriendo por el pasillo, pero a la vez estaba con Roman en la Estrella Oscura, con las manos en alto porque él le apuntaba hacia el pecho con el arma.

«Hay otra cosa que necesito obtener... Y, lo creas o no, tú eres la única persona viva que puede conseguírmela».

Entonces, los pensamientos de Dorothy se vieron entorpecidos y volvió al momento presente. Se limitó a correr.

«No», pensó, desesperada, y aceleró aún más. Cada paso que daba reverberaba por todo su cuerpo, le zarandeaba los huesos y hacía que le doliesen las rodillas. Roman se equivocaba, al menos en eso. Tal vez necesitase algo de ella, pero ella no tenía nada que ofrecerle.

Y, además, el futuro no era algo fijo. ¿No acababa de demostrarlo la propia Dorothy? Había tenido una visión de una cosa y había vivido otra. Había reescrito el guion y quizás el cambio hubiera sido pequeño, pero aun así tenía su importancia.

El futuro no era algo que existiera sin más, independientemente de las decisiones que Dorothy tomara en ese momento. Ella tenía capacidad de elección.

Y lo que había elegido era que: iba a regresar al año 2077 con la Agencia de Protección Cronológica. Iba a formar parte del equipo.

Roman se quedaría solo.

Ya notaba que le fallaban las piernas, le temblaban a cada peldaño que subía. Se llevó una mano cansada a la frente y la manga se le empapó de sudor. Empezaba a notar un pinchazo en el pecho. Cada inspiración presuponía un esfuerzo.

Oyó el eco de unas voces en la escalera, cada vez más alto conforme subía. Gritos. Disparos. Dorothy se quedó helada. Los nervios le hacían cosquillas en la piel y, por primera vez, se planteó que Roman pudiera haberle tendido una trampa. Esas voces no pertenecían a sus amigos. Eran soldados.

Y entonces oyó: «¡Todos a la nave!».

«¡Ash!», pensó. Dorothy se armó de valor y siguió subiendo. «Por favor, no os vayáis».

Qué curioso, apenas un día antes, lo único que deseaba era que Ash la llevase a algún sitio, tener la oportunidad de huir, de desaparecer de la historia. Ahora, lo único que quería era estar en la Segunda Estrella.

Se abrió paso por la última puerta y salió atropelladamente. La luz del sol la golpeó como un puñetazo en la cara. Se protegió los ojos y los entrecerró para contrarrestar el resplandor.

40

Ash

Los soldados no esperaron a abrir fuego.

El aire se llenó de balas. Ash notó el calor de las municiones que surcaban el cielo, tan cerca de ellos. En un abrir y cerrar de ojos, también él había sacado la pistola. Con el dedo en el gatillo, entrecerró los ojos para intentar ver en medio del caos.

—¡Todos a la nave! —gritó.

Apuntó hacia una pierna (al fin y al cabo, aquellos hombres eran inocentes) y disparó.

Un soldado cayó de rodillas, maldiciendo, y tres más arremetieron contra él. Ash buscó un lugar de paz en su interior al que normalmente solo accedía cuando volaba. No lo encontró. Eso era un pandemonio. Apuntó de nuevo. Disparó de nuevo. Otro soldado cayó al suelo.

—¡Zora!

Ash miró fugazmente hacia la izquierda. Chandra se había montado otra vez en la Segunda Estrella y, con cautela, se dirigía a la puerta posterior de la cabina, con una expresión horrorizada en la cara. Zora se acurrucó junto a ella y se protegió con la puerta de la máquina del tiempo. Era demasiado fina. Una bala marcó el metal. Una segunda bala la atravesó por completo.

—¡Creo que es hora de irnos! —gritó Zora. Se asomó un ápice por el borde de la puerta y pegó un tiro a ciegas (parecía más interesada en asustar a los soldados que en dar en el blanco) y entonces soltó una maldición y se retiró al ver que una bala pasaba rozándole la cara, a un pelo de su nariz—. ¡Haz despegar este cacharro!

A Ash empezaron a sudarle las palmas. No podían marcharse aún. Todavía tenían que cambiar la ME...

Y les faltaba Dorothy.

Pensar que estaría esperándolo en la Estrella Oscura le provocó una sensación sin procesar y cargada de culpabilidad en las entrañas. No tendría que haberla dejado allí sola. Dios, confiaba en que estuviera a salvo.

Echó un vistazo a la cabina de mandos. Willis acababa de bajarse y empezaba a avanzar como una mole hacia ellos. No iba armado, pero Ash vio que todos los soldados retrocedían unos pasos en cuanto lo veían, con los ojos tan abultados como los personajes de los dibujos animados.

—¡Toma!

Ash le lanzó su arma a Willis: el gigante la pilló al vuelo, pero arrugó la frente como si no supiera para qué servía.

Un soldado levantó el fusil para dispararle y Willis lo tumbó de un manotazo y lo mandó rodando hacia los demás, como una pesada bola que tira toda una fila de bolos.

Ash logró acceder a la cabina de mandos y la quietud que tanto anhelaba un segundo antes lo cubrió como una cascada. Empezó a activar interruptores, reconfortado por esos movimientos familiares, a pesar de que una bala acertó en la ventanilla del copiloto y rompió el cristal. Ash no apartó la mirada del panel de control de la nave. Eso sí sabía cómo hacerlo.

Con el rabillo del ojo, vio que la puerta de la azotea se abría y se cerraba.

«Maldita sea —pensó, y se le hizo un nudo en el estómago—. Refuerzos».

—¡Todos a bordo! —gritó.

No estaba seguro de cómo, pero tenían que encontrar la manera de regresar al hangar después de librarse de los soldados que los disparaban.

Luego, una vez que estuvieran en el bosque, buscarían un sitio en el que aterrizar unos minutos para que Zora instalase la ME que Ash había sustraído de la Estrella Oscura.

Una extraña incomodidad se adueñó de Ash. Si se llevaban toda la ME de la Estrella Oscura, el Profesor no sería capaz de regresar al año 2077.

«El Profesor está muerto —se recordó—. De todos modos, no podrá utilizarla».

Willis le arreó con la culata del arma en la sien a un soldado (el hombre cayó desplomado igual que una piedra) y entró corriendo en la cabina. Zora estaba a punto de montarse en la máquina del tiempo detrás de él, pero una bala rebotó en el metal a un centímetro de su mano. Se apartó soltando un juramento.

—¡Despega! —gritó mientras disparaba—. Yo...

Una voz se elevó por encima de los disparos. Parecía que había dicho:

—¡Esperad!

Ash frunció el entrecejo y miró por la ventanilla. Lo único que vio fueron soldados. Pisó el acelerador y la Segunda Estrella se despegó del suelo.

Zora intentó subirse a la cabina una vez más. Y, también una vez más, una bala golpeó el metal y le entorpeció el paso.

La voz gritó:

—¡Esperad! ¡Por favor!

Ash soltó la palanca y la Segunda Estrella volvió a apoyarse en la azotea con un golpe seco que sacudió toda la nave. El piloto se dio la vuelta desde el asiento y oteó entre las grietas que formaban una telaraña en su ventanilla.

Uno de los soldados era más bajo que el resto. No llevaba arma, al menos por lo que veía Ash, y se abría paso entre los hombres, ¡contra ellos!, con la cabeza gacha como si no quisiera que nadie lo mirase a la cara.

Ash reconoció los rizos oscuros que se escapaban por los laterales de la gorra del soldado. «Dorothy».

Una sensación rugió en su interior, una felicidad tan similar a la que había sentido en el prerrecuerdo, cuando había visto a la chica del pelo blanco por primera vez, que se estremeció, como si le hubieran disparado.

Pero la sensación permaneció, latía bajo su esternón como un segundo corazón. No podía negar lo que era. No era amor, todavía no. Pero se parecía al principio del amor.

Tragó saliva, confundido y avergonzado. ¿Qué ocurría? Había visto la melena blanca de la Reina de los Zorros. Sabía que

Dorothy no era la persona de la que se suponía que tenía que enamorarse.

—¡Zora! —gritó y señaló a Dorothy con la barbilla.

Zora disparó unas cuantas balas a los hombres que la rodeaban, para que abrieran paso.

Dorothy llegó al avión jadeando. Willis la agarró por el brazo para meterla a bordo.

La chica levantó la mirada y comprobó que Ash estaba en la cabina de mandos.

—Pensaba que os iríais...

Ash sintió algo complicado que se retorcía en su interior. Alivio al ver que su chica (sí, ya empezaba a considerarla «su» chica) estaba a salvo. Decepción al ver que no confiaba en que él fuera a buscarla. Carraspeó y se dio la vuelta, intentando serenar la voz.

—Un segundo más, y te habríamos dejado atrás —contestó Ash—. ¿No te dije que te quedaras allí?

—Bueno, sí, pero nunca se me ha dado bien obedecer órdenes.

Dorothy sonrió y él le devolvió la sonrisa, incapaz de reprimirse.

Zora se montó detrás de Dorothy, sin dejar de disparar con una mano hasta que cerró la puerta de la nave de un tirón. Ash agarró con fuerza la palanca del acelerador y propulsó su avión, animándolo a volar. La Segunda Estrella despegó del suelo con facilidad.

«Qué portento», pensó.

—¡Sácanos de aquí de una vez, Ash! —gritó Zora—. Tenemos que...

Otro disparo. Ese se oyó más fuerte.

Y entonces Zora trastabilló y cayó de rodillas. Ash tardó un segundo en pensar que resultaba muy raro, porque Zora no era una persona torpe. Entonces su amiga se agarró el pecho mientras la sangre brotaba entre sus dedos y se extendía por su camisa como una flor que se abre.

—¡Zora! —gritó Ash.

Soltó la palanca de mandos sin darse cuenta de lo que hacía. La Segunda Estrella estaba a pocos metros de la azotea y empezó a caer en picado...

—Jonathan Asher, ¡haz que esta nave despegue y punto! —le ordenó Chandra, que se arrodilló junto a Zora.

Le puso dos dedos en el cuello para tomarle el pulso. Willis acabó de cerrar la puerta de la cabina. Tenía una cara monstruosa.

Zora cerró los ojos.

Ash notaba un nudo inmenso en la garganta, pero agarró la palanca y le dio al acelerador antes de que la Segunda Estrella tuviera tiempo de chocar con la azotea.

—¿Está...?

—¡Tú haz tu trabajo y yo haré el mío! —gritó Chandra.

Ash quería mandarla al infierno. Quería meterse en la cabina de los pasajeros con el resto y sujetar la cabeza de Zora en el regazo. Nunca la había visto tan indefensa, nunca. Ni una sola vez.

Abrumado, Ash volvió a mirar al frente.

—La Segunda Estrella está lista para el despegue —murmuró como si se hubiera acordado entonces.

El avión salió propulsado hacia delante, mientras las balas le rebotaban en las alas.

El mundo exterior pasó a toda velocidad por el parabrisas, pero Ash no lo veía. No sabía hacia dónde llevaba a sus amigos. Simplemente huían.

Creyó advertir que la zona montañosa del Fuerte Hunter se iba difuminando a su espalda, las balas que los perseguían se iban espaciando, hasta desaparecer por completo.

Buscó el estado de calma perfecta que solía producirle volar, pero era como un niño que intenta atrapar luciérnagas y se encuentra con las manos vacías. El cerebro le iba a toda velocidad, repitiendo una y otra vez la secuencia de los últimos segundos antes de abandonar la azotea: Zora subiéndose a la cabina. El disparo. La sangre que apareció en su pecho. Y él, demasiado lento de reflejos. No había hecho lo suficiente.

No miró de nuevo a los pasajeros de la nave hasta que dejaron atrás el Fuerte Hunter. Cuando lo hizo, vio que Zora movía con agitación los párpados, tenía una respiración rápida y superficial. Chandra se había puesto de cuclillas y estaba sobre ella, con la cara contraída por la concentración. Dorothy estaba junto a la doctora del equipo; tenía los brazos llenos de toallas ensangrentadas. Willis era una sombra tras ellas y no paraba de rezar. Era la primera vez que Ash le veía hacerlo.

El piloto se dio la vuelta otra vez, parpadeó y por fin vio el mundo que lo rodeaba. Árboles. Agua. Campos interminables de hierba. El peligro había pasado.

—Voy a aterrizar —dijo, y buscó un lugar lo bastante despejado para poder aterrizar la nave.

Era preciso instalar el depósito de ME nuevo y solo podía hacerlo si la máquina del tiempo estaba en tierra. Por lo menos, así tendría algo en lo que ocupar las manos mientras Chandra curaba a Zora.

—¡No! —chilló Chandra sin despegar la vista del cuerpo de Zora—. Tienes que seguir volando.

—No puedes curarla mientras volamos. —Ash sabía que sonaba como un loco, pero le dio igual. Chandra era un genio. Por eso el Profesor había retrocedido más de mil años en el tiempo para localizarla. Podía curar a cualquiera—. Tenemos que aterrizar, encontrar provisiones o... medicación o... lo que necesites.

—Necesito una mesa de operaciones limpia, una máquina de ultrasonidos y más gasas...

—Entonces, un hospital.

Ash miró por el espejo que colgaba del parabrisas. El pecho de Zora subía y bajaba con dificultad. Su cuerpo empezó a temblar. A Chandra se le paralizaron las manos y levantó la cabeza; dio con los ojos de Ash en el reflejo del espejo retrovisor.

—Tiempo —dijo desesperada—. Eso es lo que necesito. Tengo que sacarle la bala del pecho antes de que sea demasiado tarde, pero está perdiendo demasiada sangre. Para cuando consiga extraerla, ya estará...

Ash tragó saliva y apartó la mirada de la de Chandra. «Muerta». Eso era lo que su amiga estaba a punto de decir. Para cuando consiguiera extraerle la bala, Zora estaría muerta. Era como una adivinanza imposible, una que carecía de respuesta real. «¿Cuántos viajeros en el tiempo hacen falta para detener el tiempo?».

Ash se aferró con más fuerza a la palanca de mandos.

De pronto, se le ocurrió algo de forma espontánea: «En un anillo, todo el tiempo existe a la vez». Parecía otra adivinanza: «Si todo el tiempo existía a la vez, ¿existía algún momento concreto?».

Comprobó la lectura de la ME: quince por ciento. No era sensato meter la Segunda Estrella en el anillo con una cantidad tan escasa de materia exótica. Tenía que aterrizar para cambiar la carga de ME. Pero, si hacía eso, Zora moriría.

Ash sintió que se quedaba sin aire. No era la persona apropiada para una situación así. Necesitaban a Roman, cuya mente era resbaladiza y siempre sabía encontrar algún resquicio por el que colarse. O a Zora, con su lógica infalible. Pero solo lo tenían a él. Su intuición. Confiaba en que fuese suficiente.

—¡Esperad! —gritó. Aumentó la velocidad a 2.000 nudos y la paz que tanto anhelaba lo envolvió como una manta que le hubieran puesto sobre los hombros—. Tengo una idea.

41

Dorothy

El hospital de Avery tenía una zona de observación junto al quirófano principal en la que los estudiantes de medicina se agrupaban para observar a los médicos mientras obraban milagros. Avery había invitado a Dorothy una vez para que presenciara una operación y había insistido en que se sentara en los duros bancos de madera para verlo hacer lo que mejor hacía. Tal vez pensara que de ese modo la impresionaría.

Dorothy no se sintió impresionada. Por la manera en que su prometido había hablado acerca de sus habilidades, daba la impresión de que se parecía más a un Dios que a un ser humano. No había mencionado ni una sola vez al equipo de enfermeras y médicos que lo rodeaban en todo momento y le pasaban el instrumental o le limpiaban la frente.

Aquel día había salvado una vida y, sí, Dorothy tenía que admitir que eso era conmovedor. Pero no podía evitar sentir repugnancia ante su insistencia en que lo había hecho solo.

Chandra era todo lo contrario. No tenía equipo, ni un ejército de personas que la ayudasen a devolver a la vida a Zora. Solo estaban ella y sus manos llenas de talento, que parecían lograr la extraordinaria hazaña de estar en seis lugares a la vez. Le tomaba el pulso a Zora y a la vez le apretaba la herida supurante con un paño. Y luego le ponía el estetoscopio en el pecho y buscaba unos fórceps. Tenía sangre en las arrugas de los nudillos, y más sangre seca debajo de las uñas. No había tenido tiempo de ponerse guantes.

—Trapo —dijo Chandra.

Dorothy le quitó el paño ensangrentado de las manos y le entregó otro limpio. Se dio cuenta de que Chandra tenía la frente empapada en sudor. Sin pensarlo, se inclinó hacia delante, como había visto hacer a las enfermeras de Avery, y se la secó.

—Tiene el pulso débil —murmuró Chandra—. Y sangra justo por aquí, junto al ventrículo derecho. No sé si podré detener la hemo...

Zora arqueó la espalda. Puso los ojos en blanco. Empezó a toser sangre.

A Dorothy le dio un vuelco el corazón. «Por favor, no...».

Solo había transcurrido un día. Dos días, como mucho, y esas personas ya se habían convertido casi en sus amigas. Zora había sido muy amable con ella, la había aceptado en el grupo y le había dado un lugar en el que sentirse apreciada. Dorothy nunca se había sentido así. Zora no merecía morir, y mucho menos allí, de esa manera, cuando había intentado salvarla a ella.

La oscuridad se cernió sobre la nave. Todo se quedó muy quieto y silencioso. Salvo el aire. El aire murmuraba como si tuviera vida propia.

Dorothy alzó la mirada y vio unas agitadas nubes negras que presionaban contra las ventanillas medio resquebrajadas. Hubo un relámpago que tiñó de violeta las nubes. Habían entrado en el anillo.

Miró a Ash. Desde su posición en el suelo de la máquina del tiempo, solo le veía la nuca y los músculos tensos de los brazos.

¿En qué estaría pensando? El viaje por el anillo había estado a punto de matarlos la vez anterior. Dorothy recordó que Ash se había doblado hacia delante, mareado, y la piel se le había puesto verde. No podían volver a pasar por eso. Y menos con Zora...

—Dorothy.

Dorothy dio un respingo al oír su nombre. Oyó un gemido y una respiración pesada, así que se inclinó sobre Zora, con un paño limpio en la mano.

—¿Qué ocurre? ¿Qué ha pasado?

—Ha dejado de convulsionar —dijo Chandra.

Dorothy miró los párpados cerrados de Zora. Se habían quedado quietos. «No te mueras, por favor», pensó. Pero en voz alta, dijo:

—¿Qué significa eso?

Chandra la miró aturdida.

—Significa que está estable. Y ya no sangra. Ahora... —Chandra sacudió la cabeza y una risa nerviosa se le escapó de los labios—. Ahora sí puedo extraer la bala.

—¿Qué tal va? —preguntó a Ash a gritos desde la cabina de mandos.

No se dio la vuelta para mirarlos, sino que mantuvo los ojos clavados en lo que tenía delante, pilotando la nave entre una oscuridad tan densa que Dorothy no veía absolutamente nada.

«Seguro que lo sabía», se dijo al percatarse.

De algún modo, Ash sabía que si introducía la nave en el anillo le salvaría la vida a Zora. Y lo había hecho sin pensárselo dos veces, a pesar de que el vuelo anterior había estado a punto de arrebatarle la suya.

Dorothy pensó en su madre, que solo confiaba en las personas a quienes pagaba. Y en Avery, que podía salvar una vida ayudado por un ejército de manos y ver solo las suyas propias.

Durante toda su vida, a Dorothy le habían enseñado a confiar solo en sí misma. Le habían dicho que la confianza en los demás era un lujo que la gente como ella no podía permitirse.

Pero no era cierto. Solo había sido una consecuencia del tipo de vida que había elegido su madre.

Por primera vez desde que había ocurrido, Dorothy pensó en el beso que se habían dado en la Estrella Oscura. El calor de los labios de Ash apretados contra los suyos. El corazón de él latiendo contra su pecho.

Se había pasado dieciséis años escuchando que solo valía lo que podía robar, que sus únicas cualidades eran su cara bonita y la sonrisa zalamera. Siempre había querido algo más. Siempre había querido ser más.

Se llevó un dedo a los labios. Esto era algo más.

«Los hombres mienten», le había advertido su madre.

«Tú no estás en el equipo», había añadido Roman.

Dorothy acalló esas voces. No pensaba volver a escuchar a nadie más. Sabía perfectamente qué quería.

«Mangó», había dicho.

La última vez que hablamos, las palabras exactas de Roman fueron: «Alguien me mangó el ordenador antes de que tuviera oportunidad de terminar el programa».

No puedo creer que no se me ocurriera antes.

Debí de ser yo quien se lo hurtó. Debí de regresar al pasado y robarle el maldito ordenador.

Yo sabía que nunca terminaría de crear el programa informático. Aunque hubiera contado con el ordenador, Roman no habría tenido tiempo, no con lo mucho que trabajábamos juntos desde hacía unos años. Así pues, regresé al pasado y me llevé el ordenador para poder hacerlo yo.

Me había prometido que no viajaría más en el tiempo. Pero esto era diferente. Esto era por un bien mayor.

Esto podría ser la clave de todo. Me voy esta misma noche.

42

Ash

El anillo del estrecho de Puget

Ash se concentró en el sendero que tenía justo delante de la nave y dejó que el resto del anillo quedara oscuro y difuso en su visión periférica. Los años fueron pasando, marcados únicamente por el cambio en la calidad del humo y de las nubes.

1989... 1992...

Dorothy se introdujo en la cabina de mandos y se acomodó en el asiento del copiloto.

—¿Qué tal se encuentra? —preguntó Ash.

—Chandra ha logrado extraerle la bala. Está estable.

Dorothy giró el asiento para quedar de frente a él. Ash captó el movimiento con el rabillo del ojo.

No lo tocaba, pero había algo en la expresión del rostro de Dorothy que le provocaba un cosquilleo en la piel.

Él seguía con los ojos fijos en el parabrisas.

—¿Está despierta?

—Sí. Está hablando con Chandra.

Se tocó el medallón del cuello con un dedo en un gesto inconsciente.

Ash se había fijado en que lo hacía a menudo mientras pensaba, y le dio un poco de miedo ver que ya empezaba a considerar familiares las manías de ella.

El piloto se inclinó hacia delante y sacó la ME del interior de la cazadora.

—¿Puedes sujetarme esto?

Dorothy frunció el entrecejo y le dio la vuelta al recipiente en las manos. Era un cilindro de cristal lleno de luz del sol líquida. Entonces pasó una sombra por encima y la sustancia adquirió el color y la textura del acero.

—¿Qué es esto? —preguntó en un susurro.

—Materia exótica. Hermosa, ¿verdad?

Dorothy asintió y se quedó ensimismada mientras contemplaba lo que ahora era una agitada neblina azul.

—Te vi sacarlo de la Estrella Oscura —murmuró, y entonces volvió a enfocar la mirada. Observó el panel de control de la Segunda Estrella—. Espera un momento... ¿No se suponía que esto debía meterse en el avión de alguna manera?

—Sí, bueno, a diferencia de la Estrella Oscura, la Segunda Estrella no tiene un panel de control interno para la ME, así que no puede cambiarse la materia exótica en mitad de un vuelo.

—¿Y eso no es peligroso?

Ash dirigió la mirada al indicador de la reserva de ME. La aguja todavía rozaba la marca del quince por ciento, como si se burlara de él. La nueva ME solo los protegería si estaba correctamente instalada dentro de la máquina del tiempo. Apoyada en el regazo de Dorothy, era inútil.

—Confío en que no —dijo.

Se produjo un momento de silencio y entonces Dorothy suspiró y se sacó un reloj de bolsillo de latón.

—Supongo que debería devolverte esto.

Ash lo miró, pero tardó unos instantes en reconocer la gruesa cadena dorada y las muescas características en el borde de la esfera. Se llevó la mano de inmediato al bolsillo donde solía albergarlo.

—¡Eh!

—Está un poco pasado de moda, ¿no? —preguntó Dorothy mientras le daba vueltas al reloj en los dedos. La cadena de metal se resbaló de su palma—. Los hombres de mi época llevaban relojes como este.

—Era de mi padre —dijo Ash mientras ella le ponía el reloj en la mano. Antes, se habría enojado al ver que Dorothy le había robado una herencia familiar tan preciada para él. Ahora, le resultó extrañamente tierno, como ocurre a veces con los defectos de una persona querida, que con el tiempo miramos con ternura—. Él, eh, bueno, supongo que debió de vivir más o menos en la misma época que tú.

—Debo admitir que esperaba algo mucho más emocionante y caro para un viajero en el tiempo.

Dorothy torció el labio, como si le gastase una broma. Era un tipo de provocación distinta de la que había utilizado cuando se habían conocido. Al principio, había sido como si quisiera sacar algo a cambio. Ahora, parecía que su propósito fuera simplemente hacerlo reír.

—La próxima vez, búscate un viajero en el tiempo más rico.

—¿Conoces a alguno?

Ash se rio con ganas, y el sonido de su propia risa lo sorprendió. No estaba bien que se sintiera así tan poco tiempo después de que hubieran disparado a Zora, pero saber que estaba a salvo, al menos de momento, le había quitado un peso de encima y le había devuelto la alegría.

Eso y el olor del pelo de Dorothy tan cerca.

Carraspeó.

—Mira quién fue a hablar —comentó el piloto, y señaló con la barbilla la baratija de Dorothy—. ¿Se lo arrancaste del cuello a alguna ancianita buena?

—Pues en realidad fue algo así. Aunque no era buena, y no fui yo quien se lo robó.

Ash aguardó, con la esperanza de que el silencio la invitara a contarle toda la historia, pero Dorothy no mordió el anzuelo.

Él tardó un segundo en distinguir el grabado.

—¿Es un gato?

—Un perro, creo. Ya estaba así cuando me lo dieron.

—Vale.

Ash tragó saliva y dirigió la mirada de nuevo al parabrisas. Deslizó una mano dentro del bolsillo de la cazadora, donde había guardado el reloj de su difunto padre, y lo aferró con los dedos.

Ese reloj era una especie de máquina del tiempo particular. A Ash le bastaba con sujetarlo en la palma para verse transportado a un maizal en 1945, la granja de la familia Asher de tono grisáceo y polvoriento contra la luz del atardecer. El día que recibió ese reloj estaba de pie al borde de un camino de tierra, con una mochila a los pies, observando una lejana mancha negra que se iba acercando acompañada de un rumor. Al cabo de un rato, esa mancha se convirtió en un autobús. Y ese autobús lo llevaría al campamento de aviación, a mil seiscientos kilómetros de distancia: nunca había estado tan lejos de casa.

Antes de que el autobús llegara a donde estaban, el padre de Ash le había puesto su viejo reloj en la mano.

—No te mueras —había dicho Jonathan Asher senior, y había cogido la mano de su hijo—. Prométemelo.

Ash soltó el reloj y sacó la mano del bolsillo. Tal vez fuera eso lo que buscaba cuando le había preguntado a Dorothy por la medalla. Una historia. Alguna pista sobre quién era antes de que se la encontrara junto al bosque y se colara en su máquina del tiempo.

La miró un segundo.

—¿Eres creyente?

Dorothy empezó a trenzarse el pelo por encima de un hombro. Sus dedos se movían con rapidez, como si lo hubiera hecho muchas veces.

—Nunca le he encontrado sentido. ¿Y tú?

—Yo era católico.

—¿Eras?

Ash se encogió de hombros. No es que hubiera perdido la fe en un momento concreto, pero la había ido sustituyendo poco a poco por la ciencia. El taller del Profesor había sido como una iglesia para él; la Estrella Oscura y la Segunda Estrella, sus altares.

—Hay un pasaje de la Biblia —dijo Ash al cabo de un rato—. No lo recuerdo al pie de la letra, pero en esencia dice que Dios conoce el momento de tu muerte antes de que nazcas siquiera. Que tu destino está escrito.

—¿Y tú lo crees?

Ash tragó saliva.

¿Lo creía?

Pensó en el pelo blanco y el agua negra. Un cuchillo penetrando en sus entrañas. Se había esforzado mucho en creer que todavía estaba a tiempo de impedir que todo eso ocurriera. Pero la esperanza lo había abandonado cuando habían perdido al Profesor, cuando atisbó el pelo blanco de la Reina de los Zorros.

No sabía explicarlo, pero se sentía como si supiera que ese futuro lo acechaba, y que lo atraparía sin importar lo que él hiciera por impedirlo. Lo veía aproximarse como un autobús por un camino polvoriento. Ahora no era más que una mota negra, que se aproximaba un poco más a cada minuto que pasaba.

—Se parece a los viajes en el tiempo, ¿no? —dijo Dorothy interrumpiendo sus pensamientos—. Si Dios sabe en qué día vas a morir, entonces debe de saber todo lo que va a suceder. Eso significaría que nuestro futuro está determinado y no hay nada que podamos hacer para modificarlo.

Agua negra. Árboles muertos. Ash asintió con la cabeza. No se atrevía a hablar.

Dorothy se echó a reír, pero su risa sonó amarga.

—Entonces ¿qué sentido tendría todo esto? Si nuestro futuro ya estuviera escrito, ¿por qué molestarnos en vivir siquiera?

—¿No tienes curiosidad por saber cómo termina todo?

—No, si no puedo cambiarlo.

Dorothy detuvo el movimiento de los dedos y dejó unos centímetros de perfectos rizos castaños sueltos al final de la trenza. Ash se los quedó mirando. Se preguntó si él podría estirar esos rizos o si serían como muelles, que recuperarían la forma en cuanto los soltara.

Dorothy se humedeció los labios.

—¿Vas a llevarme al pasado? Me refiero a 1913.

Ash desvió la mirada del pelo de Dorothy a su cara y luego la apartó por completo. Le hacía daño mirarla. Era como si Dorothy esperase que él dijera algo, pero se veía incapaz de hablar. El dolor le aprisionaba las costillas, pero era el recuerdo del dolor, no un sentimiento real.

—Podría quedarme aquí. —No lo dijo con seducción. Las palabras le salieron de la boca apresuradas, se pisaron unas a otras como cachorros juguetones—. Me dijiste que no me gustaría, pero sí me gusta. De verdad.

«Cuéntaselo», pensó Ash. Pero ¿cómo se suponía que iba a decirle a la chica que acababa de besar que no podía estar con ella porque estaba destinado a enamorarse de otra persona? De alguien horrible...

Un relámpago relumbró a lo lejos. La aguja que medía el viento se desplazó. Ash se concentró en esos detalles hasta que no pudo soportarlo más. Y, entonces, la miró a la cara.

Estaba hecha unos zorros. Tenía el pelo enmarañado, los rizos erizados alrededor del rostro y mechones que se le salían de la trenza. La grasa y el sudor le cubrían la cara. Se le había roto el cuello de la camisa y se le notaban unas manchas de suciedad en la garganta.

Parecía real. Le pareció más hermosa que nunca.

—Podría quedarme con vosotros —insistió—. Podría formar parte del equipo... Podría estar contigo.

«Agua negra —pensó Ash—. Árboles muertos».

Zora le había dicho que enamorarse de Dorothy podía impedir que ese terrible futuro se hiciera realidad. Pero eso no era un maleficio que pudiera romperse. No era una profecía que tal vez no se cumpliera.

Juraba que era un recuerdo real, y los recuerdos son cosas fijas que no pueden cambiarse en retrospectiva. Ash no lo había comprendido hasta entonces, pero, de pronto, tomó plena conciencia. Si recordaba algo que había sucedido en el futuro, era porque ese hecho había ocurrido. No iba a evitarlo por mucho que encontrara al Profesor, y desde luego, no iba a evitarlo besando a chicas guapas del pasado.

Eso significaba que tenía que encontrar la manera de enfrentarse a su destino como un hombre. Como habría hecho su padre. Un hombre no arrastraría a nadie más dentro del pozo solo porque tuviera miedo de la caída.

Dorothy apoyó la mano en el brazo del piloto. Sus dedos eran delicados como una pluma.

—Ash...

—No puedo... —Su intención era contarle lo del prerrecuerdo. Quería contárselo, pero le faltó valor en el último momento. Negó con la cabeza y le apartó la mano—. Lo siento, no puedo.

43

Dorothy

Dorothy regresó abatida a su asiento junto a los demás, procurando bajar la cabeza para que nadie la mirase. Se sentía como si la hubiesen golpeado. Tenía las mejillas encendidas por la humillación, tan dolorosa como si Ash le hubiera dado un bofetón de verdad. Se llevó una mano a la cara con dedos temblorosos. Casi habría preferido que le hubiese pegado. El dolor físico parecía mucho más fácil de soportar que ese... ese ardor.

¿Qué había hecho?

Ni siquiera podía fingir que no se lo hubieran advertido. Su madre le había enseñado los peligros de poner su confianza en otras personas desde que tenía edad de caminar, pero lo había hecho de todas formas. ¿Por qué?

Porque habían sido simpáticos con ella. Porque había querido formar parte del equipo.

Y porque se sentía sola. Quizá no hubiera querido admitir que eso era en parte lo que la había motivado, pero ahora ya no podía seguir cerrando los ojos.

Se había sentido sola en ese extraño mundo nuevo y estaba desesperada por hallar una familia que sustituyera a Loretta. Ahora se avergonzaba.

Se hundió en el asiento y miró por la ventanilla. Los nubosos laterales del anillo pasaron volando en hinchados tonos azules, grises y morados. Eran hermosos. Probablemente sería lo más hermoso que viera en esta vida. Pero, por más que se esforzaba, no podía concentrarse en ellos.

Se aferró al medallón que le colgaba del cuello y cerró los ojos para contener las lágrimas que se agolpaban en sus párpados. Dios mío, qué tonta había sido.

«No es cierto», le susurró una insistente voz mental. No era tonta. Sabía perfectamente lo que quería. Tal vez no pudiera obtenerlo allí, con esas personas. Pero eso no significaba que no pudiera conseguirlo nunca.

Existían otras personas. Otros futuros. No creía en el destino. Todavía estaba a tiempo de cambiar cosas.

Agarró con más fuerza la medalla, sin importarle que el metal se le hincara en los dedos.

«Eres una intrusa —había dicho Roman—. Tú no estás en el equipo, y nunca lo estarás. No has demostrado lo que vales».

Dorothy se apretó los ojos con las palmas de las manos para frenar la avalancha de lágrimas de rabia. Esta vez le costó más acallar a esa voz.

Un alarido se oyó fuera de la máquina del tiempo. Al principio sonaba lejano, como un perro aullando a la luna. Dorothy logró hacer oídos sordos durante un rato. Pero luego aumentó de volumen. Se convirtió en una sirena de camión de bomberos, que se precipitaba hacia ellos. Se tapó los oídos con las manos.

Algo chocó contra la nave y todo tembló.

Chandra se arrodilló en el suelo y sujetó a Zora por los hombros. Le levantó la cabeza.

—¡Ash!

—¡El temporal está empeorando! —respondió Ash.

Empezó a llover. Primero era una llovizna fina que apenas salpicaba los cristales. Sin embargo, en cuestión de minutos fue arreciando, hasta que repiqueteaba en el cristal con la fuerza de un martillo y hacía temblar las paredes de la Segunda Estrella.

—No consigo mantener el avión estable —dijo Ash—. Se está...

Entonces estalló una ventana... y llenó el interior de la nave de viento y cristales. Chandra gritó y se abalanzó sobre Zora para protegerla de la cascada de desechos. Zora soltó una tos ahogada. Su rostro había adquirido un tono gris ceniza. A pesar de llevar el cinturón de seguridad, Dorothy se vio succionada hacia la ventanilla, empujada hacia fuera por la fuerza de la tormenta. Se agarró del cinturón con las dos manos y respiró con dificultad, intentando hacer frente al viento que la azotaba.

Poco a poco, como si caminara por el barro, Willis avanzó por la nave. Se colocó a presión contra la ventanilla rota con su cuerpo de gigante y bloqueó el paso del viento. Por un momento, se hizo la calma.

—Cambiar... la ME —gimió Zora desde el suelo.

Trató de sentarse, pero Chandra la sujetó por los hombros y se lo impidió.

—Te han disparado —le dijo—. ¿En qué piensas?

—No podemos arriesgarnos a salir del anillo —les informó Ash—. El túnel está demasiado inestable. La nave entera podría partirse en pedazos.

Zora respiró hondo y cerró los ojos, abatida.

—Yo sé cambiar la ME en mitad del vuelo. Ya lo... lo he hecho alguna vez.

—Pero no con una herida de bala en el pecho, así no.

—El anillo... me mantendrá estable.

Chandra cerró los ojos. Daba la impresión de estar contando hasta diez para mantener la calma. Al cabo de un momento, dijo:

—Deja que te lo diga sin tapujos. Si haces eso, morirás.

El avión perdió altitud. Dorothy notó la caída en su estómago, como si algo se retorciera y le tirara de las entrañas. Willis perdió el equilibrio y cayó sobre una rodilla. El viento volvió a colarse dentro de la nave y les alborotó el pelo. El maletín de médico de Chandra se deslizó por el suelo y golpeó la pared de enfrente. Unos cuantos viales se desperdigaron y entraron de inmediato en el remolino de aire, volando hacia la ventanilla.

Willis volvió a ponerse en pie y colocó el cuerpo delante de la ventanilla una vez más.

—Lo siento —murmuró.

Zora gruñó y se llevó una mano a la herida vendada del pecho.

—Si no lo hago, moriremos todos.

—Yo puedo instalar la ME —dijo Willis—. No sería la primera vez.

Zora volvió la cabeza sin levantarla del suelo y lo miró a la cara.

—Eres demasiado grande. La nave no lo aguantará.

Los laterales de la máquina del tiempo crujieron. Dorothy levantó una mano para tocar el aluminio abollado. Tenía la sensación de estar dentro de una bolsa de papel que alguien iba arrugando poco a poco.

«No has demostrado lo que vales», pensó.

De forma impulsiva, dijo:

—Yo no soy tan grande.

Todos los ojos se clavaron en ella.

—Tú no sabes cambiarla —dijo Zora.

Dorothy irguió la espalda. «Imprudente —le habría dicho su madre—. Temeraria». Saber que no habría aprobado ese comportamiento sirvió para convencerse aún más.

—Willis puede enseñarme.

El forzudo frunció el entrecejo y le dio vueltas a la idea.

—No es tan increíblemente complicado si sabes dónde va cada cable. Y Dorothy es muy hábil con las manos.

—¡No me digas que te lo estás planteando en serio! —gritó Ash.

Pero él pilotaba el avión. No podía hacer nada por impedir que Dorothy lo intentara si quería.

«Ellos son un equipo —había dicho Roman—. Tú no estás en el equipo, y nunca lo estarás».

«Nunca se sabe», pensó Dorothy. Si lo único que tenía que hacer era ponerse a prueba y demostrarles su valía, entonces esa hazaña bastaría. No le cabía en la cabeza que pudieran seguir considerándola una intrusa despúes de que les salvara la vida.

Se dirigió a la ventanilla que tapaba Willis. Fuera, un relámpago encendió el anillo. «¡Adiós, relámpago!», pensó mientras las paredes del túnel se iluminaban con tonos anaranjados y rojizos, un infierno de fuego y humo. Dorothy sintió la tensión que se propagaba por sus hombros y le tensaba los músculos, pero por lo menos no se amedrentó. Una pequeña victoria.

Se dijo que lo normal habría sido estar nerviosa. Pero no lo estaba. Sentía una inquietante especie de calma. Había elegido bien. Esto era lo que estaba destinada a hacer.

—Hay un arnés en la bolsa, aquí mismo.

Zora intentó levantar el brazo, pero se puso a temblar y el brazo cayó al suelo de nuevo. Se le cerraron los ojos. Chandra se sacó el estetoscopio del cuello y lo puso sobre el cuerpo de Zora. Presionó el diafragma del aparato contra el pecho.

—La de ahí —dijo, y señaló una bolsa que había a los pies de Dorothy.

Esta se arrodilló y rebuscó en la bolsa hasta que localizó el grueso arnés. Se lo entregó a Willis, que empezó a atárselo alrededor de la cintura.

—No es necesario que lo hagas. —Willis ató todavía más fuerte los nudos y comprobó lo fijo que estaba el que unía la gruesa cuerda con el arnés a la altura de la cintura. La cuerda no cedió, así que Willis se dio por satisfecho—. Podemos buscar otra solución.

—No seas cagueta. —Dorothy se esforzó por sonreír—. Todo irá bien.

Él no parecía convencido.

—Estaré en tu oído en todo momento. —Le dio un golpecito a los auriculares que le había puesto por encima de los rizos—. Te guiaré paso a paso.

Dorothy tragó saliva y notó el ácido en la garganta. Había oído todo lo que le había dicho Willis, pero las palabras parecían evaporarse en cuanto le llegaban al pabellón auditivo. Tocó el aparatejo que le había mandado ponerse. «Auriculares».

Otro relámpago cortó el cielo al otro lado de la ventanilla. Los truenos rugían como fieras.

—¿Lista? —preguntó Willis.

Dorothy levantó la cabeza y luego la bajó un ápice, en una especie de tímido gesto de asentimiento. No le quedaba otro remedio que estarlo.

Willis se alejó un paso de la ventanilla rota. El aire frío se coló en la nave y le apartó el pelo de la cara a Dorothy, obligándola a dar unos pasos atrás. Willis quitó el pestillo de la ventana y la abrió del todo. Dorothy se armó de valor y se inclinó hacia delante, colocando una mano a cada lado del marco para mantener el equilibrio.

«No mires», se dijo. Pero ya estaba dándose la vuelta, buscando con los ojos la nuca de Ash, que seguía en la cabina de control. Se deleitó en el punto del cuello en el que el suave pelo rubio se juntaba con la piel quemada por el sol. Pero él no se volvió para despedirse de Dorothy.

La chica se metió el recambio de ME en el bolsillo posterior de los pantalones y se aferró con más fuerza a la ventanilla. Fue saliendo poco a poco de la máquina del tiempo.

44

Ash

Ash miró hacia atrás un segundo después de que Dorothy hubiese salido por la ventanilla y luego apartó la mirada enseguida.

Quería decirle que no lo hiciera. Quería decirle que había cambiado de opinión. Pero no podía hacer ninguna de las dos cosas, así que se quedó callado mientras ella desaparecía. Los relámpagos seguían relumbrando fuera y se oyó otro latigazo ensordecedor contra las paredes.

Su conversación lo corroía por dentro. Había pensado que decirle que no podían estar juntos le haría sentir noble, o por lo menos, valiente. Al fin y al cabo, lo hacía por ella, para no herirla después. ¿No se suponía que uno debía de sentirse bien tras algo así?

Bueno, pues no. Ash no era capaz de ponerle nombre a la

sensación que lo embargaba, pero estaba peligrosamente cerca de la cobardía o la vergüenza o alguna horrible mezcla de las dos. En cualquier caso, parecía que la había herido, por mucho que se hubiera esforzado por no hacerlo.

El viento embistió con fuerza contra las ventanillas del avión e hizo crujir tanto el cristal que Ash se preparó para que las láminas se rompieran en mil pedazos. Un objeto pequeño pasó volando por delante de su cara, quedó colgando de la pared de la máquina del tiempo y luego salió disparado como una bala por la cabina de mandos.

No podía creer que Dorothy estuviera trepando por esa cosa. La nave daba tumbos por el anillo igual que una pelota en una máquina de pinball.

Sintió una agitación repentina. Le entraron ganas de salir a buscarla. De ayudarla. Pero lo único que podía hacer era seguir pilotando y pedir favores a un Dios en el que ya no creía.

«No permitas que muera».

45

Dorothy

En el anillo hacía frío. A Dorothy se le entumecieron los dedos al instante y la humedad de los labios se le congeló en una fina capa de escarcha.

Notaba las extremidades torpes y rígidas.

—¿Dorothy? ¿Me recibes? —La voz de Willis le habló directamente dentro del oído.

«¿Si lo recibo?». Era la primera vez que oía esa expresión. Frunció el entrecejo y la capa de hielo que le cubría los labios se quebró.

—¿Te recibo? —repitió confundida.

—¡Fantástico! Te oigo alto y claro —dijo Willis—. ¿Puedes mirar a la izquierda y decirme qué ves?

Dorothy inhaló tanto aire helado que los pulmones le ardían de frío. El viento le azotaba la espalda y amenazaba con desprenderla como un pellejo de la Segunda Estrella. Volvió la cabeza y apretó la mejilla contra el lateral de la nave.

A su lado había una escalera de mano, cuyos peldaños inferiores estaban a pocos centímetros de su cabeza.

—Hay una escalera —dijo con esfuerzo.

—Bien —le llegó la voz tranquilizadora de Willis—. Ahora trepa para agarrar el último peldaño.

El frío se filtró en su cuerpo. Agarrar el peldaño implicaba separar una mano de la superficie de la máquina del tiempo. Pero el viento era fortísimo. Le zarandeaba los pantalones y la camisa, y hacía que la tela volara descontrolada alrededor de su cuerpo. Un movimiento en falso y podía acabar volando por el túnel como un pañuelo de papel.

Se aferró con más fuerza y negó con la cabeza.

—El viento...

—El arnés impedirá que te caigas.

Una voz interior le gritaba a Dorothy: «¡No lo hagas! ¡Se equivoca! ¡Vas a morir!». Lo cierto era que se sentía cómoda escuchando esa voz. Pero otra voz igual de insistente se colaba entre esas palabras. Esa segunda voz le recordó a su madre.

«En nuestro mundo no hay sitio para los cobardes».

Los dedos de su mano izquierda se relajaron, solo un poco. Los despegó del lateral de la nave y alargó el brazo por encima de la cabeza. Agarró el peldaño a la vez que se inclinaba hacia un lado. El viento tiraba tanto de su cuerpo que le levantó las piernas y se las separó de la nave, succionándola hacia atrás. Se le vació todo el aire de los pulmones...

Entonces notó el frío metal bajo los dedos. Cerró la mano como una garra alrededor del peldaño. Sus músculos gritaron cuando intentó acercar más el cuerpo.

—Muy bien. —Se sujetó con fuerza al travesaño—. Ya lo he hecho.

—Bien. Ahora sube.

El ascenso fue brutal. En cuanto Dorothy soltaba una mano de la escalera, el viento la atacaba de nuevo e intentaba desprenderla de la carcasa de su ridícula nave, igual que un niño que quisiera separar una hormiga de un tronco. Y por si no bastaba con eso, el frío le entumecía tanto los brazos y las piernas que le costaba maniobrar. Tenía los dedos tan congelados que apenas conseguía doblarlos lo suficiente alrededor de los helados peldaños. Las rachas de viento se le metían en los ojos y hacían que las lágrimas le manaran por la cara y le nublaran la vista. No se atrevía a levantar una mano para limpiárselas.

—¿Dorothy?

—Casi estoy —gruñó, y se dio impulso para subir el último peldaño que quedaba.

Levantó la cabeza... y suspiró.

Ver el anillo a través del cristal sucio de la ventanilla de la Segunda Estrella no era nada comparado con verlo así, tan de cerca, sin que hubiera nada que los separase salvo las lágrimas que seguían acumulándose en sus ojos.

Las paredes del túnel estaban hechas de humo, nubes y niebla. Al principio, se apreciaban tonos grises y morados, pero cuanto más tiempo las contemplaba Dorothy, más colores parecían entretejidos entre las espirales y los bucles. Un destello anaranjado. Un rizo rojo. Puntitos de luz centelleaban dentro del humo y, por un momento, hicieron que Dorothy pensase en las estrellas. Decenas y luego centenares, y luego una galaxia completa que esperaba más allá de la niebla y el humo. Un soplo de brisa desplazó una nube entre las paredes del anillo y todas las estrellas parpadearon y se apagaron a la vez, como si no hubieran existido. Un fuerte temblor se hizo eco desde algún punto del interior del túnel.

Dorothy nunca había sido creyente, pero se imaginó que así debía de sentirse la gente cuando rezaba. De pronto, se sintió tremendamente agradecida por tener la oportunidad de experimentarlo.

—¿Dorothy?

Parpadeó. No sabía cuánto tiempo había pasado contemplando aquellas cautivadoras paredes del anillo. Volvió a dirigir la mirada a la nave.

—Estoy aquí —jadeó.

—Ya deberías haber llegado al panel de control. ¿Lo ves? Se parece a una grieta en el metal de la nave, es como una portezuela.

Dorothy estudió el lateral de la nave hasta que vio la grieta de la que hablaba Willis.

—Sí.

—Tendrás que meter los dedos por la ranura para abrirla.

Dorothy hizo lo que le mandaba el forzudo y tiró. La tapa se abrió medio centímetro. Dorothy introdujo el resto de la mano en la abertura y tiró...

El viento sopló en los cantos de la puerta y la propulsó hacia atrás, hasta que quedó pegada al lateral de la nave. La Segunda Estrella dio una aterradora sacudida y luego se precipitó hacia el lado opuesto del anillo.

Dorothy se aplastó cuanto pudo contra la nave y cerró los ojos con fuerza para no ver lo que sucedía. Tenía la sensación de que la estuvieran desenroscando como a un corcho. Alrededor, el mundo se convirtió en una mareante nebulosa de colores y luces. El sabor ácido le subió a la garganta y le provocó arcadas.

Y entonces se detuvo. La máquina del tiempo dejó de girar y el viento amainó. Dorothy no levantó de inmediato la cabeza de la superficie de la nave. Durante unos segundos más, mantuvo la mejilla aplastada contra el frío metal y respiró.

—¿Dorothy? ¿Dorothy, estás ahí? —Willis sonaba histérico—. ¿Estás bien?

Dorothy soltó el aire.

—Sigo aquí. Estoy bien...

Un pedazo de hielo del tamaño de una pelota de tenis se separó de las paredes nubosas y se estrelló contra la nave, muy cerca de la mano de Dorothy. Le siguió otra bola de granizo, y luego otra.

—Está granizando —dijo Dorothy, y se estremeció cuando una piedra de hielo le rozó el tobillo.

—Necesito que me escuches. El anillo está a punto de desmoronarse. Tienes que instalar la ME y salir pitando de ahí. ¡Ya!

—¿Qué hago?

—Mira el panel de control. ¿Localizas el depósito de ME que hay puesto?

Dorothy avanzó con precaución hacia el panel de control. Las ráfagas de viento todavía azotaban con fuerza la tapa y la mantenían pegada al lateral de la nave, pero Dorothy temblaba solo de pensar en lo que podría ocurrir si el viento cambiaba de dirección. Se imaginó la portezuela cerrándose de golpe y pillándole las manos; le cortaría los dedos a la altura de los nudillos. El miedo le subió a la garganta. Paseó la mirada por los extraños cables de colores brillantes y los trocitos de metal grasiento antes de...

¡Ya estaba! Había localizado la ME en un rincón del panel. Había una raja que cruzaba el lateral del depósito y el material que había dentro estaba negro y achicharrado. A Dorothy no le hacía falta ser una experta en viajes en el tiempo para saber que era una mala señal.

—La he encontrado —dijo.

—Bien —le respondió la voz de Willis—. Ahora verás un cable unido a un extremo. Un cable azul muy gordo.

Dorothy se aproximó reptando un poco más. Localizó el cable.

—Lo tengo.

—Debería estar unido a la ME por una cosa con tres pinchos...

Una bola de granizo del tamaño de una pelota de golf impactó contra el brazo de Dorothy. Esta oyó un crac mareante y sus dedos se soltaron de la nave.

46

Ash

El tablero de control estaba en llamas.

Ash no sabía cómo había empezado el incendio. Había estado tan atareado intentando atisbar algo entre la escena dantesca que se desarrollaba delante del parabrisas (bolas de granizo como puños, relámpagos tan próximos que olía el crepitar del ozono), intentando vislumbrar a Dorothy como fuera, verle una pierna, o un rizo, o cualquier cosa que indicara que estaba a salvo...

Una llama se prendió bajo el indicador de velocidad del viento y le abrasó el dedo. Soltó la mano y la Segunda Estrella empezó a caer en picado...

Ash agarró de nuevo la palanca de mandos y logró que la nave recuperara el rumbo. Las lágrimas se le acumulaban en los ojos mientras unos rizos de fuego al rojo vivo le lamían la parte inferior de los nudillos. Pero no podía soltarlo, por mucho que el calor le cuarteara y ennegreciera la piel. Estaban demasiado cerca. Se aventuró a mirar hacia fuera, a la agitada oscuridad de las paredes del túnel. Estaban pasando por delante de la década de 2040...

—¿Qué tal le va? —gritó apretando los dientes para paliar el dolor de la quemadura.

Willis estaba inclinado hacia delante, con parte del cuerpo fuera de la ventanilla, y sujetaba con ambas manos la cuerda atada a la cintura de Dorothy. Entró al oír la voz de Ash.

—Hasta hace un momento le iba de maravilla, capitán, pero...

El viento se coló con violencia en la máquina del tiempo y se llevó las palabras de Willis por completo. La Segunda Estrella temblaba de una forma brutal y Ash oyó un rotundo ¡*pom*! que, para su horror, se pareció demasiado al ruido que haría un hombre muy corpulento al desplomarse en el suelo.

—¡Willis!

Ash desvió la trayectoria para evitar un relámpago. Willis no contestó.

Ash miró por el retrovisor. Durante un largo instante, nadie le devolvió la mirada. Luego, Willis se incorporó con dificultad, todavía agarrado a la cuerda de salvamento de Dorothy.

—Aquí estoy, capitán —gruñó, y le dio una tercera vuelta a la cuerda alrededor de la mano. Se llevó el walkie-talkie a la boca y, a pesar del viento ensordecedor, Ash oyó algunas palabras— Dorothy... ¿recibes? Dime...

—¡¿Qué ocurre?! —gritó Ash.

—La he perdido —respondió Willis. Tenía la mirada clavada en la cuerda que llevaba enroscada en la mano, con una honda arruga en el entrecejo—. Ash...

—¡Tira de la cuerda para entrarla!

A Ash le iba a mil el corazón. Se imaginó a Dorothy colgando del lateral de la nave, con las manos aferradas al resbaladizo metal, el cuerpo azotado por el violento viento.

Agarró con más fuerza la palanca de mandos. Con el rabillo del ojo, vio las llamas que se acercaban cada vez más a sus dedos, pero ni siquiera sintió el calor. Podían conseguirlo sin cambiar la ME. Solo faltaba una década...

—¡Hazlo ya!

—Ese es el pro...

El parabrisas implosionó sin avisar y llenó el aire de la cabina de cristalitos como granos de arena, diminutos y afilados igual que cuchillas de afeitar. Ash los notó en la cara y en las manos y cerró los ojos de manera instintiva. Alguien gritaba... Demonios, tal vez fuera él.

Parpadeó e intentó obligar a sus ojos a abrirse de nuevo, pero el viento era demasiado fuerte. Creyó ver pasar 2074. 2075...

Abrió los ojos un poquito más. El viento y los cristales se entremezclaban a su alrededor. Las nubosas paredes del túnel habían formado una cresta naranja que le resultaba familiar. 2076. Ya casi estaban. Dirigió el morro de la Segunda Estrella hacia la curva más oscura que había justo detrás.

—¡Mete a Dorothy! —gritó.

—Capitán, yo...

Una pieza metálica se desprendió de la pared y le cortó el brazo a Ash al pasar. En el suelo de la cabina de mandos apareció un agujero y dejó a la vista el inquietante anillo negro y gris que giraba como un torbellino debajo de ellos. Ash tiró con fuerza de la palanca de mandos y se le quedó en la mano, arrancada de cuajo. Cayó hacia atrás y se golpeó la cabeza en el asiento. Ya estaban atravesando las paredes del túnel. Todo era humo y fuego y niebla...

Ash abrió la boca para decirles a los demás que se agarraran bien, cuando...

«Agua negra y árboles muertos. Un beso... Un cuchillo...».

Sintió la punta de acero de la daga hundirse en su cuerpo, cortando músculo y piel, haciendo chillar a sus terminaciones nerviosas. Se tocó el estómago y las manos se le mancharon de sangre.

¡Sangre real! Una herida auténtica.

La Segunda Estrella chocó con algo y dio una sacudida. Un rugido llenó los tímpanos de Ash. «Más gritos», pensó. O quizá fuera el viento. Mantuvo las manos presionadas contra la herida, intentando detener la hemorragia. El mundo desapareció en una nebulosa.

«Por supuesto que sí», dijo alguien.

Y entonces, la oscuridad lo embargó.

47

Dorothy

—¿**D**orothy? ¿Dorothy, me recibes?

La voz de Willis sonó tímida y muy lejana. Mareada, Dorothy levantó una mano y se tocó la cabeza. Descubrió que ya no llevaba los auriculares por encima de las orejas. Se habían soltado y ahora estaban enredados en sus rizos.

Parpadeó y gruñó exasperada. Tenía el otro brazo pinzado debajo del cuerpo; no sabía cómo se le había enredado en los peldaños de la escalera. Estaba casi segura de que esa era la única razón por la que no había salido volando de la nave.

—Ya voy, Willis —murmuró.

Tanteó la zona en busca de algo a lo que aferrarse, pero no notó nada, nada en absoluto, hasta que sus dedos rozaron por fin la puerta del panel de control. Golpeaba el lateral de la nave como un pez en tierra, unida a la carcasa por una única bisagra.

Dorothy cerró los dedos sobre la puerta y tiró...

Esta se rompió con un chasquido y se precipitó hacia ella. Notó un latigazo en la cara y luego un dolor incomparable con cualquier otro que hubiera sentido en su vida: un escozor al rojo vivo. Volvió a intentar aferrarse a algo, pero solo había aire...

Y entonces se vio impulsada hacia atrás y echó a volar, las paredes del túnel se hincharon, cada vez más cerca de ella. Las volutas de humo se enroscaban alrededor de sus brazos y piernas, como una mano que intentara atraparla. Quiso gritar, pero el humo le llenó la boca y se le coló en los pulmones. Parpadeó y notó la vista nublada de sangre.

A lo lejos oyó un restallar. Con el ojo bueno, observó la cuerda que se rompía y se alejaba de la Segunda Estrella para volar hacia ella con la fuerza de un látigo.

Entrada del cuaderno de bitácora
23 de octubre de 2076
2:13 horas
la Estrella Oscura

Acabo de regresar. Tuve que revisar las entradas anteriores para refrescarme la memoria, pero parece que Roman y yo nos reunimos el 3 de diciembre de 2073, a mediodía. No quería arriesgarme a que otra persona le robara el ordenador antes de que yo tuviera oportunidad de hacerlo, así que retrocedí a esa misma mañana, a primera hora, mientras todos los habitantes de la Ciudad Campamento, él incluido, dormían. No hay mecanismos de seguridad en la Ciudad Campamento, ni cerrojos ni guardias, así que pude colarme sin que me vieran.

Me resultó relativamente fácil localizar el ordenador. Roman lo guardaba justo al lado de la cama. Se lo quité con cuidado de debajo de los dedos sin despertarlo, pero algo cayó al suelo mientras escondía el ordenador en mi bolsa. Era un papelajo viejo.

Me agaché a recogerlo y vi que no era un papel arrugado, sino una fotografía. Una fotografía de verdad de una niña con el pelo oscuro y los ojos azules de Roman. ¿Una hermana, tal vez? Parecía una de esas fotografías que los colegios revelaban para los padres, como recuerdo. Pero al mirar alrededor, me fijé en que no había padres. Ni hermana. No había nadie salvo Roman y su ordenador.

En ese momento, me entraron ganas de devolverle el portátil. No soy un monstruo.

Pero Roman había dicho que alguien se lo había mangado.

«Si no se lo robo yo ahora, alguien se lo robará más tarde», pensé.

Así que me lo llevé.

Roman ya me esperaba dentro del taller cuando regresé con la Estrella Oscura. Tenía una pistola, la pistola de Ash, por lo que me pareció ver, y me apuntó al pecho en cuanto bajé de la máquina del tiempo.

«¿Dónde estaba?», exigió saber. Recuerdo que me planteé si siempre había habido tanta rabia en su voz, o si se había vuelto más violenta últimamente. Si no me había dado cuenta del cambio.

Le conté lo que había hecho, que había regresado al pasado para recuperar su ordenador, para que pudiese predecir los terremotos futuros antes de que sucedieran.

Supuse que se enfadaría conmigo. No me planteé que pudiera no creerme.

«¡Mentiroso!», me insultó. Imaginé que se pondría a gritar y a tirar cosas, como había hecho en mi taller la vez anterior en la que habíamos discutido. Pero mantuvo la voz tranquila y contenida. «Ha regresado para ver a su mujer otra vez. Para salvarla».

Traté de negarlo. Incluso intenté sacar el ordenador para demostrárselo, pero me empujó cuando me acerqué a la mochila para cogerlo. ¡Me empujó de veras!

«Tenemos derecho al pasado —dijo repitiendo el horrible eslogan del Circo Negro—. Puede que ahora mismo usted sea el único capaz de viajar en el tiempo, pero eso no será siempre así».

Y entonces me había dejado solo, sin disparar ni una vez.

48

Ash

16 de octubre de 2077, Nueva Seattle

—Ash... Ash...

La voz nadó hacia él desde algún lugar recóndito de la negrura. Ash tenía que encontrarla. Nadó con vigor, pero la corriente era fuerte. Le tiraba de los pies y le hundía los hombros.

«Agua negra —pensó, pataleando—. Árboles muertos...».

—Ash, llevas muchísimo tiempo durmiendo. Deberías despertarte.

«Un beso... Un cuchillo...».

El dolor lo embargó y Ash dio un respingo. Notó el calor pegajoso de la sangre en los dedos y la mordedura fría del metal al hincarse entre sus costillas. Se despertó entre jadeos.

—Reina de los Zorros —dijo con voz ahogada, intentando sentarse—. Es...

—No, tranquilo —respondió otra voz más grave.

Algo hizo presión sobre sus hombros y se dio cuenta de que no era agua, sino dos manos que intentaban impedir que se incorporase.

Las ganas de luchar se le pasaron de golpe. Ash se dejó arrastrar de nuevo a lo que supuso que era su propia cama. Alguien había puesto una cantidad de almohadas desproporcionada debajo de su espalda y le había envuelto tanto con una manta que se sintió como si llevara una camisa de fuerza.

Tuvo que parpadear varias veces antes de que el resto de la habitación tomara forma. Paredes de escayola desconchadas y machacados suelos de madera. Willis y Chandra estaban inclinados sobre él.

Ash no tenía energía para preguntarles cómo habían llegado a casa. Notaba las almohadas blandas bajo la cabeza. Le apetecía seguir durmiendo. Cambió de posición y el dolor se extendió por sus costillas inferiores.

De pronto, se despertó del todo. Sentía un dolor real, no era un dolor prerrecordado. Bajó la mano al estómago y notó unas gruesas vendas debajo de los dedos.

Intentó hablar, pero se le había secado la lengua y la notaba pastosa y torpe.

—Me... me apuñaló ella.

—¿Qué has dicho? —preguntó Willis acercándose más.

—La chica... el pelo blanco —acertó a decir Ash.

Willis frunció el entrecejo.

—¿Lo dices por el vendaje? —preguntó Chandra—. Tuvimos un accidente. La Segunda Estrella explotó antes de que pudiéramos salir del anillo y un fragmento de la nave se te clavó hasta el fondo justo debajo de las costillas.

—Sangró de lo lindo —añadió Willis—. No estábamos seguros de si ibas a salir de esta.

—Sí, nos vimos, bueno, como expulsados del anillo sin vehículo ni nada, y Willis estuvo genial, de verdad. Agarró parte de la nave que había, bueno, explotado, y no sé cómo consiguió montaros encima a Zora y a ti (aunque a mí me parecía que era pequeñísima) y entonces, no te lo vas a creer, pero empujó esa cosa por el agua como un puñetero caballo o..., ¿hay algún caballo que nade? Pues como un delfín...

—¿Zora? —preguntó Ash con un hilillo de voz, interrumpiendo a Chandra.

—Zora está bien —respondió Willis—. O, mejor dicho, se pondrá bien. Quedó bastante maltrecha, pero nuestra Chandie la ha recompuesto.

—La mejor doctora de la historia del mundo —apostilló Chandra con una sonrisa tímida—. Siempre os lo digo, pero es que no os lo creéis.

—Qué portento —dijo Ash.

Se miró las manos, sorprendido de encontrar quemaduras que le ennegrecían la piel. Al verlas, se alteró mucho. No recordaba haberse quemado. No recordaba nada del accidente.

Cerró los puños. Las quemaduras hacían que sus manos le parecieran ajenas, de otra persona.

—¿Dónde está Dorothy?

Un pesado silencio fue la única respuesta que obtuvo. Ash cerró los ojos. Tuvo la leve sensación de ser un niño que se esconde debajo de las mantas, pensando que los monstruos no irán a por él si no pueden verlo. Ya tenía edad para saber que ese truco no iba a funcionar.

Con esfuerzo, preguntó:

—¿Qué pasó?

—No estoy del todo seguro —respondió Willis—. Un momento, todo iba bien. Tenía la cuerda de Dorothy en las manos y la iba guiando paso a paso. Ni siquiera parecía asustada.

»Y entonces se oyó algo. Como un choque. Perdí el contacto con ella, pero la cuerda todavía estaba tensa, así que sabía que estaba allí fuera. Supuse que se le había descolocado el auricular con la tormenta, así que le di unos minutos para arreglarlo, pero no volví a oírla, así que empecé a tirar de la cuerda...

Willis lo dijo igual que un soldado que da el parte a un superior. En cierto modo, era tranquilizador. Ash casi podía fingir que la había sucedido a otra persona. Que no le afectaba.

—La cuerda de salvamento... se rompió —a Willis se le quebró la voz, con lo que se rompió el hechizo—. Dorothy desapareció.

Ash apretó tanto las manos que las quemaduras de los nudillos le ardieron. Él tenía la culpa de que Dorothy se hubiera perdido.

De repente, se sintió agotado. Le dolían las costillas y le escocían las quemaduras de las manos, pero esas cosas no eran más que distracciones. Con el tiempo se curarían y tendría que pensar en lo único que de verdad lo mataba. Dorothy había desaparecido. Para siempre.

—¿Y la ME? —preguntó Ash.

—Dorothy la tenía cuando... —Chandra carraspeó; no quería o no podía terminar la frase—. También ha desaparecido.

Ash asintió y relajó las manos.

Estaban justo en el punto de partida. Habían fracasado, estrepitosamente. Todo había sido en balde.

Ash sintió unas ganas repentinas e irrefrenables de llorar. El agotamiento se adueñó de sus músculos y tiró de sus huesos. Se le caían los párpados, pero, antes de cerrarlos del todo, creyó ver algo raro detrás de la oreja izquierda de Chandra. Parpadeó e intentó enfocar la mirada.

Un mechón de pelo se le había vuelto blanco.

17 DE OCTUBRE DE 2077, NUEVA SEATTLE

Ash supo que Zora estaba junto a él antes de despertarse del todo. Se hallaba en un duermevela y oía cómo su amiga se removía en la silla que había al lado de su cama.

—Sé que no estás dormido —dijo Zora con voz débil.

Ash abrió los ojos.

—¿Cómo lo has adivinado?

—Has dejado de roncar.

Zora tenía la piel cenicienta y unas ojeras muy oscuras le ensombrecían los ojos. Tenía el pecho envuelto en unas gruesas vendas de algodón que le formaban un bulto en la camiseta sin mangas.

Se dio cuenta de que él la miraba y se encogió de hombros.

—Parece peor de lo que es.

Ash tragó saliva. No le creía, pero percibió el olor a grasa y a café quemado impregnándole la piel, así que por lo menos estaba lo bastante recuperada para poder ir al taller. Chandra no le había dejado pulular entre engranajes y herramientas si estuviera a punto de morir.

—Además, tú estás que das pena —dijo Zora sin sonreír—. Hacemos buena pareja.

Tomó de la mano a Ash y se la apretó. Las quemaduras de

los nudillos le ardieron, pero no la soltó. Inclinó la cabeza hacia atrás y miró el techo. Había una grieta en la escayola.

Pensó en Dorothy. Y, cuando el dolor era insoportable, cambió y pensó en el Profesor. El dolor era igual de terrible, pero al menos era un dolor para el que ya estaba preparado.

—Siento mucho lo de tu padre —dijo el piloto con la voz quebrada.

A Zora se le tensó la piel que rodeaba los ojos, solo un poco.

—Sí, yo también.

Se quedaron callados un rato. Ash creyó oír a Willis y a Chandra en la cocina. Willis dijo algo con su típica voz baja y grave, y Chandra se echó a reír.

Zora carraspeó.

—He leído el resto del diario. De principio a fin.

Ash notó que arqueaba una ceja casi sin querer, curioso a su pesar.

—¿Escribió algo útil?

—Lo cierto es que sí. Había un montón de entradas sobre Roman y sobre... —Se detuvo para tomar aire. Cerró un instante las pestañas—. Y sobre mamá. Me costó muchísimo leer esa parte, pero encontré algo interesante cerca del final. Al parecer, cuando mi padre conoció a Roman, este intentaba crear una especie de programa informático que se suponía que tenía que predecir los terremotos. Sin embargo, Roman nunca acabó el proyecto, así que papá retrocedió en el tiempo y le robó el ordenador. Creo que deseaba acabar el programa él mismo, para ver si podía predecir el siguiente gran terremoto antes de que acabase de empeorar las cosas. Antes de que muriese alguien más.

Ash recordó la imagen del Profesor saliendo de la sala llamada «Modificación Medioambiental» y la lista de números garabateados en el parabrisas de la Estrella Oscura, escritos con la letra del Profesor. Los números parecían predicciones de los terremotos que estaban por suceder.

Le contó a Zora lo que había visto.

Zora arrugó la frente mientras lo escuchaba y le dio vueltas al tema.

—Eso encajaría con lo que escribió en su última entrada. ¿Te acuerdas de que dijo que la estabilidad del mundo estaba en la cuerda floja? Debía de estar pensando en esos dos terremotos futuros, el de 10,5 y el de 13,8. Semejantes terremotos no solo destruirían la Costa Oeste. Podrían llegar a destruir el mundo.

Ash se apoyó en los codos para incorporarse un poco.

—Pero ¿por qué regresar a 1980? ¿Qué tiene que ver el Fuerte Hunter con todo eso?

—Utilizaron técnicas de modificación climática para ampliar la estación de los monzones en la guerra de Vietnam, allá por la década de 1970. En 1980, supongo que el programa estaba en su punto álgido... ¿Quizá papá pensara que podía consultar las investigaciones militares?

—Aquel comandante Gross dijo que les había robado información sobre un arma de destrucción masiva —dijo Ash.

—La modificación medioambiental podría haberse considerado un arma de destrucción masiva, de modo que cuadra. Imagino que papá se llevó todo lo que tenían sobre el cambio climático con la esperanza de poder modificar nuestro medio ambiente actual lo suficiente para impedir que los terremotos llegaran a producirse.

—Pero fracasó —señaló Ash.

La fatiga volvió a apoderarse de él de repente.

428

El Profesor lo había rescatado de una vida bélica. Le había mostrado cosas que Ash ni siquiera había imaginado. Le había enseñado a pilotar una máquina del tiempo. Y luego había muerto, en balde.

Y entonces, Dorothy se había colado en su vida y le había hecho creer que él podría cambiar su futuro. Y también ella había muerto en balde.

Y ahora le tocaba morir a él.

Eran demasiadas cosas en las que pensar.

—Mi padre no fracasó —dijo Zora en voz baja.

Su respuesta sobresaltó a Ash. Por norma general, ella era la pesimista. O quizá «pesimista» no era la palabra adecuada. Realista estaba más cerca. O vacilante. O precavida.

Pero ahora, era ella la que miraba a Ash con ojos encendidos como dos ascuas.

—Murió antes de poder hacer nada con esa investigación —dijo Ash—. Esos terremotos van a suceder.

—Puede que sí —dijo Zora—. O puede que no.

La chica se levantó con un gemido. Se apretó las vendas del pecho con una mano mientras sacaba algo de debajo de la cama. Sin decir ni una palabra se incorporó y lo dejó en el regazo de Ash.

Era un pequeño portátil negro.

Ash sacó el aire entre los dientes apretados.

—¿Acaso es...?

—El ordenador de Roman —dijo Zora—. Lo encontré en el despacho de papá, debajo de un montón de basura. Y antes de que me lo preguntes, sí, el programa sigue ahí. Lo comprobé antes de venir y me dio la misma información que viste escrita en el parabrisas de la Estrella Oscura. Un puñado de fechas y unas magnitudes auténticamente aterradoras.

Ash negó con la cabeza.

—Pero ¿qué se supone que tenemos que hacer con eso?

Zora se encogió de hombros.

—Mis padres retrocedieron en el tiempo para encontrar a las personas más inteligentes y con más talento de toda la historia.

—Tus padres viajaron en el tiempo para encontrar a un piloto, un forzudo de circo y una chica a la que expulsaron de la facultad de medicina.

Zora lo fulminó con la mirada.

—A todos os formó la NASA, y yo soy la única hija del mejor científico que ha visto el mundo. Y, además, tenemos todas las investigaciones de mi padre por repasar, y ahora el programa de Roman. Creo que papá se dejó aquí el ordenador por algún motivo. Creo que quería que hiciéramos algo con él. Lo que significa que todavía estamos a tiempo de cambiar las cosas.

Le aguantó la mirada a Ash de un modo que le hizo pensar que no se refería únicamente a los terremotos.

Hablaba de los prerrecuerdos, de la inminencia de su muerte.

Ash asintió con la cabeza.

—Lo intentaremos.

Satisfecha, Zora se puso de pie con una mueca de dolor en el rostro, y se dirigió a la puerta.

Se detuvo antes de salir al pasillo y apoyó la mano en el marco.

—Por si sirve de algo, dudo que Dorothy haya muerto. Creo que está ahí fuera, en alguna parte.

Ash cerró los ojos. La esperanza dolía casi tanto como no

tener esperanza. La esperanza implicaba que todavía podía perder algo más.

—Sí —murmuró—. Tal vez.

—Todavía hay muchas cosas que no comprendemos sobre la estructura de los túneles en el tiempo. Volar a través de uno impidió que me desangrara, no acabamos de saber por qué. Y Dorothy lleva la ME, ¿o no? Puede que eso la mantuviera a salvo. Tal vez solo saliera unos cuantos meses antes o después que nosotros.

Zora se colocó un mechón detrás de la oreja. Ash frunció el ceño en cuanto lo vio. El mechón era blanco.

—¿Qué tienes ahí? —preguntó mientras la señalaba con el dedo.

—Ah. —Zora se encogió de hombros—. Lo tenía así cuando me he despertado. Chandra también tiene uno. Y tú igual, justo ahí.

Se inclinó hacia delante y tocó un mechón que nacía por debajo de la oreja de Ash.

—Creo que tiene algo que ver con la energía que hay en el anillo y el modo en que interactúa con la melatonina, pero tendría que investigar un poco más para estar segura. Es raro, ¿verdad?

A Ash le temblaron las manos. Algo empezaba a tomar forma en su mente, pero no lo comprendía. Aún no.

«Agua negra y pelo blanco».

—Muy raro —corroboró.

Entrada del cuaderno de bitácora
23 de octubre de 2076
4:07 horas
el taller

No puedo parar de pensar en lo que me dijo Roman.

«Puede que ahora mismo usted sea el único capaz de viajar en el tiempo, pero eso no será siempre así».

Roman sabe casi tanto como yo acerca de los viajes en el tiempo. Me ayudó a construir la Estrella Oscura. Tiene acceso a todos mis apuntes... A este mismo diario. Ha retrocedido en el tiempo conmigo más veces que todos los demás miembros del equipo juntos. Si hubiera alguien más, aparte de mí mismo, capaz de viajar al pasado, sería él.

Pero no tiene materia exótica.

Es absolutamente imposible que un ser humano cruce un anillo sin materia exótica. No hay otra forma de estabilizar el túnel. Moriría en el acto.

Comprobé dos veces la reserva de ME de la Segunda Estrella después de que él se marchara, pensando que quizá la hubiera robado. Pero la poca que quedaba seguía ahí, justo donde tenía que estar. Y, por supuesto, ahora llevo encima la ME de la Estrella Oscura, de modo tampoco puede habérmela robado. Esos dos recipientes son las únicas dos reservas de materia exótica que existen en el mundo.

Necesito regresar a la facultad. Necesito ver lo que Roman tiene en el ordenador, ver si puedo terminar la labor que él empezó hace tres años y predecir el próximo terremoto antes de que sea demasiado tarde para evitarlo.

Lo sé, y al mismo tiempo, no soy capaz de ponerme en marcha y salir del taller. No paro de revivir nuestra última discusión.

Algo ha cambiado en los últimos días. Algo ha ocurrido desde la última vez que me vio, algo que lo ha convencido de que ya no me necesita.

Pero ¿qué puede ser?

Parte 4

No sirve de nada volver al ayer, porque entonces
yo era otra persona.

ALICIA EN EL PAÍS DE LAS MARAVILLAS

49

Dorothy

22 de octubre de 2076, Nueva Seattle

Tenía la mejilla aplastada contra la madera húmeda. El aire fresco le hacía cosquillas en la nuca.

Dorothy gimió y notó el dolor que latía en la parte izquierda de su cabeza. Era como si alguien hubiera cogido un cuchillo y le hubiera rajado la cara por la mitad, desde la comisura del labio hasta la ceja, pasando por encima del ojo. Levantó la mano para palpar la herida, notó algo pegajoso debajo de los dedos.

Se obligó a abrir los ojos.

No. Se obligó a abrir un ojo. Había algo que le mantenía el otro cerrado. «Sangre», pensó al darse cuenta, y resiguió con las yemas de los dedos los tiernos bordes de la piel desgarrada. Debía de tener un corte tremendo en la cara. Había sangrado mucho, pero la sangre parecía haber dejado de manar y se había secado hasta formar una pasta pegajosa en su mejilla. Por eso no podía abrir el ojo.

Comprendió todo eso con una claridad extrañamente distanciada, como si le ocurriera a otra persona.

Bajó la mano hacia el tablón de madera que tenía debajo de la mejilla. El agua lamía los bordes, avanzaba hacia sus dedos. «Estoy en un muelle», adivinó. Volvió la cabeza y un par de botas negras aparecieron en su campo de visión.

—Tienes suerte de que te haya sacado —dijo una voz—. Hay personas muy malvadas merodeando por aquí después del anochecer. Habrían dejado que te ahogaras.

—¿Roman? —Su voz era una bestia con garras sucias que reptaba por el interior de su garganta. Tragó saliva con un escalofrío—. ¿Eres tú?

Las botas se acercaron. Dorothy volvió la cabeza. El dolor le martilleaba en la mejilla y le nublaba la vista, pero aun así logró distinguir el pelo moreno de Roman y su hoyuelo en la barbilla. Llevaba la vieja pistola de Ash en una mano, pero descansaba hacia un lado, no la apuntaba a ella.

—¿Nos conocemos? —preguntó él.

El ojo bueno de Dorothy volvió a cerrarse. El corte de la cara le dolía una barbaridad. Le costaba muchísimo pensar con tanto dolor. Parecía que Roman quería tomarle el pelo. Fingía que no se conocían.

Era medio divertido, supuso. Soltó una risita...

Algo le sacudió el hombro.

—Concéntrate, chica. ¿Cómo sabes mi nombre?

La broma ya no le resultó tan divertida la segunda vez. La risa de Dorothy se convirtió en una tos dolorosa y seca. Trató de abrir los ojos (el ojo) de nuevo, pero el corte de la cara le hacía ver las estrellas. Si no se lo limpiaba pronto, se le infectaría. No quería tocarlo, pero no le gustaba la sensación del viento rozándole la piel en carne viva, así que se cubrió la herida con una mano. Utilizó la otra mano para ponerse de rodillas.

Roman retrocedió un paso a toda prisa y levantó la pistola.

—Quieta.

—¿Qué crees que voy a hacer? ¿Echarte sangre encima?

Dorothy parpadeó y la cara de Roman se volvió un poco más nítida. Una barba morena y descuidada le cubría la barbilla y las mejillas. Era una barba bastante lamentable, de esas que nacen en roldes.

Espera. ¿Cómo había podido crecerle la barba tan rápido? La última vez que lo había visto, iba muy bien afeitado.

«¿Insinúas que has visto el futuro?».

«Puede ser. Tal vez haya visto tu futuro».

—¿Qué día es? —preguntó Dorothy con esfuerzo.

Roman frunció el entrecejo.

—El 22 de octubre.

Al instante, Dorothy lo comprendió todo.

Entonces preguntó con prudencia:

—¿De qué año?

Roman calló un momento y luego contestó:

—2076.

—2076 —repitió ella.

Cuando Roman le había dicho que había visto su futuro, ella había dado por hecho que había viajado hacia delante en el tiempo y había visto lo que iba a suceder. Pero se equivocaba. Sabía el futuro de Dorothy porque había aterrizado un año entero demasiado pronto. El futuro de ella había sido el pasado de él.

Si existía un sentimiento que superaba el miedo y la indefensión, fue eso lo que Dorothy sintió en aquel momento. Nadie de esa época sabía quién era ella. Ash, Zora, Willis y Chandra tardaría un año en conocerla. Ahora no era nada para ellos. Solo una desconocida. No tenía amigos, ni familia, ni dinero.

Poco a poco, Dorothy se puso de pie. Estaban en un muelle estrecho encajado entre dos grimosos edificios de ladrillo. La mayor parte de las ventanas estaban rotas y combadas, pero unas cuantas hojas de cristal se mantenían en los marcos y los reflejaban a Roman y a ella, repetidos cien veces. Captó el reflejo de su propia cara en la ventana que tenía justo enfrente.

Por lo menos, supuso que era ella. La chica que le devolvía la mirada podría haber sido guapa en algún momento. Ya no. Tenía la mitad de la cara destrozada y la sangre le goteaba por los dedos que le cubrían un ojo. Y el pelo, su hermoso pelo castaño...

Se había vuelto completamente blanco.

—Sigo esperando que me digas cómo te llamas —le recordó Roman.

Dorothy apenas lo oyó. Dio un paso hacia la ventana, maravillada. Por primera vez desde que tenía uso de razón, vio un reflejo que no le pareció una mentira. La chica fea y destrozada de la ventana se parecía más a su verdadero yo que cualquier otra imagen anterior de sí misma.

«Todo es una farsa», pensó y, por un instante, le entraron ganas de reír.

Era tan sencillo. Roman le había tendido una trampa. Pensó en todo lo que había hecho en el complejo (liberar a Ash, asegurarse de que ella entraba en la máquina del tiempo, engañarla con toda esa patraña de ponerse a prueba y demostrar su valía), todo había sido para conseguir que ella aterrizase allí, en ese momento, para que estuviera en ese muelle con Roman un año antes de lo esperado.

Él sabía que la nave no soportaría el paso por el anillo, que ella se ofrecería a cambiar la ME. Que se perdería en el espacio.

Entonces, a pesar del dolor, Dorothy sintió que empezaba a esbozar una sonrisa. Era una farsa de lo más elaborada. Un buen timo. Pero lo había montado ella. Dorothy le había dicho a Roman todo lo que necesitaba saber. Le había dicho exactamente cómo manipularla.

Con mano temblorosa, se palpó la cazadora y se tranquilizó cuando sus dedos encontraron la pequeña forma cilíndrica dentro del bolsillo.

Oyó mentalmente la voz de Ash: «No tiene materia exótica. Aunque la máquina del tiempo esa que ha construido funcionase de verdad, sería físicamente imposible que regresara al pasado».

Y luego la de Roman: «Hay otra cosa que necesito... Lo creas o no, tú eres la única persona viva que puede conseguírmela».

—Empiezo a impacientarme —dijo Roman.

Levantó el arma.

«El tiempo es un círculo», pensó Dorothy.

Se metió la mano en el bolsillo y agarró con fuerza el recipiente de materia exótica.

—Reina de los Zorros —contestó, y se apartó de la ventana. El nombre le supo a miel en los labios, al instante supo que era el adecuado. Se irguió un poco más e imitó lo que recordaba de la regia postura de la Reina de los Zorros en la habitación del hotel—. Me llamo Reina de los Zorros. Si me dejas vivir, puedo ayudarte.

Roman vaciló.

—¿Ayudarme? ¿Cómo?

Dorothy sacó la ME del bolsillo. Relució entre sus dedos: morada y aceitosa, y luego espesa, como lava blanca.

La mostró para que Roman la viera.

—Tengo algo que necesitas.

Agradecimientos

P arece adecuado que la décima de mis novelas publicadas
fuera también la que más tiempo tardó en fraguarse.
Cuando entro en mi cuenta de correo y hago una búsqueda de
esta novela, la primera referencia que encuentro es de 2011,
pero es engañosa... La idea se me ocurrió mucho, mucho tiempo antes, solo que entonces se titulaba «Viajeros en el tiempo
cazadores de monstruos». Y, eh, sí, había monstruos de verdad
en la trama, y no solo metafóricos. (Si quité los monstruos fue
por buenos motivos, ¡creedme!)Así pues, también es lógico
que tenga muchas personas a las que dar las gracias, en primer
lugar, mi primer agente, Chris Richman, que también resultó
ser la segunda persona a la que hablé de este extraño librito.
Cualquier escritor sabe que solemos tener una decena de ideas
flotando en la cabeza en cualquier momento. Hay infinidad de

razones que nos llevan a encauzar las ideas y concentrarnos en algunas en concreto, pero una de esas razones es sin duda el aliento inicial. La reacción de Chris ante mi idea fue uno de los motivos por los que decidí seguir dándole vueltas al tema, aunque tardase otros cinco años en ponerme a escribirla. Así pues, gracias, Chris. Confío en que, al leer esta novela, sepas reconocer la idea de la que te hablé hace tantos y tantos años.

Si los ánimos de Chris me ayudaron a empezar este libro, el entusiasmo y el apoyo continuado de Mandy Hubbard es lo que me ayudó a terminarlo. Desde vitorearme al leer los primeros borradores hasta ayudarme a buscar la mejor editorial, pasando por darme la mano y consolarme conforme la fecha de publicación se acercaba, Mandy ha sido la mejor defensora de mi carrera profesional que habría podido tener. Releo el mensaje que me escribió después de enviarle las primeras páginas del libro cada vez que necesito animarme o recordar en qué soñaba que se convirtiera esta serie. Gracias, gracias, un millón de gracias.

Ningún libro lo publica una única persona, y *Estrella oscura* mejoró gracias al equipo de personas increíblemente fantásticas que me han ayudado desde bambalinas. Quiero agradecer a todos los empleados de HarperTeen todo lo que han hecho para que este libro saliera al mundo, pero, en especial, me gustaría mostrar mi gratitud hacia mi editora, Erica Sussman, que ha sido la gran defensora de *Estrella oscura* y de mí como escritora, desde el principio. Muchísimas gracias también a Louisa Currigan; a Bess Braswell y Sabrina Abballe, de marketing; a Gina Rizzo, de publicidad; a Michelle Cunningham, Alison Donalty y Jenna Stempel-Lobell, de diseño; a Alexandra Rakaczki, de redacción, y, por último, a Jean McGinley, Alpha Wong,

Sheala Howley y Kaitlin Loss, de derechos, por encargarse de la Agencia de Protección Cronológica en el extranjero. Asimismo, gracias a todo el equipo de ventas de Harper por ayudarme a que este libro encuentre a su gente.

Este libro se ha visto muy influido por las lecturas de borradores de un puñado de escritores fabulosos y de buenos amigos. Muchísimas gracias a Leah Konen y Anna Hecker por ayudarme a llevar a Dorothy al futuro (y por hacer que se pusiera unos pantalones). Y a Wade Lucas, Becca Marsh, Lucy Randall, Julia Katz y Maree Hamilton, un gran agradecimiento por animarme con tanto entusiasmo desde el principio. Anne Heltzel me dio unos consejos fantásticos sobre una primera versión. Thomas Van de Castle me ayudó a colarme en una base militar (pero, ya sabéis, no una de verdad) y me proporcionó unos datos valiosísimos sobre el gobierno de Estados Unidos... que enseguida deseché para poder inventarme datos propios. Y Bill Rollins, tu nombre está en el libro porque te pasaste años haciéndome pensar en las matemáticas y la ciencia incluso cuando no quería (y nunca quería). Así pues, gracias. Dudo que hubiera comprendido la parte teórica de no haber sido por esas conversaciones tempranas. Y, por supuesto, mi enorme agradecimiento a mi esposo, Ron Williams, que me dejó que le leyera capítulos mientras cocinaba y que me planteó grandes preguntas y señaló errores tontos y leyó todo este mamotreto por lo menos cinco veces y que todavía finge que es su libro favorito de todos los tiempos. Gracias.

Y, por último, voy a terminar estos agradecimientos con una historia. Hace mucho tiempo, en la terraza de una de mis vinaterías favoritas, estaba bebiendo vino rosado con una de las personas que más quiero. *Estrella oscura* todavía estaba en pañales y yo me ponía eufórica cada vez que repetía cuántas ganas tenía de acabarlo y lo fabuloso que sería el libro cuando estuviera listo. En algún momento entre la segunda y la tercera copa de vino, Jocelyn Davies (quien, además de ser una de las personas que más quiero, era editora de HarperCollins) me dijo que deseaba comprarlo. Y entonces, seis meses después, lo hizo. Jocelyn es la razón por la que las partes buenas de este libro son tan buenas, y todas las partes malas no son tan malas como podrían haber sido. Jocelyn marcó el ritmo e hizo la historia de amor más atractiva. También me ayudó a desenmarañar la lógica de los viajes en el tiempo. Si esta obra tiene entradas del cuaderno de bitácora del Profesor es gracias a Jocelyn. En pocas palabras, sin ella no habría sido el mismo libro.

Gracias, J. ¿Nos tomamos unas copas?